괴테 전집 1

Johann Wolfgang von Goethe

파우스트 1

Faust

괴테 전집 1

Johann Wolfgang von Goethe

파우스트 1
Faust

요한 볼프강 폰 괴테 지음 | 전영애 옮김

도서출판

괴테 전집 1

파우스트 1

2019년   6월 10일 제1판 제1쇄 펴냄
2020년   1월 31일 제1판 제2쇄 펴냄
2020년 12월 10일 제1판 제3쇄 펴냄
2022년   2월 20일 제1판 제4쇄 펴냄
2023년   1월 20일 제1판 제5쇄 펴냄
2023년   3월 31일 제1판 제6쇄 펴냄
2023년   9월 30일 제1판 제7쇄 펴냄

2024년   1월 10일 제1판 제8쇄 찍음
2024년   1월 20일 제1판 제8쇄 펴냄

지은이 | 요한 볼프강 폰 괴테
옮긴이 | 전영애
펴낸이 | 박우정

기획 · 편집 | 천정은
전산 | 한향림

펴낸곳 | 도서출판 길
주소 | 06032 서울 강남구 도산대로 25길 16 우리빌딩 201호
전화 | 02) 595-3153   팩스 | 02) 595-3165
등록 | 1997년 6월 17일 제113호

ISBN: 978-89-6445-211-0 04850
ISBN: 978-89-6445-210-3(전2권)

운문(韻文)처럼, 첫 번역처럼

새로운 번역에 대하여

『파우스트』의 우리말 번역은 이미 참 많이 나와 있다. 그런데도 이렇듯 다시 번역한 것은 수십 년을 두고 책이 낱장이 되어 흩어질 때까지 읽으면서 품어온 소망 때문이다. 운율의 보고(寶庫)인 『파우스트』를 나만의 언어로, 조금이나마 운문답게 옮겨보고 싶었다. 이미 다양한 번역본들이 있지만, 이 작품이 본래 운문이라는 것을 예감이라도 하게 하는 번역은 찾아보기 어려웠다. 그러한 까닭에 독자들이 『파우스트』 하면 떠올리는 기억은 그저 (읽기 어려운) 드라마라는 것이거나, 심지어 소설이라는 안타까운 오해로까지 나타나곤 한다. 『파우스트』라는 정교한 운문을 그대로 운문으로 옮겨 올 수 없다 하더라도, 아주 조금이나마, 미약하게나마, 시(詩)다움이 느껴지는 번역은 해볼 수 있지 않을까 하는 꿈을 오래 품었고, 그렇게 새 번역을 시작하게 되었다.

중요한 책인 줄은 다들 알지만 막상 읽히지는 않는 『파우스트』를 조금은 더 독자에게 다가갈 수 있는 작품으로 만들고 싶기도 했다. 무엇보다 번역자들간에 서로들 많이 참조하다 보니 우리말 번역들이 다 비슷비슷해져버린 이 대작을, 마침 독일에서도 근년에 새 판본들이 나온 터라, 초판 번역본인 듯이, 나의 모든 경험과 힘을 쏟아 오로지 원전에만 집중하여 번역하였다. 『파우스트』를 독자에게 좀 더 다가가게 할 수 있는 연구서 『프리즘: 『파우스트』 읽기』도 준비해 두었다.

『파우스트』는 60여 년에 걸쳐 쓰인 작품이며, 12,111행이라는 방대한 분량이 정교한 운율로 짜인 운문 작품이다. 보석과도 같은 시구들이며, 부분부분의 내용에 따라 운율을 다채롭게 달리하는 형식미를 보여 운율의 보고와도 같다.

두 언어 간의 너무나도 큰 거리는 인물과 성격에 따라 달라지는 다양한 운율을 도저히 그대로 되살릴 수는 없게 했다. 그럼에도 조금이나마 반영해 보고 "운문처럼" 번역해 보고자 다방면으로 시도했다. 예를 들면, 헬레나는 고대 그리스 인물이라, 처음 등장하는 장면에서부터 파우스트를 만나 나누는 앞의 대화까지는 고대 그리스 운율로 이야기한다. 세 단위로 끊어지는 고대 그리스의 시행 트리메터(Trimeter)는 번역에서 비교적 잘 반영할 수 있었다.

경탄도 많이, / 비난도 많이 받은, / 헬레나예요.
해안에서 / 오는 참이에요, / 거기로 상륙했지요,
아직도 그네처럼 / 출렁거리는 파도에 / 취해 있어요,
그 파도, / 프리기아 벌에서부터, / 우리를 말갈기같이
높은 물등에 태워, / 실어다주었지요, / 포세이돈의 호의로
에우로스의 힘으로, / 조국의 만(灣)에, / 와 닿았네요.
(8488~93행)

헬레나가 귀 기울여 듣는, 그 밖에 다른 곳에서도 노래로 말하는 게르만 병

정 린케우스의 노래도 비교적 노래답게 살려, 예컨대 장중한 헬레나의 언어와의 대비 효과가 드러나게 했다.

보려 태어 났어요,
바라 보려 섰고요,
이 탑에 대고 맹세컨대
난 세상이 좋아요.
멀리멀리 눈길 보내죠,
가까이에선 보이죠,
달~과 별들,
숲~과 노루.

모든 것에서 난 보아요,
영원한 치장
그 모두 내 마음에 들듯,
나도 내 마음에 들어요.[1]
(11288~99행)

『파우스트』의 핵심 장면 가운데 하나인 파우스트와 헬레나의 만남도, 헬레나의 게르만 운율에의 동화(同化)로 그려진다. '고대 그리스 인물'이기에 그때까지 고대 그리스 운율로 이야기하던 헬레나가 파우스트와 만나며 게르만어 노래의 신기한 울림을 귀 기울여 듣다가 자신도 파우스트의 말을 받아 그 운율로 말하기 시작한다.

---

1 원어의 박자가 대략 위의 악보와 같아서 번역도 이 박자에 맞추어보려 했다.

헬레나

그럼 말해주세요, 어찌 하면 나도 그렇게 아름답게 말할 수 있나요?

파우스트

그건 아주 쉬워요, 마음에서 우러나와야 하지요.

하여 가슴에 그리움이 넘쳐흐르면,

돌아보며 묻지요 ─

헬레나

누가 함께 즐길 건가를.

파우스트

이제 정신은 앞도 뒤도 보지 않아요,

현재만이 ─

헬레나

우리의 행복이지요.

(9377~82행)[2]

오로지 이해만을 돕기 위한 풀어 쓰기는 하지 않았다. 시적 여운을 살리는 데 역점을 두었다. 극도로 다른 언어 체계의 간극을 넘어서, 상이한 시대와 문화를 넘어서, 대륙을 넘어서, 그 다채로운 운율을 다 살려낼 길은 물론 없었다.(그래서 이 해제의 제목이 "운문처럼"이다. "운문"이라 할 수 있다면 얼마나 좋을까.) 한국어로 또 독일어로까지 시를 쓰고 공부하는 것이 평생의 본업이었음에도 그랬다. 그래도 리듬이나마 조금 살려냈기를 바라본다. 무엇보다 원전에 밀착되었기를 꿈꾸어 본다. 뜻처럼 되었을 리 없지만, 드물게는 운(韻)까지 조

---

2 파우스트와 헬레나가 한 행을 둘이 나누어 가지고 각운을 공유하며 주고받는 이 핵심적인 대화는, 각각이 그때까지 쓰던 어미(語尾)를 교체하는 것 정도로 살리는 데 그쳤다.

금 맞추어지는 행운도 있기는 했다.

> 오래전에 잊은 그리움 하나 나를 사로잡네   a
>
> 영들이 머무는 저 고요하고, 엄숙한 제국에의 그리움.   (b)
>
> 이제는 불확실한 음(音)으로 떠도네,   a
>
> 속삭이는 나의 노래, 바람이 울리는 하프처럼.   (b)
>
> 전율이 나를 사로잡네, 눈물에 눈물 쏟아지네,   a
>
> 엄하기만 하던 마음, 온화하게 누그러져,   (b)
>
> 아직 가진 것, 훌쩍 떨어진 듯 바라본다,   c
>
> 하니 사라져버린 것, 차츰 현실이 되어온다.   c
>
> (25~32행)

첫머리 「헌사」의 끝부분인데 이 부분의 원문 시형식은 각운이 ab ab ab cc 로 맞추어지는 슈탄체(Stanze)이다. 이를 이런 식으로 미약하게나마 형식까지 되살려 전해보고자 애썼다. 이 방법을 물론 자주 쓸 수는 없었다. 그렇게 되면 동사가 문장 끝에 오는 우리말의 특성상, 주로 동사 어미에 의지하는 단조로움을 초래한다.

소리의 효과를 내는 여러 장치들, 예컨대 첫머리 반복(Anapher)은 다음과 같이 살렸다.

> *Aus* niedriger Häuser dumpfen Gemächern,
>
> *Aus* Handwerks- und Gewerbesbanden,
>
> *Aus* dem Druck von Giebeln und Dächern,
>
> *Aus* der Straßen quetschender Enge,
>
> *Aus* der Kirchen ehrwürdiger Nacht

답답한 방들이 들어찬 낮은 집을 떨치고
수공과 영업의 끈을 떨치고
박공과 지붕의 짓누름을 떨치고
쥐어짜는 듯 비좁은 거리들을 떨치고
교회의 근엄한 어둠을 떨치고
(923~27행)

웃음소리 하나를 옮기는 데에도 고심이 따랐다. 다음은 농부들이 모여 즐겁게 춤추며 돌아가는 모습을 보여주는 「성문 앞에서」 장면이다.(954~55행) 원문의 웃음소리는 의성어여서, 소리대로 옮기면 다음과 같이 옮겨야 한다.

Juchhe! Juchhe!
Juchheisa! Heisa! He!

유흐헤! 유흐헤!
유흐헤이사! 헤이사! 헤!

하지만 그대로 옮겨서는 그것이 웃음소리인지 알 수 없어서, 이를 좀 더 선명하게 들리게 하고자 글자 수를 맞추어 다음처럼 옮겼다.

아하하! 아하하!
아하하아핫! 하아핫! 핫!

『파우스트』는 웬만한 출판사의 세계문학전집에는 거의 빠짐없이 들어 있다. 1958년 계용묵의 번안("안역"(案譯)) 이래, 정음사 판 강두식 번역이 오래

도록 읽혔고(이 번역 덕에 『파우스트』는 한국에서 뿌리내릴 수 있었을 것이다.), 그이래 통계상으로는 28종의 번역이 나왔다. 워낙 방대하고 난해한 작품이다 보니 새로 번역하는 경우에도 기존의 것을 많이 참조하는 것 같고 (또 그래야 마땅하겠지만), 가독성에 큰 비중을 두다 보니 출판사에서 윤문을 많이 하는 경향도 있고, 그러다 보니 최근에 나온 번역조차도 다 비슷비슷해져버렸다. 무엇보다 그 모든 것 뒤에는 원류인 일본의 전설적인 명역 모리 오가이(森鷗外)의 『화우수도』(ファウスト)가 아직도 조금은 어른거리고 있는 것 같아서(일본에서 1913년에 나온 모리 오가이의 번역이 아직도 정본으로 읽히는 것은 놀랍고 부러운 일이다! 그러나) 한국에서 독문학 하는 사람으로서 늘 마음이 좀 상하는 일이기도 했다.

『파우스트』의 주요 판본들

『파우스트』는 괴테가 60년을 두고 쓴 작품이다. 그렇다고 처음부터 큰 계획을 세워놓고 조직적으로 써나간 건 아니고 그때그때 중요하게 느낀 주제의 부분들을 썼다.(예컨대 젊은 날에는 사랑에 대해, 말년에는 구원에 대해.) 『파우스트』의 제1부는 괴테의 생전에 출간되었으나, 제2부는 그의 사후인 1833년에 출간되었다. 82세이던 1831년 8월, 그는 제2부의 마지막 교정 작업을 마치고 원고를 봉인하여 장롱에 넣었다. 당대로부터 이해받으리라는 희망을 가질 수 없어서였다. 그러다가 1832년 정월 그 원고를 다시 꺼내어 교정하였다. 그리고 3월 22일 타계한다. 괴테 사후 조피 왕비의 지원으로 괴테 전집이 간행된다. 조피 판본 혹은 바이마르 판으로 불리는, 본문만 143권, 보유편 3권이 따르는 전집이다.

그 후 괴테 전집의 여러 판본들이 나왔는데 14권으로 간추린 함부르크 판(1953년, 투른츠(Erich Trunz) 편집)이 오래도록 정본으로 읽혀왔다. 그리고 괴테 탄생 250년(1999년)을 전후하여 새로운 판본들이 나왔다. 그때 나오기 시작한 프랑크푸르트 판이 그사이 오래 자리를 지키던 함부르크 판을 대신하여 거의 정본으로 자리를 잡았다.(함부르크 판에 이르기까지 부호 등, 이해를 돕기 위하여 편집인들이 추가하거나 수정한 곳들을 원본에 부합하게 되돌렸다.) 같은 해에 완간된 뮌헨 판은 순수하게 연대기적 순서를 따라 작품을 배열하여 또한 중요한 참조 텍스트가 되고 있다. 프랑크푸르트 판은 46권, 뮌헨 판은 33권에 불과하지만, 두 판본 다 꼼꼼한 주석까지 달려서 한 권이 대개 1,000쪽을 훌쩍 넘곤 한다.

『파우스트』의 경우에는 최근에(2018년 말) 수정을 거듭한 여러 육필 원고를 한눈에 일목요연하게 볼 수 있는 "이본(異本) 종합본", 즉 하이브리드 판본까지 (프랑크푸르트 대학의 안네 보넨캄프(Anne Bohnenkamp) 교수팀에 의해) 디지털 및 지면으로 제작되었다. 두 권인데 한 권은, 임종을 앞둔 노(老)시인이 1832년 정월, 종이를 오려 붙여가며 수정한 필사본을 그대로 영인하여 선명하게 재현했고, 또 다른 한 권은 활자본으로 바꾸었으나 활자체를 달리하여 여러 차례의 수정 과정이 보이게 한 무겁고 큰 대형 판본이다.

새로운 우리말 번역

그사이 원문의 여러 주요 판본이 나왔다고 해서『파우스트』의 텍스트가 근본적으로 바뀐 것은 아니지만, 괴테의 많은 고심과 수정 과정이 배어 있는 육필을 바탕으로 한, 새로운 판본들을 두루 참조한 새 번역이 이제쯤은 나와도 좋겠다는 생각을 했다. 이 또한 이 작품을 새로이 번역하게 하는 하나의 동인이 되었다.

번역하는 동안에는 기존의 한국어 번역을 전혀 보지 않았다. 최초의 한국어 번역인 것처럼, 오로지 원본만 들여다보며 번역했다. 오직 내 눈과 안목만 의지하여 해보고 싶었다. 두려웠지만 이제쯤은 누군가가 해야 할 일이라고 생각했고, 우리 독문학의 높이나 우리 문학 전반의 시야가 그만큼은 되었다고 생각했다.

번역에 대해서는 많은 생각과 주장이 있지만, 그 무엇보다 우선되어야 하는 절대적 요청은 텍스트에 대한 깊은 이해이다. 문장을 매끄럽게 하는 데에 치중하다 보면 번역은 자주 원문에서 멀어지고, 그렇게 번역이 떠나버린 원문에는 독자가, 짐작을 통해서나마, 다가가볼 길이 없어지기 때문이다.(깊은 텍스트 이해에다 문학적 감수성이 더해진다면야 물론 가장 바람직한 일일 것이다.)

재현하기 어려운 운문의 형태가 조금이나마 눈에 보이도록 원문을 함께 싣는 쪽으로 결정했다. 우리말 구문이 매끄럽지 못한 부분은 대체로 두 언어의 행을 맞추고 리듬을 부여하기 위한 노력에서 비롯했다.

두려운 마음으로, 이 새로운 "첫" 『파우스트』 번역을 내놓고자 한다. 반세기 가깝게, 책장이 낱장으로 다 흩어지도록 읽었건만, 막상 책이 나오니 두렵기 이를 데 없다. 바라건대 후대의 번역은, 참조는 하더라도, 혼신의 힘을 기울인 새 번역을 존중해 주길 바란다. 인용하되 함부로 가져다 쓰지는 않기를 당부한다. 범람이 아니라, 오로지 독창적인 번역들이 나올 때만 독자의 시야도 넓어질 것이고 우리 문학과 학문의 토양도 두터워질 것이다.

*

이 방대한 작업의 출간을 흔쾌히 맡아주고 나아가 괴테 전집의 출간까지 단행해 주신 도서출판 길의 박우정 대표에게 깊은 감사를 드린다. 이 작은 출판사의 큰 결단 덕분에 아직은 세계 번역 역사에서 유례가 없는, '한' 손에서 나온 괴테 전집이 실현될 전망이다.

방대한 작품을 함께 소리 내어 읽고 또 읽으면서 호흡으로써 문장을 가다듬어준 친구들과 제자들에게, 힘을 쏟아 탄탄한 책을 만들어주었고 앞으로도 괴테 전집을 만들어갈 편집자 천정은 씨에게, 그리고 성원과 격려를 아끼지 않은 이들 모두에게 깊은 감사를 드린다.

작품 『파우스트』에 대하여

『파우스트』? 파우스트!

"인간은 지향(志向)이 있는 한 방황한다." (Es irrt der Mensch, solang' er strebt.)
괴테가 60년을 두고 쓴 작품. 그 추동력을 한 줄로 요약하라면 누구든 서슴
없이 택하고, 누구도 이의가 없는 구절이다. 지금껏 "인간은 노력하는 한 방
황한다"라고 번역되어 온 문장인데 "노력"에 다소 지나치게 비중을 두고 있
어, 오랜 생각 끝에 굳어진 번역을 바꾸었다. 독일어 동사 streben이 불철주야,
일로매진 같은 의미보다는 마음속의 솟구침을 더 많이 담은 단어이기 때문
이다.

번역이 어찌 되었건, 『파우스트』를 한 문장으로 요약하라면 그렇다. 그러면
그 요약문만 읽으면 되는가. 그건 물론 아니다. 문학작품은, 어떤 법칙을 찾아
내어 정리로 귀납하는 논리적 사유나 과학적 논리와는 다르다. 후자를 복숭
아의 씨에 비유한다면, 문학의 문장이란, 달고 신 온갖 맛이 배어 있는 과육
같은 것일 게다.

"내 작품은 한 집단적 존재의 작품인데, 괴테라는 이름을 달고 있다."[3]

『파우스트』의 최종 교정을 마치고 나서, 그러니까 죽음(1832년 3월 22일)을
얼마 앞두지 않은 시점인 1832년 2월 18일에 왕세자의 교육자였던 프랑스
인 소레(Frédéric Jacob Soret)와 나눈 대화에서 괴테 자신이 그렇게 말했다. 『파
우스트』는 그만큼 필생의 역작이고, 또한 "집단적 존재"(être collectif)라는 표

---

3 "Mon oeuvre est celle d'un être collectif et elle porte le nom de Goethe."

현이 적절할 만큼 괴테라는 전인적 인물도 크고, 작품의 규모도 방대하다. 예컨대 단테의 『신곡』이 유럽의 기독교적 중세의 세계관을 집약한 작품이라면, 『파우스트』는 고대의 그리스 로마 신화로부터 중세를 거쳐(성서가 배어들어 있다) 근대에 이르기까지 "3,000여 년"의 유럽 남북방을 다 아우르는 작품이다. 그리스 로마 신화의 세계와 기독교적 중세가 아우러지고, 중세에서 근대로의 이행이 많이 조명되어 있으며(예컨대 지폐 발행, 인조인간의 제작 등등), 그러면서도 중세적 혹은 탈시간적 '구원'의 문제도 비중 있게 포섭되어 있다.

무엇보다 그침 없는 욕망에 추동되는 근현대적 인간의 삶의 핵심과 문제들을 비중 있게 다루고 있어, 현대에 와서 그 시사성이 오히려 점점 커지고 있다. 많은 지식을 가졌건만 독배를 들 만큼 회의가 가득한 한 인간이 결국 악마에게 몸을 맡기지만, 모든 것을 다 경험하고 다 가지려는 욕망이 끝이 없는 "근대적인" 한 인간이 무엇을 섭렵할 수 있으며 그 끝이 어떠한가, 그것이 이 작품의 문제의식이다. 이런 식으로 『파우스트』에서는 인간의 욕망이, 인간의 생애가, 인간이 그려진다. 그 범례로 파우스트라는 인물을 택했다. 이 소재는 괴테가 어린 시절에 인형극으로도 보고 또 커서는 영국의 말로(Christopher Marlowe)가 작품화해서 영국 유랑극단이 독일을 돌아다니며 공연도 했던 것이다. 파우스트라는 욕심 많은 인간이 있었는데 악마와 계약하여 영혼을 팔아서(기독교권에서 저지를 수 있는 불경의 극치이다!) 24년 동안 온갖 복락을 누렸지만 결국 지옥에 떨어졌다는 이야기이다. 우리나라의 흥부놀부 이야기처럼 기독교권 세계의 권선징악 이야기의 하나이다. 이 흔한 소재에다 괴테는 장치 하나를 바꿈으로써, 또 60여 년을 쏟음으로써 근대인의 대(大)드라마를 만들어냈다.

그 하나의 장치는 24년의 한시적 '계약'을, 더는 바랄 바가 없어서 순간을 향해 "멈추어라, 너 참 아름답구나!"라는 말이 절로 나올 때까지 악마가 봉사해야 하는 '내기'로 바꾼 것이다.

그러고는 파우스트라는 인물에 엄청난 추동력을 부여했다. "세계를 그 가장 깊은 내면에서 지탱하고 있는 것", 그것을 알고 싶다는 지식욕이 그것이다. 파우스트가 끝없는 앎에의, 경험에의 욕구에 추동된 인물로 상정된 것이다. 그러니 악마가 아무리 애를 써도 그는 좀처럼 "멈추어라…"라는 계약의 말을 하지 않는다. 그렇게 하여 작품 『파우스트』는 정교하게 — 장면에 따라 운율을 달리해 가며 — 다듬어진 12,111행이라는 방대한 분량에 달하게 된 것이다.

또 하나는 악마의 설정이다. 그저 악(惡)이 아니다. 내 마음속에 있는 "부정(否定)만 하는 영(靈)"이고 궁극적으로는 "인간의 활동은 너무도 쉽게 느슨해질 수 있"기에 "자극하며 작용하고, 이루어주고 마는 동무"로서 신이 주시는 인물로 설정되어 있다. 바깥에서 온 어떤 거대한 악이 아니고, 내 마음속의 꼬여 있는 부분이고 궁극적으로는 우리의 작심삼일을 극복하게 하는 조력자로 말이다.

메피스토펠레스의 대사는 어찌나 매끄러운지, 그는 얼마나 옳은 소리만 하는지 읽다 보면, 연극을 보다 보면 더더욱, 주인공은 파우스트가 아니라 메피스토펠레스라는 생각이 들 정도이다. 그러나 그 '옳은 말만 하는' 이성의 인물 메피스토펠레스의 매끄럽고 멋진 대사에서 빠져 있는 것이 있다. 사랑이 그것이다. 이런 구상 역시 절묘하여 많은 생각을 하게 한다. 메피스토펠레스라는 긴 이름이 히브리어 '파괴자'와 '거짓말쟁이' 두 단어의 합성이라는 것도 재미있다. 요컨대 학자이던 파우스트가 그의 도움으로 젊어져서, 이런 자와 어깨동무를 하고 시공(時空)을 한계 없이 가로지른다.

그렇게 파우스트가 섭렵하는 온갖 세계의 이야기가 극작품 『파우스트』이다. 제1부는 경험 가능한 세계의 이야기이다. 전반부는 '학자 비극', 후반부는 '그레트헨 비극'이라 불리는데, 학문에 대한 회의, 젊음, 사랑, 죄 같은 것들이 다루어진다. 제1부는 막은 없이 장면들로만 이루어지고 — 무거운 독백은 아주 긴가 하면, 때로는 줄거리의 생략이 심해서 스토리를 마지막에 가서야 짐작하게 되는 단편적인 형식이다 ─, 제2부는 잘 짜인 5막으로 이루어져 있다. 그러나 그 무대, 즉 파우스트가 경험하는 세계는 엄청난 크기의 시공으로 설정되어 있다. 거의 극대치이다. 지폐가 발행되는 중세 말의 궁정에 파우스트가 등장하다가, 3,000여 년 전의 고대 그리스로, 또한 로마 권력자들의 결정적 전투가 벌어졌던 파르살루스 벌로 갔다가, 다시 왕권과 교황권이 다툼을 벌이는 중세 말기로, 이어 개발의 박차가 이루어지는 물량의 시대, 근현대로 나아간다.

그 모든 논의가 극작품이라는 형식과 정교한 운문에 담겨서 부분부분들이 선명하고 흥미롭다. 극작품이니만큼, 즉 연극 대본인 만큼 독자는 각 부분에 대하여, 혹은 전체에 대하여 스스로 마음속에서 무대를 만들어 연출을 해보며 얼마든지 상상을 펼쳐갈 수 있다.

부분들은 매우 선명한 데 비해, 전체는 흔히 보는 극작품의 긴밀한 짜임새를 가지고 있지 않다. 제1부는 체험 가능한 범위의 작은 세계를 다루지만, 신화의 시대와 근대를 오가는 제2부는 거의 시공의 경계가 없기 때문이다. 그런데 형식적으로는 제2부가 연극의 기본인 5막극 형식을 잘 따르고 있고, 제1부는 막 없이 장면과 장면으로만 구성되어 있다. "학자 비극"이라 불리는 제1부의 전반부는 학문과 인생에 대한 회의를 담은 독백이 길고, "그레트헨 비극"이라 불리는 후반부는 젊어진 파우스트가 경험하는 사랑의 이야기이다. 사랑이라는 아름다운 것이, 그럼에도 죄과에 이르고 마는 과정이 담긴 "비극"이다. 제2부는 그 충격에서 다시 깨어난 파우스트가 경험하는 넓은 세계, 거의 극대치의 세계의 이야기이다. 흥미로운 이야기 속에 정신사 전체가 포섭되어 있다.

오늘날, 여기에서, 『파우스트』를 다시 전하고 싶은 것은, 그것이 담은 세계가 크기 때문만이 아니라, 거기에 담긴 인간과 세계에 대한 날카로운 통찰 때문이다. 때로는 고아하고, 때로는 아름답고, 때로는 난해하고, 때로는 코믹하기까지 한 정교한 언어에 담겨 있는 이 깊고도 넓은 성찰들은, 욕망에만 추동될 뿐, 인간이 점점 더 왜소하고 허약해지는 시대에 각별한 의미를 가질 것이다.

워낙 조감이 어려운 방대한 작품이라, 좀 더 상세하게 작품을 해설하거나 주제적 논의를 펼치는 대신, 전체의 흐름을 나름으로 정리해 보려 한다.

『파우스트』의 조감(줄거리)

◀헌사(Zueignung)　　　　　　　　　　　　　　신비의 합창(Chorus mysticus)▶

천상의 서곡

"인간은 지향이 있는 한 방황한다." 이 핵심적인 구절이 나오는 곳은 『파우스트』 첫머리 「천상의 서곡」이다. 좀 더 정확히는 책을 열면 나오는 「헌사」와 「무대 위에서의 서연」 다음, 작품이 본격적으로 시작되기 바로 전에 「천상의 서곡」이 있다.

맨 앞의 「헌사」는 시 한 편으로, 벌써 중년이 된 괴테가 친구 쉴러의 간곡한 당부로 『파우스트』 집필에 세 번째로 집중했을 시기에 젊은 날 『파우스트』를 쓰던 때를 돌아보며 느낀 소회를 담은 인트로이다. 그 뒤를 잇는 「무대 위에서의 서연」은 본 작품과의 연결이 아주 크지는 않은 막간극 같은 성격으로, 시인, 극단장, 광대(배우)가 연극에 대해 나누는 담화이다. 시인은 불멸의 작품을 쓰고 싶고, 극단장은 많은 관객이 와서 돈이 되는 작품을 요구하여 다투는데, 그러다 공연이 안 되면 굶어야 하는 광대가 중재를 하는 내용이다. 불멸과 시장 사이에 있는 연극/문학/예술의 영원한 문제들이 재미있게 다루어지며 『파우스트』가 지옥-지상-천상을 아우르는 작품이라는 것을 알리며 끝맺는다.

  문제의 구절이 담긴 일곱 쪽 남짓한 「천상의 서곡」이 『파우스트』 전체 작품의 주제적 핵심을 담은 개요라 할 부분이다.(이 부분만 읽고도 주제는 다 알았다고 해도 좋다. 이를테면 '복숭아 씨'이다.) 천사들은 우주의 아름다움을 노래하지만(「천상의 서곡」이 쓰인 것이 1799년인데, 우주선을 타고 바라보는 지구의 모습을 그리는 시각이다!), 갑자기 튀어나온 악마 메피스토펠레스는 온갖 "거름더미에 코를 처박고" 천상의 빛인 이성을 "짐승보다도 더 짐승처럼 구는 데"에나 쓰는 인간의 가엾은 꼴을 한없이 비아냥거린다. 듣다 못한 주님이 "너 파우스트를 아느냐?"라고 물으시니 "그 박사요?!" 하고 냉큼 대답하는 메피스토펠레스에게 주님은 "나의 종이니라" 하신다. 그러면서 좀 더 부연하시는 말씀이 "인간은 지향이 있는 한 방황한다", "어두운 충동에 사로잡힌 선한 인간은 바른 길을 잘 의식하고 있다"는 것이다. 그러고는 파우스트를 시험하라 메피스토펠레스의 손에 맡긴다. 그렇게 그려짐으로써, 한 인간이 방황하겠지만⋯ 궁극적으로 구원되는 큰 그림이 제시된다.

  그런데 "인간은 지향이 있는 한 방황한다"라는 주문이나 "어두운 충동에 사로잡힌 선한 인간은 바른 길을 잘 의식하고 있다"라는 설명문이나 둘 다 비문(非文)이다. 지향이 있다는 것은 갈 곳이 있고 목표가 있다는 것이다. 그런데 목표가 있는 한 방황한다니. 갈 곳이 있기에 길을 잃는다니. 그러나 이 비문의 함의가 크다. 뒤집어 보면 지금 길을 잃고 방황하는 것은 갈 곳이, 목표가 있다는 이야기일 수 있는 것이다. 방황하지 않는 인간이 어디 있겠는가. 그런데 그 방황이 바로, 목표가 있고 지향이 있기 때문이라니 ─ 참으로 큰 위로일 수 있다. 지금 방황해도 괜찮아. 가고 싶은 마음이 있으니 어디인가에 닿아. 그런 쉬운 말보다, 말이 될 듯 말 듯한 이 위로가 주는 여운이 크다. 참으로 정교한 비문이다.

"어두운 충동에 사로잡힌 선한 인간은 바른 길을 잘 의식하고 있다." 이 부연의 문장에서는 비문이 더욱 두드러지게 보인다. 어두운 충동에 사로잡힌 인간 — 단순한 사고로는, 그저 나쁜 사람일 뿐이다. 그런데 그 안에 선한 인간이 있을 수 있고, 어두운 충동에 사로잡혀 있어도 그 선한 알맹이가 있기에 그에게는 바른 길의 의식도 선연히 있다는 것이다. 그저 이해하라, 용서하자가 아니다. 이 비문이, 고개를 갸우뚱하는 사람에게 던지는 메시지는 참으로 큰 포용이다. 잊히지 않는 큰 껴안음이다.

『파우스트』 제1부

악마가 맨 먼저 제공하는 것은 젊음이다. 인생을 다시 살게 한다. 그러나 — 당연히 — 여전히 방황으로 점철된다. 철학, 법학, 의학, 신학, 즉 중세 대학의 4대 학부 전 분야를, 그러니까 모든 학문을 섭렵한 노(老)지식인이 회의에 빠져서 독배를 들기에 이르는 상황의 기나긴 모놀로그로 작품이 시작된다.(이 기나긴 독백에서 독자가 초장에 지칠 수도 있다. 인생을 다 산 노학자의 기나긴 독백이라 버거운 젊은 독자는 살짝 뛰어넘어도 괜찮은 부분이다.) 그러니까 그 아름다운 지식욕이 너무 일방적으로, 삶과 동떨어진 곳에서 발현된 극단적 상황이 그려진다. 오로지 지식뿐, 삶이 결여된 불균형의 현장이기도 하다.

들었던 독배를 던지는 건, 마침 울려오는 부활절 종소리 때문인데, 부활절 종소리란 종교적 의미에 그치지 않는다. 부활절 무렵 독일은, 자주 "잔인한 4월"의 궂은 날씨를 뒤로하며 그야말로 만물이 한껏 소생하여, 기독교가 없었더라도 부활절이라고 불렸으리라 상상할 만큼 날씨가 화창하다. 이런 날씨에 어린 시절의 아름다운 추억이 함께 곁들여진다. 파우스트는 인간을 "마지막 진지한 걸음", 즉 죽음으로의 실족으로부터 다시 불러들이는 것은 이런 어린 날, 젊은 날의 즐거웠던 추억이라고 말한다. 기쁨과 사랑으로 충만했던 날이라고 해도 좋으리라.

그리하여 곰팡이 가득한 서재를 벗어나 파우스트는 사람들 속으로 나서본다. 부활절날 쏟아져 나온, 색색깔 옷을 입은 사람들이 그야말로 꽃보다 더 아름답다. 거기서 파우스트가 말한다. "마을의 시끌벅적한 소리 벌써 들려오니/여기가 백성들의 진정한 천국,/노소(老)가 모두, 만족해서 환호하네./여기선 나도 인간이다, 여기선 나, 그래도 된다." 소박한 사람들을 바라보는, 민중의 삶을 접하는 노학자의 소회뿐만 아니라, 그에게 얼마나 오랫동안 '삶'이 결여되어 있었는지도 짐작하게 하는 구절이다. 여기서 파우스트가 복슬강아지 한 마리를 만나 집으로 데려오면서 이야기가 본격적으로 시작된다. 강아지가 부풀어 올라 거기서 메피스토펠레스가 나오기 때문이다.

다시 돌아온 서재에서 파우스트는 성서를 번역한다. 그러나 요한복음 처음에서부터 막힌다. 태초에 있었던 것, "말씀"(Wort)으로 번역된 로고스의 번역에 만족하지 못해서이다. "뜻"(Sinn)으로 번역해 보고 "힘"(Kraft)으로도 번역해 보다가 마침내 "행위"(Tat)로 번역한다.(지식에서 나아가, 온갖 것을 체험하는 행동인(Tatmensch, 行動人) 파우스트를 암시하는 복선이다.) "사로잡은" 악마를 그냥 보내주지 않고 파우스트는 그와 계약을 맺는다. 그 계약은 앞서 얘기한 대로 '내기'인데, 순간을 향해 "멈추어라, 너 참 아름답구나" 할 때까지의 내기이다.

악마는 맨 먼저 노학자 파우스트의 나이를 30년 빼준다.(마녀의 주방에 가서 마녀가 만든 약을 먹여서이다. 그 이상한 주방에서 이상한 약을 먹는 대신 다른 좋은 방법도 악마가 직접 알려준다. 곧바로 들판으로 나가 갈퀴를 들고 일하며 소박한 음식을 먹고 살면 여든 살까지 그렇게 살 수 있을 거라고 알려주지만, 험한 일을 해보지 않은 파우스트가 엄두 낼 일이 아니다. 그래서 마녀가 주는 약을 먹는다.) 젊어진 파우스트가 맨 먼저 해보는 멋진 일은 — 사랑이다. 사랑은 얼마나 좋은 것인가. 사랑의 그 넓은 스펙트럼은, 인류가 지금껏 찾아낸 가장 아름다운 것의 개념인 것도 같다. 그러나 그 좋은 것이, 예컨대 남녀 간의 사랑이 또 얼마나 충돌하는가, 상황에, 조건에, 사람에…. 온갖 것에. 더구나 사회 규범과 정면으로 충돌할 때 그 아름다운 것은 곧바로 비극과 맞닿을 수도 있다. 규범은 물론 시대와 사회에 따라 다르지만 사랑과 충돌할 규범이 없는 곳은 없다.

청순함의 대명사가 된 인물 그레트헨. 파우스트가 사랑하게 된 그 지순한 소녀를, 파우스트의 사랑은 나락으로 떨어뜨린다. 그 청순한 소녀가 영아살해녀가 되어 감옥에 갇혀 처형을 기다리는 상황이 된다. 제1부의 배경은 중세 말, 근대 초의 기독교 사회로 설정된 것으로 보이는데, 그레트헨은 혼전순결을 지키지 못한 여성이다. 그것만으로도 온갖 사회적 조롱의 대상이 되었고 금붙이조차 — 금은 불변성의 상징이므로 — 몸에 붙이지 못하던 시절이다. 피임이라는 개념은 물론 아직 없었다. 괴테 시대 때만 해도 그렇게 혼외로 출산된 아이를 기를 길이 없어 죽여버린 미혼모, 영아살해녀는 사형에 처해졌고 젊은 변호사 괴테가 그것을 목격한 일까지 있다.

『파우스트』 제1부는 감옥 장면으로 끝난다. 감옥에 갇혀, 고통으로 광증에 사로잡혀 있는 그레트헨을 파우스트가 구출해 내려 한다. 정신이 들락날락하는 더없이 애절한 그레트헨의 상태를 통해서 사랑이 부른 그간의 온갖 비극이 암시된다. 어머니의 죽음, 오빠의 죽음, 물에 빠뜨려 죽인 아기, 광증에 이른 자책…. 그러나 어떻게든 그녀를 구해내려는 파우스트와는 달리, 그레트헨은 광증에 사로잡혔건만, 바깥으로 나간다 하더라도 자신에게 구원이 없음을 안다. 운명을 받아들이고 마침내 처형된다. "심판받았노라"라는 메피스토펠레스의 말에 높은 곳 어딘가에서 "구원받았노라"라는 소리가 들려오는 것으로 제1부가 끝맺는다.

제2부 제1막

『파우스트』 제2부는 광대한 무대를 가지지만 형식적으로는, 막이 없고 장면들의 나열이었던 제1부와는 달리 잘 짜인 5막극이다. 회복의 잠으로 시작된다. 우아한 어느 지대의 풀밭에서, 즉 대지의 힘으로 다시 깨어난 파우스트에게 가히 경계가 없는 활동의 무대가 펼쳐진다. 첫 막에서는, 재정난에 처한 중세 궁정에 등장하여 그 위기를 지폐 발행으로 타개해 준다. 그러나 그것은 금을 본위로 한 것이 아니라 제국의 지하에 묻혀 있다는 가상의 보물을 담보로 해서 함부로 발행된 위험천만한 것이었다.(괴테는 지폐 발행 초기에 이미 그 위험, 즉 훗날 유럽, 특히 독일을 심한 곤경에 몰아넣는 인플레이션의 가능성을 이미 심각하게 내다보았다.) 재정 위기 속에서도 노는 것만은 활발하게 진행되는 궁정에서 파우스트의 역할이 계속된다. 황제에게 화려한 가장행렬을 펼쳐준다.(지폐 발행의 인준도 그 와중에 얼렁뚱땅 받아낸다.) 황제는 그 큰 여흥으로 만족하지 않고 가장 아름다운 선남선녀를 보고 싶다고 하며, 그 청에 따라, 파우스트가 — 물론 메피스토펠레스의 도움으로 — 헬레나의 모습을 환등극 형식으로 불러오게 되고, 연출자인 파우스트가 헬레나의 모습에, 즉 미(美)에 매혹당하여 환등 장면 속으로 뛰어듦으로써 폭발을 불러일으키는 것으로 제1막이 끝난다.

제2부 제2막

두 번째 막에서는 인조인간이 등장한다. 스승 파우스트가 사라진 이후, 조수 바그너가 만들어낸 인물이다. 200여 년 전에(1829년) 쓰인 이 부분의 인조인간의 콘셉트가 대단하다. 정신의 정수이다. 육신은 없고 플라스크 속에 들어 있다. 이 인조인간 호문쿨루스('소인'(小人)이라는 뜻이다.)가 쓰러져 누운 파우스트의 꿈을 읽고 그를 고대 그리스로 데리고 간다. 헬레나를 만날 수 있는 곳이다. 고대의 어둠 속에서 모두 뭔가 자신이 지향하는 바를 찾아 헤맨다.

파우스트는 그리스의 영웅들을 키워냈다는 반인반마의 현인 케이론의 등을 타고 — 시간을 질주하여 — 헬레나를 찾아 헤매고, 메피스토펠레스는 눈 하나 이빨 하나뿐인 포르키아스 세 자매의 짝이 된다.(이렇게 합쳐진 복합체 괴녀(怪女)인 포르키아스-메피스토는 다음 제3막에서 왕비 헬레나의 부재중에 궁전을 지킨 시녀장으로 등장하게 된다.) 파우스트의 꿈을 읽고 그를 고대 그리스 세계로 데려갈 만큼 고도의 정신력을 갖추고 있으나 육신이 없는 호문쿨루스는 가장 아름다운 몸을 가진 인간, 해신의 딸 갈라테아에게로 달려갔다. 하지만 갈라테아를 싣고 오는 조개수레에 부딪쳐 그를 담았던 유리가 깨지고 그는 결국 바닷물에 불꽃으로 비산(飛散)해 버리고 만다.

제2부 제3막

제3막에서는 고대 그리스의 인물 헬레나가 직접 등장하여 고대 그리스의 운율로 이야기한다. 스파르타 메넬라오스 왕의 비(妃)로, 트로이의 파리스 왕자가 그녀를 납치해 감으로써 트로이 전쟁을 유발했다는 『일리아스』의 이야기에 이어진다. 트로이 전쟁이 끝나고 스파르타로 돌아온 헬레나는 이제, 집을 떠났다가 돌아온 여자, 비난받을 환향녀(還鄕女)이다. 떠났던 왕궁에서 그녀를 기다리는 것은 희생제물이 되는 운명이다. 그 위기를 피하여 피신해 간, 스파르타 부근에 있는 게르만의 성(城)에서 파우스트가 성주로 등장한다. 파우스트의 성에 도착한 그녀의 아름다움이 여러 가지 작용을 불러일으킨다. 이 장면은 미의 현전에 대한 미학이라 할 만하다. 파우스트와 헬레나의 만남은 무엇보다 운율 대화로 그려진다.(앞서 말한 바와 같이, 그때까지 고대 그리스의 운율로 이야기하던 헬레나가 게르만 운율에 운을 맞추는 것으로 표현되어 있다. 그러나 이 아름다운 만남도, 아들 에우포리온의 요절로 — 에우포리온은 그리스 해방전쟁을 도우러 갔다가 요절한 시인 바이런이 어려 있는 인물이고 시(詩)의 알레고리로 불린다 — 슬픔에 찬 헬레나가 다시 명부로 돌아가 버림으로써, 일장춘몽에 그친다. 행복이 너무 짧고 덧없어서 이 아름다운 막이 "비극"이다.)

제2부 제4막

제4막에서는 슬픔에 젖었던 파우스트가 현실로 돌아가서, 황제에 맞선 대립황제를 제압하려는 싸움에서 황제를 돕는다. 메피스토펠레스의 조력으로 가상(假象)의 전투가 벌어지고 이를 통해 파우스트가 돕는 황제 편이 이긴다. 전투가 끝난 후 논공행상의 포상이 이루어지며 파우스트가 대가로 하사받은 해안이 제5막의 토대가 된다. 가상이 지배적임에도 전체적으로 끝나가는 중세, 시작되는 속도와 물량의 시대, 근대의 조짐이 보인다.(제3막과 제5막을 연결하는 막으로, 가장 마지막에 쓰였다.)

제2부 제5막

제5막은 파우스트의 "궁전", 대저택 앞, 해안을 메우는 간척 사업이 벌어지는 곳이 첫 무대이다. 거기서 (신화에 의하면 찾아온 신들을 후대하여, 한날한시에 죽고자 한 소망을 이루었다는) 다정한 노부부 필레몬과 바우키스의 오두막과 예배당이, 시야가 탁 트이길 원하는 파우스트의 욕심에 의해 불에 타고 만다. 그 모습을 통해 근대의 문제, 끝없는 욕망의 추동과 무리한 개발이 가져올 수 있는 문제들이 막 처음에서부터 선명하게 제시되어 있다. 파우스트 자신은 이제 스스로는 모든 것을 다 가졌으며 아무것도 부러운 것이 없는 100세 노인이다. 그의 집에는, 그 어떤 악귀들조차 범접을 못 한다. 그러나 그런 집에도 열쇠구멍을 통하여 스며들 수 있는 것이 있다. 근심이다.(그 어떤 인간도 떨칠수 없는 것!) 그렇게 스며들어 온 근심은 파우스트에게 "인간은 평생토록 맹목(盲目)이니,/이제, 파우스트! 당신도 종국에 눈머시오" 하며 그의 눈에 입김을 불어넣는다. 파우스트는 눈이 먼다.

그 눈먼 파우스트가, 삽질 소리를 들으며 지금 바닷물이 찬 곳에 앞으로 이루어질 땅이 남녀노소의 생활 터전, 공동체의 터가 될 것을 그려보며 행복해하고 있다. 두 눈을 다 뜨고도 맹목적으로 살아왔는데 이제 눈이 먼 그에게서 내면의 눈이, 심안(心眼)이 떠진 것이다. 그 순간에 드디어, 오래 미루어졌던 계약의 말이 나온다. 순간을 향해 하는 말, "멈추어라, 너 참 아름답구나!"

> 지혜의 마지막 결론은 이렇다.
> 자유도 생명도 누려 마땅한 자는
> 날마다 그것들을 싸워서 얻어내야 하는 자뿐.
> 하여, 위험에 에워싸여 있음에도,
> 여기서 아이도, 어른과 노인도 그 알찬 세월을 보낸다.
> 그런 무리를 나는 보고 싶노라,
> 자유로운 터에 자유로운 백성과 서고 싶노라.
> 그 순간에게 내가 말해도 좋으리,
> 멈추어라, 너 참 아름답구나!
> (11574~82행)

이에 파우스트는 쓰러지고 — 눈먼 그가 들었던 삽질 소리는 그의 무덤을 파는 소리였다 — 메피스토펠레스는 기다리고 기다리던 순간이 온지라 쾌재를 부르지만 그가 승리하지는 않는다. 계약의 말이 메피스토펠레스가 제공한 향락의 순간에 나온 것이 아니라, 그 많은 방황과 오류와 악행을 저지른, "어두운 충동에 사로잡힌" 인간 파우스트 속에 든 "선"(善)이 드러나는 순간에 나왔기 때문이다.

작품의 끝 「심산유곡」은 어딘가 깊은 산속 계곡을 파우스트의 영혼이 올라가는 장면이다. 그의 영혼은 궁극적으로 구원되는 듯 보이며, 장려한 합창으로 대단원의 막이 내린다. 그리고 그 알 듯 모를 듯 신비로운 「신비의 합창」⁴

은 "영원히 여성적인 것이 우리를 이끌어가네"로 마무리된다.

> 모든 무상한 것은
> 다만 하나의 비유.
> 다다를 수 없는 것이
> 여기서 이루어지네.
> 형용할 수 없는 것이
> 여기서 행해졌네.
> 영원히 여성적인 것이
> 우리를 이끌어가네.
> (12104~11행)

작품의 말미는, 일반적인 구원의 분위기로 차 있지만, 파우스트의 영혼이 구원받았는지는 분명하게 말할 수 없도록 흐려져 있다. 작품 내에서 파우스트의 영혼은 그레트헨의 영혼의 인도를 받기는 하지만, 딱 부러지게 구원되었다고 나오지는 않고 달리 볼 점도 많다. 무엇보다 작품 내에서, 본의는 아니지만, 파우스트가 저지른 악행들 ─ 살인, 방화 등등 ─ 이 엄청나고, 그에 대한 그 어떤 사면의 요소도 없다. 욕망과 방황만 끝없다. "언제나 지향하며 노력하는 이,/그를 우리가 구원할 수 있노라"라고 천사가 말할 뿐. 많은 해석의 여지가 독자에게 주어진다. 전문가들 사이에서도 구원의 여부에 대해서는 의견이 좀 갈린다.(아주 거칠게 말해보자면, 절반 정도는 파우스트가 구원받은 것으로 보고, 4분의 1 정도는 구원받지 못한 것으로 보며, 4분의 1 정도는 애매하다고 본다.)

그리하여 독자는 대단한 한 생애를 거쳐, 다시 원점의 물음으로 돌아가게

---

4 이 짧은 구절의 장엄함을 살리기 위하여 예컨대 말러의 곡은 25분 가량을 할애한다.

된다. "인간은 지향이 있는 한 방황한다"로. 어떻게 해석되든, 파우스트라는 인물의 어마어마한 방황 앞에서 나의 보잘것없는 방황쯤은 충분히 용서할 만하다. 타인들의 그것에 대해서도 좀 너그러워질 수 있다. (다 읽고 나면) 도도한 서구 문명 3,000년을 누빈 듯한 느낌을 갖게 되고, 방황하는 나 자신도, 방황하는 많은 다른 이도 껴안을 수 있을 것 같기 때문이다.

『파우스트』 수용과 간략한 연구사

괴테 사후의 19세기, 아니 그의 만년에 이미 괴테는, 높은 업적뿐만 아니라 그 자신의 활발한 세계문학적 교류로 독일의 국민시인이자 유럽의 대문인으로 자리매김해 가고 있었다.(특히 프랑스에서는 ― 나폴레옹의 애독서 『젊은 베르테르의 슬픔』을 뒤이어 ― 들라크루아가 삽화를 그린 『파우스트』, 구노가 작곡한 오페라 「마르그리트(그레트헨)」가 현지에서의 『파우스트』 대중화에 크게 기여했다.) 유럽의 지성인들이 만년의 그를 찾아 바이마르로 모여들었고, 괴테의 82세 생일에는 바이에른 왕 루트비히 2세가 찾아와 축하해 주기도 했다. 전체 인구 6만여 명의 작센-바이마르 공국, 인구 6,000명의 작은 바이마르 시가 차츰 독일의 "문화수도"로까지 불리게 된다.

그러나 괴테는 『파우스트』 제2부를 생전에 출간하지 않았다. 제2부도 출간하기를 바라는 사람들이 물론 있었다. 죽기 닷새 전인 1832년 3월 17일 괴테는 훔볼트(Wilhelm Von Humboldt)에게 이런 글을 쓴다.

"어디까지나 감사하게 인정하는, 널리 흩어져 있는 내 귀한 친우들에게, 나의 생전에 이미 이 매우 진지한 농담이 헌정되고, 알려지고, 또 제가 그들의 반응을 듣는다면 그건 제게 무한한 기쁨이 될 것은 두말할 필요도 없습니다. 그러나 나날이, 정말이지 참으로 부조리하고 혼란스러워서, 이런 확신이 드니다, 이 기이한 축조물을 이루려 오래 쏟아온 정직한 내 노력들이 보답을 못 받고, 해변으로 표류해 가서, 난파선처럼 부서져 놓여 있을 것이며, 우선은 쏟아지는 시간의 모래더미에 덮일 겁니다."

19세기

"하늘로부터는 가장 아름다운 별들을, 땅으로부터는 온갖 최고의 쾌락을" 갈망하는 인물 파우스트는 1808년 제1부가 나온 때부터, 북방적–게르만적 면모가 있는 "인류의 한 대표자"로 이해되었다. "세계를 그 가장 깊은 내면에서 지탱하고 있는" 것을 알고 싶다는 끝없는 지식욕이 있고 끝없는 욕망에 추동되며, 즐김에도 중독이 있는 인물, 지향이 있는 행동인(Tatmensch), "불가능한 것을 갈망"하며 인간 가능성의 한계를 돌파하려는 인물 ── 파우스트의 이런 면면들이 "파우스트적"이라는 형용사의 함의가 되어갔고, 괴테는 "전(前)근대의 마지막 인물, 근대의 첫 인물"로 인지되어 갔다. 처음으로 독일이 통일되면서(1876년) 민족적인 것을 수립할 때, 그 함의에 '파우스트적'인 것도 포함시키려는 움직임이 있었다.

헤겔, 니체 같은 명민한 독자들은 괴테의 유기적 "상승"이라는 세계관을 정반합의 논리 속으로 주조해 넣기도 하고 "파우스트적"인 것을 초인(Übermensch)의 철리(哲理) 속에 조금 녹여 넣기도 했다.(나중에 프로이트 같은 사람은 괴테의 섬세하고도 예리한 인간 심리 통찰을 자신의 정신분석 속에 많이 받아 넣는다.) 르네상스에서 시작된 지식에의, 자연과학 발전에의 믿음이 정점을 찍으면서 동시에 회의도 불러온 19세기, 그런 "19세기의 분석"이라는 종합적 지칭도 후에 얻게 된다.

20세기

20세기 들어서면서 괴테 수용은 어두웠던 그 전반부의 시대와 정치, 그리고 이후의 그 후유 현상과 많이 맞물려 왔다. 나치 독일(1933~45년)에서는 '파우스트적인 것'과 '니체의 초인'을 합쳐서 나치 이데올로기에다 접목했다. 한계를 초월하여 무한으로 나아가는 파우스트를 민족의 우월성을 강조하는 데 빌려 쓰고, 심지어 총통의 인물에 연결함으로써 말이다.

제2차 세계 대전에서 패하고 나라가 갈라졌던 시절, 독일의 분단은 『파우스트』 수용에도 정치적인 그늘을 드리웠다.

(1) 동독의 『파우스트』

사회주의 국가 동독(DDR)에서 고전은 이데올로기의 정당화에 쓰였다. 그 주장에 따르면 자본주의 서독은 청산되어야 할 후기 부르주아 사회일 뿐인 반면, "우리(동독인)가 고전주의의 진정한 상속자이고, 이를 계속 전적으로 지향해야 한다"는 것이었다. 1950년대까지는 루카치가 큰 권위로, 학교 수업에서 도그마였는데, 『파우스트』에 대한 루카치의 분석은 양의적이었다. 부르주아 사회의 인물이라는 비판과 더불어, 행동을 지향하며 노력하는 인물이라는 긍정적 평가가 공존했던 것이다. 그런데 동독의 현실사회주의는, 교양 높은 헤겔 연구자였던 루카치에게 통속적인 것을 덧붙였고, 권력자 울브리히트(Walter Ulbricht)는 "『공산주의자 선언』과 『파우스트』를 읽으라"고 주문했다.

그러다가 나중에 루카치까지 수정주의자로 몰리던 무렵, 괴테에 대한 평가는, 부르주아 시인이긴 했으나 사회주의를 예감하고 있었다는 강변으로 바뀌었다. 무엇보다 메피스토펠레스의 자본주의 분석은 옳으며, 파우스트가 추구한 것은 "프롤레타리아트에 의한 낙원"이라는 정치적 예언은 거의 신앙 수준이었다.(오늘날에는 틀린 것으로 증명되었지만 말이다.)

연구적 접근도 동독에서는 오로지 이념적인 것이었다. 약간의 학문적인 "루카치 르네상스"가 일었던 동독 말기, 1980년대에도, 문학/예술은 사상을 이미지로 전환한 것이라고 했을 뿐 그 본질적 측면의 하나인 형식적인 것에 대해서는 이해가 전무했다.(토마스 만, 니체 외에는 괴테 이후 예술가가 없을 정도였다. 예컨대 브레히트에게 아도르노나 프랑크푸르트학파는 매수된 지식인들이었고 독문학 중단편의 가장 뛰어난 대가 클라이스트조차도 "길 잃은 프로이센 귀족"일 뿐이었다.)

사회주의 권역인 남미, 쿠바 등지에서의 수용 양상도 유사했다. 『파우스트』는 많은 주목을 받았으나, 그것은 문학작품에 대한 관심이기보다는 사회의 빈곤과 극심한 계급 격차에서 비롯된, 혁명적 잠재성에 대한 주목이었다.

(2) 서독의 『파우스트』

패전 이후 서독에서는, 나치 시대에 그 이데올로기와 동일시되었던 "독일적인 것과 파우스트적인 것"의 맞물림에 대한 성찰이 많았고, "파우스트적인 것은 죽었다"라는 결론의 연구(슈베르테(Hans Schwerte)의 『파우스트와 파우스트적인 것』)는 매우 징후적인 것이었다.

전통적인 등식 "파우스트적인 것=초인적인 것"이 퇴조하고 형식적인 것, 예술의 고유함이 앞으로 나서는 흐름 속에서, 저항의 시대였던 1968년 이후에는 비판적인 시각의 파우스트 연구가 주목받았다. 이념적인 것을 논하는 경우에도 휴머니즘의 측면에서 논해졌다. '파우스트적인 것'의 자리에 들어선 것은, '파우스트적인 것의 비판자로서의 괴테', '근대의 대표자로서의 파우스트라는 인물'이라는 테제이다.(슐라퍼(Heinz Schlaffer), 『19세기의 알레고리』) 이런 문맥에서는 (제2부 제1막에 나오는) 태환 불능의 지폐 발행을 통한 금융 조작 등이 각별히 조명된다.

(슐라퍼가 착목했던 점인) 『파우스트』가 "근대의 분석"이며 "19세기의 시그니처"라는 분석은 본질적인 해석의 하나로 자리 잡는다. 근년의 예거(Michael Jäger) 같은 연구자는 제5막에 등장하는 나그네의 침묵, 필레몬과 바우키스의 오두막이 불타는 부분에서의 말없음에서 근대에 대한 괴테의 비판을 좀 더

많이 읽어낸다.

연구의 비중은 예술적인 것, 형식적인 것, 문학 자체 영역에 많이 놓였다. 예컨대 『파우스트』의 마지막 신비의 합창 중 "형용할 수 없는 것이/여기서 행해졌네"의 '여기'는 무대라는 쇠네(Albrecht Schöne)의 해석 같은 것이 그것이다.(그럼으로써 심원한 구원의 메시지로 읽히던 마지막 「신비의 합창」은 작품 『파우스트』에 대한 자체 논평이 된다.) 다수의 정밀한 연구서들이 잇달아 출간되었으며 프랑크푸르트 판, 뮌헨 판 등의 출간으로, 작품에 대한 심도 있고 정밀한 주석이 원본과 연구를 함께 돋보이게 했다. 여기에, 마지막 필사본의 영인과 함께 괴테의 교정 과정을 일일이 추적하여 표시한 하이브리드 판이 최근에 더해졌다.

『파우스트』 연구에서 자고로 많이 주목받은 파우스트의 마지막 독백 구절, "자유로운 땅에 자유로운 백성과 함께" 서기를 바란다는 것도, 북방의 영웅주의나 각종 이데올로기 대신, 반(反)근대의 포지션 대신, 괴테가 구체적인 사업들 — 북해의 해일에 대한 방비, 브레멘의 항구 건설 등 — 에 대해 가졌던 관심에 주목하여, 파우스트의 식민화 계획을 창세기 셋째 날의 작업과 연결해 "창조욕"으로 이해하기도 했다.(슁스(Hans-Jürgen Schings))

연구뿐만 아니라 공연도 부단히 이루어진다. 1808년에 발표된 제1부는 괴테 생전에 공연되었으나, 제2부는 괴테 사후 출간되고(1833년) 나서도, 워낙 넓은 시공을 다루는 작품이라 공연이 불가능한 것으로 오랫동안 여겨져왔다. 공연되는 경우에도 연출자의 의도에 따른 발췌 공연이었으나 괴테 탄생 250주년이던 1999년부터는 제2부를 포함하는, 공연 시간 21시간의 생략 없는 완판본 공연까지 대규모로 이루어졌다.(슈타인(Peter Stein) 연출) 시대에 따라 거듭 새로운 해석을 담아 공연되곤 한다. 영화 기술이 개발된 직후부터는, 무르나우(Friedrich Wilhelm Murnau)의 「파우스트」 이래 소쿠로프(Alexander Nikolajewitsch Sokurow)에 이르기까지 다양한 재해석으로 영상에 담고 있기도 하다.

이즈음은 (독일 국내에서는 조금 저조한 반면) 동유럽, 동아시아 등지에서의 상대적으로 활발해진 연구가 주목받고 있다.

한국의 『파우스트』

한국의 첫 『파우스트』는 1958년에 작가 계용묵의 "안역"(案譯), 즉 번안과 번역을 합한 것으로 나왔다. 실제로는 『파우스트』라는 작품과 동떨어지고 독일어, 문화, 문학에 대한 이해도 무척 얕았다. 아직 너무도 먼 세계의 이야기를 누구나, "소학생들까지도" 쉽게 읽을 수 있도록 전달하려는 노력이 앞서 있었다. 이를테면 그레트헨은 집시 아가씨이고, 젊어진 파우스트는 배가 고파 — 지갑이 없는 것도 모르고 — 식당에 들어가서 밥부터 먹고 지갑을 가지러 연구실로 돌아갔다가 그만, 사라진 파우스트의 살해자라는 누명을 쓰고 법정에 서는 것으로 이야기가 시작된다. 원작과는 거리가 먼 창작품이지만, 일제 시대 이후, 한국전쟁 이후의 전화(戰禍)의 상처와 기아가 아직도 선연하던 당대 현실이 『파우스트』에 의탁하여 반영되어 있어 독특한 자릿값이 있고 흥미롭게 읽히는 작품이다.

한국어 번역 『파우스트』의 원조가 된 것은 강두식의 『파우스트』(1963년)이다. 일역(日譯)에 의거한 번역으로 보이지만, 독문학을 공부한 이의 손에서 나와서 계용묵의 "창작"과는 현저히 구분된다. 좋은 일역이 바탕이 됨으로써 국내 『파우스트』의 근간이 되었다.

그 이후로 그침 없이 나와서 각종 세계문학전집의 한 귀퉁이를 채워온 번역들은 초창기에는 미흡한 독일어 지식과 독일 이해에 따른 문제점들도 많이 드러냈지만 그사이 차츰 본격적으로 독문학 공부를 한 이들의 번역으로 대치되어 갔다. 이인웅, 김수용, 정서웅의 번역이 많이 읽혔고, 김수용 번역은 연구서까지 함께 나왔다. 근년에는 장희창, 김인순, 김재혁 등이 새 번역을 추가했다.

지은이에 대하여

요한 볼프강 폰 괴테

　작품『파우스트』가 한 생애와 더불어 이루어진 작품이라, 그 지은이의 생애에 대한 일별을 아주 빼놓기 어렵다. 요한 볼프강 폰 괴테(Johann Wolfgang von Goethe, 1749~1832)는 "종이 시대의 가장 생산적인 문인"이라고까지 불린다. 당대에는『젊은 베르테르의 슬픔』이라는 작품 하나로도 온 유럽에 노란 조끼를 유행시켰고, 사후에는 예컨대 한국에서 베르테르의 연인 로테가 백화점의 이름이 되는 일이 있기까지 하다.(그 높은 건물 앞에 얼마 전부터는 동상까지 서 있다.) 무엇보다 괴테는 그가 태어날 때만 해도 지방어라는 인식을 면치 못했던 독일어로 쓰인 글을, 모국어와 민족문학을 단숨에 세계문학으로 끌어올린 사람이다. 그가 열혈 청년이던 시기는 독일 문학계가 질풍노도기(Sturm und Drang)라는 혁명적 문학운동기였고, 그가 '완미'(完美)를 추구하던 시기는 고전문학기(Klassik)였으며, 그의 이탈리아 여행은 독일문학사에 구분의 한 획이 되었다. 독일이 문화국으로서의 자부심이 필요할 때면 언제나 내세우는 사람도 괴테이다. 시성(詩聖)이라는 동양적 호칭마저 있다.

　더구나 괴테는 문인에 그치지 않는다. 문인은 그의 일면일 뿐, 괴테는 소공국 바이마르의 문화, 교육, 산업, 세무 총 4개 부처를 총괄하며 군주를 보필하는, 공국의 2인자였던 현직 정치인이었고, 식물학, 동물학, 광물학과 기상학, 광학과 색채론, 특히 동물학(요즘이라면 SCI급에 비견될 프랑스 로열아카데미에서 발표한 논문이 있을 정도이다!)과 색채론(뉴턴의 광학에 도전하여 40년을 매진했다!) 부문에서 괄목할 만한 업적을 낸 자연과학자였으며, 또한 많은 그림을 남겼다. 그것이 어떻게 가능했을까.

부단한 자기 형성의 삶

아마도 그침 없는 정신의 활력 덕분이었다고 할 수 있을 것이다. 그리고 그 활력은 세상을 향해 열려 있는 사유와 강한 체험 능력, 무엇보다 자신의 삶을 스스로 빚어가는 능동성, 참으로 남다르게 창의적인 위기 극복 능력에 힘입은 것으로 보인다. 위기는 언제든 자긍심으로써 극복해 냈는데[5] 그것은 극복에 그치지 않고 삶의 확대와 상승으로 이어졌다. 독특한 긍정적 성품도 다방면의 활동에 원동력이 되었다. 부단한 노력, 특히 평생토록 꾸준한 글쓰기가 병행되었음은 물론이다. 긴 생애 동안 늘 새벽 다섯 시 반에서 한 시경까지는 글을 썼고 점심을 먹으면서부터 정치가로서의 활동을 시작했다고 한다.

괴테는 1749년 8월 28일 정오 프랑크푸르트에서 태어났다. 그 순간부터 26세까지의 유년기와 청년기의 삶이 방대한 자서전 『시와 진실』에 기록되어 있는데, 이 책은 자신의 삶을 스스로 빚어가는 큰 인물의 기초를, 큰 인물이 될 수밖에 없는 사람의 자기 형성 과정을 감동적으로 보여주는 자서전의 전범이자 위대한 문학작품이다. 한편 1832년 3월 22일 타계하기까지의 말년, 즉 인생의 최고 완숙기는, 충직한 비서 에커만(Johann Peter Eckermann)이 대화의 형식으로 기록해 놓았다.(『괴테와의 대화』) 수많은 작품들과 업적들이 그 사이의 긴 활동의 생애를 증언한다.

16세에 시작했던 라이프치히 대학 수학을 괴테는 결핵으로 중단하였다가 슈트라스부르크 대학에서 법학박사로 학업을 마무리하고 고향 프랑크푸르

---

5 능동성과 창의적 위기 극복은 어린 시절부터 두드러졌는데, 외국어를 이것저것 배우는 것이 힘들던 여섯 살 꼬마가 여러 외국어로 된 소설을 써버림으로써 그 문제를 한꺼번에 극복한다. 한 집안에 여러 형제가 있는데 각각 여러 나라에 살며 그곳 소식을 현지어로 부모님께 써 보낸다는 내용으로 말이다. 어려서는 집에서 누이동생과 함께 아버지에게 교육을 받다가 곧바로 대학에 진학했는데, 라이프치히 대학에 가서 당대의 얕은 유행 취향에 따라 자신의 글이 무참히 비판당하자 원고를 다 불태워 버렸을 만큼 절망감을 느꼈고 큰 병까지 나서 학업을 중단하지만, 그 비판의 잣대를 규명해 보기 위해 그때까지의 독일 문학을 섭렵하고 문학사를 써버린다.

트에 돌아와 변호사로 활동하였다. 이 시절에 (4주 만에) 쓴 『젊은 베르테르의 슬픔』으로 큰 반향을 얻었고, 26세의 젊은 나이로 바이마르에서 초빙을 받는 다(1775년). 그때부터 바이마르 공국의 젊은 통치자 아우구스트 대공과 함께 공부하고, 함께 정치하며, 신하이자 막역한 친구로 평생을 지냈다. 궁정생활 11년이 지난 후 "마흔이 되기 전에 공부 좀 해야겠다"고 이탈리아로 가서 2년을 보냈으며(1786~88년), 그 이후의 긴 생애는 정치로, 학문으로, 예술로 자신을 펼치고 소국 바이마르의 민생 개선과 정신적 고양에 힘쓴 활동과 실행의 생애였다.

괴테는 창작의 모든 단계에서 당대의 조류를 뛰어넘었고, 무엇보다 자기 자신을 뛰어넘을 수 있었다. 그럼으로써 자신의 문학에서 또 독일 문학·문화사에서 한 시기를 만들었다. "나는 겪지 않은 것, 나를 애타게 하거나 마음 쓰게 하지 않는 것은 작품으로 쓰지 않으며 표현하지도 않는다. 나는 사랑할 때만 사랑의 시를 썼다."(사랑의 시를 평생 써낸다. 신분사회에서 국왕 다음의 2인 자였음에도 신분 낮은 조화(造花)공장 여공을 사랑하여 평생의 배우자로 삼았고 — 물론 그녀의 사후에 — , 74세에도 19세 소녀에게 청혼을 했을 만큼 노년까지 감성이 열려 있었다. 그런 열린 생각과 감성으로 무슨 일을 저지른 것이 아니라 매번 밀도 높은 문학작품을 남겼다.) 물론 인생과 세상에 대한 성찰이 평생 그침 없었고, 그것이 그의 문학적 성취의 핵이다.

"체험하지 않은 것은 한 획도 쓰지 않았다"고도 했다. 그러나 체험 그대로 쓴 것도 전혀 없다고도 했다. "한 획", 한 행이 그리 큰 진정함에서 우러나왔고, 거기에 높은 문학성이 가미되었으니 힘이 있을 수밖에 없다. 그런데 "세상은 넓고 또 풍부하며 인생은 다양하니까 시를 쓸 동기가 없어지는 일은 결코 없다"는 것이 그의 말이었다. 고갈되지 않는 현실을 내면성으로 담아내어 거기에 보편성을 부여하는 것이 문학이고, 괴테의 문학이 두드러지게 그러했다. 그럼으로써 그는 현실의 문제들을 우선 스스로 생산적으로 극복하고자

했고, 독자들에게는 자신의 작품들을 통해 삶의 모델을 제시했다.

"무엇이 세계를 그 가장 깊은 내면에서 지탱하는가" 하는 것이 작품 『파우스트』 속의 대학자 파우스트의 핵심 질문이고, 그것은 또한 괴테 자신의 질문이기도 했다. 남다른 인식욕으로 괴테는 고대와 근대, 동양과 서양을 넘나들며 온갖 학문 분야를 두루 섭렵했다. 그런 탐구심은 생명의 철리(哲理)에 대한 인식의 바탕 위에 있었다. 창조가, 끊임없는 소멸과 재생성을 통하여 부단히 계속되며, '양극단들'은 유기적 '상승' 가운데서 수습된다는 유기적·통합적 세계관이 그것이다. 40여 년을 매달린 색채론을 비롯한 자연과학적 관심도 이런 무한히 생성하는 생명의 비밀에 맞추어져 있었다.

그의 생애가 주는 압도적인 인상과는 달리 실제 작품들은 참으로 소박하고 보편적인데, 그러면서도 번번이 무릎을 칠 만큼의 무엇인가가 들어 있다. 인정의 기미를 포착한 사람만이 그려낼 수 있는 혜안이 스며 있기 때문이다. 결코 굳어지지 않고 닫히지 않는 감각, 끊임없이 삶을 사랑할 수 있는 사람만이 볼 수 있는 삶의 진경들이 그려진다. 『파우스트』의 저 유명한 구절 "인간은 지향이 있는 한 방황한다", "인간은 마음속에 갈 곳이 있는 한, 길을 잃는다"라고도 번역될 수 있는 그 다의적인 문학적 문장, 이 모순어법에 담긴 통찰은 날카롭고 그것이 주는 위로는 크다.

이렇게 한 줄로 요약될 수도 있는 말을 다시 온갖 인간적 사연으로 펼쳐놓아 사람의 마음속으로 스며들게 하는 힘. 그게 바로 문학을 도구로 한 정신의 힘일 것이다. 그의 그침 없는 활동의 생애 자체도 바로 그 힘의 증거이다. "자유도 생명도 누려 마땅한 자는/날마다 그것들을 싸워서 얻어내야 하는 자뿐"이라며 삶의 모든 고통과 기쁨을 정면으로 돌파해 간 사람의 체험이 그의 글들에는 배어 있다. 유쾌하게 읽을 수밖에 없다.

무궁무진한 현실에서 시인이 길어 올려, 다듬고 빚어, 세상에 되돌려 주는 이러한 삶의 예지야말로 이 지리멸렬한 현실에다 시인이 부여하는 광채일 것이다. 그 어느 때보다도 개인이 왜소해지고, 위축당하는 '정신'이 염려되는 시대. 흔들리는 '종이 시대'(paper age)를 보며 새삼스럽게 되돌아보게 되는 큰 인물이다.

한 생애와 함께 이루어진 작품

60여 년에 걸쳐 쓰인 작품. 듣기만 해도 압도적인 이 작품을 괴테라고 해서 초장부터 계획표 세워놓고 쓰진 않았다. 그의 생애와 더불어 이루어졌다. 젊은 시절엔 젊은 시절에 쓸 수 있는 내용들이 쓰였고, 장년에는 장년의 문인이 쓸 수 있는 골조가 이루어졌고, 늙어서는 원숙한 문인이 쓸 수 있는 부분이 쓰였다. 생애의 마지막 여름(1831년 8월)에는 ── 당대에 이해받지 못하리라 믿고 ── 완성을 해서 밀봉해 넣었다. 그러다가 새해 정월에 다시 꺼내어 ── 머지않은 임종(1832월 3일 22일)을 앞두고 ── 또 고쳤다.

스물두 살에서 임종을 앞둔 여든두 살까지 ── 한 생애와 더불어 이루어진 작품인 것이다. 그렇다고 매일매일 쓴 것은 아니고 긴 생애 중 네 시기에 집중적으로 이루어졌다. 젊은 날, 변호사로서 마주쳤던 영아살해범의 이야기에서 시작되었고(그것이 제1부를 이룬다.), 그리스에 이르기까지 유럽의 남북과 3,000여 년이 아우러진다. 고대 그리스 신화의 헬레나가 등장하는가 하면, (재정난에 대처하는) 중세 말기의 궁정에서 지폐 발행이 다루어지고, 벌써(거의 두 세기 전의 일이다!) 인조인간이 등장한다. 근대적 인간의 욕망과 그것에 추동된 행동의 삶의 문제에 비중이 모두어지다가 다시 구원의 문제, 사랑의 문제로 대단원의 막이 내려진다.

방대한 작품이 쓰이고 출간된 역사를 작품을 중심으로 한 간략한 연보로 조감해 본다.

| 1753년(4세) | 크리스마스 때 할머니한테서 인형극 상자를 선물받음.(악마와 결탁하여 24년간 온갖 향락을 누리다가 지옥에 떨어진 자인 파우스트의 설화는 비교적 널리 알려진 기독교권의 권선징악적 스토리로 괴테도 어려서부터 잘 알았던 이야기. 영국 작가 말로(Christopher Marlow, 1588~93)의 작품을 유랑극단들이 독일까지 와서 공연하곤 했음.) |

첫 번째 집필기

• 『파우스트』 제1부

1771년(22세) 12월, 1772년(23세) 1~2월	프랑크푸르트에서 쓰기 시작.
1772년(23세) 1월 14일	브란트(Susanna Margaretha Brandt)가 영아살인죄로 처형됨. 젊은 시인 변호사 괴테로 하여금 그레트헨(마가레테) 비극을 쓰게 함.
1775년(26세) 11월	바이마르 행. 바이마르에서 낭독.(이 원고는 유실되었으나 궁녀 괴히하우젠의 필사본이 100여 년 뒤 발굴되어 『원(原) 파우스트』(Urfaust)가 출간됨.)

두 번째 집필기

| 1786~88년(37~39세) | 이탈리아 여행. 「마녀의 주방」 등 주요 부분을 집필. |
| 1789년(40세) | 『단편(斷片) 파우스트』(Faust, ein Fragment) 출간. |

세 번째 집필기

1794년(45세) 쉴러와의 만남. 쉴러의 독려로 다시 『파우스트』에 집중.(쉴러는 "헤라클레스의 토르소"를 완성해 줄 것을 당부함. 괴테는 용기가 없다고만 답하고 오랜 침묵 끝에 1797년 6월 22일 작업을 계속한다고 읽어봐 달라고 부탁하고 이후로 조언이 오감. 『파우스트』 전체에서 유일하게 운을 맞추지 않은 산문인(파우스트의 분노가 폭발되는 부분이다!) 「흐린 날. 벌판에서」 같은 경우 쉴러의 운문 개작 권유를 괴테가 받아들이지는 않았지만 전체적으로 쉴러의 관심과 격려가 큰 자극이 됨.)

1806년(57세) 마무리 작업이 집중적으로 이루어짐.
3월 21일~4월 21일

1808년(58세) 『파우스트』 제1부(*Faust. Eine Tragödie*) 출간.(괴테 생전에 12종이 출간됨. 조피 왕비가 감격하여 후에 방대한 바이마르판 괴테 전집(146권)이 발행되도록 지원함.)

네 번째 집필기

• 『파우스트』 제2부

현재 제3막인 「헬레나」부터 쓰기로 예정.("3,000살 헬레나를 (…) 벌써 60년째 살금살금 뒤쫓고 있어요." 1827년 5월 27일)

1825년(76세) 3월 결말부가 먼저 쓰임. 2월 초 큰 해일이 북해를 휩쓸어 이 재앙의 깊은 인상으로 마지막 장면이 먼저 쓰임.

　　　3월 14일 「헬레나」 집필 착수.(오래된 소재의 시사성: 그리스 해방전쟁을 기억하기, 미(美)에 대한 세대 간의 연결, 고대 폴리스의 르네상스를 생각하며.)

1826년(77세) 10월 주요 부분을 완성하고, 「헬레나, 고전적-낭만적 환영(幻影)극」이라는 제목으로 예고를 내기도 함.

1828년(79세) 1월 「헬레나」를 제3막으로 하기로 하고, 그것을 위해 제1, 2막 집필에 매진함.

1830년(81세) 초 제1막 마무리.

6월 말	제2막 마무리.(1829년 12월 27일 지폐 발행 장면, 1830년 1월 10일 어머니들 장면, 1830년 6월 25일 「고전적 발푸르기스의 밤」)
1831년(82세) 7월 10일	제5막 집필.("가장 중요한 일을 그침 없이 계속하고 있습니다.") 그다음 주에는 제4막 집필.
8월	제2부 전체를 묶어서 봉인함.(『파우스트』 제2부(*Faust. Zweiter Teil*) "이제 남은 생은 순수한 선물로 여길 수 있겠다.")
1832년(83세) 1월	봉인을 풀어서 다시 가필.
3월 22일	서거.
1832년 사후 몇 개월 뒤	『파우스트』 제2부(*Faust II*) 출간됨.(부분부분의 육필 전체(300장)와 출판용으로 만든 폴리오 판형(대형 백과사전 크기)의, 괴테의 마지막 교정이 선명한 최종 필사본(186장)이 현재 바이마르의 괴테-쉴러-아카이브에 보관되어 있고 그 영인본과 괴테의 교정 과정을 추적한 하이브리드 판이 2018년 말에 간행됨.)

장면(괄호 안은 행번호)	운율 형식	집필 시기
헌사(1~32)	8행 슈탄체(Stanze)	1797년 6월 24일
무대 위에서의 서연(33~242)	파우스트 시행(Faust-Vers)	1798년 후반
천상의 서곡(243~353)	파우스트 시행	1799년 후반
	4강음 약강격(Jambus)의 찬가	
	8행 슈탄체	
비극 제1부		
밤(354~807)		
a) 354~605, 598~601은 제외	크니텔 시행(Knittelvers)	1772~73년경
	파우스트 시행	
	자유 리듬(Freier Rhythmus)	
b) 598~601과 606~807	파우스트 시행	1799~1800년으로 추정
	2강음 강약약격(Daktylus) 시행의 합창 찬가	
성문 앞에서(808~1177)	파우스트 시행	1800~01년
	노래 곁들여서	

서재 I(1178~1529)	파우스트 시행	1800~01년
	8행 슈탄체	
	4강음 약강격 시행	
	자유 리듬	
	단행(短行) 주문(incantation)	
	2강음 단행으로 된 노래 곁들여서	
서재 II(1530~2072)		
a) 1530~1769	파우스트 시행	1800~01년
	자유 리듬의 성가 합창 곁들여서	
b) 1770~1867, 2051~2072	파우스트 시행	1788~89년
c) 1868~2050	파우스트 시행	1755년 이전, 1789년 수정
라이프치히의 아우어바흐 술집 (2073~2336)	파우스트 시행	1775 후반에 산문으로, 1789년에 운문으로 개작
	노래 곁들여서	
마녀의 주방(2337~2604)	파우스트 시행	1788년 3~4월
	노래 곁들여서	
[그레트헨 비극](2605~3834)	파우스트 시행(표시된 예외 있음)	1774~75년, 1789년 수정
길거리(2605~2677)	파우스트 시행	
저녁(2678~2804)	파우스트 시행, 담시(Ballade) 곁들여서	
산보(2805~2864)	파우스트 시행	
이웃 여자의 집(2865~3024)	파우스트 시행	
길거리(3025~3072)	파우스트 시행	
정원(3073~3204)	파우스트 시행	
정자(3205~3216)	파우스트 시행	
숲과 동굴(3217~3373)	파우스트 시행	
a) 3217~3341	(5강음 무운 시행(Blankvers)의 독백 곁들여서)	1788~89년(「우물가에서」 다음에 위치). 1775년 후반 이전에는 「성당」 뒤에 위치했음)
b) 3342~3369		
그레트헨의 방(3374~3413)	2강음의 (느슨한) 약강격 4행연	
마르테의 정원(3414~3543)	(자유 리듬 단행의 "신앙고백" 곁들여서)	
우물가에서(3544~3586)	2강음의 (느슨한) 약강격 4행연	

성벽 안 좁은 길(3587~3619)	기도, 다양한 행과 연	
밤(발렌틴 장면)(3620~3775)		
a) 3620~3645, 3650~3659		1775년
b) 3646~3649, 3660~3775	(노래 곁들여서)	1806년 3월
성당(3776~3834)	자유 리듬, 라틴어 합창의 찬가 곁들여서	1775년
발푸르기스의 밤(3835~4222)	파우스트 시행, 노래 곁들여서	1798~99년, 1800~01년, 1806년 초에 완성
발푸르기스 밤의 꿈 (4223~4398)	강약격 발라데	1797년
4335~4342		1826년에 추가
흐린 날. 벌판	산문	1772~73년경
밤. 트인 벌판(4399~4404)	자유 리듬	1775년 후반 이전
감옥(4405~4612)	파우스트 시행	1775년 후반 이전에 산문으로, 1798년 4~5월 운문 개작
	노래와 불규칙한 단행(短行)	

비극 제2부

제1막(4613~6565)

우아한 지대(4613~4727)

a) 4613~4678	노래(4고음 강약격(Trochaeus), 8행 슈탄체)	1827년 여름
	파우스트 시행	
b) 4679~4727	테르치네(Terzine)	1826년 봄
제국령 팔츠. 옥좌가 있는 홀 (4728~5064)	파우스트 시행	1827년 여름
부속실이 딸린 드넓은 홀 (5065~5986)	파우스트 시행	1827년 가을과 겨울
a) 의전관의 진행 (5065~5456)	파우스트 시행(의전관)	
	다양한 4고음 강약격 약강격 시행	
	자주 4행 슈탄체로	
b) 플루투스의 알레고리 (5457~5800)	파우스트 시행	
	(짧은 4강음 강약격 시행 곁들여서)	

	파우스트 시행	
c) 목신 판의 등장 (5801~5986)	2고음 약강격 시행	
	4강음 강약격 4행연으로	
	4강음 강약격 시행	
궁전 정원(5988~6172)	파우스트 시행	
a) 5988~6036	파우스트 시행	1826년 초반
b) 6037~6172	파우스트 시행	1829년 후반
어두운 회랑(6173~6306)	파우스트 시행	1829년 후반
환하게 불 밝힌 홀들 (6307~6376)	파우스트 시행	1829년 후반
기사의 홀(6377~6565)	파우스트 시행	1829년 후반

제2막(6566~8487)

[파우스트의 서재](6566~7004)

높고 둥근 천장의 좁은 고딕 식 방 (6566~6818)	파우스트 시행, 코러스와 4강음 강약격 6행연 슈탄체	1829년 후반
실험실(6819~7004)	파우스트 시행	1829년 후반
고전적 발푸르기스의 밤 (7005~7079)	약강격 트리메터(Trimeter)	
	4강음 강약격	
페네이오스 강 상류에서 (7080~7248)	파우스트 시행	
	4강음 강약격	
페네이오스 강 하류에서 (7249~7494)	파우스트 시행	
	4강음 강약격	
	강약약격 노래	
	자유 리듬	
페네이오스 강 상류에서 (7495~8033)	4강음 강약격	1830년 1~6월, 12월 완성
	파우스트 시행	
	노래들	
	자유 리듬	
에게 해의 바위 만(8034~8487)	파우스트 시행의 대화	
	에피소드들은 4강음 강약격	
	불규칙한 3강음 시행	
	약약강격(Anapaest) 합창 시행	
	약강격과 강약약격, 다양하게 교차	

제3막(8488~10038)		1825년 3~6월, 최종 수정은 1827년 초
스파르타의 메넬라오스 궁전 앞 (8488~9126)	그리스 비극에 따라:	
	대화는 약강격 트리메터(Trimeter)	
	가끔씩 강약격 테트라메터 (Tetrameter)	
	합창대의 송가	
성 안뜰(9127~9573)	차츰 약강격 트리메터에서 5강음 무운 시행까지	
	합창 송가와 담시, 슈탄체의 노래들	
	4행 약강격 연의 전원시적 서정시 포함	
그늘진 숲(9574~10038)		
a) 9574~9673	강약격 테트라메터	
	합창대의 송가	
b) 9674~9938	음악적 형식:	
	강약격 연의 서주, 독창, 코러스	
	다양한 짧은 단행이 나오는(6음절 행과 다양한 강음)	
	앙상블이 있는 무용 장면	
	2행연과 합창 조가(弔歌)가 뒤따름	
c) 9939~10038	약강격 트리메터로 된 발언	
	5강음 무운시행	
	파우스트 시행	
	자유 리듬	
	강약격 테트라메터	
제4막(10039~11042)		1831년 2월 초에서 7월 말까지
고산 지대(10039~10344)	약강격 트리메터	
	파우스트 시행	
앞산 위에서(10345~10782)	파우스트 시행	
	(4고음 강약격)	
대립황제의 막사(10783~11042)	파우스트 시행	
	알렉산드리너(Alexandriner)	

제5막(11043~12111)

트인 지대(11043~11142)	4강음 강약격	1831년 4~5월
궁전(11143~11287)	파우스트 시행	1831년 4~5월
	약강격 단행들	
깊은 밤(11288~11383)	2강음 단행의 노래	1831년 4~5월
	4강음 강약격	
	파우스트 시행	
한밤중(11384~11510)	4강음 약약강격 노래	1800~01년 2~5월
	파우스트 시행과 4강음 강약격 교체	
궁전의 큰 앞뜰(11511~11603)	노래들	1800~01년 2~5월
	파우스트 시행	
매장(11604~11843)	노래들	1800~01년 2~5월
	파우스트 시행	
	2강음의 불규칙한 강약약격과 교체	
심산유곡(11844~12111)	다양한 서정시와 합창 형식 교체	1830년 12월
	(길이가 다양한 강약약격과 약강격 체계)	

차례

일러두기

• 원문의 판본에 대하여
원칙적으로 프랑크푸르트 판에 따랐다. 오래도록 정본이 되어왔던 함부르크 판(1948)을, 프랑크푸르트 판(1989)에 준하여 고쳤고, 그럼에 있어서 괴테 자신의 최종 원고(1832)를 참조하였다. 무엇보다 함부르크 판에 이르기까지 독자의 이해를 돕기 위하여 편집인들이 추가한 많은 부호들 — 괴테 자신은 부호에 엄격했다 — 그리고 당대의 문법에 따라 교정된 단어들이 원본에 가깝게 되돌려졌다.

• 들여쓰기에 대하여
텍스트의 시작 부분들이 일관되지 않고 다양한 간격으로 들여서 쓰여 있다. 이는 물론 원문에 따른 바이고 제각기 독특한 효과를 갖는다. 이 작품에는 노래가 많다. 제1부에서는 노래 하나가 장면 하나를 대신하기도 하고, 제2부에는 근본에서 "가극"이라고까지 표현될 만큼 노래가 많이 들어 있는데 노래가 대사 가운데 삽입될 때는 들여서 쓰고 있다. 또한 전체가 — 단 한 부분(「흐린 날. 벌판」)을 빼고는 — 시행(詩行)인만큼 두드러진 형식의 변화나 운율의 변화가 있을 때도 그러하다. 그리고 중요한 대사에서, 시행 하나를 복수(複數)의 인물의 대사로 나누어서 각 대사에 한 행의 무게를 실어줄 때(행넘기기(Enjambement))에도 그러하다.

• 인명 표기에 대하여
인명은 대체로 해당 인물의 국적에 따라 외래어표기법에 준해 표기했으나(예: 그리스 이름은 그리스어 표기법에 따라 '케이론'(Chiron), '에우포리온'(Euphorion), '린케우스'(Lynkeus)), 독일어화가 두드러진 주요 인명(예: '헬레나'(Helena))이나 독일에서의 높은 지명도로 인해 독일 현지 발음을 존중해야 하는 인명(예: '쉴러'(Schiller)) 등은 예외적으로 독일어 발음대로 표기하였다.

• [ ] 속에 넣은 장면 제목에 대하여
프랑크푸르트 판이나 최종 원고에서는 별도의 장면으로 구분되어 있지 않음에도 불구하고, 그 장면이 오래도록 독립적으로 다루어져왔고 특히 연구에서 자주 장면 단위로 참조되는 경우에는, 종래대로 그 장면을 별도의 장으로 구성해 제목을 붙이고 그 앞뒤에 [ ]를 더하였다. [페네이오스 강 상류에서], [페네이오스 강 하류에서], [에게 해의 바위 만], [성 안뜰], [그늘진 숲] 등 제2부 제2막과 제3막의 장면들에서 그러하다.

• 주(註)와 본문 속 〔 〕 표시에 대하여
본문의 주는 모두 옮긴이가 단 것들이다. 또한 이해를 위해 옮긴이가 번역 속에 보충하여 삽입한 문구는 〔 〕 속에 넣어 표시하였다.

파우스트
비극

Faust
Eine Tragödie

Zueignung

Ihr naht euch wieder, schwankende Gestalten!
Die früh sich einst dem trüben Blick gezeigt.
Versuch' ich wohl euch diesmal fest zu halten?
Fühl' ich mein Herz noch jenem Wahn geneigt?
Ihr drängt euch zu! nun gut, so mögt ihr walten,   5
Wie ihr aus Dunst und Nebel um mich steigt;
Mein Busen fühlt sich jugendlich erschüttert
Vom Zauberhauch, der euren Zug umwittert.

Ihr bringt mit euch die Bilder froher Tage,
Und manche liebe Schatten steigen auf;   10

헌사[1]

다시 다가오누나 너희, 흔들리는 희미한 모습들!
일찍이 아직 흐린 내 눈길에 모습 보여주었던 이들.
이번에는 내가 너희를 붙잡아 볼까?
내 가슴 아직도 저 광기로 끌림이 느껴지니?
바짝 다가오네! 그래, 너희 강렬하게 여기 있는 것이리,   5
너희 나를 에워싼 몽롱한 안개에서 솟아오르니.
내 가슴이 젊은 날처럼 고동친다,
너희의 행렬을 감도는 마법의 입김으로 하여.

너희, 즐거웠던 날들의 영상을 더불어 가져오니
더러 그림자[2] 되어버린 고왔던 이들도 떠오른다.   10

---

1 『파우스트』는 괴테가 60여 년에 걸쳐 쓴 작품이지만 집중적으로 쓴 네 차례의 시기가 있다. 바이
  마르로 오기(1775) 전인 1773/4년경의 젊은 날, 이탈리아에서 체류하던 시기(1786~88), 쉴러
  를 만나서(1794) 자극과 권유를 받았던 시기, 그리고 임종(1832)을 앞둔 말년이 그것이다. 이 헌
  사 부분은 세 번째 시기에 그 첫 집필기를 회고하는 감상을 담은 것이다.
2 일찍 세상을 떠난 사람들뿐만 아니라 여러 사유로 멀어진 사람들을 아울러 가리킨다.

Gleich einer alten halbverklungnen Sage,

Kommt erste Lieb' und Freundschaft mit herauf;

Der Schmerz wird neu, es wiederholt die Klage

Des Lebens labyrinthisch irren Lauf,

Und nennt die Guten, die, um schöne Stunden   15

Vom Glück getäuscht, vor mir hinweggeschwunden.

Sie hören nicht die folgenden Gesänge,

Die Seelen, denen ich die ersten sang;

Zerstoben ist das freundliche Gedränge,

Verklungen ach! der erste Widerklang.   20

Mein Lied ertönt der unbekannten Menge,

Ihr Beifall selbst macht meinem Herzen bang,

Und was sich sonst an meinem Lied erfreuet,

Wenn es noch lebt, irrt in der Welt zerstreuet.

Und mich ergreift ein längst entwöhntes Sehnen   25

Nach jenem stillen ernsten Geisterreich,

Es schwebet nun in unbestimmten Tönen

Mein lispelnd Lied, der Äolsharfe gleich,

Ein Schauer faßt mich, Träne folgt den Tränen,

Das strenge Herz es fühlt sich mild und weich;   30

Was ich besitze seh' ich wie im Weiten,

Und was verschwand wird mir zu Wirklichkeiten.

반쯤 잊힌 옛 설화처럼
첫사랑과 우정도 함께 떠오른다.
고통이 새로워지고, 그 탄식은 거듭
미로처럼 얽힌 인생의 흐름을 돌아보며
저 선한 이들을 이름 부른다, 아름다운 시간에   15
행복에 속아, 나보다 앞서 사라져간 이들.

그이들, 이젠 다음 노래를 듣지 못하네,
내가 첫 노래를 들려주었던 영혼들.
다정했던 무리는 흩어지고
첫 반향은 아아! 잦아들어 버렸구나.   20
내 노래가 이젠, 내가 모르는 이들 귀에 울리니
그들의 갈채조차도 내 마음을 두렵게 하네,
예전에 내 노래를 기뻐하던 이들은
살아 있어도, 뿔뿔이 흩어져 세상을 헤매네.

오래전에 잊은 그리움 하나 나를 사로잡네,   25
영들이 머무는 저 고요하고, 엄숙한 제국에의 그리움.
이제는 불확실한 음(音)으로 떠도네,
속삭이는 나의 노래, 바람이 울리는 하프처럼.
전율이 나를 사로잡네, 눈물에 눈물 쏟아지네,
엄하기만 하던 마음, 온화하게 누그러져,   30
아직 가진 것, 나는 훌쩍 떨어진 듯 바라본다,
하니 사라져버린 것, 차츰 현실이 되어온다.

무대 위에서의 서연(序演)³

Vorspiel auf dem Theater

Direktor. Theaterdichter. Lustige Person.

DIREKTOR

Ihr beiden, die ihr mir so oft,

In Not und Trübsal, beigestanden,

Sagt, was ihr wohl in deutschen Landen   35

Von unsrer Unternehmung hofft?

Ich wünschte sehr der Menge zu behagen,

Besonders weil sie lebt und leben läßt.

Die Pfosten sind, die Bretter aufgeschlagen,

Und jedermann erwartet sich ein Fest.   40

Sie sitzen schon, mit hohen Augenbraunen,

단장. 극단 전속 시인. 광대.

단장

자네 둘, 참으로 자주 나를,

어려울 때나 슬플 때나, 도와준 자네들,

말해보게, 이 독일 땅   35

우리 사업에서 무얼 희망하나?

나는 많은 무리를 즐겁게 해주기를 몹시 바라고 있네,

그들도 살고 그 덕에 우리도 살잖나.

기둥이 섰고 무대도 떵떵 박아놓았으니

누구든 잔치를 기대하지.   40

벌써들 와 앉아 있네, 귀 쫑긋하고⁴

---

3 본 연극이 시작되기 전에 3인 ─ 수입을 생각하는 극단장, 불멸의 업적을 남기고 싶은 시인, 둘
   의 타협으로 연극이 무대에 올라야 먹고사는 배우 ─ 이 등장하여 대화를 나누는 이 장면은 연
   극에 대한 연극 형식의 토론이다. 여기에는 3인 각자의 입장에 두루 서본 괴테 자신의 입장이
   반영되어 있다. 괴테 자신은 물론 시인이었고, 바이마르 극장을 운영한 책임자였으며(1792~
   1810), 스스로 무대에 서기도 했다. 이 장면은 인도 시인 카리다(Karidwa)의 『자쿤달라』
   (*Sakundala*)에서 힌트를 얻어 쓰였다. 단장은 18세기 유랑극단 단장의 전형적인 모습을 보여준
   다. 1798년 후반기에 쓰였다.

Gelassen da und möchten gern erstaunen.

Ich weiß wie man den Geist des Volks versöhnt;

Doch so verlegen bin ich nie gewesen;

Zwar sind sie an das Beste nicht gewöhnt,   45

Allein sie haben schrecklich viel gelesen.

Wie machen wir's? daß alles frisch und neu

Und mit Bedeutung auch gefällig sei.

Denn freilich mag ich gern die Menge sehen,

Wenn sich der Strom nach unsrer Bude drängt,   50

Und mit gewaltig wiederholten Wehen

Sich durch die enge Gnadenpforte zwängt,

Bei hellem Tage, schon vor Vieren,

Mit Stößen sich bis an die Kasse ficht

Und, wie in Hungersnot um Brot an Bäckertüren,   55

Um ein Billett sich fast die Hälse bricht,

Dies Wunder wirkt auf so verschiedne Leute

Der Dichter nur; mein Freund, o! tu' es heute!

DICHTER

O sprich mir nicht von jener bunten Menge,

느긋이 저기 앉아 놀라고 싶어 하네.

어찌해야 무리의 마음[5]에 맞출 수 있는지 나는 알지.

하지만 이렇게 당황한 적은 한번도 없었네.

저네들은 최상의 것에 익숙하지는 않아도   45

읽은 게 끔찍하게도 많거든.

어찌하면 될까? 모든 게 새롭고 신선하고

또 의미 있으면서도 마음에 들게 하자면.

물론 나야 큰 무리를 보고 싶으니까,

밀물같이 우리 극장으로 밀려들며   50

요란한 비명을 계속 질러대며

은총의 좁은 문[6]을 비집고 밀고 들어

벌건 대낮, 네 시도 되기 전에 벌써

밀쳐대면서 매표구에 닿기까지 싸우고

배고픈 자가 빵 얻으려 빵가게 문에 달라붙듯,   55

입장권 한 장을 얻자고 목숨을 거는 걸 말이야.

이런 기적은 온갖 사람들에게 힘을 미치지

시인만이 할 수 있지, 이보게, 그걸 오늘 해보시게!

시인

아 저 요란한 무리 이야길랑 저에게 하지 마세요,

---

4 mit hohen Augenbraunen: 원문은 '눈썹을 치켜세우고'라고 직역되며 호기심 어린 태도를 의미
   한다. 여기서는 이를 우리에게 친근한 우리말 표현으로 바꾸어 옮겼다. 이 책의 번역에서 원문과
   의 이와 유사한 차이는 같은 이유로 발생하였다.

5 Geist des Volks: 직역은 '백성의 정신'. '관객의 (낮은) 수준'을 은연중에 가리키고 있다.

6 '은총의 좁은 문'(Gnadenpforte): 마태복음 7장 13~14절에서 빌려 온 표현. 여기서는 극장 문을
   가리킨다.

Bei deren Anblick uns der Geist entflieht. 60

Verhülle mir das wogende Gedränge,

Das wider Willen uns zum Strudel zieht.

Nein, führe mich zur stillen Himmelsenge,

Wo nur dem Dichter reine Freude blüht;

Wo Lieb' und Freundschaft unsres Herzens Segen 65

Mit Götterhand erschaffen und erpflegen.

Ach! was in tiefer Brust uns da entsprungen,

Was sich die Lippe schüchtern vorgelallt,

Mißraten jetzt und jetzt vielleicht gelungen,

Verschlingt des wilden Augenblicks Gewalt. 70

Oft, wenn es erst durch Jahre durchgedrungen

Erscheint es in vollendeter Gestalt.

Was glänzt ist für den Augenblick geboren;

Das Echte bleibt der Nachwelt unverloren.

LUSTIGE PERSON

Wenn ich nur nichts von Nachwelt hören sollte; 75

Gesetzt, daß ich von Nachwelt reden wollte,

Wer machte denn der Mitwelt Spaß?

Den will sie doch und soll ihn haben.

Die Gegenwart von einem braven Knaben

저런 사람들 보기만 해도 정신이 다 달아나요.　　　　　　60

파도같이 밀려드는 무릴랑 가려주세요,

우릴 걷잡을 수 없이 휩쓸어 가잖아요.

아니요, 저를 고요한 하늘의 협곡(峽谷)[7]으로 인도해 주세요,

오로지 시인에게만 순수한 기쁨이 꽃피는 곳,

사랑과 우정이 우리 가슴의 축복을　　　　　　　　　65

신(神)의 손길로 짓고 보살피는 그곳.

아! 거기 우리 깊은 가슴속에서 솟는 것,

입술이 수줍어하며 더듬거리는 것,

어긋나버리는가 하면 간혹 이루어지기도 하는데

광포한 순간의 폭력이 삼켜버리고 맙니다.　　　　　70

자주, 여러 해를 지나서야 비로소 스며들어

그것은 보다 완성된 형상으로 나타나지요.

반짝이는 건, 순간을 위해 태어난 것

진정한 건, 후세에도 간직됩니다.[8]

광대

후세 이야길랑 하지 마세요.　　　　　　　　　　75

내가 후세 이야기나 하고 싶어 한다면

당대는 누가 재미있게 해주나요?

당대도 재미가 좀 있길 원하고 또 그래야 마땅하지요.

씩씩한 젊은이가 여기 있는 건

7　'하늘의 협곡'(Himmelsenge)은 '은총의 좁은 문'과 연결된 표현이다.

8　시인의 불멸의 꿈이 압축되어 나타나는 구절이다.

Ist, dächt' ich, immer auch schon was.   80

Wer sich behaglich mitzuteilen weiß,

Den wird des Volkes Laune nicht erbittern;

Er wünscht sich einen großen Kreis,

Um ihn gewisser zu erschüttern.

Drum seid nur brav und zeigt euch musterhaft,   85

Laßt Phantasie, mit allen ihren Chören,

Vernunft, Verstand, Empfindung, Leidenschaft,

Doch, merkt euch wohl! nicht ohne Narrheit hören.

DIREKTOR

Besonders aber laßt genug geschehn!

Man kommt zu schaun, man will am liebsten sehn.   90

Wird vieles vor den Augen abgesponnen,

So daß die Menge staunend gaffen kann,

Da habt Ihr in der Breite gleich gewonnen,

Ihr seid ein vielgeliebter Mann.

Die Masse könnt Ihr nur durch Masse zwingen,   95

Ein jeder sucht sich endlich selbst was aus.

Wer vieles bringt, wird manchem etwas bringen;

Und jeder geht zufrieden aus dem Haus.

Gebt Ihr ein Stück, so gebt es gleich in Stücken!

Solch ein Ragout es muß Euch glücken;   100

제 소견으로는, 언제든 벌써 상당한 거랍니다.　　　　　　　　80

편안하게 이야기를 전할 줄 아는 사람은

관중의 변덕에도 노하지 않을걸요.

그런 사람이면 많은 관객을 소망하죠,

보다 확실하게 그 마음을 흔들어주기를요.

그러니 그저 착실히 모범을 보이셔서　　　　　　　　　　85

환상에다 모든 그 코러스를 동원하세요,

이성, 오성, 감성, 정열을,

하지만, 잘 알아두쇼! 멍청한 소리가 빠져선 안 돼요!

단장

하지만 무엇보다 사건이 많이 일어나야 하오!

사람들은 구경하러들 오는 거요, 그저 보고 싶어 한단 말이오.　　90

눈앞에서 많은 것이 펼쳐져

무리가 놀라서 벌린 입을 다물지 못하면

그럼 금방 널리 마음을 산 것이고.

선생은 인기인이 된 거요.

무리란 물량으로써민 제압할 수 있소,　　　　　　　　　95

각자 자기가 마침내 뭔가 골라내지.

많은 걸 내놔야 건져 갈 것도 많지.

그래야 다들 만족해서 극장을 나서지.

작품 하나를 내려거든, 바로 조각조각 내어 주시오!⁹

그런 잡탕, 자네도 분명 끓일 줄 알걸.　　　　　　　　100

9　Stück이라는 단어는 '조각'을 뜻하기도 하고 '작품'을 가리키기도 한다. 어휘의 유희적 구사가
　눈길을 끈다.

Leicht ist es vorgelegt, so leicht als ausgedacht.

Was hilft's, wenn Ihr ein Ganzes dargebracht,

Das Publikum wird es Euch doch zerpflücken.

DICHTER

Ihr fühlet nicht, wie schlecht ein solches Handwerk sei!

Wie wenig das dem echten Künstler zieme!   105

Der saubern Herren Pfuscherei

Ist, merk' ich, schon bei euch Maxime.

DIREKTOR

Ein solcher Vorwurf läßt mich ungekränkt;

Ein Mann, der recht zu wirken denkt,

Muß auf das beste Werkzeug halten.   110

Bedenkt, Ihr habet weiches Holz zu spalten,

Und seht nur hin für wen Ihr schreibt!

Wenn diesen Langeweile treibt,

Kommt jener satt vom übertischten Mahle,

Und, was das allerschlimmste bleibt,   115

Gar mancher kommt vom Lesen der Journale.

Man eilt zerstreut zu uns, wie zu den Maskenfesten,

Und Neugier nur beflügelt jeden Schritt;

Die Damen geben sich und ihren Putz zum besten

Und spielen ohne Gage mit.   120

Was träumet Ihr auf eurer Dichter-Höhe?

Was macht ein volles Haus euch froh?

Beseht die Gönner in der Nähe!

가볍게 쓰윽 내놓는 거지, 구상도 후딱 가볍게 하고.

자네가 뭘 덩어리째 준다 한들 무슨 소용인가,

관중은 어차피 갈갈이 쥐어뜯어 갈 텐데 뭘.   .

시인

모르시네요, 그렇게 뚜드려 맞춘 게 얼마나 나쁜지!

그런 게 진정한 예술가에게는 얼마나 온당치 않은지!   105

말쑥한 신사들의 눈속임,

알겠습니다, 그게 이미 당신네 대원칙이로군요.

단장

그런 비난으로 날 마음 상하게 하진 못하네.

제대로 일해보겠다고 생각하는 사람이라면

최상의 도구를 중요하게 여기지.   110

생각해 보게, 자네한테는 무른 장작 패기일세,

하니 유의하게, 누구를 위해서 글을 쓰는지를!

어떤 사람들은 심심해서 오고

어떤 사람들은 과식하고 배불러서 오지,

한데 그중 최악은,   115

적지 않은 사람들이 신문 잡지를 읽다가 오는 거지.

기분 풀러 서둘러 여기로 오는 거지, 가면(假面) 잔치 구경 가듯

그 발걸음에다 날개를 달아주는 건 호기심뿐.

숙녀들은 자기를 내보이고 치장을 최고로 내보이며

무보수로 함께 공연을 해주고 말이야.   120

자네의 그 드높은 시인의 자리에서 무슨 꿈을 꾸고 계시나?

극장이 사람으로 가득 차는 게 왜 기쁜가?

보게, 가까이에 있는 후원자들[10]을!

Halb sind sie kalt, halb sind sie roh.

Der, nach dem Schauspiel, hofft ein Kartenspiel, 125

Der eine wilde Nacht an einer Dirne Busen.

Was plagt ihr armen Toren viel,

Zu solchem Zweck, die holden Musen?

Ich sag' euch, gebt nur mehr, und immer immer mehr,

So könnt ihr euch vom Ziele nie verirren. 130

Sucht nur die Menschen zu verwirren,

Sie zu befriedigen ist schwer — —

Was fällt Euch an? Entzückung oder Schmerzen?

DICHTER

Geh hin und such dir einen andern Knecht!

Der Dichter sollte wohl das höchste Recht, 135

Das Menschenrecht, das ihm Natur vergönnt,

Um deinetwillen freventlich verscherzen!

Wodurch bewegt er alle Herzen?

Wodurch besiegt er jedes Element?

Ist es der Einklang nicht, der aus dem Busen dringt, 140

Und in sein Herz die Welt zurücke schlingt?

Wenn die Natur des Fadens ew'ge Länge,

Gleichgültig drehend, auf die Spindel zwingt,

Wenn aller Wesen unharmon'sche Menge

Verdrießlich durch einander klingt: 145

저들은 절반은 냉담하고, 절반은 거칠단 말이오.

어떤 자는 연극 끝나면, 카드놀이를 기다리고 125

어떤 자는 여인의 품에서 보낼 질탕한 밤을 기다린단 말이오.

무엇 하러 그 가엾은 바보들을 많이 괴롭히나,

고작 그런 목적으로 괴롭히나, 우미의 여신들을?

일러두거니와, 많이만, 점점 더욱더 많이만 내놓으시오,

그러면 목표에서 벗어나 헤매는 일이 없을 거요. 130

사람들을 그저 어벙벙하게만 만드시오,

그들을 만족시키는 건 어렵다오 —

왜 그러오? 황홀해서 그러오, 괴로워서 그러오?

시인

가서 다른 하인을 찾아보시죠!

시인이 최고의 권리, 135

자연이 그에게 부여한 인간의 권리를

당신을 위해 무모하게 탕진해야 한단 말인가요!

무얼로 시인이 만인의 가슴을 뒤흔드나요?

무얼로 시인이 온갖 자연의 위력을 제압하나요?

그건 가슴에서 용솟음쳐 나온 화음(和音) 아닌가요, 140

그의 가슴에다 세계를 다시 넣어주는 그 화음 아닌가요?

자연이 영원한 길이의 실가닥을

무심히 돌리며 물렛가락에 억지로 감을 때,

모든 존재들의 부조화한 무리가

끔찍하게 뒤죽박죽 쿵짝거릴 때, 145

---

10 관객을 뜻한다.

Wer teilt die fließend immer gleiche Reihe

Belebend ab, daß sie sich rhythmisch regt?

Wer ruft das Einzelne zur allgemeinen Weihe?

Wo es in herrlichen Akkorden schlägt,

Wer läßt den Sturm zu Leidenschaften wüten? 150

Das Abendrot im ernsten Sinne glühn?

Wer schüttet alle schönen Frühlingsblüten

Auf der Geliebten Pfade hin?

Wer flicht die unbedeutend grünen Blätter

Zum Ehrenkranz Verdiensten jeder Art? 155

Wer sichert den Olymp, vereinet Götter?

Des Menschen Kraft im Dichter offenbart.

LUSTIGE PERSON

So braucht sie denn die schönen Kräfte

Und treibt die dicht'rischen Geschäfte,

Wie man ein Liebesabenteuer treibt. 160

Zufällig naht man sich, man fühlt, man bleibt

Und nach und nach wird man verflochten;

Es wächst das Glück, dann wird es angefochten,

Man ist entzückt, nun kommt der Schmerz heran,

Und eh man sich's versieht, ist's eben ein Roman. 165

Laßt uns auch so ein Schauspiel geben!

Greift nur hinein in's volle Menschenleben!

Ein jeder lebt's, nicht vielen ist's bekannt,

Und wo ihr's packt, da ist's interessant.

누가 물 흐르듯 고른 갈래를 나누어
생명 주어, 넘실넘실 출렁이게 하나요?
누가 하나하나 불러내어 전체 장엄함을 만드나요?
음(音) 하나 근사한 화음으로 울릴 때.
누가 폭풍을 몰아쳐 열정이 되게 하나요?　　　　　　　　　　　150
저녁노을을 엄숙한 뜻으로 불타게 하나요?
누가 모든 아름다운 봄꽃들을
연인이 가는 오솔길에 쏟아붓나요?
누가 별 뜻 없이 푸르른 잎들을
영예의 화환으로 엮어 온갖 공로에게 주나요?　　　　　　　　155
누가 올림포스를 지켜주나요, 신들을 하나로 묶어주나요?
시인에게서 계시되는 인간의 힘이죠.

광대

힘을 그렇게 써보시죠, 그 아름다운 힘들을,
그러면서 시인의 업무를 해보세요,
사람들이 사랑의 모험을 하듯이.　　　　　　　　　　　　160
우연히 서로 가까워지고, 느끼고, 머물죠,
차츰차츰 서로 얽혀가고요.
행복이 커가고, 그러면 훼방이 들어오고
황홀했는데, 이젠 고통이 다가오죠,
그러곤 눈 깜짝할 사이에 벌써 소설이 되죠.　　　　　　　165
우리 연극도 그렇게 내놓으십시다!
충만한 인간사에다 그저 손 쓱 넣어 뒤져보세요!
누구나 그렇게 살지만, 그걸 아는 사람이 많지는 않아요.
선생이 덜컥 덜미 잡아내는 곳, 거기가 재미있는 데죠.

In bunten Bildern wenig Klarheit, 170

Viel Irrtum und ein Fünkchen Wahrheit,

So wird der beste Trank gebraut,

Der alle Welt erquickt und auferbaut.

Dann sammelt sich der Jugend schönste Blüte

Vor eurem Spiel und lauscht der Offenbarung, 175

Dann sauget jedes zärtliche Gemüte

Aus eurem Werk sich melanchol'sche Nahrung;

Dann wird bald dies bald jenes aufgeregt,

Ein jeder sieht was er im Herzen trägt.

Noch sind sie gleich bereit zu weinen und zu lachen, 180

Sie ehren noch den Schwung, erfreuen sich am Schein;

Wer fertig ist, dem ist nichts recht zu machen;

Ein Werdender wird immer dankbar sein.

DICHTER

So gib mir auch die Zeiten wieder,

Da ich noch selbst im Werden war, 185

Da sich ein Quell gedrängter Lieder

Ununterbrochen neu gebar,

Da Nebel mir die Welt verhüllten,

Die Knospe Wunder noch versprach,

Da ich die tausend Blumen brach, 190

Die alle Täler reichlich füllten.

Ich hatte nichts und doch genug,

Den Drang nach Wahrheit und die Lust am Trug.

색색깔 그림들로 감싸서, 명료함은 별로 없게,　　　　　170

오류는 잔뜩, 진실은 불티 한 점,

그렇게 양조되죠, 최고의 음료,

온 세상을 원기 나고 즐겁게 하는 음료는요.

그러면 가장 아름다운 꽃다운 젊은이들이

그대들의 작품 앞에 모여 계시에 귀 기울이죠,　　　175

그러면 모든 다정다감한 심성이 그대들의 작품에서

젖을 빨 듯 멜랑콜리한 자양분을 얻어 가지요.

그러면 때로는 이이가, 때로는 저이가 자극을 받고

누구든, 자기가 가슴에 품고 있는 것을 보게 되지요.

또 그들은 울고 웃을 준비가 고루 되어 있고　　　180

비약(飛躍)을 높이 사고, 가상(假象)을 즐긴답니다.

완성된 자, 그에겐 아무것도 더 할 게 없잖아요.

이루어지는 중인 자는 늘 감사할 겁니다.

시인

그렇다면 내게 저 시절도 다시 다오.

나 스스로가 아직 이루어지는 중이던 때,　　　185

빼곡히 들어찬 노래의 샘이

그침 없이 펑펑 솟던 때,

내 눈엔 안개가 세상을 감싸고 있고

꽃봉오리들은 아직 기적을 약속하고 있던 때,

수천 가지 꽃들을 내가 꺾던 때,　　　190

모든 골짜기를 가득 채운 꽃들을.

가진 것 아무것도 없어도 나 넉넉하던 때.

진리에의 욕구, 미혹(迷惑)에의 흥이 있기에.

Gib ungebändigt jene Triebe,

Das tiefe, schmerzenvolle Glück,   195

Des Hasses Kraft, die Macht der Liebe,

Gib meine Jugend mir zurück!

LUSTIGE PERSON

Der Jugend, guter Freund, bedarfst du allenfalls,

Wenn dich in Schlachten Feinde drängen,

Wenn mit Gewalt an deinen Hals   200

Sich allerliebste Mädchen hängen,

Wenn fern des schnellen Laufes Kranz

Vom schwer erreichten Ziele winket,

Wenn nach dem heft'gen Wirbeltanz

Die Nächte schmausend man vertrinkt.   205

Doch ins bekannte Saitenspiel

Mit Mut und Anmut einzugreifen,

Nach einem selbstgesteckten Ziel

Mit holdem Irren hinzuschweifen,

Das, alte Herrn, ist eure Pflicht,   210

Und wir verehren euch darum nicht minder.

Das Alter macht nicht kindisch, wie man spricht,

Es findet uns nur noch als wahre Kinder.

DIREKTOR

Der Worte sind genug gewechselt,

Laßt mich auch endlich Taten sehn;   215

Indes ihr Komplimente drechselt,

저 충동들을 몽땅 다오,

고통에 가득 찬 깊은 행복,   195

증오의 힘, 사랑의 위력,

나에게 내 젊음을 돌려다오!

광대

젊음이야, 친구여, 당신이 때에 따라 필요로 하긴 하지요,

전장에서 적들이 당신에게 밀려올 때,

당신 목에 기를 쓰며   200

더없이 어여쁜 아가씨들이 매달릴 때,

가장 빨리 달린 자에게 주는 월계관이 멀리서,

어렵사리 도달할 목적지에서 손짓할 때,

격렬한 회오리 춤이 끝나고

퍼먹고 퍼마시며 밤들을 보낼 때.   205

하지만 익숙한 현(絃)을

용기와 우아함으로 퉁기는 것,

스스로 세운 목표를 향해

아름답게 방황하며 나아가는 것,

그것이, 나이 든 양반들, 그대들의 의무요,   210

그렇다고 해서 우리가 그대들을 덜 존경하지 않아요.

사람들이 말하듯, 늙어서 애들 같아지는 게 아니라,

벌써 우린 진짜 애들인걸요.

단장

말은 충분히 오갔네,

이젠 행동을 보여주게.   215

자네들이 새끼 꼬듯 입에 발린 칭찬을 엮어가는 그 시간에

Kann etwas nützliches geschehn.

Was hilft es viel von Stimmung reden?

Dem Zaudernden erscheint sie nie.

Gebt ihr euch einmal für Poeten, 220

So kommandiert die Poesie.

Euch ist bekannt, was wir bedürfen,

Wir wollen stark Getränke schlürfen;

Nun braut mir unverzüglich dran!

Was heute nicht geschieht, ist morgen nicht getan, 225

Und keinen Tag soll man verpassen,

Das Mögliche soll der Entschluß

Beherzt sogleich beim Schopfe fassen,

Er will es dann nicht fahren lassen,

Und wirket weiter, weil er muß. 230

Ihr wißt, auf unsern deutschen Bühnen

Probiert ein jeder was er mag;

Drum schonet mir an diesem Tag

Prospekte nicht und nicht Maschinen.

Gebraucht das groß' und kleine Himmelslicht, 235

Die Sterne dürfet ihr verschwenden;

An Wasser, Feuer, Felsenwänden,

An Tier und Vögeln fehlt es nicht.

뭔가 유익한 일을 할 수도 있지.

기분 이야기만 많이 해서 무슨 소용이 있나?

그게 망설이는 자에게 절로 나타나겠나.

일단 시인으로 자처했거든   220

시(詩)를 진두지휘해야지.

우리한테 필요한 게 뭔지는 자네들도 알걸,

우린 독주[11]를 들이켜고 싶단 말일세.

그런 술을 이젠 지체 없이 빚어내게!

오늘 못 하는 일이 내일 저절로 되어 있진 않아,   225

하루도 놓쳐선 안 되네.

가능한 게 있으면, 결심을 해서

성심껏, 즉각 덜미를 잡아야 하고

그리고 나선 놓치지 않도록 할 것이며

계속 공을 들여야지, 그래야 하니까.   230

자네도 알지, 우리 독일 무대에선

누구든, 자기 좋은 걸 해볼 수 있어.

그래서 오늘 나는

무대장치도 기계들도 아끼지 않겠네.

크고 작은 하늘빛도 쓰고   235

별들도 마음껏 써도 되네,

물, 불, 암벽,

짐승들, 새들도 없지 않네.

---

11 "독주"는 앞서 나왔던 "잡탕"과 마찬가지로 단장이 생각하는 작품을 나타낸다.

So schreitet in dem engen Bretterhaus

Den ganzen Kreis der Schöpfung aus,   240

Und wandelt mit bedächt'ger Schnelle

Vom Himmel durch die Welt zur Hölle.

활보해 보게나, 이 협소한 극장 안에서
창조의 전체 영역을 두루 다,   240
신중한 속도로 거닐게나
천상에서부터 지상을 거쳐 지옥까지.[12]

---

12 이 마지막 행에는 앞으로 펼쳐질 작품 『파우스트』의 전개에 대한 시사가 담겨 있다.

천상의 서곡(序曲)[13]

Prolog im Himmel

Der Herr. Die himmlischen Heerscharen,

nachher Mephistopheles.

Die drei Erzengel treten vor.

RAPHAEL

Die Sonne tönt nach alter Weise

In Brudersphären Wettgesang,

Und ihre vorgeschrieb'ne Reise   245

Vollendet sie mit Donnergang.

Ihr Anblick gibt den Engeln Stärke,

Wenn keiner sie ergründen mag;

Die unbegreiflich hohen Werke

Sind herrlich wie am ersten Tag.   250

주님. 천군(天軍)의 무리,

뒤이어 메피스토펠레스.

세 수석천사, 앞으로 나온다.

라파엘[14]

태양은 예나 다름없이 층층의 천공에서

다투듯 부르는 노래를 울리고[15]

그 정해진 행로를   245

완성하네, 천둥 발걸음으로.

그 광경 바라보며 천사들 힘을 얻네,

아무도 규명하지 못해도.

불가해하게 드높은 위업들은

태초의 첫날에 그러했듯 장려하네.   250

---

13 주님과 메피스토펠레스 사이에 내기가 이루어지는 스토리 전개의 전제이자 작품 전체의 구상
    을 요약하는 부분이다. 1800년에 쓰인 것으로 추정된다.

14 Raphael: 단어 뜻은 "신의 구원". 여행자 약사들을 보호해 주고 괴물 악령을 막아주는 수호천사.
    신의 뜻의 해설자.

15 천동설의 우주에 대한 구상이 전제되어 있다. 전체적으로 이 부분은 우주의 시점에서 지구를
    바라보고 있다.

GABRIEL

Und schnell und unbegreiflich schnelle

Dreht sich umher der Erde Pracht;

Es wechselt Paradieses–Helle

Mit tiefer, schauervoller Nacht;

Es schäumt das Meer in breiten Flüssen   255

Am tiefen Grund der Felsen auf,

Und Fels und Meer wird fortgerissen

In ewig schnellem Sphärenlauf.

MICHAEL

Und Stürme brausen um die Wette,

Vom Meer auf's Land, vom Land auf's Meer,   260

Und bilden wütend eine Kette

Der tiefsten Wirkung rings umher.

Da flammt ein blitzendes Verheeren

Dem Pfade vor des Donnerschlags;

Doch deine Boten, Herr, verehren   265

Das sanfte Wandeln deines Tags.

ZU DREI

Der Anblick gibt den Engeln Stärke

Da keiner dich ergründen mag,

Und alle deine hohen Werke

가브리엘[16]

또 빠르게, 불가해하게 빠르게

화려한 땅덩이가 이리저리 돌고 있네.

낙원의 밝음과 으스스한

심연의 어둠이 교차하네.

바다는 광대한 흐름 속에서   255

깊은 암반에 부딪쳐 거품으로 솟구치고

바위와 바다가 한데 휩쓸려 가네,

영원히 빠른 천체의 운행 속에서.

미카엘[17]

또 폭풍에 폭풍이 다투어 포효하네,

바다에서 육지로, 육지에서 바다로,   260

광란하며 사방에서

심원한 작용의 연쇄를 일으키네.

휩쓰는 번갯불 타오르네,

거기 천둥 누비는 길에 앞질러.

하지만 당신의 사신(使臣)들은, 주여, 우러릅니다   265

당신이 지으신 나날의 부드러운 변전을.

셋이서

그 광경 바라보며 천사들 힘을 얻네,

아무도 당신을 규명하지 못해도

당신의 모든 드높은 위업들은

---

16 Gabriel: 단어 뜻은 "신의 영웅". 비전의 해설자로 예언을 한다.

17 Michael: 단어 뜻은 "신 같은 이". 이스라엘 백성의 수호천사. 싸우고 방어한다.

Sind herrlich wie am ersten Tag. 270

MEPHISTOPHELES

Da du, o Herr, dich einmal wieder nahst

Und fragst, wie alles sich bei uns befinde,

Und du mich sonst gewöhnlich gerne sahst:

So siehst du mich auch unter dem Gesinde.

Verzeih, ich kann nicht hohe Worte machen, 275

Und wenn mich auch der ganze Kreis verhöhnt;

Mein Pathos brächte dich gewiß zum Lachen,

Hätt'st du dir nicht das Lachen abgewöhnt.

Von Sonn' und Welten weiß ich nichts zu sagen,

Ich sehe nur wie sich die Menschen plagen. 280

Der kleine Gott der Welt bleibt stets von gleichem Schlag,

Und ist so wunderlich als wie am ersten Tag.

Ein wenig besser würd' er leben,

Hätt'st du ihm nicht den Schein des Himmelslichts gegeben;

Er nennt's Vernunft und braucht's allein, 285

Nur tierischer als jedes Tier zu sein.

Er scheint mir, mit Verlaub von Ew. Gnaden,

Wie eine der langbeinigen Zikaden,

Die immer fliegt und fliegend springt

Und gleich im Gras ihr altes Liedchen singt; 290

태초의 첫날에 그러했듯 장려하네.   270

메피스토펠레스[18]

오 주님, 또 한 번 다가오셔서

저희들 다들 어찌 지내냐 물어주시니,

또 여느 때도 보통 저를 보시기 좋아하셨으니,

하인들[19] 틈에 끼인 제 모습도 보시누먼요.

죄송해요, 고상한 말은 할 줄 몰라요,   275

설령 온 무리가 절 비웃는다 해도요.

제가 열내봐야 당신의 웃음거리나 되겠지요,

웃는 걸 아주 잊으시진 않았다면 말입니다요.

태양이니 세계니에 대해선 말할 줄 모르고요,

제 눈에 뵈는 거라곤, 인간들이 자신을 괴롭히는 꼴이죠.   280

세상의 작은 신(神)이라면서 노상 그 모양이고

태초의 첫날에 그랬던 것처럼 괴상하죠.

그자들 사는 게 조금은 나았으련만,

당신이 하늘빛을 얼핏 비쳐주지 않으셨던들.

주신 빛을 이성(理性)이라 부르면서 쓰는 데라곤 고작   285

어떤 짐승보다도 더 짐승처럼 구는 데뿐.

인간이란, 제 보기로는, 죄송하오나,

다리 긴 여치 같죠,

항시 풀풀 날고, 나는가 하면 폴짝폴짝 뛰다가

또 금방 풀 속에 처박혀 구닥다리 노래나 부르고.   290

---

18 히브리어의 '파괴자'(mephir)와 '거짓말쟁이'(tophel)를 합친 단어로 추정한다.

19 앞서의 천사들.

Und läg' er nur noch immer in dem Grase!

In jeden Quark begräbt er seine Nase.

DER HERR

Hast du mir weiter nichts zu sagen?

Kommst du nur immer anzuklagen?

Ist auf der Erde ewig dir nichts recht? 295

MEPHISTOPHELES

Nein, Herr! ich find' es dort, wie immer, herzlich schlecht.

Die Menschen dauern mich in ihren Jammertagen,

Ich mag sogar die armen selbst nicht plagen.

DER HERR

Kennst du den Faust?

MEPHISTOPHELES

    Den Doktor?

DER HERR

      Meinen Knecht!

MEPHISTOPHELES

Fürwahr! er dient euch auf besondre Weise. 300

Nicht irdisch ist des Toren Trank noch Speise.

Ihn treibt die Gärung in die Ferne,

Er ist sich seiner Tollheit halb bewußt;

Vom Himmel fordert er die schönsten Sterne,

풀 속에 그저 가만히 있기만 하면 좋게요!

어떤 거름더미에든 코를 처박죠.

주님

더는 할 말이 없느냐?

늘 불평하러만 오느냐?

네 눈에는 땅 위에 제대로 된 건 영원히 없단 말이냐?   295

메피스토펠레스

그럼요, 주님! 저긴, 늘 그렇듯, 정말이지 고약해요.

비참한 나날을 보내는 인간들이 불쌍하죠,

저조차 그 가엾은 것들 괴롭히고 싶지도 않다니까요.

주님

너 파우스트를 아느냐?

메피스토펠레스

그 박사요?

주님

나의 종이니라![20]

메피스토펠레스

하기야! 그자, 주님 섬기는 게 별스럽기도 하죠.   300

그 바보는 마시는 것도 먹는 것도 지상의 것이 아니죠.

뭐가 부글부글 끓어올라 그를 먼 곳으로 몰아가는데

자기가 미친 줄 어렴풋이 알고는 있죠.

하늘로부터는 가장 아름다운 별들을,

---

20 2991행의 대화는 하나의 행(行)이 될 길이(음절 수)를 행넘기기(Enjambement)를 통해서 세
     개의 대사로 나누어 시각적으로 표시한 것이다. 하나하나의 짧은 대사에는 온전한 한 행만큼의
     무게가 실려 있다. 내용상으로도 성경의 욥기를 기반으로 한 대사로 구원의 암시가 담겨 있다.

Und von der Erde jede höchste Lust,   305

Und alle Näh' und alle Ferne

Befriedigt nicht die tiefbewegte Brust.

DER HERR

Wenn er mir jetzt auch nur verworren dient:

So werd' ich ihn bald in die Klarheit führen.

Weiß doch der Gärtner, wenn das Bäumchen grünt,   310

Daß Blüt' und Frucht die künft'gen Jahre zieren.

MEPHISTOPHELES

Was wettet ihr? den sollt Ihr noch verlieren,

Wenn ihr mir die Erlaubnis gebt

Ihn meine Straße sacht zu führen!

DER HERR

Solang' er auf der Erde lebt,   315

Solange sei dir's nicht verboten.

Es irrt der Mensch, solang' er strebt.

MEPHISTOPHELES

Da dank' ich euch; denn mit den Toten

Hab' ich mich niemals gern befangen.

Am meisten lieb' ich mir die vollen, frischen Wangen.   320

Für einen Leichnam bin ich nicht zu Haus;

Mir geht es wie der Katze mit der Maus.

땅으로부터는 온갖 최고의 쾌락을 바라죠,[21]   305

어떤 가까운 곳도 어떤 먼 곳도

그 깊이 뒤흔들린 가슴을 만족시키긴 못하고요.

주님

그가 지금은 혼란스럽게 나를 섬길 뿐이더라도

머지않아 내가 그를 분명함으로 이끌어가겠노라.

정원사는 아느니라, 어린 나무가 푸르러지면,   310

그것이 꽃 피우고 열매 맺어 장래의 나날을 치장할 것을.

메피스토펠레스

내기하실래요? 저자를 잃으실 텐데요,

허락만 해주셔서 제가

그를 제 길로 살짝 인도하면요!

주님

그가 지상에서 사는 동안,   315

그동안만은 그걸 금하지 않겠노라.

인간은, 지향(志向)이 있는 한, 방황하느니라.[22]

메피스토펠레스

감사합니다! 죽은 건

제가 절대로 즐겨 잡지 않았습니다.

제가 제일 사랑하는 건, 통통하고 생생한 뺨이죠.   320

시체가 찾아오면 전 집에 없는 겁니다.

저야 생쥐 잡는 고양이 같죠.

---

21 파우스트의 성격이 잘 요약된 구절이다.

22 작품의 기본 구상을 요약하는 구절이다.

DER HERR

Nun gut, es sei dir überlassen!

Zieh diesen Geist von seinem Urquell ab,

Und führ' ihn, kannst du ihn erfassen, 325

Auf deinem Wege mit herab,

Und steh' beschämt, wenn du bekennen mußt:

Ein guter Mensch in seinem dunklen Drange

Ist sich des rechten Weges wohl bewußt.

MEPHISTOPHELES

Schon gut! nur dauert es nicht lange. 330

Mir ist für meine Wette gar nicht bange.

Wenn ich zu meinem Zweck gelange,

Erlaubt Ihr mir Triumph aus voller Brust.

Staub soll er fressen, und mit Lust,

Wie meine Muhme, die berühmte Schlange. 335

DER HERR

Du darfst auch da nur frei erscheinen;

Ich habe deinesgleichen nie gehaßt.

Von allen Geistern die verneinen

Ist mir der Schalk am wenigsten zur Last.

주님

그럼 좋다, 네게 맡기겠다!

이 정신을 그 원천으로부터 끌어내어

그를 인도하라, 네가 그를 붙들 수 있거든   325

네가 가는 길로 데리고 내려가거라.

그러다가 부끄러워하며 서거라, 이렇게 고백해야 할 때면,

어두운 충동에 사로잡힌 선한 인간은

바른 길을 잘 의식하고 있다[23]고.

메피스토펠레스

좋습니다! 오래 안 걸릴 겁니다.   330

내기에 질까 조금도 두렵지 않습니다요.

제가 제 목적에 도달하거든

가슴 터지도록 승리를 구가하게 해주세요.

그가 흙먼지[24]를 처먹도록 만들겠어요, 그것도 게걸스레,

우리 아주머니, 저 유명한 뱀처럼.   335

주님

너는 언제든 자유롭게 나타나도 된다.

너 같은 것을 나는 미워한 적 없다.

모든 부정(否定)하는 영들[25] 중에서는

심술쟁이[26]가 나한테 제일 부담이 적다.

---

23 앞서 나온 "인간은, 지향이 있는 한, 방황한다"(317행)를 다시 설명하는 구절.

24 Staub는 먼지와 흙을 동시에 뜻한다. 생명체는 죽어 먼지가 되고, 진토가 된다. 흙은 또 여러 신
    화에서 사람을 빚는 질료이기도 하다.

25 부정하는 영들(Geister, die verneinen): 뭐든 삐딱하게만 보며, 아니오(nein)라고만 하는 귀신들
    이라고 의역해 볼 수도 있다. 메피스토펠레스의 성격을 잘 요약하는 지칭이다.

Des Menschen Tätigkeit kann allzuleicht erschlaffen, 340

Er liebt sich bald die unbedingte Ruh;

Drum geb' ich gern ihm den Gesellen zu,

Der reizt und wirkt, und muß, als Teufel schaffen.

Doch ihr, die echten Göttersöhne,

Erfreut euch der lebendig reichen Schöne! 345

Das Werdende, das ewig wirkt und lebt,

Umfass' euch mit der Liebe holden Schranken,

Und was in schwankender Erscheinung schwebt,

Befestiget mit dauernden Gedanken.

Der Himmel schließt, die Erzengel verteilen sich.

MEPHISTOPHELES *allein.*

Von Zeit zu Zeit seh' ich den Alten gern, 350

Und hüte mich mit ihm zu brechen.

Es ist gar hübsch von einem großen Herrn,

So menschlich mit dem Teufel selbst zu sprechen.

인간의 활동은 너무도 쉽게 느슨해질 수 있고   340

인간은 곧 무조건의 휴식을 사랑한다.

그래서 내가 즐겨 그에게 동무를 붙여주지,

자극하며 작용하고, 악마로서, 이루어주고 마는 동무 말이다.

하지만 너희, 진정한 신들의 아들들[27]은

살아 있는 풍요로운 아름다움을 기뻐하라!   345

영원히 작용하며 살아 있는, 이루어지고 있는 것,

그것이 너희를 사랑의 아름다운 울타리로 둘러주기를,

그리고 흔들리는 모습 가운데서 떠도는 것,[28]

그건 너희가 변함없는 생각으로 붙들어 주거라.

                    하늘이 닫히고, 수석천사들이 흩어진다.

메피스토펠레스 *혼잣말로.*

때때로 저 노인을 보는 것도 괜찮단 말이야   350

그래서 난 조심하지, 사이가 아주 틀어지지 않도록.

위대하신 분치고는 썩 귀여우시단 말이야,

악마와도 이토록 인간적으로 이야기하시니.

---

26 '심술쟁이'로 번역한 'Schalk'는 남을 괴롭히는 것을 재미로 삼는 자를 뜻한다. '내기'를 하지만
    주님이 악마를 별로 진지하게 생각하지 않는다는 것이 드러나는 단어이다.

27 천사들.

28 해석이 어려운, 그래서 해석자들보다 천사들이 더 잘 이해하는 신의 말로 풀이되곤 한다.

비극 제1부

Der Tragödie erster Teil

Nacht

In einem hochgewölbten, engen gotischen Zimmer.

Faust unruhig auf seinem Sessel am Pulte.

FAUST

Habe nun, ach! Philosophie,

Juristerei und Medizin,   355

Und leider auch Theologie!

Durchaus studiert, mit heißem Bemühn.

Da steh' ich nun, ich armer Tor!

Und bin so klug als wie zuvor;

Heiße Magister, heiße Doktor gar,   360

Und ziehe schon an die zehen Jahr,

Herauf, herab und quer und krumm,

Meine Schüler an der Nase herum —

밤[29]

천장이 둥글고 높은, 협소한 고딕 식 방.
파우스트가 불안하게 높은 책상 곁 안락의자에 앉아 있다.

파우스트

나는 이제, 아! 철학도
법학도 의학도   355
유감스럽게도 신학까지![30]
철두철미 연구했다, 뜨거운 노력으로.
한데 여기 내가 서 있구나, 가련한 바보가!
전보다 조금도 더 똑똑해지지 않은 채로.
석사라 불리고, 심지어 박사라 불리며   360
벌써 십 년을 두고
위로 아래로, 이리저리로
제자들의 코나 끌고 다녔다 —

---

29 평생 모든 학문을 두루 섭렵한 노(老)학자 파우스트의 매우 긴 독백이 중심을 이루는 장면. 독
    배를 들기까지의 회의와 자성(自省)이 담겨 있다. 작품 제1부의 전반을 이루는 이른바 '학자 비
    극'(Gelehrtentragödie)이 시작된다. 1772∼73년에 시작되어 1801년까지 다양한 시기에 쓰였다.
30 신학, 철학, 법학, 의학은 중세 4대 학부. 여기서 파우스트는 모든 학문을 망라해 열거하면서도
    가장 중요한 신학에 특이하게 반전의 악센트를 주고 있다.

Und sehe, daß wir nichts wissen können!

Das will mir schier das Herz verbrennen. 365

Zwar bin ich gescheiter als alle die Laffen,

Doktoren, Magister, Schreiber und Pfaffen;

Mich plagen keine Skrupel noch Zweifel.

Fürchte mich weder vor Hölle noch Teufel —

Dafür ist mir auch alle Freud' entrissen, 370

Bilde mir nicht ein was rechts zu wissen,

Bilde mir nicht ein ich könnte was lehren

Die Menschen zu bessern und zu bekehren.

Auch hab' ich weder Gut noch Geld,

Noch Ehr' und Herrlichkeit der Welt, 375

Es möchte kein Hund so länger leben!

Drum hab' ich mich der Magie ergeben,

Ob mir, durch Geistes Kraft und Mund,

Nicht manch Geheimnis würde kund;

Daß ich nicht mehr, mit sauerm Schweiß, 380

Zu sagen brauche was ich nicht weiß;

Daß ich erkenne was die Welt

Im Innersten zusammenhält,

한데 알게 된 거라곤, 우리가 아무것도 알 수 없다는 것뿐!

그게 내 가슴을 다 태울 지경이다.   365

내가 더 똑똑하긴 하지, 저 모든 얼간이들,

박사, 석사, 율사,[31] 목사 따위[32]보다야.

의심도 회의도 날 괴롭히지 않는다.

지옥도 악마도 날 겁나게 하지 않는다 —

그 대신 내게선 모든 기쁨이 사라졌고   370

뭔가 바른 걸 안다고는 망상하지 못하겠고

뭔가 가르칠 수 있겠다고는 망상하지 못하겠다,

사람들을 보다 낫게 만들고 바꾸어놓겠다고는.

또 나는 재산도 돈도 없고

세상의 명예와 영화도 없고   375

개라도 이 꼴로 더 살고 싶지는 않으리!

그래서 마술에 몸 바쳤다,

영(靈)의 힘과 입을 빌려 내게

비밀의 말이 전해지지 않을까 하고.

더 이상 식은땀 흘리며   380

내가 모르는 것을 말할 필요 없었으면.

인식했으면, 무엇이 세계를

그 가장 깊은 내면에서 지탱하고 있는지,[33]

---

31 원어 Schreiber는 괴테 당시에 공무를 보는 법률가와 성직자를 뜻했다.

32 원어 Pfaffe는 기독교권에서 성직자를 두루 가볍게 비꼬며, 그러나 큰 악의는 없이 낮추는 지칭
    이다. 우리말의 "땡중" 정도의 뉘앙스이다. 합당한 우리말 어휘가 없어 운이 맞는 '목사'를 취
    했다.

33 "무엇이 세계를 그 가장 깊은 내면에서 지탱하고 있는지 인식했으면" 하는 이 구절은 파우스트

Schau' alle Wirkenskraft und Samen,
Und tu' nicht mehr in Worten kramen.   385

O sähst du, voller Mondenschein,
Zum letztenmal auf meine Pein,
Den ich so manche Mitternacht
An diesem Pult herangewacht:
Dann, über Büchern und Papier,   390
Trübsel'ger Freund, erschienst du mir!
Ach! könnt' ich doch auf Berges-Höh'n
In deinem lieben Lichte gehn,
Um Bergeshöhle mit Geistern schweben,
Auf Wiesen in deinem Dämmer weben,   395
Von allem Wissensqualm entladen,
In deinem Tau gesund mich baden!

Weh! steck' ich in dem Kerker noch?
Verfluchtes dumpfes Mauerloch,
Wo selbst das liebe Himmelslicht   400
Trüb' durch gemalte Scheiben bricht!
Beschränkt von diesem Bücherhauf,
Den Würme nagen, Staub bedeckt,
Den, bis ans hohe Gewölb' hinauf,

모든 작용하는 힘과 그 맹아(萌芽)를 보았으면
더 이상 낱말이나 뒤지지 않았으면.   385

오 너는, 가득한 달빛아,
내 고통을 마지막으로 내려다보는 것이리,
내가 그 많은 한밤중
이 책상 앞에서 지샐 때 너를 보았지.
그때면 책과 종이 너머로   390
침울한 친구, 네가 내게 모습 보였지!
아! 높은 산 위에서
네 고운 빛 속을 걸을 수 있다면,
산중 동굴 근처를 정령들과 함께 감돌 수 있다면,
네 어스름 속에서 풀밭을 거닐 수 있다면,   395
모든 앎의 자욱한 연기를 벗어나
네 이슬에 몸 씻고 건강해졌으면!

아아! 나 아직 감옥에 박혀 있지?
저주받을 갑갑한 벽 구멍,
고운 하늘빛조차도   400
채색유리창으로 흐릿하게 꺾이는 곳!
이 책더미로 비좁아진 곳
버러지들이 갉아 먹고, 먼지 덮인,
높은 천장까지 치솟도록

───────────

의 깊은 인식욕의 근본을 드러내는 핵심 구절이다.

Ein angeraucht Papier umsteckt;   405

Mit Gläsern, Büchsen rings umstellt,

Mit Instrumenten vollgepfropft,

Urväter Hausrat drein gestopft —

Das ist deine Welt! das heißt eine Welt!

Und fragst du noch, warum dein Herz   410

Sich bang' in deinem Busen klemmt?

Warum ein unerklärter Schmerz

Dir alle Lebensregung hemmt?

Statt der lebendigen Natur,

Da Gott die Menschen schuf hinein,   415

Umgibt in Rauch und Moder nur

Dich Tiergeripp' und Totenbein.

Flieh! Auf! Hinaus in's weite Land!

Und dies geheimnisvolle Buch,

Von Nostradamus eigner Hand,   420

Ist dir es nicht Geleit genug?

Erkennest dann der Sterne Lauf,

Und wenn Natur dich unterweist,

Dann geht die Seelenkraft dir auf,

Wie spricht ein Geist zum andern Geist.   425

그을음 낀 종이 가득 꽂힌 책더미로.   405
유리용기들, 상자들로 사방이 에워싸이고
실험기구들로 빈틈없이 들어차고
대(代)를 물려온 집기들로 틀어막히고 —
이게 네 세계다! 이런 게 세계란다!

그런데 너 아직 묻느냐, 왜 네 마음이   410
가슴속에서 두렵게 옥죄이는지?
왜 까닭을 알 수 없는 고통이
네 모든 생명의 솟구침을 억누르는지?
생생히 살아 있는 자연 대신
신이 인간을 창조해 넣어준 자연 대신,   415
그을음과 곰팡이 속에서 널
에워싼 건, 짐승 뼈다귀와 죽은 사람 해골뿐.

도망쳐라! 자! 드넓은 땅으로 나가라!
이 비밀 가득한 책,
노스트라다무스[34]가 직접 쓴   420
이 책이면 네게 안내자로 충분치 않겠나?
네가 별들의 운행을 알게 되면
또 자연이 너를 가르치면
네 영혼의 힘이 열릴 것이다,
한 영(靈)이 다른 영에게 말해주듯.   425

---

34 Nostradamus(1503~66): 프랑스의 천문학자이자 의사, 예언가. 『예언집』의 저자.

Umsonst, daß trocknes Sinnen hier

Die heil'gen Zeichen dir erklärt:

Ihr schwebt, ihr Geister, neben mir;

Antwortet mir, wenn ihr mich hört!

Er schlägt das Buch auf und erblickt das Zeichen des Makrokosmus.

Ha! welche Wonne fließt in diesem Blick   430

Auf einmal mir durch alle meine Sinnen!

Ich fühle junges heil'ges Lebensglück

Neuglühend mir durch Nerv' und Adern rinnen.

War es ein Gott, der diese Zeichen schrieb,

Die mir das inn're Toben stillen,   435

Das arme Herz mit Freude füllen,

Und mit geheimnisvollem Trieb

Die Kräfte der Natur rings um mich her enthüllen?

Bin ich ein Gott? Mir wird so licht!

Ich schau' in diesen reinen Zügen   440

Die wirkende Natur vor meiner Seele liegen.

Jetzt erst erkenn' ich was der Weise spricht:

»Die Geisterwelt ist nicht verschlossen;

Dein Sinn ist zu, dein Herz ist tot!

Auf, bade, Schüler, unverdrossen   445

Die ird'sche Brust im Morgenrot!«

메마른 감각이 여기서 이 신성한 도판(圖版)을

해명한다는 건 부질없는 노릇.

너희가, 너희 영들이, 내 곁을 떠돌고 있구나.

대답하거라, 내 말 들리거든!

그가 책을 펴서 대우주의 도판을 들여다본다.

하! 이걸 보고 있노라니 희열이   430

불현듯 내 모든 감관을 흐른다!

신선하고 신성한 생명의 축복이

새롭게 달아올라 신경과 핏줄을 흐르는 게 느껴진다.

이런 도판을 만든 이는, 신(神) 아니었을까,

내 내면의 발작을 진정해 주고   435

가난한 마음을 기쁨으로 채워주고

신비로움 가득한 충동으로 채워주고

내 주변 온 사방 자연의 힘을 드러내는 이 도판을?

나도 신 아닐까? 내 마음 이리 환해지니!

보인다, 이 깨끗한 필치 가운데서 보인다,   440

작용하는 자연이 내 영혼 앞에 펼쳐져 있음이.

이제야 알겠네, 현자(賢者)[35]가 하는 말.

"영들의 세계가 닫혀 있는 게 아니다.

네 감각이 닫히고, 네 마음이 죽었을 뿐!

자아, 씻어내거라, 배우는 사람아, 꾸준하게   445

속세의 가슴을 아침노을에다!"[36]

---

35 스웨덴의 자연과학자, 신비가이자 철학자인 스베덴보리(Emanuel Swedenborg, 1688~1772)를
    가리키는 것으로 해석한다.

36 스베덴보리에게서 "아침노을"은 창조의 첫 순간의 가장 신성한 빛으로 나타난다.

Er beschaut das Zeichen.

Wie alles sich zum Ganzen webt,

Eins in dem andern wirkt und lebt!

Wie Himmelskräfte auf und nieder steigen

Und sich die goldnen Eimer reichen! 450

Mit segenduftenden Schwingen

Vom Himmel durch die Erde dringen,

Harmonisch all' das All durchklingen!

Welch Schauspiel! Aber ach! ein Schauspiel nur!

Wo fass' ich dich, unendliche Natur? 455

Euch Brüste, wo? Ihr Quellen alles Lebens,

An denen Himmel und Erde hängt,

Dahin die welke Brust sich drängt —

Ihr quellt, ihr tränkt, und schmacht' ich so vergebens?

Er schlägt unwillig das Buch um, und erblickt das Zeichen des Erdgeistes.

Wie anders wirkt dies Zeichen auf mich ein! 460

Du, Geist der Erde, bist mir näher;

Schon fühl' ich meine Kräfte höher,

Schon glüh' ich wie von neuem Wein,

Ich fühle Mut mich in die Welt zu wagen,

Der Erde Weh, der Erde Glück zu tragen, 465

Mit Stürmen mich herumzuschlagen,

Und in des Schiffbruchs Knirschen nicht zu zagen;

Es wölkt sich über mir —

그가 대우주의 도판을 들여다본다.

만물은 얼마나 서로 얽혀 전체를 이루는지,
하나는 다른 것 가운데서 힘을 미치며 살아가는지!
천상의 힘들이 솟구치고 내려오며
황금 두레박을 서로 건네는구나!   450
은총의 향기 내뿜는 흔들림이
하늘에서부터 땅을 거쳐서
조화롭게 온 우주를 두루 울리누나!

이 무슨 장관인가! 하지만 아! 장관일 뿐!
어디서 너를 붙잡아야 할까, 무한한 자연이여?   455
너희 젖가슴을, 어디서? 너희 모든 생명의 원천을,
하늘도 땅도 매달려 있고
메마른 가슴이 갈급하게 찾는 것을 ─
너희 샘솟고, 너희 젖 주는데, 나는 왜 이리 헛되이 목 탈까?
　　　그는 내키지 않는 듯 책장을 넘기다가 대지의 영(靈)의 도판을 본다.
이 도판은 내게 얼마나 다른 힘을 미치는가!   460
그대가, 대지의 영이여, 내게 한결 가까이 있구나.
벌써 내 힘이 솟구치는 게 느껴지고
벌써 새 술 마신 듯 몸 달아오르고
세상 속으로 나아갈 용기가 느껴진다,
이 땅의 고통, 이 땅의 행복을 지고   465
폭풍은 이리저리 헤쳐가며
난파의 삐걱임에도 끄떡없을 용기.
내 머리 위로 구름 드리운다 ─

Der Mond verbirgt sein Licht —

Die Lampe schwindet! 470

Es dampft! — Es zucken rote Strahlen

Mir um das Haupt — Es weht

Ein Schauer vom Gewölb' herab

Und faßt mich an!

Ich fühl's, du schwebst um mich, erflehter Geist. 475

Enthülle dich!

Ha! wie's in meinem Herzen reißt!

Zu neuen Gefühlen

All' meine Sinnen sich erwühlen!

Ich fühle ganz mein Herz dir hingegeben! 480

Du mußt! du mußt! und kostet' es mein Leben!

> *Er faßt das Buch und spricht das Zeichen des Geistes geheimnisvoll aus.*

> *Es zuckt eine rötliche Flamme, der Geist erscheint in der Flamme.*

GEIST

Wer ruft mir?

FAUST *abgewendet*

      Schreckliches Gesicht!

GEIST

Du hast mich mächtig angezogen,

An meiner Sphäre lang' gesogen,

Und nun —

FAUST

      Weh! ich ertrag' dich nicht! 485

달이 그 빛을 감춘다 ─

등불이 꺼진다!   470

김이 서린다! ─ 붉은 빛줄기들 움찔거린다,

내 머리를 에워싸고 ─ 돌풍

한 줄기 천장에서 불어 내려

나를 엄습한다!

느껴진다, 네가 내 주위를 떠돌고 있구나, 간구했던 영이여.   475

모습을 드러내거라!

하! 가슴이 짓찢긴다!

온갖 새로운 느낌이 된다,

내 모든 감각이 들끓어!

내 마음이 온통 네게로 쏠려 있음을 느낀다!   480

부디! 부디 나타나다오! 설령 내 목숨을 걸어야 한대도!

　　　　그가 책을 붙잡고 영(靈)의 도판을 신비롭게 소리 내 읽는다.

　　　한 가닥 불그스름한 불꽃이 움찔거린다, 불꽃 속에서 영이 나타난다.

대지의 영

누가 나를 부르는가?

파우스트 *외면하며.*

　　　　　　섬뜩한 얼굴이다!

대지의 영

네가 나를 힘차게 끌어당겼지,

오래도록 내 영역에 들러붙어 빨아대더니

그러더니 이제는 ─

파우스트

　　　　　아아! 그대를 감당할 수가 없구나!   485

GEIST

Du flehst eratmend mich zu schauen,

Meine Stimme zu hören, mein Antlitz zu sehn;

Mich neigt dein mächtig Seelenflehn,

Da bin ich! — Welch erbärmlich Grauen

Faßt Übermenschen dich! Wo ist der Seele Ruf? 490

Wo ist die Brust? die eine Welt in sich erschuf,

Und trug und hegte, die mit Freudebeben

Erschwoll, sich uns, den Geistern, gleich zu heben.

Wo bist du, Faust? des Stimme mir erklang,

Der sich an mich mit allen Kräften drang? 495

Bist du es? der, von meinem Hauch umwittert,

In allen Lebenstiefen zittert,

Ein furchtsam weggekrümmter Wurm!

FAUST

Soll ich dir, Flammenbildung, weichen?

Ich bin's, bin Faust, bin deines gleichen! 500

GEIST

In Lebensfluten, im Tatensturm

Wall' ich auf und ab,

Webe hin und her!

Geburt und Grab,

Ein ewiges Meer, 505

Ein wechselnd Weben,

Ein glühend Leben,

대지의 영

네가 숨 가쁘게 애원해서, 나를 보겠다고

내 목소리를 듣겠다고, 내 얼굴을 보겠다고,

네 영혼의 세찬 간청이 내 마음을 불러

여기 내가 왔는데! ─ 무슨 가련한 두려움이

초인(超人) 너를 사로잡느냐! 영혼의 부름은 어딜 갔느냐?   490

세계를 자기 안에다 짓고, 지고, 또 품던

가슴은 어딜 갔느냐, 기쁨의 전율로

우리 영들같이 솟구치겠다 부풀어 올랐던 그 가슴은?

어디 있느냐 너, 파우스트? 그 목소리 내게로 솟던,

온 힘으로 내게 돌진해 오던 너는?   495

이게 너란 말이냐, 내 입김의 기운에도,

온 생명의 밑바닥에서 부들부들 떠는 것이,

겁에 질려 오그라든 한 마리 버러지가!

파우스트

내가 네게서, 불꽃형상아, 물러날 것 같으냐?

나다, 파우스트다, 너와 동등한 자이다!   500

대지의 영

생명의 홍수 가운데서, 행동의 폭풍 가운데서

넘실넘실 오르내리며

이리저리 나는 짜고 있다!

탄생과 무덤

영원한 한 바다   505

변전하는 한 직조(織造)

이글거리는 한 생명,

So schaff' ich am sausenden Webstuhl der Zeit,

Und wirke der Gottheit lebendiges Kleid.

FAUST

Der du die weite Welt umschweifst,   510

Geschäftiger Geist wie nah fühl' ich mich dir!

GEIST

Du gleichst dem Geist, den du begreifst,

Nicht mir!

verschwindet.

FAUST *zusammenstürzend*

Nicht dir?

Wem denn?   515

Ich Ebenbild der Gottheit,

Und nicht einmal dir!

Es klopft.

O Tod! ich kenn's — das ist mein Famulus —

Es wird mein schönstes Glück zu nichte!

Daß diese Fülle der Gesichte   520

Der trockne Schleicher stören muß!

Wagner im Schlafrocke und der Nachtmütze, eine Lampe in der Hand.

Faust wendet sich unwillig.

WAGNER

Verzeiht! ich hör' euch deklamieren;

Ihr last' gewiß ein griechisch Trauerspiel?

In dieser Kunst möcht' ich 'was profitieren,

이렇게 나는 삐걱거리는 시간의 베틀에서 짠다,
신성(神性)의 살아 있는 옷을 짓는다.

파우스트

광활한 세계를 배회하는   510
분주한 영(靈)이여, 느껴진다, 나 네게 얼마나 가까운지!

대지의 영

너는 네가 이해하는 영을 닮았을 뿐,
나는 아니다!

사라진다.

파우스트 *힘없이 주저앉으며.*

널 닮지 않았다고?
그럼 대체 누굴?   515
신의 모습대로 빚어진 내가
너조차 닮지 않았다고!

문 두드리는 소리가 들린다.

빌어먹을! 알겠다 ─ 내 조수로구나 ─
나의 시고의 행복을 망치는구나!
이 충만한 환영(幻影)을   520
저 메마른 자가 굳이 기어들어 깨는구나!

바그너, 잠옷을 입고 잘 때 쓰는 고깔모자를 쓰고 손에 등불을 들었다.
파우스트는 마지못해 몸을 돌린다.

바그너

실례합니다! 선생님께서 낭독하시는 소리를 들었습니다.
분명 그리스 비극을 읽으셨지요?
이런 예술에서 저는 뭔가 득을 좀 보고 싶습니다,

Denn heut zu Tage wirkt das viel.   525

Ich hab' es öfters rühmen hören,

Ein Komödiant könnt' einen Pfarrer lehren.

FAUST

Ja, wenn der Pfarrer ein Komödiant ist;

Wie das denn wohl zu Zeiten kommen mag.

WAGNER

Ach! wenn man so in sein Museum gebannt ist,   530

Und sieht die Welt kaum einen Feiertag,

Kaum durch ein Fernglas, nur von weiten,

Wie soll man sie durch Überredung leiten?

FAUST

Wenn ihr's nicht fühlt, ihr werdet's nicht erjagen,

Wenn es nicht aus der Seele dringt,   535

Und mit urkräftigem Behagen

Die Herzen aller Hörer zwingt.

Sitzt ihr nur immer! Leimt zusammen,

Braut ein Ragout von andrer Schmaus,

Und blast' die kümmerlichen Flammen   540

Aus eurem Aschenhäufchen 'raus!

Bewund'rung von Kindern und Affen,

Wenn euch darnach der Gaumen steht;

Doch werdet ihr nie Herz zu Herzen schaffen,

요즘은 그 분야의 영향력이 커서요.   525
종종, 이렇게 칭찬하는 걸 들었습니다,
희극배우가 성직자를 가르칠 수도 있겠다고요.

파우스트

그럴 테지, 성직자가 희극배우이면.
이따금 퍽 그런 것처럼 말이다.

바그너

아! 이렇게 자기 서재[37]에만 묶여   530
세상 구경은 휴일에나 가까스로,
고작 망원경으로 그저 멀리서나 하는데
어떻게 설득으로써 세상을 이끌겠습니까?

파우스트

자네가 느끼지 못한 것을, 뒤쫓아 가서 얻진 못할 걸세,
그것이 영혼에서 솟아 나오지 않으면,   535
하여 원초의 힘을 지닌 유쾌함으로써
모든 듣는 이의 가슴을 압도하는 게 아니면.
자네는 그저 앉아 있게! 모아서 붙이게,
남의 잔치에서 남은 걸로 잡탕이나 끓이게,
근근이 타는 불꽃이나 피우게   540
자네의 얼마 안 되는 잿더미를 후후 불어서!
아이들과 원숭이들의 찬사겠지,
자네 구미에 맞는 거라면
하지만 그런 게 결코 마음에서 마음으로 가 닿진 못해,

---

37   원어는 Museum. 인문주의자들, 바로크 학자들은 서재를 이렇게 불렀다.

Wenn es euch nicht von Herzen geht.   545

WAGNER

Allein der Vortrag macht des Redners Glück;

Ich fühl' es wohl, noch bin ich weit zurück.

FAUST

Such' Er den redlichen Gewinn!

Sei Er kein schellenlauter Tor!

Es trägt Verstand und rechter Sinn   550

Mit wenig Kunst sich selber vor;

Und wenn's euch Ernst ist was zu sagen,

Ist's nötig Worten nachzujagen?

Ja, eure Reden, die so blinkend sind,

In denen ihr der Menschheit Schnitzel kräuselt,   555

Sind unerquicklich wie der Nebelwind,

Der herbstlich durch die dürren Blätter säuselt!

WAGNER

Ach Gott! die Kunst ist lang!

Und kurz ist unser Leben.

Mir wird, bei meinem kritischen Bestreben,   560

Doch oft um Kopf und Busen bang'.

Wie schwer sind nicht die Mittel zu erwerben,

Durch die man zu den Quellen steigt!

자네 마음에서 우러나온 것이 아니면.   545

바그너

연설만이 연사의 행복이지요.

그건 통감하고 있습니다만, 전 아직 많이 부족합니다.

파우스트

정직하게 구해서 얻도록 하게!

광대방울소리 요란한 바보가 되지 말게!

생각과 바른 뜻이 있으면   550

별 기술이 없어도 연설은 저절로 되네.

또 진정으로 무언가 할 말이 있으면

허겁지겁 낱말을 뒤쫓을 필요가 있겠나?

그렇다네, 그리도 휘황한 자네들의 연설은,

인류의 미사여구 짜투리를 죄다 쑤셔 박은   555

그런 연설은 원기를 주진 못해, 그저 가을날

마른 가랑잎에서 부스럭거리는 눅눅한 바람 같지.

바그너

오 맙소사! 예술은 길고!

우리의 인생은 짧습니다.[38]

비판적인 추구 가운데서도 저는   560

자주 머리와 가슴이 두려움에 찹니다.

참으로 어렵지 않습니까,

근원까지 이르는 방도를 구하는 일은!

---

38 히포크라테스의 말 "예술은 길고 인생은 짧다"(Ars longa, vita brevis): 여기서 '예술'은 오히려
    '기술'의 뜻이다.

Und eh' man nur den halben Weg erreicht,

Muß wohl ein armer Teufel sterben. 565

FAUST

Das Pergament ist das der heil'ge Bronnen,

Woraus ein Trunk den Durst auf ewig stillt?

Erquickung hast du nicht gewonnen,

Wenn sie dir nicht aus eigner Seele quillt.

WAGNER

Verzeiht! es ist ein groß Ergetzen 570

Sich in den Geist der Zeiten zu versetzen,

Zu schauen wie vor uns ein weiser Mann gedacht,

Und wie wir's dann zuletzt so herrlich weit gebracht.

FAUST

O ja, bis an die Sterne weit!

Mein Freund, die Zeiten der Vergangenheit 575

Sind uns ein Buch mit sieben Siegeln;

Was ihr den Geist der Zeiten heißt,

Das ist im Grund der Herren eigner Geist,

In dem die Zeiten sich bespiegeln.

Da ist's denn wahrlich oft ein Jammer! 580

Man läuft euch bei dem ersten Blick davon.

Ein Kehrichtfaß und eine Rumpelkammer

Und höchstens eine Haupt- und Staatsaktion

길을 절반도 못 가서

모자라는 놈은 죽고 맙니다.   565

파우스트

양피지 두루마리, 그게 과연 신성한 샘일까,

한 모금만 마시면 갈증이 영원히 가라앉는 샘일까?

원기 주는 힘을 자네가 얻은 건 아닐세,

자네 자신의 영혼에서 솟는 게 아니면.

바그너

죄송하오나! 큰 즐거움입니다,   570

시대들의 정신 속으로 옮아앉아

우리 이전에 어떤 현인(賢人)이 어떤 생각을 했는지

어떻게 우리가 결국 이리 찬란하게 이뤘는지 살펴보는 것은요.

파우스트

오 그래, 별들까지 닿도록 이루었겠지!

이보게, 과거의 시간이란   575

우리에게는 일곱 겹으로 봉인된 책일세.

자네가 시대정신이라고 부르는 것

그건 근본에 있어서 그걸 생각하는 이들 자신의 정신이지

그 정신에다 시대가 제 모습을 비춰 보는 거지.

한데 거기에 비추인 건 자주, 진실로 비참이야!   580

그걸 한번 보기만 해도 달아나게들 되지.

쓰레기통이고 폐물창고이고

기껏해야 시끌벅적한 사극(史劇)³⁹이거든,

---

39 Haupt- und Staatsaktion: 제후사, 국사를 주로 다루는 바로크시대 연극.

Mit trefflichen pragmatischen Maximen,

Wie sie den Puppen wohl im Munde ziemen! 585

WAGNER

Allein die Welt! des Menschen Herz und Geist!

Möcht' jeglicher doch was davon erkennen.

FAUST

Ja was man so erkennen heißt!

Wer darf das Kind beim rechten Namen nennen?

Die wenigen, die was davon erkannt, 590

Die töricht g'nug ihr volles Herz nicht wahrten,

Dem Pöbel ihr Gefühl, ihr Schauen offenbarten,

Hat man von je gekreuzigt und verbrannt.

Ich bitt' euch, Freund, es ist tief in der Nacht,

Wir müssen's diesmal unterbrechen. 595

WAGNER

Ich hätte gern nur immer fortgewacht,

Um so gelehrt mit euch mich zu besprechen.

Doch morgen, als am ersten Ostertage,

Erlaubt mir ein' und andre Frage.

Mit Eifer hab' ich mich der Studien beflissen; 600

Zwar weiß ich viel, doch möcht' ich alles wissen.

ab.

FAUST *allein*

Wie nur dem Kopf nicht alle Hoffnung schwindet,

Der immerfort an schalem Zeuge klebt,

탁월한 도덕률을 담았다지만,

그건 꼭두각시인형들의 입에나 담길 것!   585

바그너

하지만 세계! 인간의 마음과 정신!

누구든 그걸 좀 인식하고 싶어 하잖습니까.

파우스트

그래, 그런 걸 인식이라고 한다면야!

누가 감히 옳은 것을 옳다고만 할 수 있겠나.

그걸 인식한 얼마 안 되는 사람들,   590

어리석어서, 충만한 마음을 혼자 간직하지 못하고

몽매한 무리에게 자신이 느낀 것, 본 것을 발설했던 사람들,

그런 이들은 자고로 십자가에 매달리고 불태워졌지.

자아, 이보게, 밤이 깊었네,

이제는 그만해야겠네.   595

바그너

저는 그저 계속 깨어 있고만 싶은데요,

이렇게 유식한 담론을 선생님과 나누면서요.

하지만 내일, 부활절 첫날인 내일

또 이런저런 질문을 드리도록 허락해 주십시오.

저는 열성적으로 연구에 매진해 왔습니다.   600

제가 아는 게 많긴 하지만, 모든 걸 다 알고 싶습니다.

퇴장.

파우스트 *혼잣말로.*

어째 저 머리에서는 도무지 희망이 사라지질 않는 걸까.

김빠진 것에 마냥 들러붙어서

Mit gier'ger Hand nach Schätzen gräbt,
Und froh ist wenn er Regenwürmer findet!   605

Darf eine solche Menschenstimme hier,
Wo Geisterfülle mich umgab, ertönen?
Doch ach! für diesmal dank' ich dir,
Dem ärmlichsten von allen Erdensöhnen.
Du rissest mich von der Verzweiflung los,   610
Die mir die Sinne schon zerstören wollte.
Ach! die Erscheinung war so riesen-groß,
Daß ich mich recht als Zwerg empfinden sollte.

Ich, Ebenbild der Gottheit, das sich schon
Ganz nah gedünkt dem Spiegel ew'ger Wahrheit,   615
Sein selbst genoß in Himmelsglanz und Klarheit,
Und abgestreift den Erdensohn;
Ich, mehr als Cherub, dessen freie Kraft
Schon durch die Adern der Natur zu fließen
Und, schaffend, Götterleben zu genießen   620
Sich ahnungsvoll vermaß, wie muß ich's büßen!
Ein Donnerwort hat mich hinweggerafft.

Nicht darf ich dir zu gleichen mich vermessen.

보물이 있나 탐욕스러운 손으로 파보고
지렁이라도 찾아낼라치면 기뻐하니.   605

저런 인간의 목소리가 여기,
영(靈)의 충만이 나를 에워쌌던 곳에서 울려도 된단 말인가?
하지만 아! 이번에는 내가 너에게 감사하마,
모든 대지의 아들들 중 가장 가련한 너에게.
네가 나를 건져내었다,   610
내 감각들을 짓부술 기세이던 절망으로부터.
아! 출현했던 형상이 하도 거대해서
나 자신은 정말이지 난쟁이처럼 느낄 수밖에 없었다.

신의 모습대로 빚어진 나, 이제쯤은
영원한 진리의 거울 앞에 썩 다가섰다 망상했는데   615
하늘 광채와 맑음 속에서 자신을 즐겼는데
대지의 아들을 벗어놓고.
나, 체루빔⁴⁰보다 더, 그 자유로운 힘이
자연의 핏줄들을 타고 흐르며
창조하면서, 신들의 삶을 즐긴다고   620
예감에 차서 방자했으니, 얼마나 나 참회해야 하나!
우레 같은 한마디가 날 절망의 구렁텅이로 패대기쳤다.

방자하게 너를 닮았노라 해선 안 되겠다.

---

40 수석천사 체루빔은 지(知), 정의 등을 표상한다.

Hab' ich die Kraft dich anzuziehn besessen:
So hatt' ich dich zu halten keine Kraft.   625
In jenem sel'gen Augenblicke
Ich fühlte mich so klein, so groß;
Du stießest grausam mich zurücke,
Ins ungewisse Menschenlos.
Wer lehret mich? was soll ich meiden?   630
Soll ich gehorchen jenem Drang?
Ach! unsre Taten selbst, so gut als unsre Leiden,
Sie hemmen unsres Lebens Gang.

Dem Herrlichsten, was auch der Geist empfangen,
Drängt immer fremd und fremder Stoff sich an;   635
Wenn wir zum Guten dieser Welt gelangen,
Dann heißt das Bess're Trug und Wahn.
Die uns das Leben gaben, herrliche Gefühle,
Erstarren in dem irdischen Gewühle.

Wenn Phantasie sich sonst, mit kühnem Flug,   640
Und hoffnungsvoll zum Ewigen erweitert,
So ist ein kleiner Raum ihr nun genug,
Wenn Glück auf Glück im Zeitenstrudel scheitert.
Die Sorge nistet gleich im tiefen Herzen,
Dort wirket sie geheime Schmerzen,   645
Unruhig wiegt sie sich und störet Lust und Ruh;

너를 내게로 끌어올 힘은 있었으나
너를 붙잡아 둘 힘은 내게 없었다.   625
저 축복받았던 순간에
나는 나 자신이 너무도 작게, 너무도 크게 느껴졌다.
너는 나를 잔인하게 다시 밀쳐 넣었다,
불확실한 인간 운명 속으로.
누가 나를 가르치는가? 무얼 내가 피해야 하나?   630
저 충동을 따라야 할까?
아! 우리 자신의 행동들이, 우리의 괴로움 못지않게
우리 인생의 행보를 가로막는구나.

정신이 받은 가장 찬란한 것에도
점점 더 낯설고도 낯설게 물질이 밀려든다   635
우리가 이 세상의 선(善)에 도달하고 나면
더 선한 것은 기만과 망상이라 불린다.
삶이 우리에게 주었던 것, 찬란한 감정들이
현세의 혼잡 속에선 굳어버린다.

환상이 여느 때, 대담하게 날아오르며,   640
희망에 차서 영원한 것으로 확장된다면
환상에게는 작은 공간만으로도 충분하다,
시간의 여울 속에서 행복이 하나하나 부서질 때에도.
하지만 곧 근심이 마음 깊이 스며들어
거기서 남모르는 고통을 낳고   645
불안하게 오락가락하며 즐거움과 평화를 깨뜨린다.

Sie deckt sich stets mit neuen Masken zu,

Sie mag als Haus und Hof, als Weib und Kind erscheinen,

Als Feuer, Wasser, Dolch und Gift;

Du bebst vor allem was nicht trifft,   650

Und was du nie verlierst das mußt du stets beweinen.

Den Göttern gleich' ich nicht! Zu tief ist es gefühlt;

Dem Wurme gleich' ich, der den Staub durchwühlt;

Den, wie er sich im Staube nährend lebt,

Des Wandrers Tritt vernichtet und begräbt.   655

Ist es nicht Staub, was diese hohe Wand,

Aus hundert Fächern, mir verenget;

Der Trödel, der mit tausendfachem Tand

In dieser Mottenwelt mich dränget?

Hier soll ich finden was mir fehlt?   660

Soll ich vielleicht in tausend Büchern lesen,

Daß überall die Menschen sich gequält,

Daß hie und da ein Glücklicher gewesen? —

Was grinsest du mir hohler Schädel her?

Als daß dein Hirn, wie meines, einst verwirret   665

Den leichten Tag gesucht und in der Dämmrung schwer,

Mit Lust nach Wahrheit, jämmerlich geirret.

Ihr Instrumente freilich, spottet mein,

Mit Rad und Kämmen, Walz' und Bügel.

근심은 항시 새로운 가면을 쓰며
집과 뜰로, 아내와 아이로 나타나고
불, 물, 단검과 독약으로 나타난다.
아직 닥치지도 않은 모든 게 두려워 너는 덜덜 떨고   650
결코 잃지도 않을 것, 그런 걸 두고도 노상 징징 운다.

신들을 나는 닮지 않았다! 너무도 깊이 그것이 느껴진다.
버러지를 나는 닮았다, 흙먼지를 헤집는 버러지를,
흙먼지를 처먹으며 살다가
나그네의 발에 밟혀 죽어 묻히는 버러지를.   655

흙먼지 아닌가, 이 높은 벽
수백 개의 칸칸에서 나를 옥죄어 오는 것,
수천 가지 허섭스레기로
이 좀벌레 천지에서 내게로 밀려드는 것도?
나한테 없는 것을 이런 데서 찾아야 한단 말인가?   660
수천 권 책에서 읽어내야 한단 말인가,
어디서든 인간은 몹시도 괴로워했다는 것을,
드문드문 행운아 하나 있었다는 것을? ─
왜 나를 보고 히죽거리느냐, 텅 빈 해골아?
네 머릿속도 내 머릿속처럼 한때는 어지러웠느니   665
가벼운 날을 찾았고 저물녘엔 무거웠으며
진리에의 욕구로, 참담하게 헤매었는데.
너희 실험기구들은 물론 나를 비웃는다,
바퀴며 톱니들, 굴림쇠며 누름쇠.

Ich stand am Tor, ihr solltet Schlüssel sein; 670

Zwar euer Bart ist kraus, doch hebt ihr nicht die Riegel.

Geheimnisvoll am lichten Tag

Läßt sich Natur des Schleiers nicht berauben,

Und was sie deinem Geist nicht offenbaren mag,

Das zwingst du ihr nicht ab mit Hebeln und mit Schrauben. 675

Du alt Geräte das ich nicht gebraucht,

Du stehst nur hier, weil dich mein Vater brauchte.

Du alte Rolle, du wirst angeraucht,

So lang an diesem Pult die trübe Lampe schmauchte.

Weit besser hätt' ich doch mein weniges verpraßt, 680

Als mit dem wenigen belastet hier zu schwitzen!

Was du ererbt von deinen Vätern hast,

Erwirb es um es zu besitzen.

Was man nicht nützt ist eine schwere Last;

Nur was der Augenblick erschafft, das kann er nützen. 685

Doch warum heftet sich mein Blick auf jene Stelle?

Ist jenes Fläschchen dort den Augen ein Magnet?

Warum wird mir auf einmal lieblich helle,

Als wenn im nächt'gen Wald uns Mondenglanz umweht?

Ich grüße dich, du einzige Phiole! 690

Die ich mit Andacht nun herunterhole,

In dir verehr' ich Menschenwitz und Kunst.

나는 문 앞에 서 있었고, 너흰 열쇠가 되어주어야 했다.   670

걸림쇠가 올록볼록하다만, 너희가 빗장을 들어올리진 못하는구나.

환한 대낮에도 신비롭기만 할 뿐

자연은 그 너울을 빼앗기지 않는구나,

자연이 네 정신에게 드러내고 싶어 하지 않는 것을

지렛대며 나사를 써서 네가 억지로 얻어내지는 못하지.   675

너, 내가 쓰지 않았던 낡은 기구들,

너는 그저 여기 있구나, 내 아버지가 쓰셨기에.

너 낡은 두루마리, 그을음이 앉았구나,

이 책상 옆 흐린 등불이 타는 동안,

가진 얼마 안 되는 건 탕진해 버렸더라면 훨씬 더 나았으련만,   680

이 얼마 안 되는 걸 떠메고 여기서 땀 흘리기보다는!

선조들로부터 물려받은 것,

그걸 소유하기 위해서는 스스로 얻어내거라.

쓰이지 않는 것, 그건 무거운 짐일 뿐.

순간이 창조하는 것, 그것만이 쓸모 있다.   685

한데 나의 눈길은 왜 저 자리에 머물러 있는가?

저기 저 작은 약병이 자석처럼 내 눈길을 끄는가?

왜 갑자기 눈앞이 환히 밝아오는가,

마치 어두운 숲에서 찬란한 달빛이 우리를 감도는 것같이?

네게 인사 보낸다, 너 유일무이한 플라스크여!   690

이제 경건하게 너를 꺼내어 내린다,

네 속에 담긴 인간의 지혜와 기술을 존경하노라.

Du Inbegriff der holden Schlummersäfte,

Du Auszug aller tödlich feinen Kräfte,

Erweise deinem Meister deine Gunst! 695

Ich sehe dich, es wird der Schmerz gelindert,

Ich fasse dich, das Streben wird gemindert,

Des Geistes Flutstrom ebbet nach und nach.

In's hohe Meer werd' ich hinausgewiesen,

Die Spiegelflut erglänzt zu meinen Füßen, 700

Zu neuen Ufern lockt ein neuer Tag,

Ein Feuerwagen schwebt, auf leichten Schwingen,

An mich heran! Ich fühle mich bereit

Auf neuer Bahn den Äther zu durchdringen,

Zu neuen Sphären reiner Tätigkeit. 705

Dies hohe Leben, diese Götterwonne!

Du, erst noch Wurm, und die verdienest du?

Ja, kehre nur der holden Erdensonne

Entschlossen deinen Rücken zu!

Vermesse dich die Pforten aufzureißen, 710

Vor denen jeder gern vorüber schleicht.

Hier ist es Zeit durch Taten zu beweisen,

너 아름다운 잠을 선사하는 액체의 정수(精髓),

너 죽음 주는 모든 섬세한 힘의 추출물

너를 만든 주인에게 호의를 보이거라!   695

너를 바라본다, 고통이 완화된다,

너를 잡는다, 마음의 내달림이 누그러진다,

정신의⁴¹ 홍수 차츰차츰 잦아든다.

드넓은 대양으로 날더러 나아가라 하는구나,

거울 같은 수면이 내 발치에서 반짝이며   700

새로운 해안으로 날 오라 새날이 유혹한다,

불수레⁴² 하나가 가벼운 날개로 둥둥 떠

내게로 다가온다! 내가 준비되었음이 느껴진다,

새로운 궤도 위에서 정기(精氣)를 뚫고 나아가

순수한 활동의 새로운 영역 속으로 나아갈 준비가.   705

이 고양된 삶, 이 신적인 기쁨!

네가, 아직 버러지인 네가 누릴 자격이 있느냐?

그렇다, 아름다운 지상의 태양에게서만은

단호히 등을 돌려라!

대담하게, 좁은 문들을 활짝 열어젖혀라,   710

누구든 슬그머니 지나치고 싶어 하는 문들을.

여기, 행동으로써 증명할 때이다,

---

41 원어는 '정신'과 '영'의 두 가지 뜻을 다 가진 Geist이며 여기서는 영감으로 가득 찬, 정신적으
    로 고양되고 충만한 상태를 나타내고 있다.

42 일출을 가리키는 이 이미지에는 성서적인 것(엘리야의 승천, 열왕기하 2장 11절)과 그리스 신
    화의 아폴론의 수레의 이미지가 아울러 있다.

Daß Manneswürde nicht der Götterhöhe weicht,

Vor jener dunkeln Höhle nicht zu beben,

In der sich Phantasie zu eigner Qual verdammt, 715

Nach jenem Durchgang hinzustreben,

Um dessen engen Mund die ganze Hölle flammt;

Zu diesem Schritt sich heiter zu entschließen

Und wär' es mit Gefahr, in's Nichts dahin zu fließen.

Nun komm herab, kristallne reine Schale! 720

Hervor aus deinem alten Futterale,

An die ich viele Jahre nicht gedacht.

Du glänztest bei der Väter Freudenfeste,

Erheitertest die ernsten Gäste,

Wenn einer dich dem andern zugebracht. 725

Der vielen Bilder künstlich reiche Pracht,

Des Trinkers Pflicht, sie reimweis zu erklären,

Auf einen Zug die Höhlung auszuleeren,

Erinnert mich an manche Jugendnacht;

Ich werde jetzt dich keinem Nachbar reichen, 730

Ich werde meinen Witz an deiner Kunst nicht zeigen;

Hier ist ein Saft, der eilig trunken macht.

Mit brauner Flut erfüllt er deine Höhle.

인간의 품위가 신의 높이에 물러나지 않음을.
환상이 스스로를 벌주어 그 자신의 고통에 빠뜨리는
저 어두운 동굴 앞에서 덜덜 떨지 않을 때,   715
그 좁은 아가리 주위에 지옥 전체의 불길이 넘실거리는
저 통로를 향해 나아갈 때,
이 발걸음을 딛기로 흔쾌히 결심할 때이다,
설령, 한낱 무(無)로 흘러버릴 위험이 있을지라도.

이제 내려오라, 맑은 수정 잔(盞)[43]아!   720
네 오래된 벨벳 케이스에서 나오라
여러 해 내가 생각지 못하고 있던 것에서!
너는 선조들의 기쁨의 잔치에서 반짝이며
근엄한 손님들을 즐겁게 했지
한 사람이 다른 사람에게로 너를 건넬 때면.   725
많은 그림이 아로새겨져 풍성한 호화로움,
그 그림들을 운(韻) 맞추어 설명하고 단숨에
큰 잔을 다 비우는 것, 마시는 자의 의무였으니,
젊은 날의 많은 밤들을 떠올리게 하는구나.
나는 지금 너를 옆사람에게로 건네진 않겠노라   730
나는 네 정교함을 찬양하는 재치를 보이지도 않겠노라.
여기에 금방 취하게 만드는 액즙이 있다.
갈색 홍수로 네 움푹한 속을 채우고 있다.

---

43 축제에 쓰였던, 대체로 표면에 그림이 새겨진 잔. 그리스도의 최후의 만찬과 연결되면서 부활
   절 미사에서도 자주 쓰였다.

Den ich bereitet, den ich wähle,

Der letzte Trunk sei nun, mit ganzer Seele, 735

Als festlich hoher Gruß, dem Morgen zugebracht!

Er setzt die Schale an den Mund.

Glockenklang und Chorgesang.

CHOR DER ENGEL

Christ ist erstanden!

Freude dem Sterblichen,

Den die verderblichen,

Schleichenden, erblichen 740

Mängel umwanden.

FAUST

Welch tiefes Summen, welch ein heller Ton,

Zieht mit Gewalt das Glas von meinem Munde?

Verkündiget ihr dumpfen Glocken schon

Des Osterfestes erste Feierstunde? 745

Ihr Chöre, singt ihr schon den tröstlichen Gesang

Der einst, um Grabes Nacht, von Engelslippen klang,

이건 내가 만든 액즙, 이걸 내가 택하노니

이제 마지막 잔을, 혼(魂)의 힘을 다 모아,   735

장중하고 고상한 인사로서, 아침에게 건네노라!

그가 독이 든[44] *잔을 입가에 댄다.*

종소리와 합창.

천사들의 합창

그리스도 부활하셨네!

이 기쁨을 필멸의 인간에게,

멸망의 근원이자

고질적이고 유전된   740

결함들[45]에 얽매인 인간에게.

파우스트

이 무슨 심오하게 웅웅거리는 소리, 이 무슨 맑은 음(音)이

이 잔을 내 입에서 억지로 떼게 하는가?

너희 은은한 종소리가 벌써

부활절의 첫 축제 시각을 알리는가?   745

너희 합창대, 너희 벌써 위로의 노래를 부르는가,

언젠가 무덤의 암흑을 에워싸고 천사들의 입에서 울렸던 노래,

---

44 '독이 든'은 옮긴이가 삽입한 것이다. 자살은 괴테 시대까지 죄악이고 도덕률의 심각한 위배일
    뿐만 아니라 공공질서에의 범죄적 공격이었다. 이런 생각들이 여기서 드러나게 개진되어 있지
    는 않으나 독자에게는 이미 전제되어 있다.

45 유전된 결함들(erbliche Mängel): 원죄(Erbsünde)로 국한하지 않고, 넓게 쓰고 있다. 노래는
    12세기 찬송가에서 유래한 내용이다.

Gewißheit einem neuen Bunde?

CHOR DER WEIBER

> Mit Spezereien
>
> Hatten wir ihn gepflegt, 750
>
> Wir seine Treuen
>
> Hatten ihn hingelegt;
>
> Tücher und Binden
>
> Reinlich umwanden wir,
>
> Ach! und wir finden 755
>
> Christ nicht mehr hier.

CHOR DER ENGEL

> Christ ist erstanden!
>
> Selig der Liebende,
>
> Der die betrübende,
>
> Heilsam' und übende 760
>
> Prüfung bestanden.

FAUST

Was sucht ihr, mächtig und gelind,

Ihr Himmelstöne, mich am Staube?

새로운 언약[46]에 확신을 주던 그 노래?

여자들[47]의 합창

향유(香油)로

우리가 그분을 수습했지요,   750

그분의 충직한 이들, 우리가

그분을 눕혀드렸지요.

천과 붕대를

정결하게 감았지요, 우리가.

아! 한데 우리는 찾을 수 없군요,   755

그리스도를 이제 여기서는.

천사들의 합창

그리스도 부활하셨네!

복되도다, 사랑 주시는 이,

슬프게 하는

치유하고 단련하는   760

시험을 이기셨네.

파우스트

너희 무얼 찾고 있느냐, 힘차면서도 온유하게

너희 천상의 음이여, 흙먼지 곁의 나를 찾느냐?

---

46 neuer Bund: 신약(Das neue Testament)의 본디 뜻이 함께 어른거리는 어구이다. 우리나라 교회
    용어를 따른다면 '새 약속'으로 번역될 수 있다.

47 그리스도가 십자가에서 내려진 후 시신을 수습한 막달라 마리아 같은 여자들.

Klingt dort umher, wo weiche Menschen sind.

Die Botschaft hör' ich wohl, allein mir fehlt der Glaube; 765

Das Wunder ist des Glaubens liebstes Kind.

Zu jenen Sphären wag' ich nicht zu streben,

Woher die holde Nachricht tönt;

Und doch, an diesen Klang von Jugend auf gewöhnt,

Ruft er auch jetzt zurück mich in das Leben. 770

Sonst stürzte sich der Himmels-Liebe Kuß

Auf mich herab, in ernster Sabbatstille;

Da klang so ahnungsvoll des Glockentones Fülle,

Und ein Gebet war brünstiger Genuß;

Ein unbegreiflich holdes Sehnen 775

Trieb mich durch Wald und Wiesen hinzugehn,

Und unter tausend heißen Tränen

Fühlt' ich mir eine Welt entstehn.

Dies Lied verkündete der Jugend muntre Spiele,

Der Frühlingsfeier freies Glück; 780

Erinnrung hält mich nun, mit kindlichem Gefühle,

Vom letzten, ernsten Schritt zurück.

O tönet fort ihr süßen Himmelslieder!

Die Träne quillt, die Erde hat mich wieder!

CHOR DER JÜNGER

> Hat der Begrabene 785
>
> Schon sich nach oben,
>
> Lebend Erhabene,

그곳, 온화한 이들이 있는 곳이나 감돌며 울리거라.
복음(福音)은 잘 들린다, 다만 내겐 믿음이 없구나.   765
기적이란 믿음의 가장 사랑스러운 자녀.
저 천공으로 나는 감히 나아가지 못하겠다,
아름다운 소식이 울려오는 저곳으로.
하지만, 어린 시절부터 익숙했던 이 울림
지금도 나를 다시 불러들이는구나, 삶 속으로.   770
예전에는 하늘의 사랑의 입맞춤이
내 위로 쏟아져 내렸지, 엄숙한 안식일의 고요 속에서
너무도 예감에 차 충만한 종소리가 울렸고
기도는 열렬한 향유(享有)였지.
한 가닥 알 수 없는 아리따운 그리움이   775
나를 몰아, 숲과 들로 나갔었고
쏟아지는 뜨거운 눈물 속에서
느꼈었지, 내게서 하나의 세계가 이루어지는 것을.
이 노래, 젊음의 즐거운 유희를,
봄 축제의 티 없던 행복을 알려주곤 했지.   780
추억이 이제, 어린 시절의 느낌을 되살려 주어 나로 히여금
마지막 진지한 걸음을 떼어놓지 못하게 하는구나.
오 계속 울려라, 너희 감미로운 천상의 노래여!
눈물이 솟구친다, 땅이 나를 되찾았구나!

사도들의 합창[48]

땅에 묻히셨던 분   785
벌써 높은 곳으로 가셔서
살아나시며 드높여지신 분

Herrlich erhoben:

Ist er in Werdelust

Schaffender Freude nah; 790

Ach! an der Erde Brust,

Sind wir zum Leide da.

Ließ er die Seinen

Schmachtend uns hier zurück;

Ach! wir beweinen 795

Meister, dein Glück!

CHOR DER ENGEL

Christ ist erstanden,

Aus der Verwesung Schoß.

Reißet von Banden

Freudig euch los! 800

Tätig ihn Preisenden,

Liebe beweisenden,

Brüderlich speisenden,

Predigend reisenden,

Wonne verheißenden 805

Euch ist der Meister nah',

Euch ist er da!

찬란히 오르셔서,

이루어짐의 즐거움 속에서

창조의 기쁨 가까이 계시네.   790

아! 이 땅의 가슴에 매달려

우린 괴롭게 여기에 있네.

당신의 사람들을

목마른 저희를 여기에 남겨두시고.

아! 저희가 웁니다,   795

스승이시여, 행복하소서!

천사들의 합창

그리스도 부활하셨네,

사망의 권세에서 벗어나.

굴레를 끊고

기쁘게 너희도 벗어나라!   800

행함으로써 그분을 기리는 이들아,

사랑을 증명하는 이들아,

형제로 음식을 나누는 이들아,

설교하며 여행하는 이들아,

지복을 약속하는 이들아,   805

너희 가까이 스승은 계신다,

너희 위해 그분이 여기 계신다!

---

48 이 장면의 합창들은 지상과 천상에서 두루 울려오는 부활의 합창이다. 그중 사도들의 합창은
지상에서 울리는 노래이다.

Vor dem Tor

Spaziergänger aller Art ziehen hinaus.

EINIGE HANDWERKSBURSCHE

Warum denn dort hinaus?

ANDRE

Wir gehn hinaus auf's Jägerhaus.

DIE ERSTEN

Wir aber wollen nach der Mühle wandern.   810

EIN HANDWERKSBURSCH

Ich rat' euch nach dem Wasserhof zu gehn.

ZWEITER

Der Weg dahin ist gar nicht schön.

DIE ZWEITEN

Was tust denn du?

성문 앞에서

온갖 사람들이 산보를 나오고 있다.

몇몇 직공 청년들

왜들 저기로 가지?

다른 직공들

우린 사냥꾼 집으로 가.

처음 직공들

우린 물방앗간 쪽으로 가려는데.   810

직공 하나

바서호프[49] 쪽으로나 가보지.

두 번째 직공

그쪽 길은 아주 안 좋은데.

두 번째 직공들

그럼 넌 어떻게 할 건데?

---

49 Wasserhof: 프랑크푸르트 근교 게르버뮐레 부근의 지명. 단어 뜻은 '물마당'이다. '물방앗간' 가
  느니 '물마당' 가라고 약간 비아냥거린다. '물방앗간'도 실은 물방앗간이라는 뜻을 포함하는 지
  명 '게르버뮐레'(Gerbermühle)를 가리키는 것으로 보인다.

EIN DRITTER

Ich gehe mit den Andern.

VIERTER

Nach Burgdorf kommt herauf, gewiß dort findet ihr

Die schönsten Mädchen und das beste Bier,   815

Und Händel von der ersten Sorte.

FÜNFTER

Du überlustiger Gesell,

Juckt dich zum drittenmal das Fell?

Ich mag nicht hin, mir graut es vor dem Orte.

DIENSTMÄDCHEN

Nein, nein! ich gehe nach der Stadt zurück.   820

ANDRE

Wir finden ihn gewiß bei jenen Pappeln stehen.

ERSTE

Das ist für mich kein großes Glück;

Er wird an deiner Seite gehen,

Mit dir nur tanzt er auf dem Plan.

Was gehn mich deine Freuden an!   825

ANDRE

Heut ist er sicher nicht allein,

Der Krauskopf, sagt er, würde bei ihm sein.

SCHÜLER

Blitz, wie die wackern Dirnen schreiten!

Herr Bruder komm! wir müssen sie begleiten.

세 번째 직공

난 딴 사람들하고 갈래.

네 번째 직공

성(城) 윗마을로 올라와, 거기 가면 분명

예쁜 아가씨들이 있을 거야, 최고의 맥주도   815

또 싸움판도 최고로 신날걸.

다섯 번째 직공

기운이 남아도는 녀석이군,

세 번째로 맞고 싶어 근질거리냐?

난 거기 가기 싫다, 그런 건 생각만 해도 소름 돋아.

하녀 아가씨들

아냐, 아냐! 난 시내로 돌아가겠어.   820

다른 아가씨

저기 포플러 나무들 곁에 분명 그이가 있을 거야.

첫 번째 아가씨

그건 나한테는 별로 행운일 거 없네.

그 사람이야 네 곁에만 있을 테고

너하고만 춤추러 나가겠지.

네가 즐거운 게 나하고 무슨 상관이야!   825

다른 아가씨

오늘은 그이가 확실히 혼자가 아닐 거야

그 곱슬머리를 데리고 올 거라고 그랬거든.

학생

어크, 실한 아가씨들이 썩썩 가네!

형씨, 가자고! 우리가 쟤들을 모시고 가야지.

Ein starkes Bier, ein beizender Toback   830

Und eine Magd im Putz das ist nun mein Geschmack.

BÜRGERMÄDCHEN

Da sieh mir nur die schönen Knaben!

Es ist wahrhaftig eine Schmach:

Gesellschaft könnten sie die allerbeste haben,

Und laufen diesen Mägden nach!   835

ZWEITER SCHÜLER *zum ersten*

Nicht so geschwind! dort hinten kommen zwei,

Sie sind gar niedlich angezogen,

's ist meine Nachbarin dabei;

Ich bin dem Mädchen sehr gewogen.

Sie gehen ihren stillen Schritt   840

Und nehmen uns doch auch am Ende mit.

ERSTER

Herr Bruder nein! Ich bin nicht gern geniert.

Geschwind! daß wir das Wildpret nicht verlieren.

Die Hand, die Samstags ihren Besen führt,

Wird Sonntags dich am besten karessieren.   845

BÜRGER

Nein, er gefällt mir nicht der neue Burgemeister!

Nun, da er's ist, wird er nur täglich dreister.

Und für die Stadt was tut denn er?

Wird es nicht alle Tage schlimmer?

Gehorchen soll man mehr als immer,   850

독한 맥주, 톡 쏘는 담배   830

치장한 하녀 아가씨, 지금은 그런 게 내 취향이지.

양갓집 아가씨

저 잘생긴 총각들 좀 보게나!

이건 정말이지 수치야.

저이들은 최고의 숙녀와 어울릴 수 있건만

하녀들 꽁무니나 쫓고 있어!   835

두 번째 학생 *첫 번째 학생에게.*

그렇게 서둘지 마! 저기 뒤에도 둘이 오는데

아주 예쁘게 차려입은걸

우리 옆집 아가씨도 있고.

나는 저 아가씨에게 녹았지.

쟤들이 얌전하게 걸어가고 있는데   840

결국 우리와 같이 가게 될 거야.

첫 번째 학생

형씨, 아니야! 난 거북한 건 안 좋아해.

얼른! 저 사냥감을 놓치지 말자.

토요일에 빗자루를 들고 쓰는 손이

일요일에는 널 최고로 더듬어줄걸.   845

시민

그래, 그자 마음에 안 들어, 새 시장(市長) 말이야!

한데 그자가 이제 시장이니 날이 갈수록 더 막되게 굴걸.

그리고 시(市)를 위해서 그가 한 일이 대체 뭔가?

매일매일 더 나빠지고만 있지 않나?

백날천날 잠자코 따르라고만 하고   850

Und zahlen mehr als je vorher.

BETTLER *singt*

> Ihr guten Herrn, ihr schönen Frauen,
>
> So wohlgeputzt und backenrot,
>
> Belieb' es euch mich anzuschauen,
>
> Und seht und mildert meine Not! 855
>
> Laßt hier mich nicht vergebens leiern!
>
> Nur der ist froh, der geben mag.
>
> Ein Tag den alle Menschen feiern,
>
> Er sei für mich ein Erntetag.

ANDRER BÜRGER

Nichts bessers weiß ich mir an Sonn- und Feiertagen, 860

Als ein Gespräch von Krieg und Kriegsgeschrei,

Wenn hinten, weit, in der Türkei,

Die Völker auf einander schlagen.

Man steht am Fenster, trinkt sein Gläschen aus

Und sieht den Fluß hinab die bunten Schiffe gleiten; 865

Dann kehrt man abends froh nach Haus,

Und segnet Fried' und Friedenszeiten.

DRITTER BÜRGER

Herr Nachbar, ja! so laß ich's auch geschehn,

Sie mögen sich die Köpfe spalten,

Mag alles durch einander gehn; 870

Doch nur zu Hause bleib's beim Alten.

ALTE *zu den Bürgermädchen*

그러면서 걸어 가는 건 그 어느 때보다 많지.

거지 *노래한다.*

    선한 신사분들, 고운 숙녀분들

    잘 차려입으시고 뺨 발그레하시네요,

    부디 저를 좀 보셔서

    제 궁핍을 보시고 도와주십쇼!   855

    이 깽깽이 헛되이 켜게 하지 마시고!

    베풀길 좋아하는 사람만이 즐겁답니다.

    만인이 흥겨워하는 날, 이런 날

    제게도 수입 있는 날이 되게 하십쇼.

다른 시민

일요일과 축제일에 할 일이라면 뭐니 뭐니 해도   860

전쟁과 전쟁의 소란에 대한 대화지,

그것이 저 뒤쪽 멀리에서, 터키에서

민족들끼리 치고받는 거라면야.

창가에 서서 한잔 비우며

강물따라 가지각색 배들이 미끄러져 가는 걸 보지.   865

그러고는 저녁이면 즐겁게 집으로 돌아가고

평화와 평화시대를 축복하지.

세 번째 시민

이웃 양반, 네에! 나도 그래요

남들이야 머리가 터지든

만사 뒤죽박죽이든   870

집에서만큼은 모든 게 예전 그대로라면요.

늙은 여인 *양갓집 아가씨들에게.*

Ei! wie geputzt! das schöne junge Blut!

Wer soll sich nicht in euch vergaffen? —

Nur nicht so stolz! Es ist schon gut!

Und was ihr wünscht das wüßt' ich wohl zu schaffen. 875

BÜRGERMÄDCHEN

Agathe, fort! ich nehme mich in Acht

Mit solchen Hexen öffentlich zu gehen;

Sie ließ mich zwar, in Sankt Andreas Nacht,

Den künft'gen Liebsten leiblich sehen.

DIE ANDRE

Mir zeigte sie ihn im Kristall, 880

Soldatenhaft, mit mehreren Verwegnen;

Ich seh' mich um, ich such' ihn überall,

Allein mir will er nicht begegnen.

SOLDATEN

Burgen mit hohen

Mauern und Zinnen, 885

Mädchen mit stolzen

Höhnenden Sinnen

Möcht' ich gewinnen!

Kühn ist das Mühen,

Herrlich der Lohn! 890

Und die Trompete

Lassen wir werben,

아이! 참 잘 차려입었군! 예쁜 젊은 것들!

누가 너희한테 얼빠지지 않겠나? —

하지만 그렇게 잘난 척하진 마라! 그만하면 됐어!

너네가 바라는 것쯤은 내가 마련해 줄 수 있지.　　　　　　875

양갓집 아가씨들

아가테, 가자! 피해야 돼,

저런 마귀할멈하고 공공연히 함께 걷는 건.

성 안드레아 축일 밤에 저 할멈이 나한테

장래의 내 애인의 모습을 보여주긴 했지만.

다른 아가씨

나한테는 수정구 속에 든 그이를 보여주었는데　　　　　880

군인 같았고, 여러 씩씩한 이들과 함께 있었어.

나는 주변을 돌아보면서, 그이를 온 사방에서 찾고 있는데

그런데 그이가 날 마주쳐주질 않네.

군인들

　　　　장벽 높고

　　　　성가퀴 삐죽삐죽한 성채들,　　　　　　885

　　　　잘난 척 깔보며

　　　　콧대 높은 아가씨들

　　　　나는 얻고 싶다네!

　　　　수고는 크나크지만

　　　　보답이 찬란하다네!　　　　　　890

　　　　나팔 소리가

　　　　우리를 나아가게 하지,

Wie zu der Freude,

So zum Verderben.

Das ist ein Stürmen!   895

Das ist ein Leben!

Mädchen und Burgen

Müssen sich geben.

Kühn ist das Mühen,

Herrlich der Lohn!   900

Und die Soldaten

Ziehen davon.

Faust und Wagner.

FAUST

Vom Eise befreit sind Strom und Bäche

Durch des Frühlings holden, belebenden Blick;

Im Tale grünet Hoffnungs-Glück;   905

Der alte Winter, in seiner Schwäche,

Zog sich in rauhe Berge zurück.

Von dorther sendet er, fliehend, nur

Ohnmächtige Schauer körnigen Eises

In Streifen über die grünende Flur;   910

Aber die Sonne duldet kein Weißes,

Überall regt sich Bildung und Streben,

Alles will sie mit Farben beleben;

기쁨에로
또 멸망에로.
이게 돌격이다!   895
이게 인생이다!
아가씨들과 성채들은
무너뜨려야지.
수고는 크나크지만
보답이 찬란하다네!   900
그리고는 우리 군인들
떠나간다네.

파우스트와 바그너.

파우스트

강이며 개울들을 얼음에서 풀어냈구나,
생명 주는 아름다운 봄의 눈길이.
골짜기에는 희망의 행복 푸르러지고.   905
늙은 겨울은, 이제 힘을 잃어
황량한 산속으로 물러났네.
거기서부터 겨울은, 도망치며 다만
얼음알 섞인, 힘없는 싸락눈을
푸르러지는 벌판 위로 한 줄기씩 뿌릴 뿐.   910
그러나 태양이 흰 건 용납하지 않아
사방에서 생성하려, 솟으려 요동치고
태양은 만물을 빛깔로 되살리려 하는구나.

Doch an Blumen fehlt's im Revier,

Sie nimmt geputzte Menschen dafür. 915

Kehre dich um, von diesen Höhen

Nach der Stadt zurück zu sehen.

Aus dem hohlen finstern Tor

Dringt ein buntes Gewimmel hervor.

Jeder sonnt sich heute so gern. 920

Sie feiern die Auferstehung des Herrn,

Denn sie sind selber auferstanden,

Aus niedriger Häuser dumpfen Gemächern,

Aus Handwerks- und Gewerbes-Banden,

Aus dem Druck von Giebeln und Dächern, 925

Aus der Straßen quetschender Enge,

Aus der Kirchen ehrwürdiger Nacht

Sind sie alle ans Licht gebracht.

Sieh nur sieh! wie behend sich die Menge

Durch die Gärten und Felder zerschlägt, 930

Wie der Fluß, in Breit' und Länge,

So manchen lustigen Nachen bewegt,

Und bis zum Sinken überladen,

Entfernt sich dieser letzte Kahn.

Selbst von des Berges fernen Pfaden 935

Blinken uns farbige Kleider an.

Ich höre schon des Dorfs Getümmel,

Hier ist des Volkes wahrer Himmel,

하지만 이 지역에 아직 꽃은 없는데
그 대신 치장한 사람들을 태양이 부르네. 915
돌아보게, 이 높은 곳에서부터
도시 쪽을 뒤돌아보게.
횅하니 뚫린 어두운 성문에서
색색깔 옷을 입은 무리가 미어지게 나오고 있다.
누구나 오늘 같은 날은 햇볕을 쬐고 싶어 하지. 920
저이들은 주님의 부활을 기린다,
자기들 자신이 부활했으니까,
답답한 방들이 들어찬 낮은 집을 떨치고
수공과 영업의 끈을 떨치고
박공과 지붕의 짓누름을 떨치고 925
쥐어짜는 듯 비좁은 거리들을 떨치고
교회들의 근엄한 어둠을 떨치고
모두들 빛으로 이끌려 나왔으니까.
보게, 좀 보게나! 얼마나 날쌔게 무리가
뜰이며 벌판을 지나 흩어지고 930
어떻게 강물이, 넓고도 길게
저 많은 흥겨운 나룻배들을 띄우는지.
가라앉을 만큼 넘치게 사람들을 태우고
저 마지막 배가 멀어져가는구나.
산속 먼 오솔길들에서도 935
색색깔 옷들이 환하게 눈짓한다.
마을의 시끌벅적한 소리 벌써 들려오니
여기가 백성들의 진정한 천국,

Zufrieden jauchzet groß und klein:

Hier bin ich Mensch, hier darf ich's sein. 940

WAGNER

Mit euch, Herr Doktor, zu spazieren

Ist ehrenvoll und ist Gewinn;

Doch würd' ich nicht allein mich her verlieren,

Weil ich ein Feind von allem Rohen bin.

Das Fiedeln, Schreien, Kegelschieben, 945

Ist mir ein gar verhaßter Klang;

Sie toben wie vom bösen Geist getrieben,

Und nennen's Freude, nennen's Gesang.

Bauern unter der Linde.

Tanz und Gesang.

Der Schäfer putzte sich zum Tanz,

Mit bunter Jacke, Band und Kranz, 950

Schmuck war er angezogen.

Schon um die Linde war es voll

Und alles tanzte schon wie toll.

Juchhe! Juchhe!

Juchheisa! Heisa! He! 955

So ging der Fiedelbogen.

Er drückte hastig sich heran,

노소(老小)가 모두, 만족해서 환호하네.

여기선 나도 인간이다, 여기선 나, 그래도 된다.   940

바그너

박사님, 당신과 함께 산책하는 건

영광이고 얻을 것이 많습니다.

하지만 혼자라면 이런 데서 헤매는 일은 없겠습니다,

제가 거친 것이라면 질색이라서요.

깽깽이 소리, 고함 소리, 쇠공 굴리는 소리   945

제가 심히 혐오하는 소리들이죠.

저들은 악령에 내몰린 듯 날뛰고 있는데

그러면서 그걸 기쁨이라 하고, 그걸 노래라 하죠.

농부들, 보리수 나무 아래.

춤과 노래.

목동이 춤추려 치장했네,

화려한 저고리, 리본과 화관   950

장신구도 달았네.

보리수나무 주변은 벌써 다 찼네.

모두가 춤추었지, 벌써 미친 듯.

아하하! 아하하!

아하하아핫! 하아핫! 핫!   955

그렇게 바이올린 활이 켰네.

목동이 후딱 밀고 나오며

Da stieß er an ein Mädchen an

Mit seinem Ellenbogen;

Die frische Dirne kehrt sich um   960

Und sagte: nun das find' ich dumm!

Juchhe! Juchhe!

Juchheisa! Heisa! He!

Seid nicht so ungezogen.

Doch hurtig in dem Kreise ging's,   965

Sie tanzten rechts, sie tanzten links

Und alle Röcke flogen.

Sie wurden rot, sie wurden warm

Und ruhten atmend Arm in Arm,

Juchhe! Juchhe!   970

Juchheisa! Heisa! He!

Und Hüft' an Ellenbogen.

Und tu' mir doch nicht so vertraut!

Wie Mancher hat nicht seine Braut

Belogen und betrogen!   975

Er schmeichelte sie doch bei Seit'

Und von der Linde scholl es weit:

Juchhe! Juchhe!

Juchheisa! Heisa! He!

Geschrei und Fiedelbogen.   980

한 아가씨를 밀쳐보네,
팔꿈치로.
쾌활한 아가씨 돌아서며   960
말하네, 이런, 멍청하군요!
아하하! 아하하!
아하하아핫! 하아핫! 핫!
이렇게 버릇없이 굴지 말아요.

하지만 잽싸게 원을 그리네,   965
그들은 춤추며 오른쪽으로, 춤추며 왼쪽으로,
하여 치마들이 죄다 펄럭이네.
얼굴 붉어지고, 몸 달아올라
팔에 팔 끼고 숨 돌리네.
아하하! 아하하!   970
아하하아핫! 하아핫! 핫!
하여 팔꿈치 엉덩이께 닿아 있네.

그래도 이렇게 친한 척하진 말아요!
얼마나 많은 남자가 자기 신부를
이렇게 꼬시고 배신했을까요!   975
그는 그래도 그녀 곁에서 알랑거리고
보리수나무 아래선 울려 퍼지네.
아하하! 아하하!
아하하아핫! 하아핫! 핫!
외침 소리와 깽깽이 소리.   980

ALTER BAUER

Herr Doktor, das ist schön von euch,

Daß ihr uns heute nicht verschmäht,

Und unter dieses Volksgedräng',

Als ein so Hochgelahrter, geht.

So nehmet auch den schönsten Krug, 985

Den wir mit frischem Trunk gefüllt,

Ich bring' ihn zu und wünsche laut,

Daß er nicht nur den Durst Euch stillt;

Die Zahl der Tropfen, die er hegt,

Sei Euren Tagen zugelegt. 990

FAUST

Ich nehme den Erquickungs-Trank,

Erwidr' euch allen Heil und Dank.

Das Volk sammelt sich im Kreis umher.

ALTER BAUER

Fürwahr es ist sehr wohl getan,

Daß ihr am frohen Tag erscheint;

Habt ihr es vormals doch mit uns 995

An bösen Tagen gut gemeint!

Gar mancher steht lebendig hier,

Den euer Vater noch zuletzt

Der heißen Fieberwut entriß,

늙은 농부

박사님, 멋지십니다,

박사님이 오늘 저희를 뿌리치지 않으시고

이 백성들 무리 속으로,

고명하신 학자께서, 왕림하시네요.

그러니 이 최고로 멋진 큰 잔도 받으시죠,   985

저희가 방금 거른 술로 채웠습니다요.

이 잔 올리며 큰 소리로 비옵니다,

이 잔이 박사님의 갈증만 달래는 게 아니라

잔에 가득한 술 방울방울 수대로

박사님이 누리실 나날이 더해지기를.   990

파우스트

원기 돋우는 이 술을 받으며

여러분 모두에게도 건강의 기원과 감사로 답합니다.

백성들 빙 둘러 모여든다.

늙은 농부

정말이지, 참 좋습니다,

박사님께서 이 즐거운 날에 나타나시네요.

박사님은 예전에도 저희들을 잘 대해주셨지요.   995

어려웠던 시절에도요!

실로 많은 사람이 살아서 여기 있는데

박사님 선친께서 마침내,

창궐했던 열병에서 구해주신 이들입니다요,

Als er der Seuche Ziel gesetzt.　　　　　　　　　　　1000

Auch damals ihr, ein junger Mann,

Ihr gingt in jedes Krankenhaus;

Gar manche Leiche trug man fort,

Ihr aber kamt gesund heraus.

Bestandet manche harte Proben;　　　　　　　　　　1005

Dem Helfer half der Helfer droben.

ALLE

Gesundheit dem bewährten Mann,

Daß er noch lange helfen kann!

FAUST

Vor jenem droben steht gebückt,

Der helfen lehrt und Hilfe schickt.　　　　　　　　　1010

Er geht mit Wagnern weiter.

WAGNER

Welch ein Gefühl mußt du, o großer Mann!

Bei der Verehrung dieser Menge haben!

O! glücklich wer von seinen Gaben

Solch einen Vorteil ziehen kann.

Der Vater zeigt dich seinem Knaben,　　　　　　　　1015

Ein jeder fragt und drängt und eilt,

그 무서운 전염병50을 끝장내셨을 때요.   1000

당시 젊으셨던 박사님께서도

환자가 있는 집마다 찾아가셨지요.

수많은 시체들이 실려 나갔건만

박사님께선 무사히 모면하셨습니다.

많은 어려운 시험을 견디셨습니다.   1005

도와주시는 분을 저 높은 곳에서 도우시는 분이 도우신 거죠.51

모두

가호받으신 분께서 건강하시기를,

오래도록 도와주실 수 있도록!

파우스트

저 높은 곳에 계신 분 앞에 고개 숙이고 서 있을 뿐,

돕는 법 가르쳐주시고, 도움 보내주시는 분 앞에요.   1010

파우스트와 바그너 함께 계속 간다.

바그너

얼마니 기분이 좋으실까요, 오 위대하신 분이여!

이 큰 무리의 존경을 받으시다니요!

오! 행복하여라, 자신의 재능으로부터

그런 큰 유익을 끌어낼 수 있는 이는.

아버지는 아들에게 선생님을 가리켜 보이고   1015

누구든 묻고 밀려들고 달려오고

---

50 특히 14세기 그리고 18세기까지 유럽에서는 흑사병이 창궐해서 인구가 격감하였다.

51 Dem Helfer half der Helfer droben. 앞의 '돕는 자'(Helfer)는 파우스트를, 뒤의 '돕는 자'는 하
   느님을 나타내고 있다.

Die Fiedel stockt, der Tänzer weilt.

Du gehst, in Reihen stehen sie,

Die Mützen fliegen in die Höh':

Und wenig fehlt, so beugten sich die Knie,   1020

Als käm' das Venerabile.

FAUST

Nur wenig Schritte noch hinauf zu jenem Stein,

Hier wollen wir von unsrer Wandrung rasten.

Hier saß ich oft gedankenvoll allein

Und quälte mich mit Beten und mit Fasten.   1025

An Hoffnung reich, im Glauben fest,

Mit Tränen, Seufzen, Händeringen

Dacht' ich das Ende jener Pest

Vom Herrn des Himmels zu erzwingen.

Der Menge Beifall tönt mir nun wie Hohn.   1030

O könntest du in meinem Innern lesen,

Wie wenig Vater und Sohn

Solch eines Ruhmes wert gewesen!

Mein Vater war ein dunkler Ehrenmann,

Der über die Natur und ihre heil'gen Kreise,   1035

In Redlichkeit, jedoch auf seine Weise,

Mit grillenhafter Mühe sann.

바이올린도 그치고, 춤추던 이들도 멈추었습니다.

선생님이 지나가시면, 저들은 줄지어 서고

모자들이 공중으로 날아오르네요.

무릎이라도 꿇을 기세예요,   1020

성체(聖體)가 지나가는 듯.

파우스트

몇 걸음만 더 저 바위 위쪽으로 올라가자,

여기서 우리 산책을 조금 쉬자꾸나.

여기서 나는 자주 생각에 잠겨 홀로 앉아

기도와 금식으로 나 자신을 괴롭혔지.   1025

희망은 많고, 믿음은 굳건하고

눈물로, 한숨으로, 두 손 부벼가며

어찌하면 저 흑사병을 끝장낼지 생각하며

하늘에 계신 주님을 윽박질렀지.

무리의 갈채가 내게는 비웃음처럼 들린다네.   1030

오, 자네가 나의 내면을 읽을 수 있다면

우리 부자(父子)가 얼마나

저런 기림을 받을 자격이 없었는지!

내 아버지는 어두운 명인(名人),[52]

자연과 그 신성한 순환에 대해   1035

성실히, 하지만 자신만의 방법으로,

이상스러운 노력으로, 궁리하신 분이었지.

---

52 dunkler Ehrenmann: 여기서 '어두운'(dunkel)에는 '잘 알려지지 않은', '평판이 좋지 않은'이라
    는 뜻이 함께 있으며 '명인'에는 다소의 냉소도 섞여 있다. 전체로는 파우스트의 아버지가 연금
    술사(Alchimist)였음을 나타낸다.

Der, in Gesellschaft von Adepten,

Sich in die schwarze Küche schloß,

Und, nach unendlichen Rezepten,   1040

Das Widrige zusammengoß.

Da ward ein roter Leu, ein kühner Freier,

Im lauen Bad der Lilie vermählt

Und beide dann mit offnem Flammenfeuer,

Aus einem Brautgemach ins andere gequält.   1045

Erschien darauf mit bunten Farben

Die junge Königin im Glas,

Hier war die Arzenei, die Patienten starben,

Und niemand fragte: wer genas?

So haben wir, mit höllischen Latwergen,   1050

In diesen Tälern, diesen Bergen,

Weit schlimmer als die Pest getobt.

Ich habe selbst den Gift an Tausende gegeben,

Sie welkten hin, ich muß erleben

Daß man die frechen Mörder lobt.   1055

WAGNER

Wie könnt ihr euch darum betrüben!

Tut nicht ein braver Mann genug,

연금술에 정통한 이들과 어울리며

검은 부엌에 틀어박혀

끝없는 처방전에 따라   1040

서로 상극인 것들을 혼합했지.

거기서 대담한 구혼자, 붉은 사자를

미온탕에서 백합과 합방시키고

그다음으로는 불꽃을 튀겨 둘을

한 신방에서 다른 방으로 억지로 몰아넣었어.   1045

그러면 다채로운 색깔로

플라스크 속에서 젊은 여왕이 태어났고[53]

해서 약은 만들어졌는데, 환자들은 죽어나갔지,

그런데 아무도 안 물었어, 누가 나았느냐?고는.

그렇게 지옥의 탕약을 가지고 우리는   1050

이 골짜기에서, 이 산간에서,

흑사병보다도 훨씬 더 고약하게 설쳐댔어.

나 자신이 수천 명에게 그 독(毒)을 주어

사람들이 시름시름 갔는데, 나는 살아서 이제

뻔뻔한 살인자들을 찬양하는 소리까지 듣네.   1055

바그너

어찌 그런 일로 상심하십니까!

착실한 사람은 도리는 다한 것 아닙니까,

---

53 이 부분은, 연금술의 화학물질 혼합 과정을 은유적으로 그리고 있다. "사자"는 혼합을 위해 취
    하는 기본 성분인 적색산화수은이며, 이에 더하는 다른 성분인 염산은 "백합"으로, 그 혼합은
    "합방"으로 묘사되고 있다. 이런 과정을 복합적으로 해나간 연금술의 목표는 "현자의 돌"을 만
    들어내는 것이었다.

Die Kunst, die man ihm übertrug,

Gewissenhaft und pünktlich auszuüben?

Wenn du, als Jüngling, deinen Vater ehrst, 1060

So wirst du gern von ihm empfangen;

Wenn du, als Mann, die Wissenschaft vermehrst,

So kann dein Sohn zu höhrem Ziel gelangen.

FAUST

O glücklich! wer noch hoffen kann

Aus diesem Meer des Irrtums aufzutauchen. 1065

Was man nicht weiß das eben brauchte man,

Und was man weiß kann man nicht brauchen.

Doch laß uns dieser Stunde schönes Gut

Durch solchen Trübsinn nicht verkümmern!

Betrachte wie in Abendsonne-Glut 1070

Die grünumgebnen Hütten schimmern.

Sie rückt und weicht, der Tag ist überlebt,

Dort eilt sie hin und fördert neues Leben.

O daß kein Flügel mich vom Boden hebt,

Ihr nach und immer nach zu streben! 1075

Ich säh' im ewigen Abendstrahl

Die stille Welt zu meinen Füßen,

Entzündet alle Höhn, beruhigt jedes Tal,

Den Silberbach in goldne Ströme fließen.

Nicht hemmte dann den göttergleichen Lauf 1080

Der wilde Berg mit allen seinen Schluchten;

전수받은 기술을

양심껏 정확하게 쓰면요?

젊었을 때 아버님을 존경하시면 1060

아버님으로부터 기꺼이 전수받으시고

어른이 되어 그 학문을 더 증진하시면

당신의 아드님은 보다 높은 목표에 이를 수 있잖습니까.

파우스트

오 행복하여라! 아직도 희망할 수 있는 이,

이 오류의 바다에서 떠오를 수 있다고 희망하는 이. 1065

아직 알지 못하는 것, 바로 그것이 필요하고

이미 알고 있는 것, 그건 쓸모가 없다.

하지만 우리, 아름다운 자산인 이 시간을

그런 우울한 생각으로 망치지 마세!

보게, 이글이글 타는 석양 속에서 1070

초록으로 둘러싸인 오두막들이 얼마나 빛나는지.

태양이 훌쩍 물러나네, 또 하루를 살아내고

이제 서둘러 저편으로 가서 또 새로운 삶을 북돋우지.

오, 나를 이 땅으로부터 들어올려 줄 날개가 없구나,

태양을 따라, 자꾸 따라 날아가련만! 1075

영원한 석양 빛줄기 속에서, 바로 내 발밑에

고요한 세계가 내려다보이는 것 같건만,

모든 언덕을 불붙이고, 모든 골짜기를 잠재우고

은빛 개울은 황금빛 강물 속으로 흘러드는 모습.

그 신(神)들과도 같은 내달림을 1080

온갖 협곡이 있는 험산준령도 막질 못하니

Schon tut das Meer sich mit erwärmten Buchten

Vor den erstaunten Augen auf.

Doch scheint die Göttin endlich wegzusinken;

Allein der neue Trieb erwacht,   1085

Ich eile fort ihr ew'ges Licht zu trinken,

Vor mir den Tag, und hinter mir die Nacht,

Den Himmel über mir und unter mir die Wellen.

Ein schöner Traum, indessen sie entweicht.

Ach! zu des Geistes Flügeln wird so leicht   1090

Kein körperlicher Flügel sich gesellen.

Doch ist es jedem eingeboren,

Daß sein Gefühl hinauf und vorwärts dringt,

Wenn über uns, im blauen Raum verloren,

Ihr schmetternd Lied die Lerche singt;   1095

Wenn über schroffen Fichtenhöhen

Der Adler ausgebreitet schwebt,

Und über Flächen, über Seen,

Der Kranich nach der Heimat strebt.

WAGNER

Ich hatte selbst oft grillenhafte Stunden,   1100

Doch solchen Trieb hab' ich noch nie empfunden.

Man sieht sich leicht an Wald und Feldern satt,

Des Vogels Fittich werd' ich nie beneiden.

덮혀진 만(灣)과 함께 벌써 바다가

놀라워하는 눈앞에 열리고 있네.

그래도 여신(女神)은[54] 마침내 가라앉으려 하고

하지만 새로운 충동이 눈을 뜨니   1085

나 서둘러 가노라, 그 영원한 빛을 마시러,

내 앞에는 낮이, 내 뒤에는 밤이

하늘은 내 위에, 또 내 아래에는 파도.

한 편의 아름다운 꿈이구나, 그사이 여신은 물러난다.

아! 이 정신의 날개에 쉽사리   1090

육신의 날개는 어울리지 못하누나.

하지만 누구든 타고난 건,

마음이 부풀어 오르고 앞으로 나아가는 것,

우리 머리 위, 푸른 공중에서 아스라이

보이지 않는 종달새가 그 노래를 흩뿌릴 때면,   1095

치솟은 가문비나무 꼭대기 위에서

독수리가 날개 펼치고 떠돌 때면,

평원 위로, 호수들 위로

학(鶴)이 고향 찾아 날아가고 있을 때면.

바그너

저도 망상에 사로잡히는 때가 자주 있습니다만   1100

그런 충동은 아직 한번도 느껴보지 못했습니다요.

숲과 들판이야 어디서든 지겹게 보고

새의 날개도 절대로 부럽지 않아요.

---

54 '태양'을 가리킨다. 태양이 독일어로는 여성명사(die Sonne)여서 "여신"으로 표현되었다.

Wie anders tragen uns die Geistesfreuden,

Von Buch zu Buch, von Blatt zu Blatt! 1105

Da werden Winternächte hold und schön,

Ein selig Leben wärmet alle Glieder,

Und ach! entrollst du gar ein würdig Pergamen,

So steigt der ganze Himmel zu dir nieder.

FAUST

Du bist dir nur des einen Triebs bewußt; 1110

O lerne nie den andern kennen!

Zwei Seelen wohnen, ach! in meiner Brust,

Die eine will sich von der andern trennen;

Die eine hält, in derber Liebeslust,

Sich an die Welt mit klammernden Organen; 1115

Die andre hebt gewaltsam sich vom Dunst

Zu den Gefilden hoher Ahnen.

O gibt es Geister in der Luft,

Die zwischen Erd' und Himmel herrschend weben,

So steiget nieder aus dem goldnen Duft 1120

Und führt mich weg, zu neuem buntem Leben!

Ja, wäre nur ein Zaubermantel mein!

Und trüg' er mich in fremde Länder,

Mir sollt' er um die köstlichsten Gewänder,

Nicht feil um einen Königsmantel sein. 1125

WAGNER

Berufe nicht die wohlbekannte Schar,

얼마나 다르게 정신의 기쁨은 우리를 실어 가는지요,

책에서 책으로, 종이에서 종이로!   1105

거기서는 겨울밤도 다정해지고 또 아름다워지고

축복받은 생명이 몸을 데워주고

또 아! 선생님께서 격조 있는 양피지까지 펼치면

온 하늘이 선생님께 쏟아져 내려오고요.

파우스트

너는 한 가지 충동밖에 모르는구나.   1110

오, 결코 다른 건 알게 되지 말거라!

내 가슴속에는, 아! 두 개의 영혼이 살고 있다

하나가 다른 것과 갈라서려 한다.

하나는, 거친 사랑의 욕구에 사로잡혀

움켜잡는 관능으로써 세상에 매달려 있고,   1115

다른 하나는 거세게 흙먼지를 떨치고 솟아

숭고한 선인들께서 가신 광야를 향한다.

오, 공중에 정령들 있거든,

천지간(天地間)에 지배하며 생명을 직조하는 영(靈)들 있거든

황금빛 몽롱함을 벗고 내려와   1120

나를 데려다다오, 새로운, 영롱한 삶으로!

아, 마법의 외투 하나만이라도 내 것이라면!

그게 나를 낯선 나라들로 실어 가준다면

세상 가장 값비싼 의상을 줘도,

왕의 곤포를 줘도 아깝지 않으련만.   1125

바그너

그 유명한 무리일랑 부르지 마십시오,

Die strömend sich im Dunstkreis überbreitet,

Dem Menschen tausendfältige Gefahr,

Von allen Enden her, bereitet.

Von Norden dringt der scharfe Geisterzahn 1130

Auf dich herbei, mit pfeilgespitzten Zungen;

Von Morgen ziehn, vertrocknend, sie heran,

Und nähren sich von deinen Lungen;

Wenn sie der Mittag aus der Wüste schickt,

Die Glut auf Glut um deinen Scheitel häufen, 1135

So bringt der West den Schwarm, der erst erquickt,

Um dich und Feld und Aue zu ersäufen.

Sie hören gern, zum Schaden froh gewandt,

Gehorchen gern, weil sie uns gern betrügen,

Sie stellen wie vom Himmel sich gesandt, 1140

Und lispeln englisch, wenn sie lügen.

Doch gehen wir! Ergraut ist schon die Welt,

Die Luft gekühlt, der Nebel fällt!

Am Abend schätzt man erst das Haus. —

Was stehst du so und blickst erstaunt hinaus? 1145

Was kann dich in der Dämmrung so ergreifen?

FAUST

Siehst du den schwarzen Hund durch Saat und Stoppel streifen?

WAGNER

Ich sah ihn lange schon, nicht wichtig schien er mir.

소용돌이치며 몽롱한 원을 이루어 퍼지며
인간에게 수천 가지 위험을,
사방으로부터 가져오는 것들이잖아요.
북쪽에서는 그 영들의 날카로운 이빨이   1130
선생님께로 달려듭니다, 화살처럼 뾰족한 혀들과 함께
동쪽에서는, 메말리면서 다가와
선생님의 폐를 파먹습니다.
남쪽은 그들을 사막에서 끌어내어
선생님의 정수리에다 이글이글 화염을 쌓고,   1135
서쪽은 처음엔 원기를 주는 무리를 데려오다가
선생님과 벌판, 그리고 풀밭을 침수시키지요.
그들은 귀 밝고, 해 끼치는 데 즐거이 노련하고
즐겨 복종하지요, 우리를 즐겨 속이기 때문에요.
그들은 하늘에서 보내진 듯 굴며   1140
거짓말을 할 때면 천사같이 속삭이지요.
하지만 이젠 가시지요! 벌써 온 사방이 어둑해지고
공기는 차가워졌네요, 인기가 내리고 있고요!
저녁이 되면 비로소 집의 가치를 알게 되지요. ―
왜 그렇게 거기 서서 놀라 멀리를 보십니까?   1145
무엇이 어스름 속에서 선생님을 그렇게 사로잡았습니까?

파우스트

너 저 검은 개가 보이느냐, 풀과 그루터기를 오락가락하는데?

바그너

벌써부터 보고 있었는데, 별것 아닌 것 같네요.

FAUST

Betracht' ihn recht! Für was hältst du das Tier?

WAGNER

Für einen Pudel, der auf seine Weise   1150
Sich auf der Spur des Herren plagt.

FAUST

Bemerkst du, wie in weitem Schneckenkreise
Er um uns her und immer näher jagt?
Und irr' ich nicht, so zieht ein Feuerstrudel
Auf seinen Pfaden hinterdrein.   1155

WAGNER

Ich sehe nichts als einen schwarzen Pudel;
Es mag bei euch wohl Augentäuschung sein.

FAUST

Mir scheint es, daß er magisch leise Schlingen
Zu künft'gem Band um unsre Füße zieht.

WAGNER

Ich seh' ihn ungewiß und furchtsam uns umspringen,   1160
Weil er, statt seines Herrn, zwei Unbekannte sieht.

FAUST

Der Kreis wird eng, schon ist er nah!

WAGNER

Du siehst! ein Hund, und kein Gespenst ist da.
Er knurrt und zweifelt, legt sich auf den Bauch,
Er wedelt. Alles Hunde-Brauch.   1165

파우스트

제대로 보아라! 무슨 짐승 같으냐?

바그너

복슬강아지죠, 나름으로   1150

주인의 자취를 찾으려 애쓰고 있네요.

파우스트

너는 안 보이느냐, 넓게 나선형을 그리면서

개가 우리를 에워싸고 점점 더 다가오는 것이?

내가 틀리지 않다면, 불꽃 소용돌이가

개를 뒤따르는구나.   1155

바그너

제 보기엔 검정 복슬강아지뿐인데요.

박사님께서 뭘 착각하신 것 같습니다.

파우스트

내 눈에는, 개가 마법의 올가미를,

맹약을 맺자고, 슬그머니 우리 발 주위에 치는 것 같구나.

바그너

제 보기에는 개가 불안하고 겁나서 우리 주위를 뛰는 것 같은데요,   1160

제 주인은 안 보이고 낯선 사람 둘만 보여서요.

파우스트

원이 좁아진다, 벌써 가깝다!

바그너

보시다시피! 갭니다, 유령은 여기 없습니다.

으르렁거리다가 기가 죽어, 납작 엎드리는데요.

꼬리를 치고요. 모두 개가 흔히 하는 그대로입니다.   1165

FAUST

Geselle dich zu uns! Komm hier!

WAGNER

Es ist ein pudelnärrisch Tier.

Du stehest still, er wartet auf;

Du sprichst ihn an, er strebt an dir hinauf;

Verliere was, er wird es bringen,   1170

Nach deinem Stock ins Wasser springen.

FAUST

Du hast wohl Recht, ich finde nicht die Spur

Von einem Geist, und alles ist Dressur.

WAGNER

Dem Hunde, wenn er gut gezogen,

Wird selbst ein weiser Mann gewogen.   1175

Ja, deine Gunst verdient er ganz und gar,

Er der Studenten trefflicher Scolar.

Sie gehen in das Stadt–Tor.

파우스트

우리와 같이 가자! 오너라!

바그너

멍청한 복슬강아지로군요.

선생님이 멈추니까 기다리고,

선생님이 말을 거니 선생님을 향해 몸을 일으키려 하네요.

무얼 던져보세요, 물고 오겠는데요, 1170

지팡이를 던지면 물로 뛰어들겠어요.

파우스트

자네가 옳아, 아무런

영의 자취도 못 찾겠어, 모든 게 훈련된 거지.

바그너

훈련 잘 받은 개한테는

현명한 사람도 마음이 간답니다. 1175

네, 완전히 선생님의 호의를 받을 만하네요,

이 개, 학생들 중에서도 탁월한 학도네요.

그들은 도시성문 안으로 들어간다.

Studierzimmer

FAUST *mit dem Pudel hereintretend*

> Verlassen hab' ich Feld und Auen,
>
> Die eine tiefe Nacht bedeckt,
>
> Mit ahnungsvollem heil'gem Grauen   1180
>
> In uns die bess're Seele weckt.
>
> Entschlafen sind nun wilde Triebe,
>
> Mit jedem ungestümen Tun;
>
> Es reget sich die Menschenliebe,
>
> Die Liebe Gottes regt sich nun.   1185

Sei ruhig, Pudel! renne nicht hin und wider!

An der Schwelle was schnoberst du hier?

Lege dich hinter den Ofen nieder,

Mein bestes Kissen geb' ich dir.

Wie du draußen auf dem bergigen Wege   1190

Durch Rennen und Springen ergetzt uns hast,

서재

파우스트 복슬강아지를 데리고 들어서며.

내가 떠나온 들판과 풀밭

깊은 어둠이 뒤덮고

예감에 찬 신성한 전율로써   1180

우리 마음속에서 보다 나은 영혼을 일깨운다.

거친 충동은 이젠 잠들었다,

온갖 맹렬한 행동들과 더불어.

인간에의 사랑이 눈을 뜨고

신에의 사랑도 이제 눈뜬다.   1185

조용히 해라, 복슬강아지야! 이리저리 내닫지 말아라!

여기 문지방에서 무얼 킁킁거리느냐?

난로 뒤에 눕거라,

제일 좋은 방석을 네게 주마.

바깥 산길에서 너   1190

달리며 뛰며 우리를 즐겁게 했으니

So nimm nun auch von mir die Pflege,

Als ein willkommner stiller Gast.

Ach, wenn in unsrer engen Zelle

Die Lampe freundlich wieder brennt,   1195

Dann wird's in unserm Busen helle,

Im Herzen, das sich selber kennt.

Vernunft fängt wieder an zu sprechen,

Und Hoffnung wieder an zu blühn,

Man sehnt sich nach des Lebens Bächen,   1200

Ach! nach des Lebens Quelle hin.

Knurre nicht Pudel! Zu den heiligen Tönen,

Die jetzt meine ganze Seel' umfassen,

Will der tierische Laut nicht passen.

Wir sind gewohnt, daß die Menschen verhöhnen   1205

Was sie nicht verstehn,

Daß sie vor dem Guten und Schönen,

Das ihnen oft beschwerlich ist, murren;

Will es der Hund, wie sie, beknurren?

Aber ach! schon fühl' ich, bei dem besten Willen,   1210

Befriedigung nicht mehr aus dem Busen quillen.

Aber warum muß der Strom so bald versiegen,

Und wir wieder im Durste liegen?

이제 너도 나의 보살핌을 받거라,
환영받는 조용한 손님으로.

    아, 우리의 협소한 감옥 같은 방 안에
    등불이 다정히 다시 탈 때면   1195
    우리의 가슴속이 환해지네.
    <u>스스로를 아는 가슴속이.</u>
    분별이 다시 말하기 시작하고
    희망이 다시 꽃피기 시작하니
    생명의 개울들이 그리워지네,   1200
    아, 생명의 원천이 그리워지네.

크르렁거리지 마라, 복슬강아지야! 지금
내 온 영혼을 에워싼 신성한 음(音)들에
짐승의 소리는 맞질 않는다.
흔히 보는 대로, 사람들은 자기들이   1205
이해하지 못하는 건 비웃시,
선하고 아름다운 것 앞에서는
종종 그게 어려워서 툴툴거리지.
개도, 그런 사람들처럼, 그래서 크르렁거리는 걸까?

하지만 아! 나는 벌써 느낀다, 최선의 의지가 있건만,   1210
가슴에서 더는 만족이 솟지 않음을.
한데 왜 강물은 이리 금방 마르며
우리는 또다시 목마름 속에 누웠는가?

Davon hab' ich so viel Erfahrung.

Doch dieser Mangel läßt sich ersetzen,   1215

Wir lernen das Überirdische schätzen,

Wir sehnen uns nach Offenbarung,

Die nirgends würd'ger und schöner brennt,

Als in dem neuen Testament.

Mich drängt's, den Grundtext aufzuschlagen,   1220

Mit redlichem Gefühl einmal

Das heilige Original

In mein geliebtes Deutsch zu übertragen.

Er schlägt ein Volum auf und schickt sich an.

Geschrieben steht: »im Anfang war das W o r t!«

Hier stock' ich schon! Wer hilft mir weiter fort?   1225

Ich kann das W o r t so hoch unmöglich schätzen,

Ich muß es anders übersetzen,

Wenn ich vom Geiste recht erleuchtet bin.

Geschrieben steht: im Anfang war der S i n n.

Bedenke wohl die erste Zeile,   1230

Daß deine Feder sich nicht übereile!

Ist es der S i n n, der alles wirkt und schafft?

Es sollte stehn: im Anfang war die K r a f t!

그런 건 참 많이도 경험했다.

하지만 이 결핍은 대체가 되지.   1215

현실을 초월한 것을 공경하기를 우리는 배우고,

계시(啓示)를 동경하거든.

계시는 그 어디서도 신약성서에서처럼

기품 있고 아름답게 불타오르지 않는다.

마음이 솟구친다, 그 원전(原典)을 펼쳐보자,   1220

솔직한 느낌으로 한번

이 신성한 원본(原本)을

내 사랑하는 독일어로 옮겨보자.

그가 책 한 권[55]을 펼쳐서 일에 착수한다.

쓰여 있구나. "태초에 말씀이 있었노라!"

여기서 벌써 막힌다! 앞으로 나아가도록 누가 날 도울까?   1225

말씀을 나는 그리 높게 평가할 수가 없구나,

번역을 달리해야겠다,

영(靈)에 의해 내가 올바로 깨닫는다면.

쓰여 있구나. 태초에 뜻이 있었노라.

첫 줄을 곰곰이 따져보라,   1230

네 펜이 너무 빨리 내달리지 않도록!

만물에 작용하고 만물을 창조하는 것, 그게 뜻일까?

이렇게 쓰여 있어야겠다. 태초에 힘이 있었노라!

---

55 성서. 요한복음이 펼쳐진다.

Doch, auch indem ich dieses niederschreibe,

Schon warnt mich was, daß ich dabei nicht bleibe.   1235

Mir hilft der Geist! Auf einmal seh' ich Rat

Und schreibe getrost: im Anfang war die T a t!

Soll ich mit dir das Zimmer teilen,

Pudel, so laß das Heulen,

So laß das Bellen!   1240

Solch einen störenden Gesellen

Mag ich nicht in der Nähe leiden.

Einer von uns beiden

Muß die Zelle meiden.

Ungern heb' ich das Gastrecht auf,   1245

Die Tür ist offen, hast freien Lauf.

Aber was muß ich sehen!

Kann das natürlich geschehen?

Ist es Schatten? ist's Wirklichkeit?

Wie wird mein Pudel lang und breit!   1250

Er hebt sich mit Gewalt,

Das ist nicht eines Hundes Gestalt!

Welch ein Gespenst bracht' ich ins Haus!

하지만, 이렇게 적는 동안에도

벌써 거기 머물지 말라는 경고의 소리가 들린다.   1235

영이 나를 돕는다! 문득 알겠구나,

하여 서슴없이 쓴다. 태초에 行爲가 있었노라![56]

내가 너와 방을 같이 써야 한다면,

복슬강아지야, 그럼 울기를 그만두어라,

그럼 짖기를 그만두어라!   1240

그렇게 방해하는 동무는

곁에 두지 않겠다.

우리 둘 중 하나가

이 방을 떠나야겠다.

하는 수 없이 네 손님의 권리를 몰수한다,   1245

문은 열려 있으니, 마음대로 나가거라.

한데 이게 뭔가!

이게 저절로 일어날 수 있는 일인가?

허깨비인가? 현실인가?

내 복슬강아지가 위로, 옆으로 부풀다니!   1250

저게 부득부득 일어서는데

저건, 개의 모습이 아니다!

내가 집에 유령을 들였단 말인가!

---

56 원어 Tat는 '행동', '행위'. Logos의 통상적인 번역 '말/말씀'(Wort)을 '뜻'(Sinn)으로, 다시 '힘'(Kraft)으로 옮겼다가 결국 '행위'로 옮기는 이 과정은, 궁극적으로 '행동인'(Tatmensch, 行動人)으로 규정되는 파우스트라는 인물 자체, 그리고 작품 『파우스트』 전체의 전개에 대해 시사한다.

Schon sieht er wie ein Nilpferd aus,

Mit feurigen Augen, schrecklichem Gebiß. 1255

O! du bist mir gewiß!

Für solche halbe Höllenbrut

Ist Salomonis Schlüssel gut.

GEISTER *auf dem Gange*

Drinnen gefangen ist einer!

Bleibet haußen, folg' ihm keiner! 1260

Wie im Eisen der Fuchs

Zagt ein alter Höllenluchs.

Aber gebt Acht!

Schwebet hin, schwebet wider,

Auf und nieder, 1265

Und er hat sich losgemacht.

Könnt ihr ihm nützen,

Laßt ihn nicht sitzen!

Denn er tat uns allen

Schon viel zu Gefallen. 1270

FAUST

Erst zu begegnen dem Tiere,

Brauch' ich den Spruch der Viere:

벌써 하마처럼 보이는구나.

불타는 눈, 끔찍한 이빨 1255

오! 이제 네가 뭔지 분명해졌다!

지옥에서 태어난 것과 다름없는 저런 것에는

솔로몬의 열쇠⁵⁷가 제격이지.

영들 *복도에서.*

    저 안에 한 영(靈)이 갇혀 있네!

    우린 여기 바깥에 머물자, 아무도 따라가지 마라! 1260

    무쇠 덫에 걸린 여우처럼

    늙은 지옥살쾡이가 겁을 먹었네.

    하지만 조심해라!

    둥둥 떠가고 둥둥 떠오자,

    올라가고 내려오자, 1265

    그럼 저이가 풀려나리라.

    너희 저이를 도울 수 있거든

    저렇게 갇혀 있게 두지 마라!

    저이는 우리 모두에게

    좋은 일을 많이 했잖아. 1270

파우스트

짐승에 대응하자면 무엇보다

4대 원소의 주문이 필요하다.⁵⁸

---

57 솔로몬의 열쇠(Salomonis Schlüssel/Clavicula Salomonis): 마법서. 16~7세기에 필사본과 인쇄본으로 나왔던 것으로 솔로몬 대왕으로부터 비롯되었다고 주장하는 책이다.

58 이어지는 행에서 지수화풍(地水火風)을 나타내는 요정들이 하나씩 불린다. 불의 요정 살라만드라, 물의 요정 운디네, 바람의 요정 실프, 흙의 요정이자 심부름꾼 요정으로 불리는 코볼트.

Salamander soll glühen,

Undene sich winden,

Silphe verschwinden, 1275

Kobold sich mühen.

Wer sie nicht kennte

Die Elemente,

Ihre Kraft

Und Eigenschaft, 1280

Wäre kein Meister

Über die Geister.

Verschwind in Flammen

Salamander!

Rauschend fließe zusammen 1285

Undene!

Leucht in Meteoren-Schöne

Silphe!

Bring häusliche Hilfe,

INCUBUS! INCUBUS! 1290

Tritt hervor und mache den Schluß.

Keines der Viere

살라만드라여, 이글이글 타거라,
운디네여, 휘돌거라,
실프여, 사라지거라,   1275
코볼트여, 애쓰거라.

이것을 모르는 자,
4대 원소와
그 위력,
그 특성을 모르는 자   1280
명인은 못 되리,
영들을 제압 못하리.

불꽃으로 사라져라
살라만드라!
쇄쇄 합쳐 흘러라,   1285
운디네!
유성의 아름다움으로 빛나라
실프!
집안일을 돕거라,
인쿠부스! 인쿠부스![59]   1290
썩 나아오라, 끝내거라.

4대 원소의 그 어느 것도

---

59 원래 밤에 출몰하여 사람을 괴롭히는 악마인데 여기서는 코볼트를 지칭하는 이름으로 쓰였다.

Steckt in dem Tiere.

Es liegt ganz ruhig und grinst mich an;

Ich hab' ihm noch nicht weh getan.   1295

Du sollst mich hören

Stärker beschwören.

    Bist du Geselle

    Ein Flüchtling der Hölle?

    So sieh dies Zeichen!   1300

    Dem sie sich beugen

    Die schwarzen Scharen.

Schon schwillt es auf mit borstigen Haaren.

    Verworfnes Wesen!

    Kannst du ihn lesen?   1305

    Den nie entsproß'nen,

    Unausgesprochnen,

    Durch alle Himmel Gegoss'nen,

    Freventlich durchstochnen?

Hinter den Ofen gebannt   1310

이 짐승 속에는 들어 있지 않구나.
그냥 천연덕스럽게 누워 나를 보며 히죽거리니
내가 저것에게 아무런 고통을 주지 못했구나.   1295
너는 듣거라, 내가
더욱 강하게 영을 부르는 소리를.

　　너 이 녀석
　　지옥에서 도망쳐 온 놈이냐?
　　그렇거든 이 표지(標識)⁶⁰를 보아라!   1300
　　이 앞에서는 몸을 굽힌다,
　　검은 무리들.

벌써 저게 털 뻣뻣이 세우며 부풀어 오른다.

　　사악한 존재로구나!
　　너 이분 이름⁶¹을 읽을 수 있느냐?   1305
　　잉태된 적 없으신 이,
　　말로 형용할 수 없으신 이,
　　온 하늘에 두루 계시는 이,
　　모욕적으로 못 박혔던 이를?

난로 뒤로 쫓겨나   1310

60　십자가.
61　십자가에 새겨진 I. N. R. I.(Iesus Nazarenus, Rex Iudaeorum: 나자렛 예수, 유대의 왕)를 가리키
　　는 것으로 보인다.

Schwillt es wie ein Elephant,

Den ganzen Raum füllt es an,

Es will zum Nebel zerfließen.

Steige nicht zur Decke hinan!

Lege dich zu des Meisters Füßen! 1315

Du siehst daß ich nicht vergebens drohe.

Ich versenge dich mit heiliger Lohe!

Erwarte nicht

Das dreimal glühende Licht!

Erwarte nicht 1320

Die stärkste von meinen Künsten!

MEPHISTOPHELES *tritt, indem der Nebel fällt,*

gekleidet wie ein fahrender Scholastikus, hinter dem Ofen hervor.

Wozu der Lärm? was steht dem Herrn zu Diensten?

FAUST

Das also war des Pudels Kern!

Ein fahrender Scolast? Der Casus macht mich lachen.

MEPHISTOPHELES

Ich salutiere den gelehrten Herrn! 1325

Ihr habt mich weidlich schwitzen machen.

FAUST

Wie nennst du dich?

저것이 코끼리처럼 부푸는데

온 방을 채우며

안개로 흩어지려는구나.

천장까지 솟진 마라!

이 주인의 발치에 눕거라!   1315

보다시피, 내가 공연히 위협이나 하는 건 아니다.

신성한 불길로 널 그을려버리겠다!

기다리진 말거라,

세 겹으로 불타는 빛[62]까지!

기다리지 말거라,   1320

내 가장 강한 기술까진!

메피스토펠레스 *안개가 걷히면서,*

방랑 중인 학생 차림을 하고 난로 뒤에서 나온다.

뭣 땜에 이리 소란이시오? 어르신께 무얼 해드리리까?

파우스트

그러니까 이것이 복슬강아지의 정체로구나!

방랑 학도(學徒)라? 이거 재미있는 건(件)일세.

메피스토펠레스

학식 높은 어른께 인사 드리는 바입니다!   1325

선생께선 저를 땀깨나 흘리게 하셨소이다.

파우스트

넌 이름이 무어냐?

---

62 성부, 성자, 성신 삼위일체의 빛.

MEPHISTOPHELES

Die Frage scheint mir klein

Für einen der das Wort so sehr verachtet,

Der, weit entfernt von allem Schein,

Nur in der Wesen Tiefe trachtet.   1330

FAUST

Bei euch, ihr Herrn, kann man das Wesen

Gewöhnlich aus dem Namen lesen,

Wo es sich allzudeutlich weis't,

Wenn man euch Fliegengott, Verderber, Lügner heißt.

Nun gut wer bist du denn?   1335

MEPHISTOPHELES

Ein Teil von jener Kraft,

Die stets das Böse will und stets das Gute schafft.

FAUST

Was ist mit diesem Rätselwort gemeint?

MEPHISTOPHELES

Ich bin der Geist, der stets verneint!

Und das mit Recht; denn alles, was entsteht

메피스토펠레스

　　　　　　　질문이 너무 시시해 보입니다요,

말을 그리도 경멸하시는 분,

모든 가상(假象)에서 멀리 떨어져

오직 본질의 깊이를 추구하시는 분으로서는.　　　　　　　　1330

파우스트

너희들에게서는, 그 본질을 보통

이름에서 읽어낼 수 있지,

이름에서 너무나 분명히 나타나거든,

사람들이 너희를 악마의 왕,[63] 파괴자, 거짓말쟁이라고 부르면 말이다.

그건 그렇고, 넌 도대체 누구냐?　　　　　　　　　　　　　　　1335

메피스토펠레스

　　　　　　　　저 힘의 한 부분입니다,

늘 악(惡)을 원하면서도 늘 선(善)을 이루고 마는 저 힘의 일부죠.

파우스트

그 수수께끼 같은 말은 무슨 뜻이냐?

메피스토펠레스

저는 늘 부정(否定)만 하는 영(靈)[64]입니다!

그런데 그게 맞는 일이지요, 모든 생겨나는 것은

63　원어는 Fliegengott로 '파리들의 왕'이라는 뜻. 여기서는 우리말 성경의 번역을 따랐다.

64　"늘 악을 원하면서도 늘 선을 이루고 마는 저 힘의 일부"와 더불어 "늘 부정만 하는 영"은 메피스토펠레스의 핵심적 정의이다. 절대적인 단순한 악이 아니라, 반전의 기회로 이용할 가능성을 내포한 존재로 설정함으로써, 괴테는 현대적 "악"의 엄청난 스펙트럼을 보여주면서 메피스토펠레스를 매력적이기까지 한 캐릭터로 그려낸다. 악마들은 (루시퍼를 선봉으로 하느님의 뜻을 거스르다 결국) 추락한 천사들이라는 표상에서 출발하여 메피스토펠레스라는 인물은 만들어졌다.

Ist wert daß es zu Grunde geht; 1340

Drum besser wär's daß nichts entstünde.

So ist denn alles was ihr Sünde,

Zerstörung, kurz das Böse nennt,

Mein eigentliches Element.

FAUST

Du nennst dich einen Teil, und stehst doch ganz vor mir? 1345

MEPHISTOPHELES

Bescheidne Wahrheit sprech' ich dir.

Wenn sich der Mensch, die kleine Narrenwelt,

Gewöhnlich für ein Ganzes hält:

Ich bin ein Teil des Teils, der anfangs alles war,

Ein Teil der Finsternis, die sich das Licht gebar, 1350

Das stolze Licht, das nun der Mutter Nacht

Den alten Rang, den Raum ihr streitig macht,

Und doch gelingt's ihm nicht, da es, so viel es strebt,

Verhaftet an den Körpern klebt.

Von Körpern strömt's, die Körper macht es schön, 1355

Ein Körper hemmt's auf seinem Gange,

So, hoff' ich, dauert es nicht lange,

Und mit den Körpern wird's zu Grunde gehn.

FAUST

Nun kenn' ich deine würd'gen Pflichten!

Du kannst im Großen nichts vernichten 1360

Und fängst es nun im Kleinen an.

멸망할 가치가 있으니까요   1340

그러니 아무것도 생겨나지 않는 편이 훨씬 낫죠.

당신네들이 죄악이니, 파괴니, 간단히 말해서

악(惡)이라고 부르는 모든 것,

그게 제 고유한 본질이죠.

파우스트

한 부분이라면서, 너는 온전한 모습으로 내 앞에 서 있는데?   1345

메피스토펠레스

소박한 진실을 말씀 드리지요.

인간은, 이 바보들의 보잘것없는 세계는, 자기가

보통 전체라고 여기는데

저는, 태초에는 전부였던 부분의 한 부분,

빛을 낳았던 암흑의 일부죠,   1350

오만한 빛은, 이제 어머니 어둠의

옛 지위, 옛 공간을 빼앗겠다고 다투고 있는데

그래도 뜻은 못 이루죠, 빛은, 제아무리 애써도,

물체에 들러붙어 있으니까요.

물체로부터 흘러나와, 물체를 아름답게 하지만   1355

그 가는 길을 물체가 가로막으니

그러니, 바라거니와, 머지않아

물체와 더불어 빛도 멸망할 겁니다.

파우스트

이제 내가 너의 그 고상한 임무들을 잘 알겠구나!

너는 크게는 아무것도 멸망시킬 수 없어서   1360

이제 작은 규모로 시작하고 있는 거지.

MEPHISTOPHELES

Und freilich ist nicht viel damit getan.

Was sich dem Nichts entgegenstellt,

Das Etwas, diese plumpe Welt,

So viel als ich schon unternommen,   1365

Ich wußte nicht ihr beizukommen,

Mit Wellen, Stürmen, Schütteln, Brand,

Geruhig bleibt am Ende Meer und Land!

Und dem verdammten Zeug, der Tier- und Menschenbrut,

Dem ist nun gar nichts anzuhaben.   1370

Wie viele hab' ich schon begraben!

Und immer zirkuliert ein neues, frisches Blut.

So geht es fort, man möchte rasend werden!

Der Luft, dem Wasser, wie der Erden

Entwinden tausend Keime sich,   1375

Im Trocknen, Feuchten, Warmen, Kalten!

Hätt' ich mir nicht die Flamme vorbehalten:

Ich hätte nichts Apart's für mich.

FAUST

So setzest du der ewig regen,

Der heilsam schaffenden Gewalt   1380

Die kalte Teufelsfaust entgegen,

메피스토펠레스

물론 아직 많이는 못했습니다.

'없음'(無)에 맞서는 것,

'그 무엇'(有), 이 졸렬한 세계라는 곳,

벌써 참 많은 일을 벌여보았지만,   1365

어찌 손을 쓸 바를 도무지 모르겠어요

해일을, 폭풍을, 지진을, 화재를 일으켜봐도

끝에 가서는 천연덕스럽게 그대로 바다와 땅이란 말예요!

그리고 그 빌어먹을 놈의 짐승 종자와 인간 종자들에겐

도무지 손을 쓸 수가 없어요.   1370

벌써 얼마나 많이 땅에 파묻었는데!

그래도 노상 새로운, 신선한 피가 돈단 말예요.

이렇게 계속되니, 미치겠다니까요!

공기에, 물에, 땅에

수천의 새싹들이 움터요,   1375

마른 곳, 젖은 곳, 따뜻한 곳, 추운 곳 할 것 없이!

불을 선점해 두지 않았더라면

제게는 아무런 비장의 무기도 없을 뻔했죠.

파우스트

그렇게 너는, 영원히 솟는 힘에다가,

치유하며 이루는 힘에다가   1380

차가운 악마의 주먹[65]을 들이대는구나,

---

65 '악마의 주먹'(Teufels*faust*)이라는 어휘에는 지금 이 말을 하고 있는 파우스트(Faust)의 이름이
    들어 있다. 파우스트가 '주먹'(Faust), '주먹'(Faust) 하는 대목이 재미를 유발한다.

Die sich vergebens tückisch ballt!

Was anders suche zu beginnen

Des Chaos wunderlicher Sohn!

MEPHISTOPHELES

Wir wollen wirklich uns besinnen,   1385

Die nächsten male mehr davon!

Dürft' ich wohl diesmal mich entfernen?

FAUST

Ich sehe nicht warum du fragst.

Ich habe jetzt dich kennen lernen,

Besuche nun mich wie du magst.   1390

Hier ist das Fenster, hier die Türe,

Ein Rauchfang ist dir auch gewiß.

MEPHISTOPHELES

Gesteh' ich's nur! Daß ich hinausspaziere

Verbietet mir ein kleines Hindernis,

Der Drudenfuß auf Eurer Schwelle —   1395

FAUST

Das Pentagramma macht dir Pein?

Ei sage mir, du Sohn der Hölle,

Wenn das dich bannt, wie kamst du denn herein?

Wie ward ein solcher Geist betrogen?

MEPHISTOPHELES

Beschaut es recht! es ist nicht gut gezogen;   1400

Der eine Winkel, der nach außenzu,

음험하게 그러쥐겠지만 그래봤자 소용없는 주먹!

다른 뭔가를 좀 시작해 보도록 하려무나,

혼돈의 이 기괴한 아들아!

메피스토펠레스

우린 정말로 생각해 보려 하죠,   1385

그 얘긴 나중에 좀 더 하기로 하고!

이번에는 이만 가봐도 되겠습니까?

파우스트

네가 왜 그런 걸 나한테 묻는지 모르겠구나.

이젠 아는 사이가 되었으니

원한다면 또 찾아오거라.   1390

여기 창문이 있고, 여기 문들이 있고

굴뚝도 확실히 너를 위해 있다.

메피스토펠레스

고백을 좀 하자면요! 제가 걸어 나가는 것을

작은 장애물 하나가 막고 있답니다

문턱에 그려놓은 부적표지요 —   1395

파우스트

저 오각형 별이 네게 고통을 주느냐?

에이, 어디 말 좀 해봐라, 너 지옥의 아들아,

저것이 너를 막는다면, 들어오긴 어떻게 들어왔느냐?

어떻게 너 같은 영이 속아 넘어갔단 말이냐?

메피스토펠레스

자세히 보세요! 오각형이 아귀 맞게 그려지지 않았지요   1400

바깥을 향한 한 귀퉁이가,

Ist, wie du siehst, ein wenig offen.

FAUST

Das hat der Zufall gut getroffen!

Und mein Gefangner wärst denn du?

Das ist von ohngefähr gelungen! 1405

MEPHISTOPHELES

Der Pudel merkte nichts als er hereingesprungen,

Die Sache sieht jetzt anders aus;

Der Teufel kann nicht aus dem Haus.

FAUST

Doch warum gehst du nicht durch's Fenster?

MEPHISTOPHELES

's ist ein Gesetz der Teufel und Gespenster: 1410

Wo sie hereingeschlüpft, da müssen sie hinaus.

Das erste steht uns frei, bei'm zweiten sind wir Knechte.

FAUST

Die Hölle selbst hat ihre Rechte?

Das find' ich gut, da ließe sich ein Pakt,

Und sicher wohl, mit euch, ihr Herren, schließen? 1415

MEPHISTOPHELES

Was man verspricht, das sollst du rein genießen,

Dir wird davon nichts abgezwackt.

Doch das ist nicht so kurz zu fassen,

보이시죠, 약간 열려 있어요.[66]

파우스트

우연히 딱 들어맞았구나!

그럼 네가 나한테 사로잡혔단 말이로구나?

거 참 잘된 우연일세!   1405

메피스토펠레스

복슬강아지로 뛰어 들어올 때는 미처 못 봤는데

이젠 사정이 달라 보이네요.

악마로는 집 밖으로 나갈 수가 없어요.

파우스트

하지만 왜 창문으로 나가지 않지?

메피스토펠레스

악마와 유령들에게 한 가지 법이 있죠.   1410

숨어들어 온 곳, 그곳으로만 나가야 한답니다.

들어올 때는 자유롭지만, 나갈 때는 매이죠.

파우스트

지옥에도 법이 있다고?

거 좋네, 그럼 아마 분명, 계약 같은 것도

너희들, 너희 신사들과 맺을 수 있겠구나?   1415

메피스토펠레스

약속한 것, 그건 고스란히 누리셔도 됩니다.

무엇 하나 거기서 떼지 않아요.

하지만 그 얘긴 그렇게 간단히 할 수는 없으니

---

66 별이 완벽히 그려지지 않은 모습. 즉, 별의 한 꼭지가 조금 지워져 있다.

Und wir besprechen das zunächst;

Doch jetzo bitt', ich hoch und höchst, 1420

Für dieses mal mich zu entlassen.

FAUST

So bleibe doch noch einen Augenblick,

Um mir erst gute Mär zu sagen.

MEPHISTOPHELES

Jetzt laß mich los! ich komme bald zurück;

Dann magst du nach Belieben fragen. 1425

FAUST

Ich habe dir nicht nachgestellt,

Bist du doch selbst ins Garn gegangen.

Den Teufel halte wer ihn hält!

Er wird ihn nicht so bald zum zweiten male fangen.

MEPHISTOPHELES

Wenn dir's beliebt, so bin ich auch bereit 1430

Dir zur Gesellschaft hier zu bleiben;

Doch mit Bedingnis, dir die Zeit,

Durch meine Künste, würdig zu vertreiben.

FAUST

Ich seh' es gern, das steht dir frei;

Nur daß die Kunst gefällig sei! 1435

MEPHISTOPHELES

Du wirst, mein Freund, für deine Sinnen,

In dieser Stunde mehr gewinnen,

그건 다음에 논하기로 하죠.

하여간 지금은 부디 청컨대   1420

이번에는 이만 저를 내보내 주십시오.

파우스트

그래도 잠깐만 더 머물러

내게 우선 재미있는 이야기를 해다오.

메피스토펠레스

지금은 놓아주세요! 곧 돌아오겠으니

그때 얼마든지 질문을 하십시오.   1425

파우스트

내가 노린 것도 아닌데

네가 제 발로 덫 안으로 걸어 들어왔어,

악마를 붙잡은 사람은, 놓아주질 않아!

쉽사리 또 사로잡진 못할 테니.

메피스토펠레스

원하신다면, 동무를 해드리며   1430

여기 머물 용의도 있어요.

다만 조건이 있는데, 당신의 시간을,

내 재주로 멋지게 보내게 해드린다는 조건이지요.

파우스트

기꺼이 보겠노라, 그건 네 마음대로 하거라.

다만 재주가 마음에 들어야 한다!   1435

메피스토펠레스

이보세요, 당신의 감각들은

이 한 시간 안에 얻는 게 더 많을 거예요,

Als in des Jahres Einerlei.

Was dir die zarten Geister singen,

Die schönen Bilder, die sie bringen,   1440

Sind nicht ein leeres Zauberspiel.

Auch dein Geruch wird sich ergetzen,

Dann wirst du deinen Gaumen letzen,

Und dann entzückt sich dein Gefühl.

Bereitung braucht es nicht voran,   1445

Beisammen sind wir, fanget an!

GEISTER

    Schwindet, ihr dunkeln

    Wölbungen droben!

    Reizender schaue

    Freundlich der blaue   1450

    Äther herein!

    Wären die dunkeln

    Wolken zerronnen!

    Sternelein funkeln,

    Mildere Sonnen   1455

    Scheinen darein.

    Himmlischer Söhne

    Geistige Schöne,

    Schwankende Beugung

    Schwebet vorüber.   1460

    Sehnende Neigung

마냥 똑같기만 한 일 년 동안 얻는 것보다도.

예쁜 정령들이 노래 불러주는 것,

그들이 보여주는 아름다운 모습들은   1440

공허한 마술이 아닙니다.

코도 즐거우실 거고

혀끝도 달 거고

그러면 기분이 황홀해질 거예요.

준비는 필요 없어요,   1445

우린 모여 있거든요, 시작하거라!

정령들

　　　　　사라져라, 그 위의 너 어둡고

　　　　　둥근 천장아!

　　　　　더 매력적으로 들여다보라

　　　　　다정하게 푸른   1450

　　　　　정기여!

　　　　　어두운 구름들은

　　　　　흩어져버렸기를!

　　　　　작은 별들이 빛을 뿜는다,

　　　　　좀 더 온화한 햇빛들이   1455

　　　　　안으로 비쳐 든다.

　　　　　하늘의 아들들의

　　　　　영적인 아름다움,

　　　　　흔들거리는 둥근 천공,

　　　　　둥둥 떠가거라.   1460

　　　　　그리워하는 애착이

Folget hinüber;

Und der Gewänder

Flatternde Bänder

Decken die Länder,   1465

Decken die Laube,

Wo sich fürs Leben,

Tief in Gedanken,

Liebende geben.

Laube bei Laube!   1470

Sprossende Ranken!

Lastende Traube

Stürzt in's Behälter

Drängender Kelter,

Stürzen in Bächen   1475

Schäumende Weine,

Rieseln durch reine,

Edle Gesteine,

Lassen die Höhen

Hinter sich liegen,   1480

Breiten zu Seen

Sich um's Genügen

Grünender Hügel.

Und das Geflügel

Schlürfet sich Wonne,   1485

Flieget der Sonne,

따라 건너가네.
옷자락에 달린
휘날리는 끈들이
땅을 덮고   1465
정자를 덮는다,
평생을 약속하며
깊이 생각에 잠겨
연인들이 머무는 곳.
정자 곁에 정자!   1470
싹트는 넝쿨들!
무거운 포도송이가
용기(容器) 속으로,
압착기 속으로 쏟아진다,
개울을 이루어 쏟아진다,   1475
거품 이는 포도주
졸졸 흐른다, 맑은
귀한 돌들 사이로,
언덕들은 뒤에
버려두고 떠난다,   1480
넓어져 호수가 된다,
흡족하게
푸르러지는 언덕들을 감싸며.
또 날개 달린 것들은
이 희열을 들이켜고   1485
태양에게로 날아가고

Flieget den hellen

Inseln entgegen,

Die sich auf Wellen

Gauklend bewegen;   1490

Wo wir in Chören

Jauchzende hören,

Über den Auen

Tanzende schauen,

Die sich im Freien   1495

Alle zerstreuen.

Einige klimmen

Über die Höhen,

Andere schwimmen

Über die Seen,   1500

Andere schweben;

Alle zum Leben,

Alle zur Ferne

Liebender Sterne

Seliger Huld.   1505

MEPHISTOPHELES

Er schläft! So recht, ihr luft'gen zarten Jungen!

Ihr habt ihn treulich eingesungen!

환한 섬들을

향해 날아간다,

파도 위에서 아른거리며

흔들리는 섬들을 향해.   1490

거기서 합창대를 이루어

환호하는 이들의 목소리 들린다,

풀밭들 위에

춤추는 이들 보인다,

야외에서 흩어져   1495

쉬는 이들 모두가.

몇몇 사람들은

언덕을 오르고

다른 사람들은

헤엄쳐 호수들을 건너가고   1500

또 다른 이들은 둥둥 떠간다,

모두가 삶으로

모두가 먼 곳으로

정다운 별들에게로

축복받은 은총으로.[67]   1505

메피스토펠레스

이자가 잠들었다! 잘했다, 너희 대기의 고운 아이들아!

너희가 성심껏 노래 불러 이자를 잠재웠다!

---

67 이 부분은, 잠을 부르는 주문답게 행이 짧고 단순하며 전체는 길다. 이 장면은 1800년에 쓰이고
   1808년에 출간된 시에 들어 있었다.

Für dies Konzert bin ich in eurer Schuld.

Du bist noch nicht der Mann den Teufel fest zu halten!

Umgaukelt ihn mit süßen Traumgestalten,   1510

Versenkt ihn in ein Meer des Wahns;

Doch dieser Schwelle Zauber zu zerspalten

Bedarf ich eines Rattenzahns.

Nicht lange brauch' ich zu beschwören,

Schon raschelt eine hier und wird sogleich mich hören.   1515

Der Herr der Ratten und der Mäuse,

Der Fliegen, Frösche, Wanzen, Läuse

Befiehlt dir dich hervor zu wagen

Und diese Schwelle zu benagen,

Sowie er sie mit Öl betupft —   1520

Da kommst du schon hervorgehupft!

Nur frisch ans Werk! Die Spitze, die mich bannte,

Sie sitzt ganz vornen an der Kante.

Noch einen Biß, so ist's geschehn. —

Nun, Fauste, träume fort, bis wir uns wiedersehn.   1525

이 음악회는 내가 너희에게 빚진 거다.

넌 아직 악마를 붙잡아둘 위인은 못 돼![68]

감미로운 꿈의 형상들로 정신을 혼미케 하여   1510

망상의 바다에다 그를 가라앉혀라.

하지만 이 문턱의 마법을 깨기 위해서는

쥐의 이빨이 필요하다.

길게 주문을 욀 필요는 없다,

여기 벌써 한 마리가 부스럭거리니 곧바로 내 말을 들을 거다.   1515

쥐들과 생쥐들의 주인,

파리들, 개구리들, 빈대들, 이들의 주인이

명하노라, 나아와서

이 문턱을 갉으라,

기름칠도 해두었으니 ─   1520

저기 너 벌써 풀쩍풀쩍 튀어나오는구나!

힘차게 일하라! 나를 얽매는 꼭짓점은

아주 앞쪽 모서리에 있다.

한 입만 더 갉아라, 그럼 됐다. ─

이제, 파우스트,[69] 넌 꿈이나 계속 꾸거라, 우리 다시 만날 때까지.   1525

---

68 파우스트를 향해 하는 말이다.

69 원문은 Fauste. 운율을 고려하여 약음 [e]를 하나 더함으로써 '파우스트'(Faust)와 '꿈꾸다'의
    명령형(träume) 두 단어 모두에 강음이 실리게 하였다. 그 밖에, 메피스토펠레스가 파우스트에
    게 이름을 부르는 곳은 제1부 전체에서 여기가 유일한데, Faust가 '주먹'이라는 뜻의 명사이기
    도 해서 실제 연극에서 주먹을 내미는 동작을 연출하기도 한다.

FAUST *erwachend*

Bin ich denn abermals betrogen?

Verschwindet so der geisterreiche Drang,

Daß mir ein Traum den Teufel vorgelogen,

Und daß ein Pudel mir entsprang?

파우스트 *깨어나며.*

내가 또다시 기만당한 것인가?

가득 밀려왔던 영들[70]이 이렇게 사라지고 마는가,

꿈 하나가 나에게 악마가 있다고 속였고,

복슬강아지 한 마리가 내게서 달아났다고?

---

70 Drang: 가득 밀려왔던 영들뿐만 아니라 영감 가득하던 상황도 함께 가리킨다.

Studierzimmer

Faust. Mephistopheles.

FAUST

Es klopft? Herein! Wer will mich wieder plagen?   1530

MEPHISTOPHELES

Ich bin's.

FAUST

    Herein!

MEPHISTOPHELES

        Du mußt es dreimal sagen.

FAUST

Herein denn!

MEPHISTOPHELES

      So gefällst du mir.

Wir werden, hoff' ich, uns vertragen;

서재[71]

파우스트. 메피스토펠레스.

파우스트

노크 소린가? 들어오시오! 누가 또 귀찮게 이러나.   1530

메피스토펠레스

접니다.

파우스트

　　들어오시오!

메피스토펠레스

　　　　세 번 말해야 합니다.

파우스트

들어오라니까!

메피스토펠레스

　　　　그러시니 제 마음에 드십니다.

우리는, 바라건대, 사이좋게 지내게 될 겁니다.

---

71 이 부분은 26세의 괴테가 바이마르로 왔을 때(1775년) 들고 왔던 『원(原) 파우스트』(*Urfaust*, 1773~75)에 이미 있었으며 1790년에 부분적으로 쓰였고, 전체는 1808년에 인쇄되었다.

Denn dir die Grillen zu verjagen

Bin ich, als edler Junker, hier,   1535

In rotem goldverbrämtem Kleide,

Das Mäntelchen von starrer Seide,

Die Hahnenfeder auf dem Hut,

Mit einem langen, spitzen Degen,

Und rate nun dir, kurz und gut,   1540

Dergleichen gleichfalls anzulegen;

Damit du, losgebunden, frei,

Erfahrest was das Leben sei.

FAUST

In jedem Kleide werd' ich wohl die Pein

Des engen Erdelebens fühlen.   1545

Ich bin zu alt, um nur zu spielen,

Zu jung, um ohne Wunsch zu sein.

Was kann die Welt mir wohl gewähren?

Entbehren sollst du! sollst entbehren!

Das ist der ewige Gesang,   1550

Der jedem an die Ohren klingt,

Den, unser ganzes Leben lang,

Uns heiser jede Stunde singt.

Nur mit Entsetzen wach' ich morgens auf,

당신의 망상을 쫓아내주러

제가 고상한 귀공자 차림으로 여기에 왔습니다.[72]   1535

금술 달린 빨간 옷에,

빳빳한 실크 망토,

모자에는 닭 깃털을 꽂고

길고 뾰족한 대검을 차고요

이제, 거두절미하고, 권해드리는 바는   1540

이런 옷을 입으시라는 겁니다.

선생께서 속박에서 벗어나서, 자유롭게,

인생이 무엇인지 경험하시도록.

파우스트

무슨 옷을 입든 나는 이 협소한

지상의 삶의 고통을 느낄걸.   1545

나는 놀기만 하기에는 너무 늙었고

소망 없이 지내기에는 너무 젊단 말이야.

세상이 내게 무얼 줄 수 있을까?

참고 지내라! 참고, 없이 지내라!

그게 영원한 노래지   1550

누구의 귓가에나 울리는 노래,

우리 평생을 두고, 매 시간시간이

목쉰 소리로 불러주는 노래지.

아침마다 화들짝 깨어나면,

---

72 이 대목(1535~39행)은 (사실주의 이후의 연극에서는 흔히 지문으로 처리되는) 의상 묘사이
    기도 하다.

Ich möchte bittre Tränen weinen, 1555

Den Tag zu sehn, der mir in seinem Lauf

Nicht Einen Wunsch erfüllen wird, nicht Einen,

Der selbst die Ahnung jeder Lust

Mit eigensinnigem Krittel mindert,

Die Schöpfung meiner regen Brust 1560

Mit tausend Lebensfratzen hindert.

Auch muß ich, wenn die Nacht sich niedersenkt,

Mich ängstlich auf das Lager strecken;

Auch da wird keine Rast geschenkt,

Mich werden wilde Träume schrecken. 1565

Der Gott, der mir im Busen wohnt,

Kann tief mein Innerstes erregen;

Der über allen meinen Kräften thront,

Er kann nach außen nichts bewegen;

Und so ist mir das Dasein eine Last, 1570

Der Tod erwünscht, das Leben mir verhaßt.

MEPHISTOPHELES

Und doch ist nie der Tod ein ganz willkommner Gast.

FAUST

O selig der, dem er im Siegesglanze

Die blut'gen Lorbeer'n um die Schläfe windet,

Den er, nach rasch durchrastem Tanze, 1575

In eines Mädchens Armen findet.

O wär' ich vor des hohen Geistes Kraft

쓰디쓴 눈물을 흘리고 싶어진다고,   1555
흘러가면서도 내게 단 하나의 소망도,
무엇 하나도, 충족해 주지 않는 하루를 대하며.
그 어떤 흥의 예감조차도
고집 센 비방으로 눌러버리는 하루
솟구치는 내 가슴속의 창조를   1560
수천 가지 삶의 찌푸림으로 막아버리는 하루.
어둠이 내리면, 나도
침상 위에 불안하게 몸을 뻗지만
거기서도 휴식은 주어지지 않고
거친 꿈들이 나를 놀라게 하지.   1565
내 가슴속에 살고 있는 신(神)은
나의 가장 깊은 내면을 깊이 뒤흔드는데
내 모든 힘 위에 군림하시는 분,
그분은 바깥으로는 무엇 하나 움직여주지 못하네.
하여 내게 살아 있다는 건 짐일 뿐,   1570
죽음을 소망한다, 삶을 증오한다.

메피스토펠레스

하지만 죽음이, 결코 전적으로 환영받는 손님은 아니죠.

파우스트

오 축복받았구나, 승리의 영광 속에
피 묻은 월계수를 두 뺨 주위로 드리우는 자,
숨 가쁘게 돌아가는 춤이 끝난 후   1575
한 처녀의 품에 안기는 자.
오, 내가 드높은 영의 힘 앞에서

Entzückt, entseelt dahingesunken!

MEPHISTOPHELES

Und doch hat jemand einen braunen Saft,

In jener Nacht, nicht ausgetrunken.   1580

FAUST

Das Spionieren, scheint's, ist deine Lust.

MEPHISTOPHELES

Allwissend bin ich nicht; doch viel ist mir bewußt.

FAUST

Wenn aus dem schrecklichen Gewühle

Ein süß bekannter Ton mich zog,

Den Rest von kindlichem Gefühle   1585

Mit Anklang froher Zeit betrog:

So fluch' ich allem was die Seele

Mit Lock- und Gaukelwerk umspannt,

Und sie in diese Trauerhöhle

Mit Blend- und Schmeichelkräften bannt!   1590

Verflucht voraus die hohe Meinung,

Womit der Geist sich selbst umfängt!

Verflucht das Blenden der Erscheinung,

Die sich an unsre Sinne drängt!

Verflucht was uns in Träumen heuchelt,   1595

Des Ruhms, der Namensdauer Trug!

황홀했을 때, 영혼이 나를 떠나, 내가 죽었더라면!

메피스토펠레스

하지만 누군가는 갈색 즙을

저 밤에, 다 마시지 않던데요.   1580

파우스트

염탐이, 네 재미인 모양이구나.

메피스토펠레스

모든 걸 다 알지야 않습니다만, 그래도 제법 많이 압니다.

파우스트

끔찍스러운 혼란에서

익숙하고 감미로운 음(音)이 나를 끌어내어

마음에 남은 어린 날의 느낌들을,   1585

즐거웠던 시절의 여운으로써 속이면

나는 모든 것을 저주한다, 영혼을

유혹과 요술로 에워싸는 모든 것,

영혼을 이 슬픔의 동굴73 속으로

눈속임과 감언이설로 몰아넣어 감금하는 모든 것을!   1590

저수한다, 무엇보다 정신이 스스로를

옥죄게 하는 고견(高見)을!

저주한다, 우리의 감각들로

달려드는 현상의 현혹(眩惑)을!

저주한다, 꿈들 속에서 우리를 속이는   1595

명성이라는 기만, 이름이 지속된다는 기만!

---

73 슬픔의 동굴(Trauerhöhle): 육신을 가리킨다.

Verflucht was als Besitz uns schmeichelt,

Als Weib und Kind, als Knecht und Pflug!

Verflucht sei Mammon, wenn mit Schätzen

Er uns zu kühnen Taten regt,   1600

Wenn er zu müßigem Ergetzen

Die Polster uns zurechte legt!

Fluch sei dem Balsamsaft der Trauben!

Fluch jener höchsten Liebeshuld!

Fluch sei der Hoffnung! Fluch dem Glauben,   1605

Und Fluch vor allen der Geduld!

GEISTER-CHOR *unsichtbar*

Weh! weh!

Du hast sie zerstört,

Die schöne Welt,

Mit mächtiger Faust;   1610

Sie stürzt, sie zerfällt!

Ein Halbgott hat sie zerschlagen!

Wir tragen

Die Trümmern in's Nichts hinüber,

Und klagen   1615

Über die verlorne Schöne.

Mächtiger

Der Erdensöhne,

저주한다, 소유라는 이름으로 우리의 환심을 사는 것,

아내와 자식으로, 하인과 쟁기로!

저주 있으라 황금의 신에게, 온갖 재화로써

그가 우리를 대담한 행동에로 부추길 때,   1600

그가 한가로이 즐기라고

우리에게 베개를 바로 놓아줄 때!

저주 있으라 포도의 향유 같은 즙에!

저주 있으라 저 지고한 사랑의 은총에

저주 있으라 소망에! 저주 있으라 믿음에,   1605

저주 있으라 무엇보다 인내에!⁷⁴

정령들의 합창 *보이지 않게.*

아! 아!

네가 부수었구나,

아름다운 세계를

억센 주먹으로.   1610

세계가 추락한다, 부서져 내린다!

반신(半神)이 세계를 짓부수었구나!

우리가 나른다

그 부서진 조각들을 무(無)의 공간으로

나르며 탄식한다   1615

사라져버린 아름다움을.

지상의 아들들 중

힘센 자여

---

74 기독교의 기본 덕목들(믿음, 사랑, 소망, 인내)이 두루 부정되고 있다.

Prächtiger

Baue sie wieder,   1620

In deinem Busen baue sie auf!

Neuen Lebenslauf

Beginne,

Mit hellem Sinne,

Und neue Lieder   1625

Tönen darauf!

MEPHISTOPHELES

Dies sind die kleinen

Von den Meinen.

Höre, wie zu Lust und Taten

Altklug sie raten!   1630

In die Welt weit,

Aus der Einsamkeit,

Wo Sinnen und Säfte stocken,

Wollen sie dich locken.

Hör auf mit deinem Gram zu spielen,   1635

Der, wie ein Geier, dir am Leben frißt;

Die schlechteste Gesellschaft läßt dich fühlen,

Daß du ein Mensch mit Menschen bist.

Doch so ist's nicht gemeint

Dich unter das Pack zu stoßen.   1640

Ich bin keiner von den Großen;

더 화려하게

다시 세계를 짓거라   1620

네 가슴속에 다시 짓거라!

새로운 인생행보를

시작하거라,

총명하게.

새로운 노래들   1625

울려 퍼지리니!

메피스토펠레스

이건 제 수하 중에서

어린 애들입니다.

들어보세요, 욕망과 행동을

애들이 아이답지 않게 권하고 있어요!   1630

세상 속으로 멀리 들어가라고

감각도 피도 굳어버리는

고독을 벗어나라고

애들이 당신을 유혹하고 있죠.

번민과 더불어 유희하기를, 그치십시오,   1635

번민은 당신의 삶을, 독수리처럼, 파먹는답니다.

가장 나쁜 사귐도, 당신 자신이

사람들과 더불어서 비로소 사람이라는 것을 느끼게 할 거예요.

하지만 당신을 천민 속으로 밀어 넣겠다는

그런 뜻은 아닙니다,   1640

제가 위대한 자의 하나는 아니지만

Doch willst du, mit mir vereint,

Deine Schritte durch's Leben nehmen,

So will ich mich gern bequemen

Dein zu sein, auf der Stelle.   1645

Ich bin dein Geselle

Und, mach' ich dir's recht,

Bin ich dein Diener, bin dein Knecht!

FAUST

Und was soll ich dagegen dir erfüllen?

MEPHISTOPHELES

Dazu hast du noch eine lange Frist.   1650

FAUST

Nein, nein! der Teufel ist ein Egoist

Und tut nicht leicht um Gottes Willen

Was einem Andern nützlich ist.

Sprich die Bedingung deutlich aus;

Ein solcher Diener bringt Gefahr in's Haus.   1655

MEPHISTOPHELES

Ich will mich h i e r zu deinem Dienst verbinden,

Auf deinen Wink nicht rasten und nicht ruhn;

Wenn wir uns d r ü b e n wieder finden,

So sollst du mir das gleiche tun.

FAUST

Das Drüben kann mich wenig kümmern,   1660

Schlägst du erst diese Welt zu Trümmern,

당신이 저와 하나가 되어

당신의 발걸음으로, 인생을 살아보겠다면

저는 기꺼이 따르겠습니다,

당신의 것이 되겠다고, 즉석에서.　　　　　　　　　　　　1645

제가 당신 동무예요,

제가 뭐든 당신 뜻에 맞으면,

전 당신의 하인이고, 당신의 종입니다!

파우스트

그럼 그 대가로 나는 네게 무얼 해주어야 하느냐?

메피스토펠레스

그거야 아직 기한이 먼걸요.　　　　　　　　　　　　　　1650

파우스트

아니, 아니다! 악마는 이기주의자야,

절대로 선뜻

남에게 이로운 일을 하진 않아.

조건을 분명하게 말하거라.

너 같은 하인은 집안에 위험을 불러들인다.　　　　　　1655

메피스토펠레스

여기서 당신을 섬기겠다는 계약을 하겠습니다.

눈짓 하나에도 쉼 없이, 그침 없이 말입니다.

우리가 *저 너머*에서 다시 만나면

그때는 당신이 제게 똑같이 해주셔야 합니다.

파우스트

'저 너머'는 상관하지 않는다　　　　　　　　　　　　1660

네가 우선 이 세계를 부수어 폐허로 만들면,

Die andre mag darnach entstehn.

Aus dieser Erde quillen meine Freuden,

Und diese Sonne scheinet meinen Leiden;

Kann ich mich erst von ihnen scheiden,   1665

Dann mag, was will und kann geschehn.

Davon will ich nichts weiter hören,

Ob man auch künftig haßt und liebt,

Und ob es auch in jenen Sphären

Ein Oben oder Unten gibt.   1670

MEPHISTOPHELES

In diesem Sinne kannst du's wagen.

Verbinde dich; du sollst, in diesen Tagen,

Mit Freuden meine Künste sehn,

Ich gebe dir was noch kein Mensch gesehn.

FAUST

Was willst du armer Teufel geben?   1675

Ward eines Menschen Geist, in seinem hohen Streben,

Von deines Gleichen je gefaßt?

Doch hast du Speise die nicht sättigt, hast

Du rotes Gold, das ohne Rast,

Quecksilber gleich, dir in der Hand zerrinnt,   1680

Ein Spiel, bei dem man nie gewinnt,

그다음엔 다른 세계가 생겨날 테지.

이 땅에서 나의 기쁨은 솟고

이 태양이 나의 괴로움을 비춘다,

내가 괴로움을 우선 벗어날 수 있다면,   1665

그다음에는 뭐든, 맘대로 일어나라지.

더는 아무것도 듣고 싶지 않다,

앞으로도 사람들이 미워하고 사랑하는지 어쩌는지,

저 세상에도

위와 아래라는 게 있는지.   1670

메피스토펠레스

생각이 그러시면 한번 저질러보실 수 있겠군요.

계약을 하시죠, 당신은, 수일 내에,

내 재주들을 즐겁게 구경하실 겁니다,

그 어떤 인간도 아직 보지 못한 것을 드릴게요.

파우스트

너 같은 가련한 악마[75]가 대체 무얼 주겠다는 거냐?   1675

그 드높은 지향 가운데 있는 인간의 정신을

너 같은 것이 이해한 적이 있었더냐?

네게, 물리지 않게 하는 음식이라도 있느냐, 네게

쉴 없이, 수은같이 구르며, 손안에서 흘러버리는

붉은 황금이라도 있느냐,   1680

절대 이기지 못하는 내기,

---

75 armer Teufel: 구어에서 '불쌍한 녀석'이라는 뜻으로 쓰이기도 하는 표현인데, 여기서는 곧바로
    악마를 상대로 해서 지칭하고 있다.

Ein Mädchen, das an meiner Brust

Mit Äugeln schon dem Nachbar sich verbindet,

Der Ehre schöne Götterlust,

Die, wie ein Meteor, verschwindet. 1685

Zeig mir die Frucht die fault, eh' man sie bricht,

Und Bäume, die sich täglich neu begrünen!

MEPHISTOPHELES

Ein solcher Auftrag schreckt mich nicht,

Mit solchen Schätzen kann ich dienen.

Doch, guter Freund, die Zeit kommt auch heran 1690

Wo wir was Gut's in Ruhe schmausen mögen.

FAUST

Werd' ich beruhigt je mich auf ein Faulbett legen:

So sei es gleich um mich getan!

Kannst du mich schmeichelnd je belügen,

Daß ich mir selbst gefallen mag, 1695

Kannst du mich mit Genuß betrügen:

Das sei für mich der letzte Tag!

Die Wette biet' ich!

MEPHISTOPHELES

          Topp!

FAUST

             Und Schlag auf Schlag!

Werd' ich zum Augenblicke sagen:

Verweile doch! du bist so schön! 1700

내 품 안에서 이미

옆사람에게 눈짓하며 약속하는 아가씨,

아름다운 신적 신명을 주는 명예라도 있느냐,

그 별똥별처럼 사라지는 것?   1685

보여다오, 따기도 전에 썩는 과일,

날마다 새롭게 푸르러지는 나무들!

메피스토펠레스

그 정도 주문은 저를 놀라게 하지 않습죠,

그런 보물들을 가지고 섬길 수 있지요.

하지만, 이보세요, 우리가 뭔가 좋은 것을   1690

느긋이 즐기며 먹고 싶은 시간도 온답니다.

파우스트

언젠가 내가 느긋이 게으름의 침상에 눕게 된다면

나는 바로 끝장난 것이다!

네가 내 환심을 사서 언젠가

내가 나 자신의 마음에 들 거라고 나를 속일 수 있다면,   1695

향락으로써 나를 기만할 수 있다면,

그게 나의 마지막 날이게 하라!

내기를 제안하겠다!

메피스토펠레스

　　　　　좋습니다!

파우스트

　　　　　그럼 나도 좋다!

내가 순간을 향해 이렇게 말하면,

멈추어라! 너 참 아름답구나! 하면,[76]   1700

Dann magst du mich in Fesseln schlagen,

Dann will ich gern zugrunde gehn!

Dann mag die Totenglocke schallen,

Dann bist du deines Dienstes frei,

Die Uhr mag stehn, der Zeiger fallen,   1705

Es sei die Zeit für mich vorbei!

MEPHISTOPHELES

Bedenk' es wohl, wir werden's nicht vergessen.

FAUST

Dazu hast du ein volles Recht;

Ich habe mich nicht freventlich vermessen.

Wie ich beharre bin ich Knecht,   1710

Ob dein, was frag' ich, oder wessen.

MEPHISTOPHELES

Ich werde heute gleich, bei'm Doktorschmaus,

Als Diener, meine Pflicht erfüllen.

Nur eins! — Um Lebens oder Sterbens willen,

Bitt' ich mir ein paar Zeilen aus.   1715

FAUST

Auch was Geschriebnes forderst du Pedant?

Hast du noch keinen Mann, nicht Mannes-Wort gekannt?

Ist's nicht genug, daß mein gesprochnes Wort

그때면 네가 나를 묶어도 좋다,

그때면 나 기꺼이 멸망하겠노라!

그때면 조종(弔鐘)이 울려도 좋다,

그때면 너는 너의 종살이에서 풀려나리라,

시계는 서고, 시계바늘은 떨어지리,   1705

나의 시간이 지나간 것!

메피스토펠레스

잘 생각하십쇼, 그런 말은 우리가 잊질 않습니다요.

파우스트

그럴 권리가 전적으로 네게 있다.

내가 오만하여 무모한 게 아니다.

내가 순간에 머무른다면, 나는 어차피 종,   1710

너의 종이냐, 다른 누구의 종이냐를 묻진 않겠다.

메피스토펠레스

오늘 즉시, 박사학위 사은회에서

하인으로서 제 의무를 이행하겠습니다.

다만 한 가지! —— 사생결단의 각오를 위해

몇 줄 글을 청하는 바입니다.   1715

파우스트

글로 쓴 것까지 요구하다니, 자네 쪼잔한 자로군?

아직 대장부를, 대장부의 말을 모른단 말이냐,

내가 말로 한 것으론 족하지 않단 말이냐,

---

76 파우스트와 메피스토펠레스 간에 맺은 계약의 핵심 조건. 이 작품의 소재가 된 전승된 파우스트
    이야기에서는 계약 기간이 24년으로 한시적이었다. 그것을 여기서 이렇게 기간의 한정이 없는
    내기로 바꿈으로써 근대인의 대(大)드라마 『파우스트』가 탄생할 수 있었다.

Auf ewig soll mit meinen Tagen schalten?

Ras't nicht die Welt in allen Strömen fort, 1720

Und mich soll ein Versprechen halten?

Doch dieser Wahn ist uns in's Herz gelegt,

Wer mag sich gern davon befreien?

Beglückt wer Treue rein im Busen trägt,

Kein Opfer wird ihn je gereuen! 1725

Allein ein Pergament, beschrieben und beprägt,

Ist ein Gespenst vor dem sich alle scheuen.

Das Wort erstirbt schon in der Feder,

Die Herrschaft führen Wachs und Leder.

Was willst du böser Geist von mir? 1730

Erz, Marmor, Pergament, Papier?

Soll ich mit Griffel, Meißel, Feder schreiben?

Ich gebe jede Wahl dir frei.

MEPHISTOPHELES

Wie magst du deine Rednerei

Nur gleich so hitzig übertreiben? 1735

Ist doch ein jedes Blättchen gut.

Du unterzeichnest dich mit einem Tröpfchen Blut.

FAUST

Wenn dies dir völlig G'nüge tut,

영원히 나의 평생을 좌우하는 것으로?

세상이 그 모든 흐름 속에서 그침 없이 흘러가는데,　　　　　1720

그런데 나만은 한 가지 약속이 묶어두어야 한단 말이냐?

하지만 이런 망상[77]이 우리 마음에 있는데,

누가 거기서 벗어나고 싶겠느냐?

성실함을 순수하게 가슴에 품은 자, 복 있을진저,

어떤 희생도 그를 후회하게 하지 않는다!　　　　　1725

하지만 글로 쓰고 밀납인(印)까지 찍은 양피지는

유령이지, 그 앞에선 누구든 물러서지.

말은 펜 끝에서 이미 힘을 잃고

밀랍과 양피지가 패권을 잡지.

무얼 원하느냐, 악령아, 나로부터?　　　　　1730

청동, 대리석, 양피지, 종이?

철필로 쓰랴, 끌로 쓰랴, 깃털펜으로 쓰랴?

뭐든 네가 자유로 골라라.

메피스토펠레스

어떻게 그렇게 열변을 토하십니까요,

금방 그렇게 달아올라 과장하면서?　　　　　1735

뭐든 쪼끄만 종이 한 장이면 됩니다.

당신 피 한 방울 쪼끔 짜서 서명하시고요.

파우스트

그래야 만족하겠거든

77　약속을 글로 써서 사람을 구속한다는 생각을 "망상"이라 부름으로써 파우스트는 주어진 약속
　　과 자기 자신에 곧이곧대로 충실할 수만은 없다는 것도 은연중 나타내고 있다.

So mag es bei der Fratze bleiben.

MEPHISTOPHELES

Blut ist ein ganz besondrer Saft.   1740

FAUST

Nur keine Furcht, daß ich dies Bündnis breche!

Das Streben meiner ganzen Kraft

Ist g'rade das, was ich verspreche.

Ich habe mich zu hoch gebläht,

In deinen Rang gehör' ich nur.   1745

Der große Geist hat mich verschmäht,

Vor mir verschließt sich die Natur.

Des Denkens Faden ist zerrissen,

Mir ekelt lange vor allem Wissen.

Laß in den Tiefen der Sinnlichkeit   1750

Uns glühende Leidenschaften stillen!

In undurchdrungnen Zauberhüllen

Sei jedes Wunder gleich bereit!

Stürzen wir uns in das Rauschen der Zeit,

Ins Rollen der Begebenheit!   1755

Da mag denn Schmerz und Genuß,

Gelingen und Verdruß

Mit einander wechseln wie es kann;

Nur rastlos betätigt sich der Mann.

MEPHISTOPHELES

Euch ist kein Maß und Ziel gesetzt.   1760

그런 허튼짓이라도 해주지.

메피스토펠레스

피라는 것은 아주 특별한 즙이니까요.   1740

파우스트

내가 이 맹약을 깨뜨릴까 겁내지만 말아라!

내 온 힘이 지향(志向)하는 바는

바로 내가 약속하는 것이다.

내가 나 자신을 너무나 높이 부풀렸는데,

나는 너 정도의 급(級)일 뿐이다.   1745

큰 영(靈)은 나를 업신여겼고

자연은 내 앞에서 닫혀버렸다.

생각의 실가닥이 끊겼고

모든 앎에 대해 구토가 난 지 오래다.

관능의 깊은 바닥에서   1750

타는 정열을 달래보자꾸나!

꿰뚫을 수 없는 마법의 장막에 감싸서

온갖 기적을 즉시 준비하거라!

우리 몸 던져보자, �솨솨 흘러가는 시간 속으로,

굴러가는 사건늘 속으로.   1755

거기서 고통과 향유가

이루어짐과 지겨움이

서로 교차하라, 한껏.

다만 쉼 없이 인간은 활동할 뿐.

메피스토펠레스

선생께는 한도가 정해져 있지 않군요.   1760

Beliebt's euch, überall zu naschen,

Im Fliehen etwas zu erhaschen,

Bekomm euch wohl was euch ergetzt.

Nur greift mir zu und seid nicht blöde!

FAUST

Du hörest ja, von Freud' ist nicht die Rede. 1765

Dem Taumel weih' ich mich, dem schmerzlichsten Genuß,

Verliebtem Haß, erquickendem Verdruß.

Mein Busen, der vom Wissensdrang geheilt ist,

Soll keinen Schmerzen künftig sich verschließen,

Und was der ganzen Menschheit zugeteilt ist, 1770

Will ich in meinem innern Selbst genießen,

Mit meinem Geist das Höchst' und Tiefste greifen,

Ihr Wohl und Weh auf meinen Busen häufen,

Und so mein eigen Selbst zu ihrem Selbst erweitern,

Und, wie sie selbst, am End' auch ich zerscheitern. 1775

MEPHISTOPHELES

O glaube mir, der manche tausend Jahre

An dieser harten Speise kaut,

Daß von der Wiege bis zur Bahre

Kein Mensch den alten Sauerteig verdaut!

Glaub' unser einem, dieses Ganze 1780

Ist nur für einen Gott gemacht!

Er findet sich in einem ew'gen Glanze,

Uns hat er in die Finsternis gebracht,

마음껏 어디서든 야금야금 맛을 보시고

도망 중에도 뭔가를 붙잡으십시오,

즐기시는 걸 부디 잘 소화하시길.

저만 잘 붙잡으십시오, 멍청하게 굴진 마시고!

파우스트

잘 들었겠지, 즐거움 얘기를 한 게 아니다.   1765

비틀거림에다 나를 내맡기겠다, 가장 고통스러운 향락에다,

사랑에 빠진 증오, 원기를 주는 지겨움에다.

앎의 충동에서 치유된 나의 가슴을,

장차는 그 어떤 고통에도 닫지 않겠노라,

온 인류에게 주어진 것,   1770

그걸 나의 내면의 자아 가운데서 즐기겠노라,

내 정신으로써 가장 높은 것과 가장 깊은 것을 붙잡고

그들의 평안과 괴로움을 내 가슴 위에다 쌓고

그렇게 내 자아를 그들의 자아로 넓히고

그들 자신처럼, 종국에는 나도 파멸하리라.   1775

메피스토펠레스

오 저를 믿으십시오, 수천 년을 두고

이 딱딱한 음식을 씹고 있는 저를,

요람에서 관(棺)에 이르기까지

그 어떤 인간도, 이 오래된 신 반죽을 소화하지 못한답니다!

우리 같은 이들을 믿으세요, 이 모든 게   1780

오로지 하나의 신을 위해 만들어졌습니다!

그분 자신은 영원한 광휘 속에 계시면서

우리는 깜깜한 어둠 속으로 내쳐버렸고.

Und euch taugt einzig Tag und Nacht.

FAUST

Allein ich will!

MEPHISTOPHELES

        Das läßt sich hören! 1785

Doch nur vor Einem ist mir bang':

Die Zeit ist kurz, die Kunst ist lang.

Ich dächt', ihr ließet euch belehren.

Assoziiert euch mit einem Poeten,

Laßt den Herrn in Gedanken schweifen, 1790

Und alle edlen Qualitäten

Auf euren Ehren-Scheitel häufen,

Des Löwen Mut,

Des Hirsches Schnelligkeit,

Des Italieners feurig Blut, 1795

Des Nordens Dau'rbarkeit.

Laßt ihn euch das Geheimnis finden,

Großmut und Arglist zu verbinden,

Und euch, mit warmen Jugendtrieben,

Nach einem Plane, zu verlieben. 1800

당신네들한테만 밤과 낮을 주었습니다.

파우스트

하지만 나는 해보겠다!

메피스토펠레스

　　　　　　　　　거 듣기 좋네요!　　　　　　　　　　　　　1785

하지만 딱 한 가지가 저는 걱정스럽습니다요.

시간은 짧고, 예술은 길어요.[78]

내 생각으로, 선생께선 잘 배우는 것 같소.

시인 한 명과 함께하면서

그로 하여금 온갖 궁리를 다 짜내어　　　　　　　　　　　1790

고귀한 모든 자질들을

선생의 귀하신 정수리 위에다 쌓게 하시죠,

사자의 용기

사슴의 날쌤

이탈리아인의 뜨거운 피　　　　　　　　　　　　　　　1795

북방인의 끈기.[79]

그로 하여금 선생을 위해 저 비밀을 발견하게 하시죠,

아량과 음험한 간계를 한데 묶고

뜨거운 젊음의 충농들로써, 하지만 하나의 계획에 따라

선생을 사랑에 빠지게 하는[80] 비밀을요.　　　　　　　　1800

78　이 구절에서는 "인생은 짧고 예술은 길다"(vita brevis, ars longa)라는 히포크라테스의 명구가
　　뒤에서 함께 울린다. '예술'(ars)은 오히려 '기술'의 뜻이고 지식에 가까운 것이지만 널리 알려
　　진 문구라서 통용에 따른다.

79　괴테의 동시대인인 슈톨베르크(Friedrich Leopold v. Stolberg)가 「심성의 충만에 대하여」라는
　　논문에서 찬사를 보냈던 감성의 비유들이다.

Möchte selbst solch einen Herren kennen,

Würd' ihn Herrn Mikrokosmus nennen.

FAUST

Was bin ich denn, wenn es nicht möglich ist,

Der Menschheit Krone zu erringen,

Nach der sich alle Sinne dringen? 1805

MEPHISTOPHELES

Du bist am Ende — was du bist.

Setz' dir Perücken auf von Millionen Locken,

Setz' deinen Fuß auf ellenhohe Socken,

Du bleibst doch immer, was du bist.

FAUST

Ich fühl's, vergebens hab' ich alle Schätze 1810

Des Menschengeist's auf mich herbeigerafft,

Und wenn ich mich am Ende niedersetze,

Quillt innerlich doch keine neue Kraft;

Ich bin nicht um ein Haar breit höher,

Bin dem Unendlichen nicht näher. 1815

MEPHISTOPHELES

Mein guter Herr, ihr seht die Sachen,

Wie man die Sachen eben sieht;

Wir müssen das gescheiter machen,

그런 이가 있다면 저 자신도 알고 싶네요,

소우주(小宇宙) 씨라 부르겠습니다요.

파우스트

내가 대체 무엇이랴,

인류의 왕관을 획득하는 것이 불가능하다면,

모든 감각이 맹렬하게 향하는 그것을?   1805

메피스토펠레스

그래봤자 결국 ― 당신은 그대로 당신이지요.

수백만 가닥 곱슬머리가 달린 가발을 얹어보아도

몇 자나 되는 굽 위에 발을 올려놓아 보아도

당신은 늘 당신일 뿐이에요.

파우스트

느끼고 있다, 헛되이 인간 정신의   1810

온갖 보화를 허겁지겁 긁어모아 내 위에 쌓았다는 걸.

하여 결국에 내가 주저앉으면

내면에서 어떤 새로운 힘도 솟지 않는다.

털 한 올만큼도 나는 높아지지 못했고

한 치도 무한(無限)에 가까워지지 못했다.   1815

메피스토펠레스

이보세요, 사물을 보시는데,

그저 사람들이 보는 대로만 보시는군요.

좀 더 영리하게 굴어야 합니다요,

---

80 위에 열거된 성향들은 파우스트가 이미 가지고 있는 것이기는 하지만, 파우스트가 그걸 즐길
    줄 모름을 두고 하는 말이다.

Eh' uns des Lebens Freude flieht.

Was Henker! freilich Händ' und Füße   1820

Und Kopf und H__, die sind dein;

Doch alles, was ich frisch genieße,

Ist das drum weniger mein?

Wenn ich sechs Hengste zahlen kann,

Sind ihre Kräfte nicht die meine?   1825

Ich renne zu und bin ein rechter Mann,

Als hätt' ich vier und zwanzig Beine.

Drum frisch! Laß alles Sinnen sein,

Und g'rad' mit in die Welt hinein!

Ich sag' es dir: ein Kerl, der spekuliert,   1830

Ist wie ein Tier, auf dürrer Heide

Von einem bösen Geist im Kreis herum geführt,

Und rings umher liegt schöne grüne Weide.

FAUST

Wie fangen wir das an?

MEPHISTOPHELES

                Wir gehen eben fort.

Was ist das für ein Marterort?   1835

인생의 기쁨이 달아나버리기 전에요.

제기랄! 물론 두 손 두 발,   1820

머리통과 엉__,[81] 그거야 당신 것입니다요,

하지만 지금 내가 즐기고 있는 모든 것,

즐긴다고 그게 온전히 내 것은 아니란 말인가요?

숫말 여섯 마리 값을 내가 치를 수 있으면

그 말들의 힘은 내 것 아닌가요?   1825

내가 달리는 거죠, 내가 당당한 귀인[82]이고요,

내 다리가 스물 네 개인 거나 마찬가지죠.

그러니 기운 내시지요! 모든 것이 감각이게 합시다,

함께 똑바로 세상 속으로 들어갑시다요!

말씀 드리거니와, 생각만 많은 작자는   1830

메마른 황야의 짐승 같죠,

악령에 내몰려 맴만 도는 짐승요,

사방이 아름다운 초록 풀밭인데 말이지요.

파우스트

어떻게 시작하지?

메피스토펠레스

        바로 떠나시지요.

이게 무슨 고문실입니까?   1835

---

81 원문은 H 다음에 복자를 남겨두었는데, 엉덩이(Hintern) 혹은 고환(Hoden)으로 해석된다. 공
    연시에는 보통 의성(擬聲)으로 적당히 넘긴다.

82 ein rechter Mann: 6두마차를 탈 수 있는 귀족을 의미한다. 이 부분에서 메피스토펠레스는 '돈'
    을 끌어들여 파우스트의 '지향'을 무화(無化)시키며 감각으로 유도하고 있다. 이 부분의 말 여
    섯 마리 이야기는 선취된 자본주의의 논리로 자주 인용된다.

Was heißt das für ein Leben führen,

Sich und die Jungens ennuyieren?

Laß du das dem Herrn Nachbar Wanst!

Was willst du dich das Stroh zu dreschen plagen?

Das Beste, was du wissen kannst,   1840

Darfst du den Buben doch nicht sagen.

Gleich hör' ich einen auf dem Gange!

FAUST

Mir ist's nicht möglich ihn zu sehn.

MEPHISTOPHELES

Der arme Knabe wartet lange,

Der darf nicht ungetröstet gehn.   1845

Komm, gib mir deinen Rock und Mütze;

Die Maske muß mir köstlich stehn.

Er kleidet sich um.

Nun überlaß es meinem Witze!

Ich brauche nur ein Viertelstündchen Zeit;

Indessen mache dich zur schönen Fahrt bereit!   1850

Faust ab.

MEPHISTOPHELES *in Faust's langem Kleide.*

Verachte nur Vernunft und Wissenschaft,

이게 무슨 인생을 영위하는 거예요,

자신과 젊은이들을 지긋지긋하게 하면서?

이런 건 다 배불뚝이 이웃분께 맡깁시다![83]

뭣 하러 뻔한 얘기나 늘어놓으며 자신을 괴롭혀요?

당신이 알 수 있는 최상의 것   1840

그건 애송이들한테는 말해선 안 돼요.

복도에서 금방 한 녀석의 기척이 들리는데요!

파우스트

난 그를 만날 수 없는데.

메피스토펠레스

가엾은 청년이 오래 기다리는데

위로받지 못하고 떠나면 안 되죠.   1845

자아, 당신 저고리와 모자를 내게 주세요

변장이 내게 멋지게 어울릴 겁니다.

메피스토펠레스, 옷을 갈아입는다.

이제 내 재치에 맡겨두세요!

나는 십오 분쯤이면 충분하니,

그사이 당신은 멋진 여행을 준비하시고!   1850

파우스트 퇴장.[84]

메피스토펠레스 *파우스트의 긴 옷을 입고.*

다만 경멸하거라, 이성과 학문,

---

83 파우스트의 조수 바그너를 가리킨다.

84 이 퇴장은 연극 공연시에는 파우스트 역의 배우가 옷을 갈아입는 시간이 된다.

Des Menschen allerhöchste Kraft,

Laß nur in Blend- und Zauberwerken

Dich von dem Lügengeist bestärken,

So hab' ich dich schon unbedingt —   1855

Ihm hat das Schicksal einen Geist gegeben,

Der ungebändigt immer vorwärts dringt,

Und dessen übereiltes Streben

Der Erde Freuden überspringt.

Den schlepp' ich durch das wilde Leben,   1860

Durch flache Unbedeutenheit,

Er soll mir zappeln, starren, kleben,

Und seiner Unersättlichkeit

Soll Speis' und Trank vor gier'gen Lippen schweben;

Er wird Erquickung sich umsonst erflehn,   1865

Und hätt' er sich auch nicht dem Teufel übergeben,

Er müßte doch zugrunde gehn!

Ein Schüler tritt auf.

SCHÜLER

Ich bin allhier erst kurze Zeit,

Und komme voll Ergebenheit,

인간의 지고의 힘을.

오직 현혹과 마법 가운데서, 너

거짓된 영(靈)[85]의 기운으로 힘 내거라,

그럼 넌 벌써 내 것이야, 무조건 —   1855

이자에게는 운명이 하나의 정신을 주었지,

억제되지 않고 언제나 앞으로 치닫는 정신,

그 지나치게 내달리는 지향이

지상의 기쁨들은 뛰어넘어 버리는 정신을.

내가 이자를 질질 끌고 다니겠다, 거친 삶 가운데로,   1860

깊이 없는 하찮은 것들 가운데로.

그가 내게 안달하다, 빳빳해지다, 들러붙게 해주겠다,

그의 만족하지 못함에다가,

탐욕스러운 입술 앞에다가 먹고 마실 것이 어른거리게[86] 해주겠다.

원기 찾기를 그가 헛되이 애걸하리라,   1865

설령 악마에게 몸을 맡기지 않았더라도

그는 필시 멸망할 것이다.

한 학생 등장한다.[87]

학생

저는 여기 온 지 얼마 안 됩니다만

충심으로 가득 차

---

85 거짓된 영(Lügen*geist*): 메피스토펠레스 자신을 가리키고 있으면서도 파우스트가 추구하는 '정
    신'(Geist)과 같은 단어이다.

86 탄탈로스의 고통

87 이어지는 장면은 『원 파우스트』에 이미 들어 있었다.

Einen Mann zu sprechen und zu kennen,   1870
Den Alle mir mit Ehrfurcht nennen.

MEPHISTOPHELES

Eure Höflichkeit erfreut mich sehr!
Ihr seht einen Mann wie andre mehr.
Habt ihr Euch sonst schon umgetan?

SCHÜLER

Ich bitt' euch, nehmt euch meiner an!   1875
Ich komme mit allem guten Mut,
Leidlichem Geld und frischem Blut;
Meine Mutter wollte mich kaum entfernen;
Möchte gern' was rechts hieraußen lernen.

MEPHISTOPHELES

Da seid ihr eben recht am Ort.   1880

SCHÜLER

Aufrichtig, möchte schon wieder fort:
In diesen Mauern, diesen Hallen,
Will es mir keineswegs gefallen.
Es ist ein gar beschränkter Raum,
Man sieht nichts Grünes, keinen Baum,   1885
Und in den Sälen auf den Bänken
Vergeht mir Hören, Seh'n und Denken.

MEPHISTOPHELES

Das kommt nur auf Gewohnheit an.
So nimmt ein Kind der Mutter Brust

한 분을 면담하고 알고자 왔습니다,   1870

만인이 경외심을 가지고 제게 그 이름을 일컬어주는 분이시죠.

메피스토펠레스

자네의 공손함이 나를 몹시 기쁘게 하는구나!

보다시피 나는 다른 많은 사람들과 다름없는 사람일세.

어디 다른 데는 다녀보았나?

학생

부탁이오니 저를 받아주십시오!   1875

저는 모든 선한 용기를 내어 왔습니다,

적잖은 돈도 들고서, 신선한 혈기로요.

제 어머니께서는 저를 떠나보내고 싶어 하지 않으셨습니다만

저는 여기, 바깥세상에서 무언가 바른 것을 배우고 싶어요.

메피스토펠레스

그럼 바로 제대로 찾아온 걸세.   1880

학생

솔직하게 말씀 드리자면, 전 벌써 다시 떠나고 싶습니다.

이 두터운 벽, 이 휑한 방이

도무지 마음에 들지 않네요.

아주 닫혀 있는 공간입니다,

초록빛이라고는 안 보여요, 나무 한 그루도,   1885

이 강의실 의자에 앉아서는

듣는 것, 보는 것, 생각하는 것이 잘 안 되어요.

메피스토펠레스

그건 습관 문제일 뿐일세.

아기도 어머니 젖을

Nicht gleich im Anfang willig an,   1890

Doch bald ernährt es sich mit Lust.

So wird's euch an der Weisheit Brüsten

Mit jedem Tage mehr gelüsten.

SCHÜLER

An ihrem Hals will ich mit Freuden hangen;

Doch sagt mir nur, wie kann ich hingelangen?   1895

MEPHISTOPHELES

Erklärt euch, eh' ihr weiter geht,

Was wählt ihr für eine Fakultät?

SCHÜLER

Ich wünschte recht gelehrt zu werden,

Und möchte gern, was auf der Erden

Und in dem Himmel ist erfassen,   1900

Die Wissenschaft und die Natur.

MEPHISTOPHELES

Da seid Ihr auf der rechten Spur;

Doch müßt Ihr Euch nicht zerstreuen lassen.

SCHÜLER

Ich bin dabei mit Seel' und Leib;

Doch freilich würde mir behagen   1905

Ein wenig Freiheit und Zeitvertreib

An schönen Sommerfeiertagen.

MEPHISTOPHELES

Gebraucht der Zeit, sie geht so schnell von hinnen,

처음에는 잘 안 물려고 하지,   1890
하지만 곧 즐겁게 자양을 취하지.
그렇게 자네도 지혜의 젖가슴에서
하루하루 더 즐기게 될 걸세.

학생

지혜의 목에 기쁘게 매달리고자 합니다.
하지만 말씀 좀 해주십시오, 거기에 어떻게 이르는지.   1895

메피스토펠레스

더 나아가기 전에, 분명히 말하게나,
어떤 학부를 택할 텐가?

학생

저는 제대로 배우기를 소망합니다,
하여 저는, 무엇이 땅 위에
또 하늘에 있는지, 알고 싶습니다,   1900
학문과 자연을요.

메피스토펠레스

그렇다면 자네는 줄을 제대로 선 걸세,
하지만 산만해지진 않아야 하네.

학생

몸과 마음을 다해서 전념하겠습니다.
하지만 물론, 약간의 자유와   1905
오락이 좀 있다면 즐거울 것 같습니다,
아름다운 여름축제 때엔 말예요.

메피스토펠레스

시간을 잘 쓰게, 시간은 참으로 빨리 가버리니까,

Doch Ordnung lehrt euch Zeit gewinnen.

Mein teurer Freund, ich rat' euch drum   1910

Zuerst Collegium Logicum.

Da wird der Geist euch wohl dressiert,

In spanische Stiefeln eingeschnürt,

Daß er bedächtiger so fort an

Hinschleiche die Gedankenbahn,   1915

Und nicht etwa, die Kreuz' und Quer,

Irrlichteliere hin und her.

Dann lehret man euch manchen Tag,

Daß, was ihr sonst auf einen Schlag

Getrieben, wie Essen und Trinken frei,   1920

Eins! Zwei! Drei! dazu nötig sei.

Zwar ist's mit der Gedanken-Fabrik

Wie mit einem Weber-Meisterstück,

Wo Ein Tritt tausend Fäden regt,

Die Schifflein herüber hinüber schießen,   1925

Die Fäden ungesehen fließen,

Ein Schlag tausend Verbindungen schlägt:

Der Philosoph der tritt herein

Und beweist euch, es müßt' so sein:

Das Erst' wär' so, das Zweite so,   1930

Und drum das Dritt' und Vierte so;

하지만 질서가 자네에게 시간 얻는 법을 가르쳐줄 걸세.

이보게, 그래서 나는 자네한테   1910

우선 논리학 강의를 권하네.

거기서 자네의 정신은 잘 조련되지,

스페인 장화[88]에 옥죄여서

보다 사려 깊게 앞으로

사고의 궤도를 조금씩 조금씩 가도록,   1915

도깨비불처럼 가로로 세로로

이리저리 헤매거나 하지 않고.

그다음에는 여러 날을 두고 배울 걸세,

여느 때는 단번에,

먹는 것 마시는 것처럼 자유롭게, 행하던 것,   1920

거기에 이제는 하나! 둘! 셋!이 필요하다는 것을.

사유(思惟)의 공장이란

명품 직조 같은 것이지,

한 번 밟으면 수천 올이 솟고

북이 이리저리 씽씽 왔다 갔다 하고,   1925

실올들이 보이지 않게 흘러서

한 번 치면 수천의 결합이 만들어진단 말일세.

철학자, 그가 들어와

증명을 해주지, 이러이러해야 한다고.

첫째는 이렇고, 둘째는 이렇고   1930

그러하니 셋째와 넷째는 이렇고,

---

88 종아리를 철판 두 장 사이에 조여 비트는 중세의 고문 도구.

Und wenn das Erst' und Zweit' nicht wär',

Das Dritt' und Viert' wär' nimmermehr.

Das preisen die Schüler aller Orten,

Sind aber keine Weber geworden.   1935

Wer will was lebendig's erkennen und beschreiben,

Sucht erst den Geist heraus zu treiben,

Dann hat er die Teile in seiner Hand,

Fehlt leider! nur das geistige Band.

Encheiresin naturae nennt's die Chemie,   1940

Spottet ihrer selbst und weiß nicht wie.

SCHÜLER

Kann euch nicht eben ganz verstehen.

MEPHISTOPHELES

Das wird nächstens schon besser gehen,

Wenn ihr lernt alles reduzieren

Und gehörig klassifizieren.   1945

SCHÜLER

Mir wird von alle dem so dumm,

Als ging' mir ein Mühlrad im Kopf herum.

만약 첫째와 둘째가 이렇지 않다면
셋째와 넷째도 절대 이렇지 않으리.
그것을 온 세상 학생들이 찬양하지,
하지만 누구도 진정한 학자[89]가 되지는 못했어.   1935
살아 있는 것을 인식하고 묘사하려는 자가
정신[90]부터 몰아내려고 하지,
그러고는 부분부분들을 손에 쥐고 있는데,
유감스럽게도! 정신적 끈만은 없지.
엔케이레신 나투레[91]라고 화학은 그걸 부르는데   1940
스스로를 비웃으면서도 어떻게 그런 건지는 모르지.

학생

선생님 말씀이 완전히 이해되진 않습니다.

메피스토펠레스

다음번엔 좀 더 잘 알게 될 걸세,
모든 것을 환원하고
합당하게 분류하는 법을 배우면.   1945

학생

그 모든 말씀에 저는 참 멍청해집니다,
마치 머릿속에서 불레방아가 빙빙 돌고 있는 것 같아요.

---

89 원문은 Weber로 '직조공'. 자주 '조물주'를 의미하는 말로 쓰이기도 하지만, 여기서는 학생이
    되어야 할 바, 즉 '학자'로 의역하였다.
90 Geist는 여기서 '본질'에 가까운 뜻이다.
91 Encheiresin naturae: 자연의 손길. 이런 개념을 쓰는 것이 분석적 화학에는 스스로 조롱이 된다
    는 언급이 이어지며, 이로써 갈갈이 나누는 분석적 화학에 대한 비판도 실려 있다. (메피스토펠
    레스가 유식을 과시하는 부분이라 번역하지 않고 그대로 옮겼다.)

MEPHISTOPHELES

Nachher, vor allen andern Sachen

Müßt ihr euch an die Metaphysik machen!

Da seht daß ihr tiefsinnig faßt,   1950

Was in des Menschen Hirn nicht paßt;

Für was drein geht und nicht drein geht,

Ein prächtig Wort zu Diensten steht.

Doch vorerst dieses halbe Jahr

Nehmt ja der besten Ordnung wahr.   1955

Fünf Stunden habt ihr jeden Tag;

Seid drinnen mit dem Glockenschlag!

Habt euch vorher wohl präpariert,

Paragraphos wohl einstudiert,

Damit ihr nachher besser seht,   1960

Daß er nichts sagt, als was im Buche steht;

Doch euch des Schreibens ja befleißt,

Als diktiert' euch der Heilig' Geist!

SCHÜLER

Das sollt ihr mir nicht zweimal sagen!

Ich denke mir wie viel es nützt;   1965

Denn, was man schwarz auf weiß besitzt,

Kann man getrost nach Hause tragen.

메피스토펠레스

다음으로는, 모든 다른 일들에 앞서

자넨 형이상학을 해야 하네!

거기서 볼 건, 심오하게 포착하는 것이지,   1950

인간의 두뇌에 맞지 않는 것을 말이야.

그 안으로 들어가는 것, 또 들어가지 않는 것을 위해서

쓰려고 화려한 수사(修辭)가 있지.

하지만 우선 이 처음 반 년 동안은

최상의 규율을 숙지하게.   1955

하루에 다섯 시간일세.

종이 치면 들어앉아 있게!

예습을 잘 해두고

항목들을 잘 익혀두게,

그러면 나중에 자네는 더 잘 보게 될 걸세,   1960

그가, 책에 쓰여 있는 것 말고는 아무것도 말하지 않는다는 걸.

하지만 필기에도 매진하게,

마치 성령이 자네에게 받아쓰기를 시키듯.

학생

그거야 두 번 말씀해 주실 필요 없습니다!

필기가 얼마나 유용한지는 이미 유념하고 있습니다.   1965

흰 종이에다 까맣게 써서 가지고 있는 것,

그건 자신 있게 집으로 들고 갈 수 있으니까요.[92]

---

92 흑백의 분명함을 강조하는 이 구절에서는 선명함뿐만 아니라 "흑백논리에 따른 단순한 묘사/
서술"(Schwarz-Weiß-Malerei)이 함께 연상된다.

MEPHISTOPHELES

Doch wählt mir eine Fakultät!

SCHÜLER

Zur Rechtsgelehrsamkeit kann ich mich nicht bequemen.

MEPHISTOPHELES

Ich kann es euch so sehr nicht übel nehmen, 1970

Ich weiß wie es um diese Lehre steht.

Es erben sich Gesetz' und Rechte

Wie eine ew'ge Krankheit fort;

Sie schleppen von Geschlecht sich zum Geschlechte,

Und rücken sacht von Ort zu Ort. 1975

Vernunft wird Unsinn, Wohltat Plage;

Weh dir, daß du ein Enkel bist!

Vom Rechte, das mit uns geboren ist,

Von dem ist leider! nie die Frage.

SCHÜLER

Mein Abscheu wird durch euch vermehrt. 1980

O glücklich der! den ihr belehrt.

Fast möcht' ich nun Theologie studieren.

MEPHISTOPHELES

Ich wünschte nicht, euch irre zu führen.

Was diese Wissenschaft betrifft,

Es ist so schwer den falschen Weg zu meiden, 1985

Es liegt in ihr so viel verborgnes Gift,

Und von der Arzenei ist's kaum zu unterscheiden.

메피스토펠레스

하여간 학부 하나를 골라보게!

학생

법학은 적응이 안 되어요.

메피스토펠레스

자네가 그렇다 해도 나는 그다지 나쁘게 생각지 않네   1970

이 학문의 형편이 어떤지 알거든.

법률이며 법은 상속이 되지

마치 영원한 질병처럼 계속

세대에서 세대로 질질 끌고 가며

이곳에서 저곳으로 슬그머니 나아가지.   1975

이성이 난센스가 되고, 자선이 괴롭힘이 되지.

그 자손이 된 것, 자네 참 안됐구나!

우리가 타고난 권리에 관해,

그것에 관해서는 유감스럽게도! 한번도 질문이 없어.

학생

선생님 말씀을 들으니 제 혐오가 더욱 커집니다.   1980

오, 복 있군요! 선생님께 배우는 자.

그럼 신학을 공부해 볼까 싶기도 합니다만.

메피스토펠레스

자네를 그릇된 길로 이끌고 싶지 않네.

이 학문으로 말하자면,

사도(邪道)를 피하기 참 어렵네.   1985

그 안에는 참으로 숨겨진 독(毒)이 많네.

약(藥)과 별로 구별이 안 되지.

Am besten ist's auch hier, wenn ihr nur Einen hört,

Und auf des Meisters Worte schwört.

Im Ganzen — haltet euch an Worte! 1990

Dann geht ihr durch die sichre Pforte

Zum Tempel der Gewißheit ein.

SCHÜLER

Doch ein Begriff muß bei dem Worte sein.

MEPHISTOPHELES

Schon gut! Nur muß man sich nicht allzu ängstlich quälen;

Denn eben wo Begriffe fehlen, 1995

Da stellt ein Wort zur rechten Zeit sich ein.

Mit Worten läßt sich trefflich streiten,

Mit Worten ein System bereiten,

An Worte läßt sich trefflich glauben,

Von einem Wort läßt sich kein Jota rauben. 2000

SCHÜLER

Verzeiht, ich halt' euch auf mit vielen Fragen,

Allein ich muß euch noch bemühn.

Wollt ihr mir von der Medizin

Nicht auch ein kräftig Wörtchen sagen?

Drei Jahr' ist eine kurze Zeit, 2005

Und, Gott! das Feld ist gar zu weit.

여기서도 가장 좋은 건, 자네가 한 분[93] 말만 들으며

그 명인의 말씀[94]에 대고 선서하는 것이지.

전체적으로는 — 말〔言〕에 매달리게!   1990

그러면 자네는 확실한 입구를 통해

확신의 신전에 이르게 될 걸세

학생

하지만 말에는 분명 개념이 있을 텐데요.

메피스토펠레스

그야 그렇지! 다만 너무 겁먹어 자신을 괴롭혀서는 안 되네.

그럴 것이 바로 개념이 없는 곳,   1995

그곳에는 제때에 말 하나가 들어서니까.

말로써 싸움이 썩 잘 되고

말로써 체계가 마련되고

말은 썩 잘 믿어지니

하나의 단어에서 작은 획 하나라도 빠지면 큰일나지.   2000

학생

죄송합니다, 질문이 많아서 지체하시게 합니다만

선생님께 폐를 좀 더 끼쳐야겠어요.

의학에 관해서도 선생님 제게

힘 있는 말씀 한마디만 해주시겠어요?

3년은 짧은 시간인데   2005

맙소사! 그 분야는 너무나도 넓어요.

---

93 신(神)을 말한다.

94 성경을 말한다.

Wenn man einen Fingerzeig nur hat,

Läßt sich's schon eher weiter fühlen.

MEPHISTOPHELES *für sich.*

Ich bin des trocknen Tons nun satt,

Muß wieder recht den Teufel spielen.   2010

Laut.

Der Geist der Medizin ist leicht zu fassen;

Ihr durchstudiert die groß' und kleine Welt,

Um es am Ende gehn zu lassen,

Wie's Gott gefällt.

Vergebens, daß Ihr ringsum wissenschaftlich schweift,   2015

Ein jeder lernt nur, was er lernen kann;

Doch der den Augenblick ergreift,

Das ist der rechte Mann.

Ihr seid noch ziemlich wohlgebaut,

An Kühnheit wird's Euch auch nicht fehlen,   2020

Und wenn Ihr Euch nur selbst vertraut,

Vertrauen euch die andern Seelen.

Besonders lernt die Weiber führen;

Es ist ihr ewig Weh und Ach

So tausendfach   2025

Aus einem Punkte zu kurieren,

Und wenn Ihr halbweg ehrbar tut,

Dann habt Ihr sie all' unterm Hut.

Ein Titel muß sie erst vertraulich machen,

한 번 귀띔만 받을 수 있어도

벌써 훨씬 나아간 듯 느껴지지요.

메피스토펠레스 *혼잣말로.*

건조한 말투가 이젠 싫증 나는군,

다시 제대로 악마 노릇을 해야겠다.   2010

큰 소리로.

의학의 정신은 쉽게 포착되네.

자네는 큰 세계와 작은 세계를 철저히 공부하게,

끝에 가서는, 신의 마음에 드는 대로

돌아가게 놔두기 위해서 말이야.

자네가 온 사방으로 학문을 하겠다고 헤매지만 다 헛되고   2015

누구든 배우는 건, 자기가 배울 수 있는 것뿐.

하지만 순간을 포착하는 자,

그게 진짜 대장부이지.

자네는 상당히 체격이 좋고

대담함도 없지 않은 것 같으니   2020

자신감만 가지면

다른 사람들도 자네를 신뢰할 걸세.

특히 여자들 이끄는 법을 배우게.

여자들은 노상 여기가 아프다 저기가 아프다 하는데

그런 오만 군데가   2025

딱 한 점에서 치료가 되거든,

자네가 웬만큼만 정직하게 굴면

자넨 그들 모두를 다스릴 수 있네.

학위 하나가 우선, 그들로 하여금 신뢰감을 갖게 하지,

Daß Eure Kunst viel Künste übersteigt;   2030

Zum Willkomm' tappt Ihr dann nach allen Siebensachen,

Um die ein andrer viele Jahre streicht,

Versteht das Pülslein wohl zu drücken,

Und fasset sie, mit feurig schlauen Blicken,

Wohl um die schlanke Hüfte frei,   2035

Zu sehn, wie fest geschnürt sie sei.

SCHÜLER

Das sieht schon besser aus! Man sieht doch, wo und wie.

MEPHISTOPHELES

Grau, teurer Freund, ist alle Theorie,

Und grün des Lebens goldner Baum.

SCHÜLER

Ich schwör' Euch zu, mir ist's als wie ein Traum.   2040

Dürft' ich Euch wohl ein andermal beschweren,

Von Eurer Weisheit auf den Grund zu hören?

MEPHISTOPHELES

Was ich vermag, soll gern geschehn.

SCHÜLER

Ich kann unmöglich wieder gehn,

Ich muß Euch noch mein Stammbuch überreichen.   2045

Gönn' Eure Gunst mir dieses Zeichen!

자네 기술이 많은 기술들을 능가하고 있다고 말일세.　　　　　2030

그다음에는 환영의 의미로, 모든 소중한 곳을,

다른 남자가 여러 해를 두고 어루만지는 곳을 더듬고

맥박 짚기를 잘 이해하고

그러고는 열렬하게 이해심 있는 눈길로 바라보며 그녀를,

그 날씬한 허리를 서슴없이 붙잡게,　　　　　2035

얼마나 단단하게 조였는지를 알아보기 위해.[95]

학생

한결 잘 보입니다! 어디를 어떻게 할지가 보여요.

메피스토펠레스

잿빛이라네, 이보게, 모든 이론(理論)은,

한데 초록빛이지, 생명의 황금 나무는.

학생

맹세커니와, 전 꿈만 같습니다.　　　　　2040

선생님을 또 뵐 수 있을까요,

선생님의 지혜를 근본에서 듣고 싶은데요?

메피스토펠레스

내가 할 수 있는 건 기꺼이 하겠네.

학생

그냥 떠날 수는 없습니다,

방명록이라도 선생님께 건네야겠습니다.　　　　　2045

부디 몇 글자 적어주십시오!

95　18세기까지만 해도 의사는 여성을 진단할 때 옷 위로 진찰했다.

MEPHISTOPHELES

Sehr wohl.

Er schreibt und gibt's.

SCHÜLER *liest.*

Eritis sicut Deus scientes bonum et malum.

Macht's ehrerbietig zu und empfiehlt sich.

MEPHISTOPHELES

Folg' nur dem alten Spruch und meiner Muhme, der Schlange,

Dir wird gewiß einmal bei deiner Gottähnlichkeit bange!   2050

Faust tritt auf.

FAUST

Wohin soll es nun gehn?

MEPHISTOPHELES

               Wohin es dir gefällt.

Wir sehn die kleine, dann die große Welt.

Mit welcher Freude, welchem Nutzen

Wirst du den Cursum durchschmarutzen!

FAUST

Allein bei meinem langen Bart   2055

Fehlt mir die leichte Lebensart.

메피스토펠레스

그러고말고.

써서 준다.

학생 *읽는다.*

에리티스 시쿠트 데우스 시엔테스 보눔 에트 말룸.[96]

경외심에 차서 방명록을 접고 물러난다.

메피스토펠레스

옛 말씀과 내 아주머니인 뱀을 따르기만 하거라,

네가 신과 닮았다는 게 언젠가 분명 두려워질 게다!   2050

파우스트 등장한다.

파우스트

이제 어디로 가느냐?

메피스토펠레스

　　　　　당신 마음에 드는 곳으로.

작은 세계를 보고, 다음에 큰 세계를 보도록 하지요.

엄청난 즐거움을 누리며, 엄청난 득을 보며

당신은 그 과정을 공짜로 다 즐길 겁니다!

파우스트

하지만 내 수염이 흰 것만으로도   2055

가벼운 생활방식은 내게 맞지 않는다.

---

96 "너희가 신과 같이 되어 선과 악을 알게 되리라." 창세기 3장 5절의 라틴어.(불가타 판본) 낙원
　　에서 뱀이 이 말을 하며 인간을 유혹했다.

Es wird mir der Versuch nicht glücken;

Ich wußte nie mich in die Welt zu schicken.

Vor andern fühl' ich mich so klein;

Ich werde stets verlegen sein.   2060

MEPHISTOPHELES

Mein guter Freund, das wird sich alles geben;

Sobald du dir vertraust, sobald weißt du zu leben.

FAUST

Wie kommen wir denn aus dem Haus?

Wo hast du Pferde, Knecht und Wagen?

MEPHISTOPHELES

Wir breiten nur den Mantel aus,   2065

Der soll uns durch die Lüfte tragen.

Du nimmst bei diesem kühnen Schritt

Nur keinen großen Bündel mit.

Ein bißchen Feuerluft, die ich bereiten werde,

Hebt uns behend von dieser Erde.   2070

Und sind wir leicht, so geht es schnell hinauf;

Ich gratuliere dir zum neuen Lebenslauf.

그런 시도는 성공하지 못할 것이다.

나는 한번도 세상 안으로 들어가 본 적이 없다.

다른 사람들 앞에서는 나 자신이 참으로 작게 느껴진다.

나는 언제나 당황하게 될 것이다.　　　　　　　　　　　　2060

메피스토펠레스

이보세요, 모두 잘될 겁니다.

자신을 자신에게 맡기기만 하면, 사는 법을 금방 알게 되네요.

파우스트

집 밖으로는 어떻게 나가나?

말은 어디 있나, 하인은, 마차는?

메피스토펠레스

우리는 외투만 펼치면 돼요　　　　　　　　　　　　　　2065

외투가 공중을 가르며 우리를 실어 갈 겁니다.

이 대담한 행보를 내딛는데

큰 보따리만은 들고 가지 마세요.

내가 준비하게 될 약간의 뜨거운 공기

그게 우리를 즉시 땅에서 들어올려요.[97]　　　　　　　　2070

몸이 가벼워지면, 빨리 올라가지요.

당신의 새 인생 행로를 축하합니다.

97　몽골피에가 열기구를 띄운 사건(1783년)이 시사되는 구절이다. 외투는 메피스토펠레스의 탈
　　것이다.

Auerbachs Keller in Leipzig

Zeche lustiger Gesellen.

FROSCH

Will keiner trinken? keiner lachen?

Ich will euch lehren Gesichter machen!

Ihr seid ja heut wie nasses Stroh,   2075

Und brennt sonst immer lichterloh.

BRANDER

Das liegt an dir; du bringst ja nichts herbei,

Nicht eine Dummheit, keine Sauerei.

FROSCH *gießt ihm ein Glas Wein über den Kopf.*

Da hast du beides!

BRANDER

        Doppelt Schwein!

라이프치히의 아우어바흐 술집[98]

즐거운 젊은이들의 술판.

프로쉬

아무도 안 마셔? 안 웃어?

내가 얼굴 찌푸리는 법을 가르쳐주겠다!

너희들 오늘 젖은 지푸라기 꼴이구나,   2075

여느 때는 노상 활활 타더니만.

브란더

네놈 탓이야, 네가 가만히 있잖아,

멍청한 짓도 안 하고, 되잖은 짓도 안 하고.

프로쉬 *브란더의 머리에다 술 한 잔을 붓는다.*

이제 두 가지 다 했다!

브란더

　　　　이 더럽게 더러운 놈!

---

98 라이프치히에 1530년부터 지금까지도 있는 지하 술집. 벽에 일곱 사람(그중 다섯은 악기 연주)
　　과 함께 술을 마시는 파우스트 그림과 술통을 타고 날아가는 파우스트 그림이 있다. 이 장면은
　　괴테가 23세이던 1772년 1월에 쓰였다.

FROSCH

Ihr wollt es ja, man soll es sein!   2080

SIEBEL

Zur Tür hinaus, wer sich entzweit!

Mit offner Brust singt Runda, sauft und schreit!

Auf! Holla! Ho!

ALTMAYER

                   Weh mir, ich bin verloren!

Baumwolle her! der Kerl sprengt mir die Ohren.

SIEBEL

Wenn das Gewölbe widerschallt,   2085

Fühlt man erst recht des Basses Grundgewalt.

FROSCH

So recht, hinaus mit dem, der etwas übel nimmt!

A! tara lara da!

ALTMAYER

A! tara lara da!

FROSCH

              Die Kehlen sind gestimmt.

                     Singt.

       Das liebe heil'ge Röm'sche Reich,   2090

       Wie hält's nur noch zusammen?

프로쉬

네가 바란 거잖아, 그럼 해야지!   2080

지벨

다투는 녀석들은 밖으로 나가!

가슴 열고 노래노래[99]를 부르자, 퍼마시자, 소리치자!

야호! 홀라! 호!

알트마이어

아아, 정신 다 나가겠다!

솜 가져와라! 저 녀석이 귀청을 찢어놓는구나.

지벨

천장에서 메아리 울리면   2085

베이스의 저력이 제대로 느껴지지.

프로쉬

맞아, 수틀린 녀석은 나가!

아! 타라 랄라 다!

알트마이어

아! 타라 랄라 다!

프로쉬

목구멍들이 이제 조율이 됐군.

노래한다.

사랑하는 신성로마제국아,   2090

너 어째 아직 멀쩡하냐?[100]

---

99   Runda: 윤창가(輪唱歌).

100   신성로마제국(Heiliges römisches Reich, 962~1806): 때로는 유명무실하게 천여 년을 이어온
      신성로마제국은 나폴레옹의 침공으로 와해되었다. 괴테 당대의 큰 현안이었다.

BRANDER

Ein garstig Lied! Pfui! ein politisch Lied!

Ein leidig Lied! Dankt Gott mit jedem Morgen,

Daß ihr nicht braucht fürs Röm'sche Reich zu sorgen!

Ich halt' es wenigstens für reichlichen Gewinn,   2095

Daß ich nicht Kaiser oder Kanzler bin.

Doch muß auch uns ein Oberhaupt nicht fehlen;

Wir wollen einen Papst erwählen.

Ihr wißt, welch eine Qualität

Den Ausschlag gibt, den Mann erhöht.   2100

FROSCH *singt.*

   Schwing dich auf, Frau Nachtigall,

   Grüß' mir mein Liebchen zehentausendmal.

SIEBEL

Dem Liebchen keinen Gruß! ich will davon nichts hören!

FROSCH

Dem Liebchen Gruß und Kuß! du wirst mir's nicht verwehren.

                              Singt.

   Riegel auf! in stiller Nacht.   2105

   Riegel auf! der Liebste wacht.

   Riegel zu! des Morgens früh.

SIEBEL

Ja, singe, singe nur und lob' und rühme sie!

Ich will zu meiner Zeit schon lachen.

Sie hat mich angeführt, dir wird sie's auch so machen.   2110

브란더

역겨운 노래다! 풰! 정치적인 노래!

불쾌한 노래다! 매일 아침 하느님께 감사하거라,

네가 신성로마제국을 안 돌봐도 되는 것을!

난 적어도 횡재로 여긴단 말씀이야,   2095

내가 황제나 재상 아닌 것을.

하지만 우리도 우두머리가 있어야겠으니

우리 교황을 하나 뽑자.

너네 알지, 어떤 자질이

결정적인지, 그 사람을 높이는지.   2100

프로쉬 *노래한다.*

  날아올라라, 꾀꼬리 여사

  내 사랑에게 수만 번 인사 전해다오.

지벨

그 사랑한테 인사 전하지 마! 그런 건 안 듣겠어!

프로쉬

내 사랑에게 인사와 키스를 전해다오! 네가 날 막진 못해!

노래한다.

  빗장 열거라! 고요한 밤에.   2105

  빗장 열거라! 애인 잠 못 이룬다.

  빗장 닫거라! 이른 아침에.

지벨

그래, 노래해라, 그저 노래하고, 그녀를 찬양해, 칭송해!

내가 언젠가는 비웃어 주겠어.

그 여자 날 가지고 놀았는데 너한테도 그럴 테니.   2110

Zum Liebsten sei ein Kobold ihr beschert!

Der mag mit ihr auf einem Kreuzweg schäkern;

Ein alter Bock, wenn er vom Blocksberg kehrt,

Mag im Galopp noch gute Nacht ihr meckern!

Ein braver Kerl von echtem Fleisch und Blut 2115

Ist für die Dirne viel zu gut.

Ich will von keinem Gruße wissen,

Als ihr die Fenster eingeschmissen!

BRANDER *auf den Tisch schlagend.*

Paßt auf! paßt auf! Gehorchet mir!

Ihr Herrn, gesteht, ich weiß zu leben; 2120

Verliebte Leute sitzen hier,

Und diesen muß, nach Standsgebühr,

Zur guten Nacht ich was zum besten geben.

Gebt acht! Ein Lied vom neusten Schnitt!

Und singt den Rundreim kräftig mit! 2125

Er singt.

Es war eine Ratt' im Kellernest,

Lebte nur von Fett und Butter,

Hatte sich ein Ränzlein angemäst't,

Als wie der Doktor Luther.

애인으로 코볼트 같은 놈이나 선물로 주시지!

그놈은 갈림길에서도 그 여자와 희롱할걸.

늙은 숫염소[101]가, 브로켄 산에서 돌아오면

달리면서 그 여자에게 매애매애 하며 잘 자라고 할걸!

제대로 사지육신 멀쩡한 녀석은   2115

그런 년한텐 과분하지.

인사 따윈 알고 싶지 않아,

차라리 그 집 창문에 돌을 던져 부숴버리지!

브란더 *식탁을 치며.*

주목! 주목! 내 말 잘 들어!

신사 여러분, 아시지들, 난 세상 사는 법 좀 아는 놈.   2120

사랑에 빠진 분들이 여기 앉아 계시니

이들에게, 신분에 맞게,

좋은 밤 보낼 거리를 드려야겠네.

잘 들으시라! 최신곡이니!

그리고 후렴은 힘차게 함께 부르세!   2125

브란더 노래한다.

옛날에 지하실 쥐구멍에 생쥐 한 마리 있었네[102]

기름진 음식과 버터만 먹고 살아

배불뚝이가 되었다네,

루터 박사님마냥.

---

101 Bock: 성욕이 강한 짐승.

102 Es war…: 옛날이야기의 전형적인 첫머리로 시작된다. 2211~38행에서 옛날이야기 형식을 빌
     린 또 하나의 풍자시가 나오고, 2759~82행에서 그레트헨이 등장하면 매우 대조적인 청순한
     옛날이야기 시가 나온다.

Die Köchin hatt' ihr Gift gestellt; 2130

Da ward's so eng ihr in der Welt,

Als hätte sie Lieb' im Leibe.

CHORUS *jauchzend.*

Als hätte sie Lieb' im Leibe.

BRANDER

Sie fuhr herum, sie fuhr heraus,

Und soff aus allen Pfützen, 2135

Zernagt', zerkratzt' das ganze Haus,

Wollte nichts ihr Wüten nützen;

Sie tät gar manchen Ängstesprung,

Bald hatte das arme Tier genung,

Als hätt' es Lieb' im Leibe. 2140

CHORUS

Als hätt' es Lieb' im Leibe.

BRANDER

Sie kam für Angst am hellen Tag

Der Küche zugelaufen,

Fiel an den Herd und zuckt' und lag,

Und tät erbärmlich schnaufen. 2145

Da lachte die Vergifterin noch:

Ha! sie pfeift auf dem letzten Loch,

Als hätte sie Lieb' im Leibe.

CHORUS

Als hätte sie Lieb' im Leibe.

요리사가 쥐약을 놓았네.   2130

생쥐는 세상이 갑갑해졌네,

몸 안에 사랑 든 듯.

합창 *환호하며.*

몸 안에 사랑 든 듯.

브란더

생쥐는 빙빙 달리고, 내달리고

시궁창 물을 죄 퍼마시고   2135

온 집 안을 물어뜯고, 갉아 뜯었는데

그 난리 아무 소용 없었네.

겁먹어 펄쩍펄쩍 심히 뛰다가

오래지 않아 그 가엾은 놈 늘어졌네,

몸 안에 사랑 든 듯.   2140

합창

몸 안에 사랑 든 듯.

브란더

생쥐는 겁에 질려 벌건 대낮에

부엌으로 달려가

화덕에 부딪쳐 나가떨어져 움칫하곤 뻗어

가련하게 숨 헐떡이고 있었네.   2145

거기 쥐약 놓은 여자 아직 웃고 있네.

하! 이놈, 찍찍 숨넘어가는 소리 나네,

몸 안에 사랑 든 듯.

합창

몸 안에 사랑 든 듯.

SIEBEL

Wie sich die platten Bursche freuen!   2150

Es ist mir eine rechte Kunst,

Den armen Ratten Gift zu streuen!

BRANDER

Sie stehn wohl sehr in deiner Gunst?

ALTMAYER

Der Schmerbauch mit der kahlen Platte!

Das Unglück macht ihn zahm und mild;   2155

Er sieht in der geschwollnen Ratte

Sein ganz natürlich Ebenbild.

Faust und Mephistopheles treten auf.

MEPHISTOPHELES

Ich muß dich nun vor allen Dingen

In lustige Gesellschaft bringen,

Damit du siehst, wie leicht sich's leben läßt.   2160

Dem Volke hier wird jeder Tag ein Fest.

Mit wenig Witz und viel Behagen

Dreht jeder sich im engen Zirkeltanz,

Wie junge Katzen mit dem Schwanz.

Wenn sie nicht über Kopfweh klagen,   2165

So lang' der Wirt nur weiter borgt,

Sind sie vergnügt und unbesorgt.

지벨

이 몰취미한 녀석들 되게 좋아하네!   2150

이런 게 딱 제대로 된 예술이지

가엾은 생쥐들에게 쥐약이나 뿌리는 거!

브란더

생쥐들을 꽤나 총애하나 보지?

알트마이어

저 대머리 배불뚝이!

불행이 녀석을 온순하게 만드는군.   2155

저 녀석 부풀어 오른 생쥐에게서

완전 자기 빼닮은 모습을 보는 거야.

파우스트와 메피스토펠레스 등장한다.

메피스토펠레스

이제 선생을 무엇보다도

즐거운 사교장으로 모셔야겠습니다,

사는 게 얼마나 쉬운지 보도록 말이에요.   2160

여기 이 백성들에게는 매일매일이 잔치지요.

별 생각 없이, 많이 즐거워하며

누구든 뱅뱅 돌며 춤추지요,

고양이 새끼가 제 꼬리를 가지고 그러듯.

두통이 나서 투덜거리지만 않으면,   2165

술집 주인이 계속 외상을 주기만 하면,

이들은 흡족하고 근심 없습니다요.

BRANDER

Die kommen eben von der Reise,

Man sieht's an ihrer wunderlichen Weise;

Sie sind nicht eine Stunde hier. 2170

FROSCH

Wahrhaftig, du hast recht! Mein Leipzig lob' ich mir!

Es ist ein klein Paris, und bildet seine Leute.

SIEBEL

Für was siehst du die Fremden an?

FROSCH

Laßt mich nur gehn! Bei einem vollen Glase

Zieh' ich, wie einen Kinderzahn, 2175

Den Burschen leicht die Würmer aus der Nase.

Sie scheinen mir aus einem edlen Haus,

Sie sehen stolz und unzufrieden aus.

BRANDER

Marktschreier sind's gewiß, ich wette!

ALTMAYER

Vielleicht.

FROSCH

Gib acht, ich schraube sie! 2180

MEPHISTOPHELES *zu Faust.*

Den Teufel spürt das Völkchen nie,

Und wenn er sie beim Kragen hätte.

브란더

이 녀석들 여행 다니다가 이제 막 왔군,

이상스러운 태도에서 알아보겠는데

여기 온 지 한 시간도 안 되었어. 2170

프로쉬

정말이야, 네 말이 맞아! 난 우리 라이프치히가 좋아!

작은 파리거든, 사람을 교양 있게 만드는 곳이지.

지벨

이 낯선 자들 뭔 것 같아?

프로쉬

내게 맡겨! 술 한 잔 그득 먹이고

애들 이빨 뽑듯, 2175

녀석들의 정체를 금방 알아내겠어.

좋은 집안 출신인 것 같군,

건방지고 불만 있어 보이는 게.

브란더

협잡꾼들일 거야 분명, 확실해!

알트마이어

아마도.

프로쉬

　　　잘 봐, 내가 주리를 틀 테니! 2180

메피스토펠레스 *파우스트에게.*

이 어린 백성들은 악마라는 감은 전혀 못 잡아요,

악마에게 덜미를 잡힌다 해도요.

FAUST

Seid uns gegrüßt, ihr Herrn!

SIEBEL

Viel Dank zum Gegengruß.

Leise, Mephistopheles von der Seite ansehend.

Was hinkt der Kerl auf einem Fuß?

MEPHISTOPHELES

Ist es erlaubt, uns auch zu euch zu setzen? 2185

Statt eines guten Trunks, den man nicht haben kann,

Soll die Gesellschaft uns ergetzen.

ALTMAYER

Ihr scheint ein sehr verwöhnter Mann.

FROSCH

Ihr seid wohl spät von Rippach aufgebrochen?

Habt ihr mit Herren Hans noch erst zu Nacht gespeis't? 2190

MEPHISTOPHELES

Heut sind wir ihn vorbei gereist!

Wir haben ihn das letzte mal gesprochen.

Von seinen Vettern wußt' er viel zu sagen,

Viel Grüße hat er uns an jeden aufgetragen.

파우스트

인사 드립니다, 신사분들!

지벨

인사에 답례로 감사하는 바이오.

메피스토펠레스를 옆에서 뜯어보며 낮은 소리로.

저 녀석 왜 한쪽 발을 절까?

메피스토펠레스

실례지만 합석을 좀 해도 되겠습니까?   2185

좋은 술 대신, 그런 건 여기 없으니,

동무라도 되면 즐거울 것 같습니다.

알트마이어

호강 많이 하고 자라신 분들 같은데.

프로쉬

아마 리파흐[103]에서 늦게 출발하셨겠지?

그래도 한스[104] 씨하고 저녁식사는 하고 오셨겠지?   2190

메피스토펠레스

오늘은 그냥 지나왔습니다요!

지난번에는 그분하고 얘길 나누었는데

사촌들에 대해 할 말이 많으시더군요,

한 분 한 분께 인사 잘 전해달라 하셨죠.

---

103 라이프치히에서 가까운 작은 마을. 여기서 '시골'이 강조되어 '너희들 촌뜨기지' 하는 조롱을
     은근히 담고 있다.
104 Hans는 독일에서 흔한 이름인데, 순진함, 바보스러움 같은 것을 연상시키는 이름이다. 리파흐
     의 한스란 즉, 시골뜨기 바보라는 뜻. '너희들 촌뜨기지'하는 은연중의 매도를 메피스토펠레스
     역시 다음에서 은근히 되받아친다.

Er neigt sich gegen Frosch.

ALTMAYER *leise.*

Da hast du's! der versteht's!

SIEBEL

                    Ein pfiffiger Patron!   2195

FROSCH

Nun, warte nur, ich krieg' ihn schon!

MEPHISTOPHELES

Wenn ich nicht irrte, hörten wir

Geübte Stimmen Chorus singen?

Gewiß, Gesang muß trefflich hier

Von dieser Wölbung widerklingen!   2200

FROSCH

Seid Ihr wohl gar ein Virtuos?

MEPHISTOPHELES

O nein! die Kraft ist schwach, allein die Lust ist groß.

ALTMAYER

Gebt uns ein Lied!

MEPHISTOPHELES

              Wenn ihr begehrt, die Menge.

SIEBEL

Nur auch ein nagelneues Stück!

MEPHISTOPHELES

Wir kommen erst aus Spanien zurück,   2205

Dem schönen Land des Weins und der Gesänge.

메피스토펠레스가 프로쉬에게 고개 숙여 인사한다.

알트마이어 낮은 소리로.

네가 당했다! 저자 뭘 좀 아는데!

지벨

간교한 녀석일세!   2195

프로쉬

기다려봐, 내가 손 좀 볼 테니!

메피스토펠레스

제가 잘못 들은 게 아니라면

숙련된 목소리의 합창 소리가 들리던데요?

분명, 여기서는 노래가 탁월하게

이 높은 둥근 천장에 메아리 울릴 겁니다!   2200

프로쉬

음악의 명수이신가 보군?

메피스토펠레스

오, 아니요! 실력은 미약하나, 흥이 클 따름입니다.

알트마이어

그럼 노래 한 곡 불러주쇼!

메피스토펠레스

원하신다면, 얼마든지.

지벨

따근따끈한 최신곡이어야 하오!

메피스토펠레스

저흰 막 스페인에서 돌아오는 참입니다,   2205

술과 노래로 유명한 아름다운 나라요.

Singt.

Es war einmal ein König,

Der hatt' einen großen Floh —

FROSCH

Horcht! Einen Floh! Habt ihr das wohl gefaßt?

Ein Floh ist mir ein saub'rer Gast.   2210

MEPHISTOPHELES *singt.*

Es war einmal ein König,

Der hatt' einen großen Floh,

Den liebt' er gar nicht wenig,

Als wie seinen eignen Sohn.

Da rief er seinen Schneider,   2215

Der Schneider kam heran:

Da, miß dem Junker Kleider,

Und miß ihm Hosen an!

BRANDER

Vergeßt nur nicht, dem Schneider einzuschärfen,

Daß er mir auf's genauste mißt,   2220

Und daß, so lieb sein Kopf ihm ist,

Die Hosen keine Falten werfen!

MEPHISTOPHELES

In Sammet und in Seide

War er nun angetan,

Hatte Bänder auf dem Kleide,   2225

Hatt' auch ein Kreuz daran,

노래한다.

　　옛날에 한 임금님 있었는데

　　커다란 벼룩 한 마리 길렀다네 —

프로쉬

잘 들어! 벼룩이래! 너네 잘 알아들었어?

벼룩이라면 내겐 깨끗한 손님이지.　　　　　　　　　　　　2210

메피스토펠레스 *노래한다.*

　　옛날에 한 임금님 있었는데

　　커다란 벼룩 한 마리 길렀다네 —

　　그 벼룩을 적잖이 사랑하셨으니

　　친아드님 못잖게 사랑하셨네.

　　해서 임금님 재단사를 불러　　　　　　　　　　　　　　2215

　　재단사 달려왔네.

　　여기, 귀공자님의 옷 치수를 재거라

　　그분 바지 치수도 꼭 맞게 재거라!

브란더

잊지 말고 재단사에게 엄히 이르게,

아주 정확하게 재어야 한다고,　　　　　　　　　　　　　2220

그리고 머리통이 아깝거들랑

바지에 주름 하나 잡히면 안 된다고!

메피스토펠레스

　　벨벳 옷, 실크 옷

　　벼룩은 이제 꼭 맞게 입었네,

　　옷에는 훈장띠들 두르고　　　　　　　　　　　　　　2225

　　십자훈장도 달고

Und war sogleich Minister,

Und hatt einen großen Stern.

Da wurden seine Geschwister

Bei Hof' auch große Herrn.   2230

Und Herrn und Fraun am Hofe,

Die waren sehr geplagt,

Die Königin und die Zofe

Gestochen und genagt,

Und durften sie nicht knicken,   2235

Und weg sie jucken nicht.

Wir knicken und ersticken

Doch gleich, wenn einer sticht.

CHORUS *jauchzend.*

Wir knicken und ersticken

Doch gleich, wenn einer sticht.   2240

FROSCH

Bravo! Bravo! Das war schön!

SIEBEL

So soll es jedem Floh ergehn!

BRANDER

Spitzt die Finger und packt sie fein!

금방 장관도 되고

큼직한 별 훈장도 달았네.

그래서 그 형제자매들도

궁정에서 고관대작 되셨네.   2230

하여 궁중의 신사 숙녀분들

심히 시달렸네,

왕비님이며 시녀들

물리고 뜯겼는데

그래도 눌러 죽일 수도 없었고   2235

긁어 떨칠 수도 없었네.

우리야 톡톡 눌러 죽여버리지,

한 놈이 물기만 하면 제꺽제꺽.[105]

합창 *환호하며.*

우리야 톡톡 눌러 죽여버리지

한 놈이 물기만 하면 제꺽제꺽.   2240

프로쉬

브라보! 브라보! 멋졌어!

지벨

벼룩이라면 족족 그렇게 해줘야지!

브란더

손톱에 날 세워라, 그놈들 잘 잡아라!

105　궁정의 간신배를 풍자한 이 노래는 이후 두루 작곡되었다. 베토벤과 무소르그스키의 곡이 가
　　장 유명하다.

ALTMAYER

Es lebe die Freiheit! Es lebe der Wein!

MEPHISTOPHELES

Ich tränke gern ein Glas, die Freiheit hoch zu ehren,   2245

Wenn eure Weine nur ein bißchen besser wären.

SIEBEL

Wir mögen das nicht wieder hören!

MEPHISTOPHELES

Ich fürchte nur, der Wirt beschweret sich;

Sonst gäb' ich diesen werten Gästen

Aus unserm Keller was zum Besten.   2250

SIEBEL

Nur immer her! ich nehm's auf mich.

FROSCH

Schafft Ihr ein gutes Glas, so wollen wir Euch loben.

Nur gebt nicht gar zu kleine Proben;

Denn wenn ich judizieren soll,

Verlang' ich auch das Maul recht voll.   2255

ALTMAYER *leise.*

Sie sind vom Rheine, wie ich spüre.

MEPHISTOPHELES

Schafft einen Bohrer an!

알트마이어

자유 만세! 술 만세!

메피스토펠레스

저 기꺼이, 자유를 높이 찬미하며 술 한잔 들고 싶습니다만   2245

여러분네 술이 조금만 더 좋은 술이라면 말입니다.

지벨

별로 다시 듣고 싶지 않은 소린데!

메피스토펠레스

술집 주인이 뭐라 그럴까 봐 두려울 뿐,

안 그러면 이 귀하신 손님들께

우리 집 지하실에서 내온 걸로 대접하련만.   2250

지벨

내놓기만 해! 책임은 내가 질 테니.

프로쉬

한 잔 잘 마련해 봐, 그럼 너희를 인정해 줄 테니.

다만 너무 조금 맛보기로만 주면 안 돼.

판단을 내려주자면

아가리는 제대로 채워야잖아.   2255

알트마이어 *낮은 소리로.*

이놈들 라인 지방[106]에서 온 것 같군, 감 잡아보건대.

메피스토펠레스

송곳 하나 갖다주세요!

---

106 독일의 주요 포도주 산지.

BRANDER

        Was soll mit dem geschehn?

Ihr habt doch nicht die Fässer vor der Türe?

ALTMAYER

Dahinten hat der Wirt ein Körbchen Werkzeug stehn.

MEPHISTOPHELES *nimmt den Bohrer. Zu Frosch.*

Nun sagt, was wünschet Ihr zu schmecken?   2260

FROSCH

Wie meint Ihr das? Habt Ihr so mancherlei?

MEPHISTOPHELES

Ich stell' es einem jeden frei.

ALTMAYER *zu Frosch.*

Aha! du fängst schon an, die Lippen abzulecken.

FROSCH

Gut! wenn ich wählen soll, so will ich Rheinwein haben.

Das Vaterland verleiht die allerbesten Gaben.   2265

MEPHISTOPHELES *indem er an dem Platz, wo Frosch sitzt,*

ein Loch in den Tischrand bohrt.

Verschafft ein wenig Wachs, die Pfropfen gleich zu machen!

ALTMAYER

Ach das sind Taschenspielersachen.

MEPHISTOPHELES *zu Brander.*

Und ihr?

BRANDER

        Ich will Champagner Wein,

브란더

그건 뭣 하려고?

술통들을 문 밖에 두기라도 한 건가?

알트마이어

저 뒤에 주인의 연장 바구니 있지.

메피스토펠레스 *송곳을 잡는다. 프로쉬에게.*

말씀만 하세요, 뭘 마시고 싶은가요? 2260

프로쉬

무슨 소리야? 그렇게나 여러 종류를 갖고 있단 말이야?

메피스토펠레스

누구에게나 원하시는 걸 드립니다.

알트마이어 *프로쉬에게.*

아하! 녀석 벌써 입맛을 다시기 시작하는군.

프로쉬

좋아! 선택하라면, 라인 와인으로 하겠어.

제일 좋은 선물은 조국이 주지. 2265

메피스토펠레스 *프로쉬가 앉은 자리에*

구멍 하나를 테이블 테두리에 뚫는다.

밀랍 조금 줘요, 얼른 마개를 만들어야 하니!

알트마이어

아, 이건 요술짓거리이다.

메피스토펠레스 *브란더에게.*

그리고 당신은요?

브란더

난 샴페인으로,

Und recht moussierend soll er sein!

Mephistopheles bohrt; einer hat indessen die Wachspfropfen gemacht und verstopft.

BRANDER

Man kann nicht stets das Fremde meiden,   2270

Das Gute liegt uns oft so fern.

Ein echter deutscher Mann mag keinen Franzen leiden,

Doch ihre Weine trinkt er gern.

SIEBEL *indem sich Mephistopheles seinem Platze nähert.*

Ich muß gestehn, den sauren mag ich nicht,

Gebt mir ein Glas vom echten süßen!   2275

MEPHISTOPHELES *bohrt.*

Euch soll sogleich Tokayer fließen.

ALTMAYER

Nein, Herren, seht mir ins Gesicht!

Ich seh' es ein, ihr habt uns nur zum Besten.

MEPHISTOPHELES

Ei! Ei! Mit solchen edlen Gästen

Wär' es ein bißchen viel gewagt.   2280

Geschwind! Nur grad' heraus gesagt!

Mit welchem Weine kann ich dienen?

ALTMAYER

Mit jedem! Nur nicht lang gefragt.

Nachdem die Löcher alle gebohrt und verstopft sind,

하지만 거품이 제대로 나야 해.

메피스토펠레스 뚫는다. 한 사람이 그사이에 밀랍 마개를 만들어 막는다.

브란더

외국 것을 피하기만 할 수야 없지,   2270

좋은 건 자주 멀리 있단 말씀이야.

진짜 독일 남자는 프랑스 사람은 좋아하지 않지만

그네들 포도주야 좋아라 마시지.

지벨 *메피스토펠레스가 그의 자리로 다가가는 사이.*

솔직히, 난 신 건 좋아하지 않는다네,

나한테는 진짜 달콤한 걸로 한 잔 주쇼!   2275

메피스토펠레스 *뚫는다.*

선생께는 지금 토카이 와인[107]이 흐르게 해드리겠습니다.

알트마이어

아니, 이보쇼, 내 얼굴 똑바로 보쇼!

이제 알겠는데, 너희들 우리를 그저 놀리는 거지.

메피스토펠레스

이런! 이런! 이 귀한 손님들한테

그런다면 너무 대담한 짓일 테지요.   2280

얼른! 거리낌 없이 말만 하시오!

무슨 포도주로 대접하리까?

알트마이어

뭐든! 다만 오래 묻지만 말고.

송곳으로 구멍을 모두 뚫고 마개로 막은 뒤,

---

107 Tokayer: 헝가리 토카이 산(産) 달콤한 고급 백포도주.

MEPHISTOPHELES *mit seltsamen Gebärden.*

> Trauben trägt der Weinstock!
>
> Hörner der Ziegenbock; 2285
>
> Der Wein ist saftig, Holz die Reben,
>
> Der hölzerne Tisch kann Wein auch geben.
>
> Ein tiefer Blick in die Natur!
>
> Hier ist ein Wunder, glaubet nur!

Nun zieht die Pfropfen und genießt! 2290

ALLE *indem sie die Pfropfen ziehen und jedem der verlangte Wein ins Glas läuft.*

O schöner Brunnen, der uns fließt!

MEPHISTOPHELES

Nur hütet euch, daß ihr mir nichts vergießt!

> *Sie trinken wiederholt.*

ALLE *singen.*

> Uns ist ganz kannibalisch wohl,
>
> Als wie fünfhundert Säuen!

MEPHISTOPHELES

Das Volk ist frei, seht an, wie wohl's ihm geht! 2295

FAUST

Ich hätte Lust, nun abzufahren.

MEPHISTOPHELES

Gib nur erst acht, die Bestialität

Wird sich gar herrlich offenbaren.

SIEBEL *trinkt unvorsichtig, der Wein fließt auf die Erde und wird zur Flamme.*

Helft! Feuer! Helft! Die Hölle brennt!

메피스토펠레스 *이상스러운 몸짓으로.*

　　　　포도는 포도넝쿨에 달리고!

　　　　뿔은 숫염소에게 달렸고.　　　　　　　　　　　　　2285

　　　　포도주는 즙, 포도넝쿨은 목재,

　　　　목재 식탁도 포도주를 줄 수 있지.

　　　　자연을 들여다보는 깊은 눈길!

　　　　여기 기적이 있다, 믿기만 해라!

이제 마개를 뽑고 즐기시오들!　　　　　　　　　　　　　2290

모두 *마개를 뽑자 원했던 포도주가 각자의 잔으로 흘러든다.*

오 아름다운 샘이여, 우리에게 흐르네!

메피스토펠레스

모쪼록 쏟지 않도록 조심하시오!

　　　　　　　　　　　다들 마시고 또 마신다.

모두 *노래한다.*

　　　　완전 겁나게 즐겁구나.

　　　　오백 마리 암퇘지들 같구나!

메피스토펠레스

백성들은 자유롭지, 보세요, 얼마나들 잘 지내는지!　　　　2295

파우스트

나는 그만 떠나고 싶네.

메피스토펠레스

주의해서 좀 보세요, 야수성이

어떻게 멋들어지게 드러나는지.

지벨 *조심성 없게 마신다, 술이 땅으로 흘러 불꽃이 된다.*

사람 살려! 불이닷! 사람 살려! 지옥이 불탄다!

MEPHISTOPHELES *die Flamme besprechend.*

Sei ruhig, freundlich Element! 2300

Zu dem Gesellen.

Für diesmal war es nur ein Tropfen Fegefeuer.

SIEBEL

Was soll das sein? Wart! Ihr bezahlt es teuer!

Es scheinet, daß ihr uns nicht kennt.

FROSCH

Laß er uns das zum zweiten Male bleiben!

ALTMAYER

Ich dächt', wir hießen ihn ganz sachte seitwärts gehn. 2305

SIEBEL

Was, Herr? Er will sich unterstehn,

Und hier Sein Hokuspokus treiben?

MEPHISTOPHELES

Still, altes Weinfaß!

SIEBEL

Besenstiel!

Du willst uns gar noch grob begegnen?

BRANDER

Wart' nur, es sollen Schläge regnen! 2310

ALTMAYER *zieht einen Pfropf aus dem Tisch, es springt ihm Feuer entgegen.*

Ich brenne! ich brenne!

SIEBEL

Zauberei!

메피스토펠레스 *불꽃에게 말을 걸며.*

진정하고, 상냥해지거라 원소야!   2300

젊은이에게.

이번에는 연옥불 한 방울일 뿐이었소.

지벨

이게 뭐지? 기다려! 너희 대가를 톡톡히 치를 거야!

너희들 우리를 잘 모르는 모양인데.

프로쉬

또 한 번 우리에게 그딴 짓을 하기만 해봐!

알트마이어

저놈을 그냥 조용히 가게 하는 게 좋겠어.   2305

지벨

뭐야, 당신? 저자가 어디 감히

여기서 요술을 부리려 드는 거야?

메피스토펠레스

조용히 해, 낡아빠진 술통아!

지벨

빗자루 같은 놈!

너 정말 우리한테 막되먹게 굴 테냐?

브란더

기다려, 몰매를 내려줄 테니!   2310

알트마이어 *테이블에서 마개를 뺀다, 불길이 그에게로 치솟는다.*

내가 탄다! 내가 탄다!

지벨

요술이닷!

Stoßt zu! der Kerl ist vogelfrei!

Sie ziehen die Messer und gehn auf Mephistopheles los.

MEPHISTOPHELES *mit ernsthafter Gebärde.*

Falsch Gebild und Wort

Verändern Sinn und Ort!

Seid hier und dort! 2315

Sie stehn erstaunt und sehn einander an.

ALTMAYER

Wo bin ich? Welches schöne Land!

FROSCH

Weinberge! Seh' ich recht?

SIEBEL

Und Trauben gleich zur Hand!

BRANDER

Hier unter diesem grünen Laube,

Seht, welch ein Stock! Seht, welche Traube!

Er faßt Siebeln bei der Nase. Die andern tun es wechselseitig und heben die Messer.

MEPHISTOPHELES *wie oben.*

Irrtum, laß los der Augen Band! 2320

Und merkt euch, wie der Teufel spaße.

Er verschwindet mit Faust, die Gesellen fahren auseinander.

찔러랏! 막 찔러도 괜찮은[108] 자다!

> 그들은 칼을 빼서 메피스토펠레스에게 달려든다.

메피스토펠레스 엄숙한 태도로.

거짓 형상과 말이

감각과 장소를 바꾼다!

너희 여기에도 있고 저기에도 있거라!   2315

> 그들은 놀라 멈추어서 서로를 바라본다.

알트마이어

여기가 어디지? 이 무슨 아름다운 땅인가!

프로쉬

포도밭이다! 내 눈이 제대로 본 건가?

지벨

> 포도가 금방 손에 닿네!

브란더

여기 이 초록 이파리 아래

보아라, 이 무슨 포도나무인가! 보아라, 이 무슨 포도송이인가!

> 브란더가 지벨의 코를 잡는다. 다른 사람도 서로서로 그렇게 하고 칼을 든다.

메피스토펠레스 앞서와 같은 태도로.

착각이여, 눈의 굴레를 풀어주라!   2320

단단히 알아두거라, 악마가 어떻게 노는지.

> 메피스토펠레스, 파우스트와 함께 사라지고, 젊은이들은 서로 떨어진다.

---

108 원어 vogelfrei는 법률의 보호 밖에 있는 사람들에 대한 형용사로, 여기서는 메피스토펠레스가
'마술사'이므로 법의 보호를 받지 않는다.

SIEBEL

Was gibt's?

ALTMAYER

     Wie?

FROSCH

      War das deine Nase?

BRANDER *zu Siebel.*

Und deine hab' ich in der Hand!

ALTMAYER

Es war ein Schlag, der ging durch alle Glieder!

Schafft einen Stuhl, ich sinke nieder!   2325

FROSCH

Nein, sagt mir nur, was ist geschehn?

SIEBEL

Wo ist der Kerl? Wenn ich ihn spüre,

Er soll mir nicht lebendig gehn!

ALTMAYER

Ich hab' ihn selbst hinaus zur Kellertüre —

Auf einem Fasse reiten sehn — —   2330

Es liegt mir bleischwer in den Füßen.

         Sich nach dem Tische wendend.

Mein! Sollte wohl der Wein noch fließen?

SIEBEL

Betrug war alles, Lug und Schein.

지벨

뭐였지?

알트마이어

어떻게 된 거야?

프로쉬

이게 네 코였어?

브란더 *지벨에게.*

네 코는 내가 손에 쥐고!

알트마이어

한 방 맞았네, 온몸을 강타했지!

의자 가져와, 나 쓰러지겠다! 　　　　　　　　　　　　　　　　　　2325

프로쉬

아니, 말해봐, 무슨 일이 벌어진 거지?

지벨

그 작자 어디 갔어? 잡기만 하면

살려두지 않겠다!

알트마이어

그자가 술집 문으로 나가서 —

술통을 타고 날아가는 걸 내가 직접 보았어 — — 　　　　　　　2330

내 발이 천근 납덩이 단 듯 무겁네.

　　　　　　　　　　테이블 쪽으로 몸을 돌리며.

아! 혹시 아직 술이 흘러나올까?

지벨

모든 게 사기였어, 거짓말이고 헛것이었어.

FROSCH

Mir deuchte doch, als tränk' ich Wein.

BRANDER

Aber wie war es mit den Trauben?   2335

ALTMAYER

Nun sag' mir eins, man soll kein Wunder glauben!

프로쉬

난 내가 술을 마신다고 생각했는데.

브란더

하지만 포도송이는 어떻게 된 거지?   2335

알트마이어

누가 말했단 봐라, 기적을 믿어선 안 된다고!

Hexenküche

Auf einem niedrigen Herde steht ein großer Kessel über dem Feuer.

In dem Dampfe, der davon in die Höhe steigt, zeigen sich verschiedene Gestalten.

Eine Meerkatze sitzt bei dem Kessel und schäumt ihn,

und sorgt, daß er nicht überläuft. Der Meerkater mit den

Jungen sitzt darneben und wärmt sich. Wände und Decke sind

mit dem seltsamsten Hexenhausrat ausgeschmückt.

Faust. Mephistopheles.

FAUST

Mir widersteht das tolle Zauberwesen,

Versprichst du mir, ich soll genesen,

In diesem Wust von Raserei?

Verlang' ich Rat von einem alten Weibe?   2340

Und schafft die Sudelköcherei

Wohl dreißig Jahre mir vom Leibe?

Weh mir, wenn du nichts Bessers weißt!

Schon ist die Hoffnung mir verschwunden.

Hat die Natur und hat ein edler Geist   2345

마녀의 주방[109]

> 낮은 화덕 위에 큰 솥이 걸려 있고 불이 지펴져 있다.
> 솥에서는 김이 높이 솟고, 김 속에서 다양한 형상들이 보인다.
> 암컷 원숭이 한 마리가 솥 곁에 앉아 거품을 떠내며,
> 솥이 끓어 넘치지 않도록 살피고 있다. 수컷은 새끼들을 데리고
> 그 곁에 앉아 불을 쬐고 있다. 온 벽들과 천장에 몹시 기이한
> 마녀의 집기들이 빼곡히 걸려 있다.
>
> 파우스트. 메피스토펠레스.

파우스트
이런 미친 마술은 거슬린다
나를 치유하겠다고 너는 약속한단 말이냐,
이런 미친 짓거리의 오물 속에서?
내가 할멈에게서 방도를 구한다고?   2340
이런 날림 잡탕이
내 몸에서 삼십 년을 빼준다고?
아아, 좀 더 나은 건 네가 모르는구나!
벌써 희망이 내게서 사라졌다.
자연이며 고귀한 영이   2345

---

109 에커만의 기록(1829년 4월 10일)에 따르면 로마의 빌라 보르게제의 정원에서 쓰였다. 『단편』
(*Fragment*, 1790)에 이미 들어 있으나, 『원 파우스트』에는 아직 없던 부분이다.

Nicht irgendeinen Balsam ausgefunden?

MEPHISTOPHELES

Mein Freund, nun sprichst du wieder klug!

Dich zu verjüngen, gibt's auch ein natürlich Mittel;

Allein es steht in einem andern Buch,

Und ist ein wunderlich Kapitel.   2350

FAUST

Ich will es wissen.

MEPHISTOPHELES

        Gut! Ein Mittel, ohne Geld

Und Arzt und Zauberei zu haben:

Begib dich gleich hinaus aufs Feld,

Fang an zu hacken und zu graben,

Erhalte dich und deinen Sinn   2355

In einem ganz beschränkten Kreise,

Ernähre dich mit ungemischter Speise,

Leb mit dem Vieh als Vieh, und acht es nicht für Raub,

Den Acker, den du erntest, selbst zu düngen;

Das ist das beste Mittel, glaub',   2360

Auf achtzig Jahr dich zu verjüngen!

그 어떤 치유의 향유(香油)도 찾아내지 못했단 말이냐?

메피스토펠레스

친구, 다시 똑똑한 말을 하시네요!

당신을 젊게 해줄 자연의 방도가 있기야 하지만

다만 그건 다른 책[110]에 쓰여 있는데

아주 기이한 한 장(章)[111]이지.   2350

파우스트

그걸 알고 싶다.

메피스토펠레스

　　　　　　좋아요! 방도가 하나 있죠, 돈도

의사도 마술도 필요 없는 방도가.

곧바로 들판으로 나가

갈퀴질, 삽질을 시작하세요,

당신과 당신의 뜻을   2355

아주 좁은 테두리 안에 유지하세요,

아무것도 섞이지 않은 음식을 먹으며

짐승들과 더불어 짐승으로서 사세요, 그걸 약탈로 여기지 말고요,

스스로 거름 주고, 그 땅에서 수확을 거두는 것을.

이것이 최상의 수단이지요, 믿으세요,   2360

여든 살에도 당신을 젊게 만드는 길입니다!

110　괴테의 주치의였던 후페란트(Christoph Wilhelm Hufeland)의 책 『인간의 생명을 연장하는 기술』(*Die Kunst das menschliche Leben zu verlängen*). 건강한 삶을 위한 학설을 여기서 다름 아닌 메피스토펠레스가 펴고 있어 아이러니하다. 한편, 언급된 책이 성서라는 해석도 있다.

111　후페란트가 쓴 앞의 책 중 「시골생활과 정원생활」(*Das Land- und Gartenleben*). 창세기 3장 1절을 뜻한다는 해석도 있다.

FAUST

Das bin ich nicht gewöhnt, ich kann mich nicht bequemen,

Den Spaten in die Hand zu nehmen.

Das enge Leben steht mir gar nicht an.

MEPHISTOPHELES

So muß denn doch die Hexe dran.   2365

FAUST

Warum denn just das alte Weib!

Kannst du den Trank nicht selber brauen?

MEPHISTOPHELES

Das wär' ein schöner Zeitvertreib!

Ich wollt' indes wohl tausend Brücken bauen.

Nicht Kunst und Wissenschaft allein,   2370

Geduld will bei dem Werke sein.

Ein stiller Geist ist Jahre lang geschäftig;

Die Zeit nur macht die feine Gärung kräftig.

Und alles, was dazu gehört

Es sind gar wunderbare Sachen!   2375

Der Teufel hat sie's zwar gelehrt;

Allein der Teufel kann's nicht machen.

Die Tiere erblickend.

Sieh, welch ein zierliches Geschlecht!

Das ist die Magd! das ist der Knecht!

파우스트

익숙치 않은 일이야, 난 쉽게

삽을 다룰 줄 몰라.

옹색한 삶은 나한텐 전혀 맞지 않아.

메피스토펠레스

그렇다면 마녀가 나서야죠.   2365

파우스트

왜 하필 그 노파인가!

그 음료를 자네가 직접 만들진 못하나?

메피스토펠레스

그러자면 꽤 시간이 걸리거든요!

그럴 시간이 있으면 다리[112]를 천 개는 놓겠네.

그런 일 하자면, 기술과 학문만으로는 안 되고   2370

인내가 있어야 하거든요.

차분한 영(靈)이 여러 해를 매달려야 해요,

시간만이 그 섬세한 발효에 효력을 더하지요.

그리고 거기에 필요한 건 죄다

심히 기이한 것들이죠!   2375

악마가 그 여자한테 가르쳐주긴 했지만

악마도 혼자선 못 해낸다오.

짐승들을 보고는.

아이고, 이 이쁜 것들!

얘가 하녀고! 얘가 머슴이네!

---

112 악마가 놓은 다리는 무너진다는, 혹은 무너지는 다리는 악마가 놓았다는 속설이 있다.

Zu den Tieren.

Es scheint, die Frau ist nicht zu Hause?   2380

DIE TIERE

Beim Schmause,

Aus dem Haus

Zum Schornstein hinaus!

MEPHISTOPHELES

Wie lange pflegt sie wohl zu schwärmen?

DIE TIERE

So lange wir uns die Pfoten wärmen.   2385

MEPHISTOPHELES *zu Faust.*

Wie findest du die zarten Tiere?

FAUST

So abgeschmackt, als ich nur jemand sah!

MEPHISTOPHELES

Nein, ein Diskurs wie dieser da,

Ist grade der, den ich am liebsten führe!

Zu den Tieren.

So sagt mir doch, verfluchte Puppen!   2390

Was quirlt ihr in dem Brei herum?

DIE TIERE

Wir kochen breite Bettelsuppen.

MEPHISTOPHELES

Da habt ihr ein groß Publikum.

DER KATER *macht sich herbei und schmeichelt dem Mephistopheles.*

짐승들에게.

할멈은 집에 없는 것 같구나? 2380

짐승들

잔치집에 계세요,

집을 나갔죠,

굴뚝으로 나갔죠!

메피스토펠레스

얼마나 오랫동안 나갔다 오냐?

짐승들

저희가 앞발을 불 쬐는 동안이죠. 2385

메피스토펠레스 *파우스트에게.*

이 이쁜 짐승들 어때요?

파우스트

입맛 떨어진다, 보기만 해도!

메피스토펠레스

그런 소리 마쇼, 여기 이놈과 하는 대화가

내가 제일 즐기는 것이오!

짐승들에게,

말해봐라, 이 저주받은 꼭두각시들아! 2390

죽을 뭣 하러 휘젓고 있느냐?

짐승들

멀건 동냥죽을 끓이는 거예요.

메피스토펠레스

너희 식객이 많은가 보구나.

수컷 원숭이 *다가와 메피스토펠레스에게 아양을 떤다.*

O würfle nur gleich

Und mache mich reich, 2395

Und laß mich gewinnen!

Gar schlecht ist's bestellt,

Und wär' ich bei Geld,

So wär' ich bei Sinnen.

MEPHISTOPHELES

Wie glücklich würde sich der Affe schätzen, 2400

Könnt' er nur auch ins Lotto setzen!

Indessen haben die jungen Meerkätzchen mit einer großen Kugel gespielt und rollen sie hervor.

DER KATER

Das ist die Welt;

Sie steigt und fällt

Und rollt beständig;

Sie klingt wie Glas; 2405

Wie bald bricht das?

Ist hohl inwendig.

Hier glänzt sie sehr,

Und hier noch mehr:

Ich bin lebendig! 2410

오, 얼른 주사위를 던져

저를 부자로 만들어주세요, 2395

제가 따게 해주세요!

형편이 말이 아니에요,

하지만 돈만 있으면

제 정신도 들게 되겠죠.

메피스토펠레스

얼마나 행복해할까, 2400

원숭이도 복권[113]을 살 수 있다면!

그사이 어린 원숭이들이 커다란 공을 가지고 놀며 굴리고 나온다.

수컷 원숭이

이건 세계.

올라왔다 내려가고

계속해서 굴러가지.

유리처럼 소리 내고 — 2405

얼마나 빨리 부서지는지!

속은 텅 비었다.

여긴 몹시 반짝이고

여긴 더 많이 반짝이네.

내가 살아 있다! 2410

---

113 당대에 갑자기 널리 유행했으며 프랑스 혁명기의 현안 중 하나이기도 했다. 루이 16세 때 국가
의 재정 악화 타개책으로 도입되었던 복권은 도탄에 빠진 민중의 삶을 더욱 악화시켰다. 「마녀
의 주방」에서는 깨진 왕관, 유리공 등 프랑스 혁명에 대한 암시가 여기저기서 나온다.

Mein lieber Sohn,

Halt dich davon!

Du mußt sterben!

Sie ist von Ton,

Es gibt Scherben.   2415

MEPHISTOPHELES

Was soll das Sieb?

DER KATER *holt es herunter.*

Wärst du ein Dieb,

Wollt' ich dich gleich erkennen.

> *Er läuft zur Kätzin und läßt sie durchsehen.*

Sieh durch das Sieb!

Erkennst du den Dieb,   2420

Und darfst ihn nicht nennen?

MEPHISTOPHELES *sich dem Feuer nähernd.*

Und dieser Topf?

KATER UND KÄTZIN

Der alberne Tropf!

Er kennt nicht den Topf,

Er kennt nicht den Kessel!   2425

MEPHISTOPHELES

Unhöfliches Tier!

DER KATER

Den Wedel nimm hier,

Und setz' dich in Sessel!

사랑하는 아들아,

물러서 있거라!

잘못하면 죽는다!

이건 점토로 빚었으니,

사금파리 될 거다.   2415

메피스토펠레스

이 체는 뭐냐?

수컷 원숭이 *체를 내려온다.*

당신이 도둑놈이라면

제가 얼른 알아보려고요.

> *수컷 원숭이가 암컷 원숭이에게로 달려가 체를 통해 보게 한다.*

이 체로 좀 봐봐!

도둑놈이 보이는데도   2420

이름을 말해선 안 되는 거지?

메피스토펠레스 *불에 다가서며.*

또 이 냄비는 뭐냐?

수컷 원숭이와 암컷 원숭이

이 멍청한 양반!

냄비도 모르다니

솥도 모르다니!   2425

메피스토펠레스

버르장머리 없는 짐승 같으니라고!

수컷 원숭이

여기 이 먼지떨이 잡으시고

안락의자에 앉으시죠!

Er nötigt den Mephistopheles zu sitzen.

FAUST *welcher diese Zeit über vor einem Spiegel gestanden, sich ihm bald genähert, bald sich von ihm entfernt hat.*

Was seh' ich? Welch ein himmlisch Bild

Zeigt sich in diesem Zauberspiegel! 2430

O Liebe, leihe mir den schnellsten deiner Flügel,

Und führe mich in ihr Gefild!

Ach! wenn ich nicht auf dieser Stelle bleibe,

Wenn ich es wage, nah zu gehn,

Kann ich sie nur als wie im Nebel sehn! — 2435

Das schönste Bild von einem Weibe!

Ist's möglich, ist das Weib so schön?

Muß ich an diesem hingestreckten Leibe

Den Inbegriff von allen Himmeln sehn?

So etwas findet sich auf Erden? 2440

MEPHISTOPHELES

Natürlich, wenn ein Gott sich erst sechs Tage plagt,

Und selbst am Ende Bravo sagt,

Da muß es was Gescheites werden.

Für diesmal sieh dich immer satt;

Ich weiß dir so ein Schätzchen auszuspüren, 2445

Und selig, wer das gute Schicksal hat,

원숭이는 메피스토펠레스를 끌어다 앉힌다.

파우스트 *그동안 내내 거울*[114] *앞에 서 있더니, 거울에 가까이 다가갔다가 멀어졌다가 한다.*

이게 뭐지? 이 무슨 천상의 모습이

이 마법의 거울 속에서 보이는가!   2430

오 사랑아, 내게 네 가장 빠른 날개를 다오,

나를 그녀 있는 광야[115]로 데려가다오!

아! 내가 이 자리에 머물지 않으면,

감히 가까이 다가가면,

그녀가 보인다 다만 안개 속에서인 듯! ―   2435

여인의 가장 아름다운 모습!

이게 있을 수 있는 일인가, 여인이란 이렇게 아름다운 것인가?

이 쭉 뻗은 몸에서 나 분명

천국의 정수를 보고 있는 것이겠지?

이런 것이 지상에 있단 말인가?   2440

메피스토펠레스

물론이지요, 신이 엿새 동안 먼저 애쓰셨다면,

그리고 그 끝에 브라보까지 외치셨다면,

분명 뭔가 똘똘한 것이 이루어진 거겠죠.

이번에는 구경만 실컷 해두시오.

저런 보물은 내가 찾아내 드릴 수 있으니,   2445

행복하죠, 신랑이 되어 저런 여자를

---

114 마법의 거울. 파우스트를 현혹하는 메피스토펠레스의 도구이다

115 Gefilde: 광야, 들, 지역. (고대 그리스인들의) 낙원(Gefilde der Seligen)을 떠오르게 하는 어휘
    이다.

Als Bräutigam sie heimzuführen!

Faust sieht immerfort in den Spiegel. Mephistopheles,

sich in dem Sessel dehnend und mit dem Wedel spielend, fährt fort zu sprechen.

Hier sitz' ich wie der König auf dem Throne,

Den Zepter halt' ich hier, es fehlt nur noch die Krone.

DIE TIERE *welche bisher allerlei wunderliche Bewegungen durcheinander gemacht*

haben, bringen dem Mephistopheles eine Krone mit großem Geschrei.

O sei doch so gut,   2450

Mit Schweiß und mit Blut

Die Krone zu leimen!

Sie gehn ungeschickt mit der Krone um und zerbrechen sie in zwei Stücke,

mit welchen sie herumspringen.

Nun ist es geschehn!

Wir reden und sehn,

Wir hören und reimen;   2455

FAUST *gegen den Spiegel.*

Weh mir! ich werde schier verrückt.

MEPHISTOPHELES *auf die Tiere deutend.*

Nun fängt mir an fast selbst der Kopf zu schwanken.

DIE TIERE

Und wenn es uns glückt,

Und wenn es sich schickt,

집으로 데려오는 행운을 가진 자는!

파우스트는 내내 거울을 들여다보고 있다. 메피스토펠레스는

안락의자에서 기지개를 켜고, 먼지떨이를 가지고 놀며, 계속 이야기한다.

여기 내가 앉아 있노라, 왕좌에 앉은 임금처럼

여기 왕홀을 들었네, 왕관만 아직 없구나.

짐승들 *지금껏 갖가지 기이한 몸놀림을 어지럽게 하다가, 큰 소리를 지르며 메피*
스토펠레스에게 왕관 하나를 가져온다.

오, 부디,   2450

땀으로써 피로써

이 왕관을 붙여주세요![116]

짐승들이 왕관을 서툴게 다루다가 두 쪽을 내고는

그걸 들고 빙글빙글 뛰어 돌아다닌다.

이제 엎질러진 물!

우리는 이야기한다, 구경한다,

우리는 듣는다, 시 짓는다.   2455

파우스트 *거울을 향해.*

아 괴로워! 정말 미치겠다.

메피스토펠레스 *짐승들을 가리키며.*

이젠 내 머리까지 어질어질해지네.

짐승들

우리도 운 좋으면

우리도 잘하면

---

116 실패한 프랑스 혁명에 대한 풍자가 담겨 있다. 이 장면에 나오는 원숭이들의 태도에서는 프랑
스 혁명기 혼란의 와중에 있는 일부 민중의 모습을 읽을 수 있다.

So sind es Gedanken! 2460

FAUST *wie oben.*

Mein Busen fängt mir an zu brennen!

Entfernen wir uns nur geschwind!

MEPHISTOPHELES *in obiger Stellung.*

Nun, wenigstens muß man bekennen,

Daß es aufrichtige Poeten sind.

Der Kessel, welchen die Kätzin bisher außer acht gelassen, fängt an, überzulaufen;

es entsteht eine große Flamme, welche zum Schornstein hinausschlägt.

Die Hexe kommt durch die Flamme mit entsetzlichem Geschrei heruntergefahren.

DIE HEXE

Au! Au! Au! Au! 2465

Verdammtes Tier! verfluchte Sau!

Versäumst den Kessel, versengst die Frau!

Verfluchtes Tier!

Faust und Mephistopheles erblickend.

Was ist das hier?

Wer seid ihr hier? 2470

Was wollt ihr da?

Wer schlich sich ein?

Die Feuerpein

Euch in's Gebein!

Sie fährt mit dem Schaumlöffel in den Kessel und spritzt Flammen nach Faust,

Mephistopheles und den Tieren. Die Tiere winseln.

그럼 사상(思想)도 생기지요!   2460

파우스트 *앞서처럼.*

내 가슴이 불타기 시작한다!

우리 얼른 떠나세!

메피스토펠레스 *앞서의 자세로.*

이제, 적어도 인정은 해야겠군,

얘들이 정직한 시인이라는 걸.

암컷 원숭이들이 지금껏 주의하지 않고 놔둔 솥이 끓어 넘치기 시작한다.

큰 불길이 일어 굴뚝으로 치솟는다.

마녀가 불꽃을 뚫고 끔찍한 비명을 지르며 내려온다.

마녀

아우! 아우! 아우! 아우!   2465

빌어먹을 짐승! 망할 년!

솥을 버려두어, 마나님을 그을리네!

망할 놈의 짐승!

　　　　　　　파우스트와 메피스토펠레스를 흘깃 보며.

여기 이건 또 뭐야?

여기 너흰 누구냐?   2470

여기서 뭘 하려고?

어느 놈이 기어들어 온 게냐?

불의 고통을

뼛속까지 맛보거랏!

　　　　　　　마녀가 거품 뜨는 국자로 솥을 휘휘 저으며 불꽃을 파우스트,

　　　　　　　메피스토펠레스 그리고 짐승들에게로 튀긴다. 짐승들이 징징거린다.

MEPHISTOPHELES *welcher den Wedel, den er in der Hand hält, umkehrt und unter die Gläser und Töpfe schlägt.*

Entzwei! entzwei!   2475

Da liegt der Brei!

Da liegt das Glas!

Es ist nur Spaß,

Der Takt, du Aas,

Zu deiner Melodei.   2480

Indem die Hexe voll Grimm und Entsetzen zurücktritt.

Erkennst du mich? Gerippe! Scheusal du!

Erkennst du deinen Herrn und Meister?

Was hält mich ab, so schlag' ich zu,

Zerschmettre dich und deine Katzen-Geister!

Hast du vorm roten Wams nicht mehr Respekt?   2485

Kannst du die Hahnenfeder nicht erkennen?

Hab' ich dies Angesicht versteckt?

Soll ich mich etwa selber nennen?

DIE HEXE

O Herr, verzeiht den rohen Gruß!

Seh' ich doch keinen Pferdefuß.   2490

Wo sind denn Eure beiden Raben?

MEPHISTOPHELES

Für diesmal kommst du so davon;

Denn freilich ist es eine Weile schon,

Daß wir uns nicht gesehen haben.

메피스토펠레스 *손에 들고 있는 먼지떨이를 거꾸로 잡고 유리도구들이며 냄비들을 내려치며.*

두 동강 나라! 두 동강 나!   2475

저기 죽이 엎어졌구나!

저기 잔이 나뒹구는구나!

이건 장난일 뿐,

이 썩을 년, 이게 네 가락에다

내가 넣는 장단이다.   2480

　　　　　마녀가 잔뜩 겁먹고 화들짝 놀라 물러나는 사이.

날 알아보겠느냐? 이 해골! 끔찍한 년!

네 주인도, 스승도 몰라보느냐?

가로막는 건 다, 쳐버리겠다,

네년을 박살내겠다, 네 원숭이 유령들도!

빨간 조끼에도 너 이젠 존경심이 없느냐?   2485

닭 깃털도 못 알아보느냐?

내가 이 얼굴을 숨겼더냐?

내가 내 이름을 직접 말해야겠느냐?

마녀

오 어르신, 인사가 거칠었던 것 용서하세요!

발굽을 미처 못 봤네요.   2490

당신의 까마귀 두 마리는 어디 있습니까?

메피스토펠레스

이번에는 너를 봐주마,

그도 그럴 것이 벌써 한참 됐으니,

우리가 서로 못 본 지도.

Auch die Kultur, die alle Welt beleckt,   2495

Hat auf den Teufel sich erstreckt;

Das nordische Phantom ist nun nicht mehr zu schauen;

Wo siehst du Hörner, Schweif und Klauen?

Und was den Fuß betrifft, den ich nicht missen kann,

Der würde mir bei Leuten schaden;   2500

Darum bedien' ich mich, wie mancher junge Mann,

Seit vielen Jahren falscher Waden.

DIE HEXE *tanzend.*

Sinn und Verstand verlier' ich schier,

Seh' ich den Junker Satan wieder hier!

MEPHISTOPHELES

Den Namen, Weib, verbitt' ich mir!   2505

DIE HEXE

Warum? Was hat er Euch getan?

MEPHISTOPHELES

Er ist schon lang' ins Fabelbuch geschrieben;

Allein die Menschen sind nichts besser dran,

Den Bösen sind sie los, die Bösen sind geblieben.

Du nennst mich Herr Baron, so ist die Sache gut;   2510

Ich bin ein Kavalier, wie andre Kavaliere.

Du zweifelst nicht an meinem edlen Blut;

Sieh her, das ist das Wappen, das ich führe!

                    Er macht eine unanständige Gebärde.

온 세상을 핥고 있는 문화(文化)라는 것도   2495
악마에게 마수를 뻗었지
북방의 유령은 이젠 보이지 않게 되었다
뿔이며 꼬리, 발톱이 어디서 보이느냐?
발굽으로 말하자면, 내게 없어서는 안 될 것이지만,
사람들한테 보이면 내게 해가 되는 것 같아서   2500
여러 젊은이들처럼 여러 해 전부터
가짜 종아리를 사용하고 있다.

마녀 *춤을 추며.*

정신머리 다 잃겠네,
사탄 귀공자님을 여기서 다시 뵙다니!

메피스토펠레스

그 이름은, 할멈, 발설하지 말라!   2505

마녀

왜요? 무슨 일이 있었나요?

메피스토펠레스

사탄은 벌써 오래전에 동화책 속으로 들어가 버렸다.
그렇건만 인간들 형편은 조금도 나아지지 않았지,
악마 하나는 떨쳤지만 악인들이 남아 있거든.
너는 나를 남작이라 불러라, 그러는 게 좋다.   2510
나야 기사지, 다른 기사들처럼.
너는 나의 고귀한 혈통을 의심치 않겠지만,
자 봐라, 이게 내가 달고 다니는 문장(紋章)이다!

        그가 외설스러운 몸짓을 한다.

DIE HEXE *lacht unmäßig.*

Ha! Ha! Das ist in Eurer Art!

Ihr seid ein Schelm, wie Ihr nur immer war't!   2515

MEPHISTOPHELES *zu Faust.*

Mein Freund, das lerne wohl verstehn!

Dies ist die Art, mit Hexen umzugehn.

DIE HEXE

Nun sagt, ihr Herren, was ihr schafft.

MEPHISTOPHELES

Ein gutes Glas von dem bekannten Saft!

Doch muß ich Euch ums älteste bitten;   2520

Die Jahre doppeln seine Kraft.

DIE HEXE

Gar gern! Hier hab' ich eine Flasche,

Aus der ich selbst zuweilen nasche,

Die auch nicht mehr im mindsten stinkt;

Ich will euch gern ein Gläschen geben.   2525

Leise.

Doch wenn es dieser Mann unvorbereitet trinkt,

So kann er, wißt Ihr wohl, nicht eine Stunde leben.

MEPHISTOPHELES

Es ist ein guter Freund, dem es gedeihen soll;

Ich gönn' ihm gern das Beste deiner Küche.

Zieh deinen Kreis, sprich deine Sprüche,   2530

Und gib ihm eine Tasse voll!

마녀 *엄청 웃는다.*

하! 하! 이게 어르신 식이죠!

악당이셔, 늘 그랬듯이!   2515

메피스토펠레스 *파우스트에게.*

친구, 이런 걸 잘 배우셔!

이게 마녀 다루는 방식이오.

마녀

이제 말씀하시죠, 어르신들, 무슨 일이신가요?

메피스토펠레스

그 유명한 즙을 한 잔 그득 주게나!

최고로 오래된 것으로 부탁해야겠구나,   2520

세월이 효력을 배가시키지.

마녀

그럽죠! 여기 한 병 있는데

이건 저도 가끔씩 홀짝이는 거고

이젠 악취도 조금도 안 나고요.

기꺼이 한 잔 올리겠습니다.   2525

목소리 낮추어.

하지만 이분이 준비 없이 마시면,

아시다시피, 한 시간도 못 살 텐데요.

메피스토펠레스

좋은 친구니라, 번성해야 할 사람이지.

네 부엌에서 최고의 것을 기꺼이 그에게 주고 싶다.

네 동그라미를 그려라, 네 주문을 외거라   2530

그리고 그에게 한 잔 그득히 주거라!

Die Hexe, mit seltsamen Gebärden, zieht einen Kreis und stellt wunderbare Sachen hinein;

indessen fangen die Gläser an zu klingen, die Kessel zu tönen, und machen Musik.

Zuletzt bringt sie ein großes Buch, stellt die Meerkatzen in den Kreis,

die ihr zum Pult dienen und die Fackel halten müssen.

Sie winkt Fausten, zu ihr zu treten.

FAUST *zu Mephistopheles.*

Nein, sage mir, was soll das werden?

Das tolle Zeug, die rasenden Gebärden,

Der abgeschmackteste Betrug,

Sind mir bekannt, verhaßt genug.   2535

MEPHISTOPHELES

Ei Possen! Das ist nur zum Lachen;

Sei nur nicht ein so strenger Mann!

Sie muß als Arzt ein Hokuspokus machen,

Damit der Saft dir wohl gedeihen kann.

Er nötigt Fausten, in den Kreis zu treten.

DIE HEXE *mit großer Emphase fängt an, aus dem Buche zu deklamieren.*

    Du mußt verstehn!   2540

    Aus Eins mach' Zehn,

    Und Zwei laß gehn,

    Und Drei mach' gleich,

    So bist du reich.

    Verlier die Vier!   2545

    Aus Fünf und Sechs,

    So sagt die Hex',

마녀, 기이한 몸짓으로, 원을 그리고 이상한 물건들을 그 안에 들여놓는다.

그사이 유리컵들이 울리기 시작하고 솥이 소리를 내고, 음악이 된다.

마지막으로 마녀는 커다란 책을 가져오고, 원숭이들을 원 안에다 세우는데,

그녀의 책상 노릇을 하게 하고 횃불을 붙잡고 있게 한다.

마녀가 파우스트에게 오라는 신호를 한다.

파우스트 *메피스토펠레스에게.*

아니, 말해보게, 이게 뭐가 되는 건가?

이 미친 물건, 미친 짓거리,

이런 입맛 떨어지는 속임수는

내가 잘 안다, 참으로 혐오스럽다.   2535

메피스토펠레스

에이 장난이에요! 이건 웃을 일일 뿐,

제발 그렇게 엄격한 사람처럼 굴지 마십쇼!

저 여자가 의사로서 요술을 부려야 하네요,

즙이 효력을 잘 낼 수 있도록.

메피스토펠레스가 파우스트를 원 안으로 떠다민다.

마녀 *크게 힘주어, 책을 낭독하기 시작한다.*

　　너는 이해해야 한다!   2540

　　하나에서 열을 만들고

　　둘은 넘기고

　　바로 셋을 만들어라,

　　그러면 너는 부자.

　　넷은 버려라!   2545

　　다섯과 여섯에서,

　　마녀가 말하노니

Mach Sieben und Acht,

So ist's vollbracht:

Und Neun ist Eins, 2550

Und Zehn ist keins.

Das ist das Hexen-Einmal-Eins.

FAUST

Mich dünkt, die Alte spricht im Fieber.

MEPHISTOPHELES

Das ist noch lange nicht vorüber,

Ich kenn' es wohl, so klingt das ganze Buch; 2555

Ich habe manche Zeit damit verloren,

Denn ein vollkommner Widerspruch

Bleibt gleich geheimnisvoll für Kluge wie für Toren.

Mein Freund, die Kunst ist alt und neu.

Es war die Art zu allen Zeiten, 2560

Durch Drei und Eins, und Eins und Drei

Irrtum statt Wahrheit zu verbreiten.

So schwätzt und lehrt man ungestört;

Wer will sich mit den Narr'n befassen?

Gewöhnlich glaubt der Mensch, wenn er nur Worte hört, 2565

Es müsse sich dabei doch auch was denken lassen.

일곱과 여덟을 만들라,

그러면 완성된 것

하여 아홉이 하나   2550

하여 열은 영(零).

이게 마녀의 구구단이다.

파우스트

할멈이 신열에 들떠 헛소리하는 것 같구나.

메피스토펠레스

아직 끝나려면 멀었습니다.

제가 잘 아는데, 책 전체가 저런 소리랍니다.   2555

저도 저 책 보느라 시간 제법 잃었죠,

그럴 것이 완전한 모순은

현자에게나 바보에게나 똑같이 신비롭잖아요.

이보세요, 예술[117]이란 오래되고 또 새롭답니다.

어느 시대에든 그런 식으로   2560

셋이며 하나니, 하나며 셋이니[118] 했지요,

진리 대신 오류를 퍼뜨리려고.

그렇게 지껄이며 거리낌 없이 가르치지요.

그 바보들을 누가 상대하겠나요?

인간은 보통, 무슨 말만 들으면   2565

거기에 분명 뭔가 생각할 거리가 들어 있겠거니 하지요.

---

117 예술뿐 아니라 기술, 학술까지 포함하는 의미이다.

118 기독교의 삼위일체설에 대한 조롱이 담겨 있다.

DIE HEXE *fährt fort.*

> Die hohe Kraft
>
> Der Wissenschaft,
>
> Der ganzen Welt verborgen!
>
> Und wer nicht denkt,   2570
>
> Dem wird sie geschenkt,
>
> Er hat sie ohne Sorgen.

FAUST

Was sagt sie uns für Unsinn vor?

Es wird mir gleich der Kopf zerbrechen.

Mich dünkt, ich hör' ein ganzes Chor   2575

Von hunderttausend Narren sprechen.

MEPHISTOPHELES

Genug, genug, o treffliche Sibylle!

Gib deinen Trank herbei, und fülle

Die Schale rasch bis an den Rand hinan;

Denn meinem Freund wird dieser Trunk nicht schaden: 2580

Er ist ein Mann von vielen Graden,

Der manchen guten Schluck getan.

> *Die Hexe, mit vielen Zeremonien, schenkt den Trank in eine Schale;*
>
> *wie sie Faust an den Mund bringt, entsteht eine leichte Flamme.*

MEPHISTOPHELES

Nur frisch hinunter! Immer zu!

Es wird dir gleich das Herz erfreuen.

Bist mit dem Teufel du und du,   2585

마녀 *계속한다.*

> 드높은
>
> 학문의 힘,
>
> 온 세계에 숨겨져 있나니!
>
> 생각하지 않는 자   2570
>
> 그 힘을 선물로 받느니
>
> 근심 없이 가지리라.

파우스트

저 여자 무슨 헛소리를 혼자 하고 있는 게야?

금방 내 머리가 터지겠다.

바보들 수십만이 한꺼번에 말하는   2575

합창을 듣고 있는 것 같구나.

메피스토펠레스

됐다, 됐어, 오 탁월한 무녀야!

네 음료를 내오거라, 채우거라,

잔을 얼른 둘레까지 그득히.

내 친구한테는 이 음료가 해가 되지 않을 테니.   2580

이분은 급수 높은 분,

좋은 걸 많이 마셔보신 분이다.

> *마녀, 많은 의식(儀式)을 곁들여 가며, 음료를 잔에 따른다.*
>
> *파우스트가 잔을 입가에 갖다 대는데 가벼운 불꽃이 인다.*

메피스토펠레스

그저 꿀꺽 삼키세요! 꿀꺽꿀꺽!

금방 마음이 즐거워질 거요.

당신은 악마와 너나들이하는 사이인데   2585

Und willst dich vor der Flamme scheuen?

Die Hexe löst den Kreis. Faust tritt heraus.

MEPHISTOPHELES

Nun frisch hinaus! Du darfst nicht ruhn.

DIE HEXE

Mög' euch das Schlückchen wohl behagen!

MEPHISTOPHELES *zur Hexe.*

Und kann ich dir was zu Gefallen tun:

So darfst du mir's nur auf Walpurgis sagen.   2590

DIE HEXE

Hier ist ein Lied! wenn Ihr's zuweilen singt,

So werdet Ihr besondre Wirkung spüren.

MEPHISTOPHELES *zu Faust.*

Komm nur geschwind und laß dich führen;

Du mußt notwendig transpirieren,

Damit die Kraft durch Inn – und Äußres dringt.   2595

Den edlen Müßiggang lehr' ich hernach dich schätzen,

Und bald empfindest du mit innigem Ergetzen,

Wie sich Cupido regt und hin und wider springt.

FAUST

Laß mich nur schnell noch in den Spiegel schauen!

Das Frauenbild war gar zu schön!   2600

불꽃쯤을 두려워하겠나?

마녀가 원을 푼다. 파우스트가 걸어 나온다.

메피스토펠레스

자아 성큼 나오세요! 머뭇거리면 안 됩니다.

마녀

마신 음료가 편안하시게 하기를!

메피스토펠레스 *마녀에게.*

이젠 내가 네게 무얼 좀 해주어야겠구나

발푸르기스의 밤[119]에 말만 하거라.   2590

마녀

여기 노래가 하나 있습니다! 이따금씩 그걸 부르면

특별한 효과를 느낄 수 있을 겁니다.

메피스토펠레스 *파우스트에게.*

자아 얼른 갑시다, 제가 안내하지요.

땀을 좀 내야만 합니다,

약기운이 안팎으로 속속들이 스미려면.   2595

고귀한 무위(無爲)의 가치를 이제 제가 알려드리겠습니다

그러면 머지않아 열렬한 즐거움으로 느낄 거예요,

큐피드가 일어나 이리 폴짝 저리 폴짝 뛰듯이.

파우스트

얼른 다시 거울을 보게 해다오!

그 여인의 모습은 정말이지 너무도 아름다웠어!   2600

---

119 브로켄 산에 마녀들이 모여들어 잔치를 벌인다는 밤. 만물이 소생하는 5월을 맞이하는 4월 마
    지막 밤이다.

MEPHISTOPHELES

Nein! Nein! Du sollst das Muster aller Frauen

Nun bald leibhaftig vor dir seh'n.

Leise.

Du siehst, mit diesem Trank im Leibe,

Bald Helenen in jedem Weibe.

메피스토펠레스

아니! 안 됩니다! 모든 여자들 중의 여자가

이제 곧 육신으로 당신 눈앞에 선 모습을 보게 될 거예요.

목소리 낮추어.

너는 이제 곧, 약이 몸에 들어가 있으니,

모든 여자가 헬레나로 보일 게다.[120]

---

120 제2부 3막에 등장하는 '헬레나'라기보다는, 아름다운 여성의 대명사이다.

Straße

Faust. Margarete vorübergehend.

FAUST

Mein schönes Fräulein, darf ich wagen, 2605

Meinen Arm und Geleit Ihr anzutragen?

MARGARETE

Bin weder Fräulein, weder schön,

Kann ungeleitet nach Hause gehn.

Sie macht sich los und ab.

FAUST

Beim Himmel, dieses Kind ist schön!

So etwas hab' ich nie gesehn. 2610

Sie ist so sitt- und tugendreich,

길거리[121]

파우스트. 마가레테[122]가 스쳐 가며.

파우스트

고우신 양갓댁 아가씨를 감히 제가   2605

팔을 내밀어 모셔다드려도 되겠습니까.

마가레테

전 양갓댁 아가씨도 아니고 곱지도 않아요.

누가 바래다주지 않아도 집에 갈 수 있고요.

뿌리치고 퇴장.

파우스트

세상에, 얘 정말 예쁘네.

진혀 본 적이 없는 것이야.   2610

이렇게 얌전하고 정숙하고

---

121 이 장면에서부터 이른바 '그레트헨 비극'이 시작된다. 젊어진 파우스트가 경험하는 사랑, 그리
    고 인습과의 혹심한 충돌이 생략 많은 짧은 장면들을 통해 그려진다. 「길거리」에서 「정자」까지
    는 『원 파우스트』에 이미 있던 부분으로 1776년 이전에, 젊은 날에 쓰였다.
122 마가레테의 애칭이 '그레트헨'이다. 공식적인 지칭을 할 때에는 '마가레테'로, 그녀의 소박함
    이나 내면이 조명될 때는 '그레트헨'으로 표기됨을 볼 수 있다.

Und etwas schnippisch doch zugleich.

Der Lippe Rot, der Wange Licht,

Die Tage der Welt vergess' ich's nicht!

Wie sie die Augen niederschlägt,   2615

Hat tief sich in mein Herz geprägt;

Wie sie kurz angebunden war,

Das ist nun zum Entzücken gar!

Mephistopheles tritt auf.

FAUST

Hör, du mußt mir die Dirne schaffen!

MEPHISTOPHELES

Nun, welche?

FAUST

          Sie ging just vorbei.   2620

MEPHISTOPHELES

Da die? Sie kam von ihrem Pfaffen,

Der sprach sie aller Sünden frei;

Ich schlich mich hart am Stuhl vorbei,

Es ist ein gar unschuldig Ding,

Das eben für nichts zur Beichte ging;   2625

Über die hab' ich keine Gewalt!

FAUST

Ist über vierzehn Jahr doch alt.

MEPHISTOPHELES

Du sprichst ja wie Hans Liederlich,

그러면서도 약간 새침도 하네.

입술은 빨갛고 뺨은 환하고

살아 있는 동안은 잊질 못하겠다!

눈을 내리뜨는 모습   2615

내 가슴에 깊이 아로새겨졌네,

살짝 튕기는 모습

이건 정말이지 황홀하네.

메피스토펠레스 등장한다.

파우스트

잘 들어, 너 날 위해 저 여자애 좀 어떻게 해다오.

메피스토펠레스

누굴요?

파우스트

　　방금 지나간 애.   2620

메피스토펠레스

저기 쟤요? 쟤는 신부한테서 오는 길인데

모든 죄를 사함받았어요.

내가 고해석을 슬쩍 지나갔거든요.

죄라곤 없는 것이

아무것도 아닌 일로 고해하러 갔죠.   2625

저런 애한테는 내가 힘을 못 써요!

파우스트

그래도 열네 살은 넘었겠지.

메피스토펠레스

말투가, 바람둥이 사내[123]로군요.

Der begehrt jede liebe Blum' für sich,

Und dünkelt ihm, es wär' kein' Ehr'   2630

Und Gunst, die nicht zu pflücken wär';

Geht aber doch nicht immer an.

FAUST

Mein Herr Magister Lobesan,

Laß' er mich mit dem Gesetz in Frieden!

Und das sag' ich Ihm kurz und gut,   2635

Wenn nicht das süße junge Blut

Heut nacht in meinen Armen ruht:

So sind wir um Mitternacht geschieden.

MEPHISTOPHELES

Bedenkt, was gehn und stehen mag!

Ich brauche wenigstens vierzehn Tag',   2640

Nur die Gelegenheit auszuspüren.

FAUST

Hätt' ich nur sieben Stunden Ruh,

Brauchte den Teufel nicht dazu,

So ein Geschöpfchen zu verführen.

MEPHISTOPHELES

Ihr sprecht schon fast wie ein Franzos;   2645

Doch bitt' ich, laßt's Euch nicht verdrießen:

예쁜 꽃은 다 따겠다는 투네요.

못 따낼 명예와   2630

호의가 없다고 망상하시나 본데

하지만 항상 그렇겐 안 되죠.

파우스트

이보게, 도덕군자 양반,

정한 대로 가게 해야지!

해서 간단명료하게 말하겠는데   2635

저 예쁜 젊은 것이

오늘 밤에 내 품 안에서 쉬지 못하면

우린 자정에 갈라서는 거다.

메피스토펠레스

생각 좀 해보세요, 될 일이 있고 안 될 일이 있지!

적어도 열나흘은 필요해요,   2640

기회라도 엿보자면.

파우스트

내게 일곱 시간만 여유가 있어도

악마의 도움 따윈 필요 없을 거다,

저런 애를 유혹하는 데.

메피스토펠레스

말투가 벌써 거의 프랑스 사내네.   2645

하지만 부탁건대, 기분 나빠 하지 마세요.

---

123 Hans Liederlich: '단정치 못하고 행실 나쁜'이라는 뜻의 형용사 liederlich를 성(姓)으로 하고, 바보스러운 사람이라는 뉘앙스가 있는 이름 Hans를 붙인 조어.

Was hilft's, nur grade zu genießen?

Die Freud' ist lange nicht so groß,

Als wenn Ihr erst herauf, herum,

Durch allerlei Brimborium, 2650

Das Püppchen geknetet und zugericht't,

Wie's lehret manche welsche Geschicht'.

FAUST

Hab' Appetit auch ohne das.

MEPHISTOPHELES

Jetzt ohne Schimpf und ohne Spaß.

Ich sag' Euch: mit dem schönen Kind 2655

Geht's ein – für allemal nicht geschwind.

Mit Sturm ist da nichts einzunehmen;

Wir müssen uns zur List bequemen.

FAUST

Schaff mir etwas vom Engelsschatz!

Führ mich an ihren Ruheplatz! 2660

Schaff mir ein Halstuch von ihrer Brust,

Ein Strumpfband meiner Liebeslust!

MEPHISTOPHELES

Damit ihr seht, daß ich Eurer Pein

Will förderlich und dienstlich sein:

Wollen wir keinen Augenblick verlieren, 2665

곧장 즐기기만 하는 게 무슨 소용 있어요?

즐거움이 오래도록 더 큰 건,

우선 위쪽으로, 또 에둘러서

별별 객쩍은 짓거리를 다 해가며   2650

인형을 주무르고 요리하는 편이랍니다.

많은 남쪽나라[124] 이야기가 가르쳐주듯요.

파우스트

그러지 않고도 난 식욕이 있어.

메피스토펠레스

이젠 농담도 장난도 빼죠.

말씀 드리거니와, 저 예쁜 애와는   2655

절대로 단박에 신속히는 안 됩니다요.

마구 달려들어선 아무런 득이 없어요.

살살 꾀를 써야 해요.

파우스트

천사 같은 그녀의 것을 뭐든 좀 가져다다오!

그녀가 쉬는 곳으로 나를 안내하거라!   2660

그녀가 가슴에 드리웠던 스카프를 구해 오거라,

양말대님 하나라도 내 애욕을 위해!

메피스토펠레스

제가 당신의 괴로움에

힘이 되어드리고 봉사하려 한다는 걸 보시게끔

우리, 한순간도 지체하지 말죠,   2665

---

124 welsch: 프랑스, 이탈리아, 스페인 등 로만어권을 가리키는 형용사.

Will euch noch heut in ihr Zimmer führen.

FAUST

Und soll sie sehn? sie haben?

MEPHISTOPHELES

                    Nein!

Sie wird bei einer Nachbarin sein.

Indessen könnt Ihr ganz allein

An aller Hoffnung künft'ger Freuden   2670

In ihrem Dunstkreis satt Euch weiden.

FAUST

Können wir hin?

MEPHISTOPHELES

                    Es ist noch zu früh.

FAUST

Sorg du mir für ein Geschenk für sie.

                              ab.

MEPHISTOPHELES

Gleich schenken? Das ist brav! Da wird er reüssieren!

Ich kenne manchen schönen Platz   2675

Und manchen altvergrabner Schatz;

Ich muß ein bißchen revidieren.

                              ab.

오늘 중으로 제가 당신을 그녀의 방으로 안내하렵니다.

파우스트

그 애를 보게 되나? 가지게 되나?

메피스토펠레스

아니요!

걔는 이웃집 여자한테 가 있을 겁니다.

그사이에 완전히 선생님 혼자

장래에 누릴 즐거움에의 모든 희망을,   2670

그녀의 체취가 밴 곳에서 실컷 맛볼 거고요.

파우스트

그럼 갈까?

메피스토펠레스

아직은 너무 일러요.

파우스트

그녀한테 줄 선물을 하나 마련하거라.

퇴장.

메피스토펠레스

당장 선물을 한다고? 거 훌륭하군! 성공하겠는데!

내가 좀 알지, 이런저런 좋은 곳이며   2675

오랫동안 묻혀 있는 이런저런 보물을.

조금 살펴봐야겠는걸.

퇴장.

Abend

Ein kleines reinliches Zimmer.

MARGARETE *ihre Zöpfe flechtend und aufbindend.*

Ich gäb' was drum, wenn ich nur wüßt',

Wer heut der Herr gewesen ist!

Er sah gewiß recht wacker aus,   2680

Und ist aus einem edlen Haus;

Das konnt' ich ihm an der Stirne lesen —

Er wär' auch sonst nicht so keck gewesen.

ab.

Mephistopheles. Faust.

MEPHISTOPHELES

Herein, ganz leise, nur herein!

FAUST *nach einigem Stillschweigen.*

Ich bitte dich, laß mich allein!   2685

MEPHISTOPHELES *herumspürend.*

Nicht jedes Mädchen hält so rein.

저녁

작고 깨끗한 방.

마가레테 *묶은 머리를 땋았다 풀었다 하며.*
알 수만 있다면 참 좋겠는데
오늘 그 신사분은 누구일까!
정말이지 늠름한 모습이었고   2680
귀한 집안 자제이겠지.
그런 건 이마에서 읽어낼 수 있었지 —
안 그러면 그가 그렇게 대담하진 못했을 거야.
퇴장.

메피스토펠레스. 파우스트.

메피스토펠레스
들어와요, 아주 조용히, 들어오라니까요!
파우스트 *얼마간 소리를 죽인 후에.*
부탁이다, 나 혼자 있게 해다오!   2685
메피스토펠레스 *주위를 주의 깊게 살펴보며.*
여자애들이 누구나 이렇게 깨끗하진 않지.

ab.

FAUST *rings aufschauend.*

Willkommen süßer Dämmerschein!

Der du dies Heiligtum durchwebst.

Ergreif mein Herz, du süße Liebespein!

Die du vom Tau der Hoffnung schmachtend lebst.　　　　　　2690

Wie atmet rings Gefühl der Stille,

Der Ordnung, der Zufriedenheit!

In dieser Armut welche Fülle!

In diesem Kerker welche Seligkeit!

　　　　　Er wirft sich auf den ledernen Sessel am Bette.

O nimm mich auf, der du die Vorwelt schon　　　　　　　2695

Bei Freud' und Schmerz im offnen Arm empfangen!

Wie oft, ach! hat an diesem Väter-Thron

Schon eine Schar von Kindern rings gehangen!

Vielleicht hat, dankbar für den heil'gen Christ,

Mein Liebchen hier, mit vollen Kinderwangen,　　　　　　2700

Dem Ahnherrn fromm die welke Hand geküßt.

Ich fühl', o Mädchen, deinen Geist

Der Füll' und Ordnung um mich säuseln,

Der mütterlich dich täglich unterweis't,

Den Teppich auf den Tisch dich reinlich breiten heißt,　　　2705

퇴장.

파우스트 *사방으로 둘러보며.*

환영한다, 감미로운 어스름빛아!

이 성소를 감돌며 비추는 빛아.

내 마음을 붙잡아라, 너 감미로운 사랑의 고통아!

목마름에 희망의 이슬을 먹고 사는 고통아.   2690

사방에 고요의 느낌이,

질서의 느낌, 만족의 느낌이 감도는구나!

이런 궁핍 속에 이런 충만이!

이런 감옥 속에 이런 축복이!

          그는 침대가에 있는 가죽 안락의자에 몸을 던진다.

오 나를 감싸 안아다오, 조상들을 이미   2695

기쁠 때나 괴로울 때나 팔 벌리고 맞아주었던 너!

얼마나 자주, 아! 이 대를 물려온 왕좌[125] 곁에

아이들의 무리 빙 둘러 매달려 있었을까!

아마도, 성탄절 선물에 감사하면서

내 사랑, 여기에서 통통한 아이의 뺨으로   2700

할아버지의 시든 손에 경건하게 입맞춤했겠지.

나는 느낀다, 오 소녀여, 네 충만과 질서의

정신이 나를 감싸고 살랑이는 것을,

그 정신이 어머니처럼 매일매일 너를 가르치며,

탁자에 식탁보를 깨끗하게 깔아놓으라 하고   2705

---

125   원어는 Väter‑Thron(아버지의 왕좌). 낡은 의자를 경외심으로 바라보고 있다.

Sogar den Sand zu deinen Füßen kräuseln.

O liebe Hand! so göttergleich!

Die Hütte wird durch dich ein Himmelreich.

Und hier!

Er hebt einen Bettvorhang auf.

Was faßt mich für ein Wonnegraus!

Hier möcht' ich volle Stunden säumen.   2710

Natur! hier bildetest in leichten Träumen

Den eingebornen Engel aus;

Hier lag das Kind, mit warmem Leben

Den zarten Busen angefüllt,

Und hier mit heilig reinem Weben   2715

Entwirkte sich das Götterbild!

Und du! Was hat dich hergeführt?

Wie innig fühl' ich mich gerührt!

Was willst du hier? Was wird das Herz dir schwer?

Armsel'ger Faust! ich kenne dich nicht mehr.   2720

Umgibt mich hier ein Zauberduft?

Mich drang's, so g'rade zu genießen,

Und fühle mich in Liebestraum zerfließen!

Sind wir ein Spiel von jedem Druck der Luft?

발치의 모래도 고운 결 지게 펴라 하고.

오 고운 손이여! 이렇게 신의 손 같구나!

오두막이 너를 통해 천국이 되는구나.

또 여기!

그는 침대 커튼을 연다.

이 무슨 환희의 전율이 나를 사로잡는가!

여기서 온 시간을 다 머물고 싶구나.   2710

자연아! 여기서 네가 가벼운 꿈들 속에서

타고난 천사를 빚어냈구나.

여기에 그 소녀가 누워 있었구나, 따뜻한 생명으로

고운 가슴을 채운 채,

여기서 신성하게 맑은 직조(織造)[126]로써   2715

신의 형상이 지어졌구나.

그런데 너! 무엇이 널 여기로 데려왔지?

얼마나 진정으로 나는 감동받았는가!

여기서 무얼 하겠다는 거냐? 왜 네 마음이 무거워지느냐?

가엾은 파우스트! 나는 이제는 너를 모르겠다.   2720

여기 마법의 향기가 나를 감싸는가?

당장에 즐기겠다는 마음에 내몰렸는데

이젠 내가 사랑의 꿈 속에서 녹아버린 것 같다!

우리가 한낱 대기의 압력에 좌우되는 유희란 말인가?

---

126 대지의 영의 등장 장면과도 연결되어, 생명의 원리, 생명 현상이라는 의미로 쓰이고 있다.

Und träte sie den Augenblick herein, 2725

Wie würdest du für deinen Frevel büßen!

Der große Hans, ach wie so klein!

Läg', hingeschmolzen, ihr zu Füßen.

MEPHISTOPH *[kommt]*

Geschwind! ich seh' sie unten kommen.

FAUST

Fort! Fort! Ich kehre nimmermehr! 2730

MEPHISTOPHELES

Hier ist ein Kästchen leidlich schwer,

Ich hab's wo anders hergenommen.

Stellt's hier nur immer in den Schrein,

Ich schwör' euch, ihr vergehn die Sinnen;

Ich tat euch Sächelchen hinein, 2735

Um eine andre zu gewinnen.

Zwar Kind ist Kind und Spiel ist Spiel.

FAUST

Ich weiß nicht, soll ich?

MEPHISTOPHELES

               Fragt ihr viel?

Meint Ihr vielleicht den Schatz zu wahren?

Dann rat' ich eurer Lüsternheit, 2740

그러다 그녀가 당장 들어선다면   2725

네 악행을 어찌 속죄하려느냐!

덩치만 큰 나,[127] 아 얼마나 왜소한지!

다 녹아서, 그녀 발치에 눕겠구나.

메피스토펠레스 *[오며]*

서두릅시다! 저 아래 개가 오고 있는 게 보여요.

파우스트

떠나자! 떠나자! 결코 다시는 오지 않겠다!   2730

메피스토펠레스

여기 이 조그만 상자는 상당히 무거운데,

제가 어디 다른 데서 가져온 겁니다.

이걸 여기 이 장롱 속에 그냥 넣어두세요.

맹세컨대, 그녀는 얼이 다 빠질 게요

당신을 위해 작고 예쁜 물건들을 그 안에 넣어두었죠   2735

다른 걸 한 가지[128] 얻으시라고요.

애는 애고 놀이는 놀이니까요.

파우스트

잘 모르겠다, 그래야 할까?

메피스토펠레스

　　　　　　　　　　질문이 많으시네?

혹시 그 보물을 본인이 간직하고 싶은 건가요?

그렇다면 당신의 방탕에는   2740

127　원어는 Hans이지만 앞에서 파우스트의 지칭으로 사용되었기에 '나'로 번역했다. 괴테의 어머
　　니가 그를 이런 애칭으로 부르기도 했다.

128　'다른 한 여자'라는 번역도 가능하다. 그레트헨을 뜻한다.

Die liebe schöne Tageszeit

Und mir die weitere Müh' zu sparen.

Ich hoff' nicht, daß Ihr geizig seid!

Ich kratz' den Kopf, reib' an den Händen —

Er stellt das Kästchen in den Schrein und drückt das Schloß wieder zu.

Nur fort! geschwind! —   2745

Um Euch das süße junge Kind

Nach Herzens Wunsch und Will' zu wenden;

Und Ihr seht drein,

Als solltet Ihr in den Hörsaal hinein,

Als stünden grau leibhaftig vor Euch da   2750

Physik und Metaphysika!

Nur fort! —

ab.

MARGARETE *mit einer Lampe.*

Es ist so schwül, so dumpfig hie

Sie macht das Fenster auf.

Und ist doch eben so warm nicht drauß'.

Es wird mir so, ich weiß nicht wie —   2755

Ich wollt', die Mutter käm' nach Haus.

Mir läuft ein Schauer übern ganzen Leib —

Bin doch ein töricht furchtsam Weib!

Sie fängt an zu singen, indem sie sich auszieht.

귀중한 낮 시간을,

제게는 더 이상의 수고를 아껴주기 바랍니다.

당신이 인색하지 않기를 바라는 바입니다!

제가 머리를 쥐어짜고, 두 손을 비볐단 말이에요 —

> 메피스토펠레스는 작은 상자를 장롱에 넣고 다시 자물쇠를 잠근다.

떠납시다! 얼른요!   2745

달콤한 젊은 아가씨를

마음의 소망과 뜻대로 해보겠다면서요.

당신 표정은

마치 강의실에라도 들어가야 하는 사람 같네요,

마치 당신 눈앞에 저기, 잿빛 실물로   2750

물리학과 형이상학이 서 있는 것 같군요!

떠납시다! —

> 퇴장.

마가레테 등불을 들고.

참 무덥고, 참 습하네, 여긴.

> 그녀가 창문을 연다.

바깥은 그리 덥지도 않은데.

그렇게 느껴지네, 웬일인지 모르겠네 —   2755

어머니께서 집으로 오시면 좋겠는데.

온몸에 소름이 끼치네 —

난 참 어리석고 겁 많은 계집애야!

> 그녀가 노래[129]를 부르기 시작한다, 옷을 벗으면서.

Es war ein König in Thule
Gar treu bis an das Grab, 2760
Dem sterbend seine Buhle
Einen goldnen Becher gab.

Es ging ihm nichts darüber,
Er leert ihn jeden Schmaus;
Die Augen gingen ihm über, 2765
So oft er trank daraus.

Und als er kam zu sterben,
Zählt' er seine Städt' im Reich,
Gönnt' alles seinem Erben,
Den Becher nicht zugleich. 2770

Er saß beim Königsmahle,
Die Ritter um ihn her,
Auf hohem Vätersaale,
Dort auf dem Schloß am Meer.

옛날에 툴레[130]에 한 임금님 있었네
무덤에 닿기까지 변함이 없던 이   2760
그이에게 죽으면서 연인이
황금잔 하나 주었네.

그 잔보다 귀한 것 세상에 없었네,
연회 때마다 그 잔을 비우셨고
눈에서는 눈물이 차올랐네,   2765
그 잔으로 마실 때마다.

임금님 돌아가시게 되었을 때
왕국 안 도시들 다 헤아려
모두 상속자에게 물려주어도
그 잔만은 같이 주지 않았네.   2770

성대한 잔치 베풀어 앉으셨네,
기사들에 에워싸여
오래된 선조들의 누각
거기 바닷가 성에서.

---

129 운율이 극도로 정교하게 이어지는 이 한 편의 지순한 사랑의 시는, 그 꿈을 노래하는 소녀 마
    가레테(그레트헨)의 청순함을 한껏 보여준다. 슈베르트가 작곡한 곡으로 더욱 유명하다.

130 지구 최북단에 있다는 전설의 섬. 전설의 섬이므로, 이어지는 시의 내용은 현실에는 없는 것으
    로 읽힌다. 그 지순한 꿈의 허구성이 시사되고, 현실에서의 비극으로 이어짐도 미리 읽어낼 수
    있다.

Dort stand der alte Zecher,   2775

Trank letzte Lebensglut,

Und warf den heiligen Becher

Hinunter in die Flut.

Er sah ihn stürzen, trinken

Und sinken tief ins Meer,   2780

Die Augen täten ihm sinken,

Trank nie einen Tropfen mehr.

Sie eröffnet den Schrein, ihre Kleider einzuräumen, und erblickt das Schmuckkästchen.

Wie kommt das schöne Kästchen hier herein?

Ich schloß doch ganz gewiß den Schrein.

Es ist doch wunderbar! Was mag wohl drinne sein?   2785

Vielleicht bracht's jemand als ein Pfand,

Und meine Mutter lieh darauf.

Da hängt ein Schlüsselchen am Band,

Ich denke wohl, ich mach' es auf!

Was ist das? Gott im Himmel! Schau,   2790

So was hab' ich mein' Tage nicht gesehn!

Ein Schmuck! Mit dem könnt' eine Edelfrau

Am höchsten Feiertage gehn.

Wie sollte mir die Kette stehn?

Wem mag die Herrlichkeit gehören?   2795

Sie putzt sich damit auf und tritt vor den Spiegel.

거기 그 늙은 술꾼이 서서   2775
생명의 마지막 뜨거움을 마시고는
그 성스러운 잔을 던졌네,
가득 차오른 물 속으로.

임금님 바라보았네, 그 잔 떨어져, 물에 잠겨
바닷속 깊이 가라앉는 모습   2780
임금님의 두 눈도 감겨갔네,
한 방울도 더는 마시지 못했네.

  그녀가 장롱을 열고 옷을 건다. 그러다가 보석상자를 본다.
어떻게 이런 예쁜 상자가 여기 들어왔지?
분명히 장롱을 잠갔는데.
참 이상하네! 이 안에 뭐가 들었을까?   2785
어쩌면 누군가 담보로 가지고 왔을 거야,
어머니가 이걸 잡고 돈을 빌려주었고.
여기 작은 열쇠가 끈에 달려 있네,
내가 열어봐도 되겠지!
이게 뭐지? 오 하느님! 이것 좀 봐,   2790
이런 건 생전 본 적이 없어!
장신구네! 이런 걸 달면 귀부인도
최고의 잔치에 갈 수 있겠네.
이 목걸이 나한테 어울릴까?
이 찬란한 것들이 누구 것일까?   2795
      그녀가 그것들을 달고 거울 앞으로 간다.

Wenn nur die Ohrring' meine wären!

Man sieht doch gleich ganz anders drein.

Was hilft euch Schönheit, junges Blut?

Das ist wohl alles schön und gut,

Allein man läßt's auch alles sein; 2800

Man lobt euch halb mit Erbarmen.

Nach Golde drängt,

Am Golde hängt

Doch Alles. Ach wir Armen!

이 귀고리만이라도 내 것이라면!
금방 완전히 딴 사람으로 보이네.
너 같은 애들 예쁜들, 젊은들 무슨 소용 있어?
그런 건 다 멋지고 좋은 일이긴 하지,
그게 다라고들 하지.   2800
하지만 절반은 동정에서 칭찬하는 거야.
황금을 향해 밀려가고
황금에 매달려들 있잖아,
모두들. 아 우리 가난한 사람들!

Spaziergang

Faust in Gedanken auf und ab gehend.

Zu ihm Mephistopheles.

MEPHISTOPHELES

Bei aller verschmähten Liebe! Beim höllischen Elemente!   2805

Ich wollt', ich wüßte was Ärgers, daß ich's fluchen könnte!

FAUST

Was hast? was kneift dich denn so sehr?

So kein Gesicht sah ich in meinem Leben!

MEPHISTOPHELES

Ich möcht' mich gleich dem Teufel übergeben,

Wenn ich nur selbst kein Teufel wär'!   2810

FAUST

Hat sich dir was im Kopf verschoben?

Dich kleidet's, wie ein Rasender zu toben!

MEPHISTOPHELES

Denkt nur, den Schmuck, für Gretchen angeschafft,

Den hat ein Pfaff hinweggerafft!

Die Mutter kriegt das Ding zu schauen,   2815

산보

파우스트, 생각에 잠겨 오락가락하며.

메피스토펠레스, 그에게로 가며.

메피스토펠레스

평생 사랑이라고는 받지 못하거라! 지옥불에나 떨어져라!　　　　　　2805

욕을 퍼부어야겠는데 더 심한 걸 모르겠네.

파우스트

왜 그러나? 뭐가 자넬 그렇게 화나게 하나?

그렇게 험악한 얼굴은 평생 본 적이 없네!

메피스토펠레스

악마에게라도 곧장 나를 넘기고 싶단 말입니다,

나 자신이 악마가 아니기만 하다면.　　　　　　　　　　　　　　　2810

파우스트

머릿속이 뭐가 잘못됐나?

미친놈처럼 날뛰는 게 자네한테 어울리기야 하지만!

메피스토펠레스

생각 좀 해보세요, 그레트헨 주려고 마련한 패물을

어느 신부놈이 다 쓸어갔단 말입니다!

그 아이의 어미가 그 물건을 보자마자　　　　　　　　　　　　　2815

Gleich fängt's ihr heimlich an zu grauen:

Die Frau hat gar einen feinen Geruch,

Schnuffelt immer im Gebetbuch,

Und riecht's einem jeden Möbel an,

Ob das Ding heilig ist oder profan; 2820

Und an dem Schmuck da spürt' sie's klar,

Daß dabei nicht viel Segen war.

Mein Kind, rief sie, ungerechtes Gut

Befängt die Seele, zehrt auf das Blut.

Wollen's der Mutter Gottes weihen, 2825

Wird uns mit Himmels-Manna erfreuen!

Margretlein zog ein schiefes Maul,

Ist halt, dacht' sie, ein geschenkter Gaul,

Und wahrlich! gottlos ist nicht der,

Der ihn so fein gebracht hierher. 2830

Die Mutter ließ einen Pfaffen kommen;

Der hatte kaum den Spaß vernommen,

Ließ sich den Anblick wohl behagen.

Er sprach: So ist man recht gesinnt!

금방 남모르게 섬뜩해하기 시작하더라고요.

그 여자 코가 심히 예민해요,

기도책에다 노상 코를 박고 살거든요,

가구도 하나하나 다 냄새 맡아보고요,

그 물건이 신성한 건지, 불경한 건지 알아내려고.   2820

그러니 패물에서 분명하게 감을 잡았죠,

거긴 축복이 별로 없다는 것을요.

애야, 하고 외치데요, 부정한 재물은

영혼을 옥죄고 피를 빤단다.

우리 이걸 성모님께 바치자, 그러면   2825

천국의 만나[131]가 우리를 기쁘게 할 것이다!

귀여운 마가레테는 입을 삐죽 내밀데요,

생각한 거죠, 선물 받은 말[132]인데,

절대로! 불경한 사람은 아닐 거야,

이런 걸 여기에 갖다 둔 사람은.   2830

어미는 신부놈 하나를 데려왔죠.

그자는 내력도 듣지 않고

패물을 보곤 기분이 좋아서

말했죠. 참 자알 생각하셨습니다!

---

131 이집트에서 탈출한 이스라엘 민족이 광야에서 헤매고 있을 때 여호와가 내려준 기적의 음식.

132 "선물 받은 말[馬]은 (말을 거래할 때처럼, 말이 건강한지 트집 잡을 게 없는지 살피려고) 아 가리를 벌려보지 않는다."(Einem geschenkten Gaul sieht man nicht ins Maul)라는 속담의 일 부를 가져온 단어이다. 따라서 이 말은 여기서 '선물 받은 것이니까 그런 건 따지지 말았으면' 이라는 생각을 담고 있다. 덧붙여, 원문에서는 그레트헨의 삐죽 내민 '입'(Maul)을 선물 받은 '말'(Gaul)과 운을 맞추어 쓰고 있다.

Wer überwindet der gewinnt. 2835

Die Kirche hat einen guten Magen,

Hat ganze Länder aufgefressen,

Und doch noch nie sich übergessen;

Die Kirch' allein, meine lieben Frauen,

Kann ungerechtes Gut verdauen. 2840

FAUST

Das ist ein allgemeiner Brauch,

Ein Jud' und König kann es auch.

MEPHISTOPHELES

Strich drauf ein Spange, Kett' und Ring',

Als wären's eben Pfifferling',

Dankt' nicht weniger und nicht mehr, 2845

Als ob's ein Korb voll Nüsse wär',

Versprach ihnen allen himmlischen Lohn —

Und sie waren sehr erbaut davon.

FAUST

Und Gretchen?

MEPHISTOPHELES

       Sitzt nun unruhvoll,

Weiß weder, was sie will noch soll, 2850

Denkt ans Geschmeide Tag und Nacht,

극복하는 자가 얻는 것이지요.   2835

교회는 위장이 튼튼해서

온 나라들을 다 삼키고도

한번 체한 적도 없답니다.

교회만이, 친애하는 여인들이여,

부정한 재물을 소화할 수 있답니다.   2840

파우스트

그거야 관행인데

유대인도 국왕도 그럴걸.

메피스토펠레스

그다음엔 팔찌며, 목걸이, 반지를 쓸어 담는 거예요,

마치 그것이 허드레 버섯[133]인 양

감사는 더도 덜도 아니고 딱   2845

호두 한 바구니 받았을 때만큼만 하고

여자들에게 모든 천국의 보상을 약속했죠 ─

여자들은 감지덕지했고요.

파우스트

한데 그레트헨은?

메피스토펠레스

　　　　　　이제 안절부절못하고 앉아 있죠

뭘 할지, 뭘 해야 될지 모르고   2850

밤낮으로 패물 생각을 하고

---

133 원어 '피퍼링 버섯'(Pfifferling)은 요즘은 별미 버섯이지만, 예전에는 흔해빠진 귀하지 않은 식
　　재료였다.

Noch mehr an den, der's ihr gebracht.

FAUST

Des Liebchens Kummer tut mir leid.

Schaff du ihr gleich ein neu Geschmeid'!

Am ersten war ja so nicht viel.   2855

MEPHISTOPHELES

O ja, dem Herrn ist alles Kinderspiel!

FAUST

Und mach', und richt's nach meinem Sinn!

Häng dich an ihre Nachbarin.

Sei, Teufel, doch nur nicht wie Brei,

Und schaff einen neuen Schmuck herbei!   2860

MEPHISTOPHELES

Ja, gnäd'ger Herr, von Herzen gerne.

                              Faust ab.

MEPHISTOPHELES

So ein verliebter Tor verpufft

Euch Sonne, Mond und alle Sterne

Zum Zeitvertreib dem Liebchen in die Luft.

                              ab.

그걸 가져온 사람 생각은 더 많이 하고 있죠.

파우스트

사랑스러운 그녀의 근심에 내가 괴롭구나.

자네는 얼른, 그녀에게 줄 새 장신구를 마련해 다오.

처음에는 별것 아니었지.   2855

메피스토펠레스

아 네, 어르신한테야 모든 게 애들 장난이겠죠!

파우스트

하기나 해, 내 뜻대로 해!

이웃집 여자한테 매달려 봐!

그렇게, 이 악마놈아, 죽처럼 퍼져 있지만 말고

장신구를 새로 마련해 오란 말이다!   2860

메피스토펠레스

예, 어르신! 충심으로 그리 하겠나이다.

파우스트 퇴장.

메피스토펠레스

저렇게 사랑에 빠진 바보는

해도 달도 별들도 죄다

사랑이 그거 보며 시간 보내라고 공중에다 흩뿌리지.

퇴장.

Der Nachbarin Haus

MARTHE *allein.*

Gott verzeih's meinem lieben Mann,   2865

Er hat an mir nicht wohl getan!

Geht da stracks in die Welt hinein,

Und läßt mich auf dem Stroh allein.

Tät ihn doch wahrlich nicht betrüben,

Tät ihn, weiß Gott, recht herzlich lieben.   2870

Sie weint.

Vielleicht ist er gar tot! — O Pein! — —

Hätt' ich nur einen Totenschein!

Margarete kommt.

MARGARETE

Frau Marthe!

MARTHE

Gretelchen, was soll's?

이웃 여자의 집

마르테 *혼잣말로.*

하느님께서 내 남편을 용서하시길,   2865

그이가 나한테 잘한 일이야 아무것도 없지만!

무작정 세상으로 나가버렸지,

나를 생과부로 혼자 놔두고.

그이를 참말이지 침울하게 한 일 없는데

그이를, 하느님은 아시리, 정말이지 진심으로 사랑했는데.   2870

그녀 운다.

어쩌면 죽었을 거야! — 오 괴로워!

사망증명서라도 한 장 있어야 하련만!

마가레테 온다.

마가레테

마르테 아줌마!

마르테

그레트헨이구나, 무슨 일이냐?

MARGARETE

Fast sinken mir die Kniee nieder!

Da find' ich so ein Kästchen wieder   2875

In meinem Schrein, von Ebenholz,

Und Sachen herrlich ganz und gar,

Weit reicher, als das erste war.

MARTHE

Das muß Sie nicht der Mutter sagen;

Tät's wieder gleich zur Beichte tragen.   2880

MARGARETE

Ach seh' Sie nur! ach schau' Sie nur!

MARTHE *putzt sie auf.*

O du glücksel'ge Kreatur!

MARGARETE

Darf mich, leider, nicht auf der Gassen,

Noch in der Kirche mit sehen lassen.

MARTHE

Komm du nur oft zu mir herüber,   2885

Und leg den Schmuck hier heimlich an;

Spazier ein Stündchen lang dem Spiegelglas vorüber,

Wir haben unsre Freude dran;

Und dann gibt's einen Anlaß, gibt's ein Fest,

Wo man's so nach und nach den Leuten sehen läßt.   2890

Ein Kettchen erst, die Perle dann in's Ohr;

Die Mutter sieht's wohl nicht, man macht ihr auch was vor.

마가레테

다리가 후들거려 쓰러질 것 같아요!

그런 보석상자가 또 있지 뭐예요,　　　　　　　　　　　　　　2875

제 장롱 속에요, 흑단 상자인데요,

물건들이 정말정말 굉장하고

처음 것보다도 훨씬 더 많아요.

마르테

엄마한테는 말하지 말아야 한다.

금방 또 고해석으로 들고 가실 테니.　　　　　　　　　　　　2880

마가레테

아, 이것 좀 보세요! 아, 이것 좀 봐요!

마르테 *마가레테를 치장해 준다.*

오, 넌 복도 많은 아이야!

마가레테

하지만 전, 유감스럽게도, 골목길에도

교회에도 이런 모습으로 나갈 수 없어요.

마르테

종종 나한테로 건너와　　　　　　　　　　　　　　　　　　2885

여기서 몰래 장신구를 달아보렴.

한참 거울 앞을 오락가락하며

거기서 우리의 기쁨을 누리자꾸나.

그러다 보면 기회가 있지, 축제가 있지,

그럴 때 차츰차츰 사람들한테도 모습을 보이는 거야.　　　　　2890

목걸이를 먼저 걸어보고, 다음에는 진주를 귀에 달고.

어머니는 아마 그걸 못 보실 거야, 비난도 안 받을 거고.

MARGARETE

Wer konnte nur die beiden Kästchen bringen?

Es geht nicht zu mit rechten Dingen!

Es klopft.

Ach Gott! mag das meine Mutter sein? 2895

MARTHE *durchs Vorhängel guckend.*

Es ist'ein fremder Herr — Herein!

Mephistopheles tritt auf.

MEPHISTOPHELES

Bin so frei, g'rad' herein zu treten,

Muß bei den Frauen Verzeihn erbeten.

Tritt ehrerbietig vor Margareten zurück.

Wollte nach Frau Marthe Schwerdtlein fragen!

MARTHE

Ich bin's, was hat der Herr zu sagen? 2900

MEPHISTOPHELES *leise zu ihr.*

Ich kenne Sie jetzt, mir ist das genug;

Sie hat da gar vornehmen Besuch.

Verzeiht die Freiheit, die ich genommen,

Will Nachmittage wiederkommen.

MARTHE *laut.*

Denk, Kind, um alles in der Welt! 2905

Der Herr dich für ein Fräulein hält.

MARGARETE

Ich bin ein armes junges Blut;

마가레테

보석 상자를 둘씩이나 갖다준 사람은 대체 누굴까요?

바른 일은 아닌 것 같아요!

문 두드리는 소리 들린다.

어머나! 우리 어머니일까?   2895

마르테 *커튼 사이로 내다보며.*

낯선 신사인데 — 들어오세요!

메피스토펠레스 등장한다.

메피스토펠레스

제가 함부로 곧장 들어왔습니다,

숙녀분들께 용서를 구해야겠습니다.

마가레테 앞에서 공손하게 물러난다.

마르테 슈베르틀라인 여사를 뵙고 싶습니다만!

마르테

전데요. 신사분께서 무슨 용무이신가요?   2900

메피스토펠레스 *목소리 낮추어 그녀에게.*

이제 뵙게 되었네요, 그걸로 됐습니다

마침 아주 귀한 방문객이 와 계시구요,

무례했던 점, 용서하시고요,

오후에 다시 오겠습니다.

마르테 *큰 소리로.*

봐라, 얘야, 세상에나!   2905

이 신사분이 너를 양갓집 규수로 아신다.

마가레테

전 보잘것없는 애예요

Ach Gott! der Herr ist gar zu gut:

Schmuck und Geschmeide sind nicht mein.

MEPHISTOPHELES

Ach, es ist nicht der Schmuck allein; 2910

Sie hat ein Wesen, einen Blick so scharf!

Wie freut mich's, daß ich bleiben darf.

MARTHE

Was bringt Er denn? Verlange sehr —

MEPHISTOPHELES

Ich wollt', ich hätt' eine frohere Mär'!

Ich hoffe, Sie läßt mich's drum nicht büßen: 2915

Ihr Mann ist tot und läßt Sie grüßen.

MARTHE

Ist tot? das treue Herz! O weh!

Mein Mann ist tot! Ach, ich vergeh'!

MARGARETE

Ach! liebe Frau, verzweifelt nicht!

MEPHISTOPHELES

So hört die traurige Geschicht'! 2920

MARGARETE

Ich möchte drum mein' Tag' nicht lieben,

Würde mich Verlust zu Tode betrüben.

MEPHISTOPHELES

Freud' muß Leid, Leid muß Freude haben.

오 하느님! 신사분께선 정말 너무 착하시네요.

장신구와 패물은 제 것이 아니랍니다.

메피스토펠레스

아, 장신구 때문에만 그러는 게 아닙니다   2910

아가씨께서는 성품도, 눈길도 참 예리하십니다!

제가 머물러도 된다면 참 기쁘겠습니다만.

마르테

무슨 소식을 가지고 오셨나요? 정말 궁금하네요 —

메피스토펠레스

좀 더 기쁜 소식이라면 좋으련만!

이런 말씀 드려도 절 탓하지 않으시길 빕니다.   2915

부군께서 타계하셨습니다, 인사 전해달라 하셨습니다.

마르테

죽었다고요? 그 변함없는 이가! 아아!

남편이 죽었어! 아, 죽을 것 같아!

마가레테

아! 아주머니, 절망하지 마세요!

메피스토펠레스

이렇게 슬픈 이야기를 들으시게 하네요!   2920

마가레테

그래서 전 평생 사랑은 안 하려고요,

잃으면 죽도록 슬플 테니까요.

메피스토펠레스

기쁨에는 괴로움이, 괴로움에는 기쁨이 반드시 따른답니다.

MARTHE

Erzählt mir seines Lebens Schluß!

MEPHISTOPHELES

Er liegt in Padua begraben   2925

Beim heiligen Antonius,

An einer wohlgeweihten Stätte

Zum ewig kühlen Ruhebette.

MARTHE

Habt Ihr sonst nichts an mich zu bringen?

MEPHISTOPHELES

Ja, eine Bitte, groß und schwer;   2930

Lass' Sie doch ja für ihn dreihundert Messen singen!

Im übrigen sind meine Taschen leer.

MARTHE

Was! nicht ein Schaustück? Kein Geschmeid'?

Was jeder Handwerksbursch im Grund des Säckels spart,

Zum Angedenken aufbewahrt,   2935

Und lieber hungert, lieber bettelt!

MEPHISTOPHELES

Madam, es tut mir herzlich leid;

Allein er hat sein Geld wahrhaftig nicht verzettelt.

Auch er bereute seine Fehler sehr,

Ja, und bejammerte sein Unglück noch viel mehr.   2940

MARGARETE

Ach! daß die Menschen so unglücklich sind!

마르테

그 사람의 마지막 이야기를 들려주세요!

메피스토펠레스

파도바에 묻혔습니다   2925

성 안토니오의 무덤 곁에요,

잘 축성된 곳,

영원히 서늘한 안식의 침상에요.

마르테

그 밖에는 아무것도 제게 전해주실 게 없나요?

메피스토펠레스

아 네. 부탁이 하나 있었습니다, 막중한데요,   2930

부인께 남편을 위한 미사를 삼백 번 올려달라고 했습니다!

그 밖에 달리 더 전할 건 없네요.

마르테

뭐라고요! 귀하게 간직했던 물건 하나라도? 패물이라도?

막일 하는 청년도 자루 바닥에는 넣어두는 것요,

기념 삼아 간직해 두는 것 말예요,   2935

굶을지언정, 구걸을 할지언정!

메피스토펠레스

부인, 진심으로 유감입니다.

그분은 정말이지 돈을 허비한 건 아니었어요.

그분은 잘못도 많이 뉘우쳤습니다.

네에, 자신의 불운을 훨씬 더 많이 탄식했지만요.   2940

마가레테

아! 사람들이 이렇게 불행하다니!

Gewiß ich will für ihn manch Requiem noch beten.

MEPHISTOPHELES

Ihr wäret wert, gleich in die Eh' zu treten:

Ihr seid ein liebenswürdig Kind.

MARGARETE

Ach nein, das geht jetzt noch nicht an.   2945

MEPHISTOPHELES

Ist's nicht ein Mann, sei's derweil ein Galan.

's ist eine der größten Himmelsgaben,

So ein lieb Ding im Arm zu haben.

MARGARETE

Das ist des Landes nicht der Brauch.

MEPHISTOPHELES

Brauch oder nicht! Es gibt sich auch.   2950

MARTHE

Erzählt mir doch!

MEPHISTOPHELES

          Ich stand an seinem Sterbebette,

Es war was besser als von Mist,

Von halbgefaultem Stroh; allein er starb als Christ,

Und fand, daß er weit mehr noch auf der Zeche hätte.

Wie, rief er, muß ich mich von Grund aus hassen,   2955

So mein Gewerb, mein Weib so zu verlassen!

Ach, die Erinnrung tötet mich.

Vergäb' sie mir nur noch in diesem Leben!

꼭, 그분을 위해 진혼기도를 많이 드리겠어요.

메피스토펠레스

규수께선, 금방 결혼을 하셔도 될 만해 보이는데요.

사랑스러운 아가씨이시로군요.

마가레테

아 아뇨, 아직 그럴 때가 아니어요.   2945

메피스토펠레스

남편이 아니라면, 잠시 애인도 괜찮죠.

그건 하늘의 가장 큰 선물이랍니다,

사랑하는 이를 품에 안는 것은요.

마가레테

그런 건 이곳 풍습이 아니어요.

메피스토펠레스

풍습이든 아니든! 있는 일인걸요.   2950

마르테

이야기 좀 해주세요!

메피스토펠레스

　　　　　　　제가 그의 임종의 자리에 있었습니다.

그건 거름더미보다는 좀 나았지만

반쯤 썩은 짚이었어요, 하지만 기독교도로 돌아가셨습니다.

그런데 속죄할 건 상당히 많았던 것 같고요.

난, 하고 그가 부르짖었죠, 나 자신을 근본에서부터 증오한다,   2955

그렇게, 내 생업, 내 아내를 버려두고 떠났다니!

아, 그 기억이 나를 죽이는구나.

부디 그녀가 이 생(生)에서 나를 용서하였으면!

MARTHE *weinend.*

Der gute Mann! ich hab' ihm längst vergeben.

MEPHISTOPHELES

Allein, weiß Gott! sie war mehr schuld als ich.   2960

MARTHE

Das lügt er! Was! am Rand des Grab's zu lügen!

MEPHISTOPHELES

Er fabelte gewiß in letzten Zügen,

Wenn ich nur halb ein Kenner bin.

Ich hatte, sprach er, nicht zum Zeitvertreib zu gaffen,

Erst Kinder, und dann Brot für sie zu schaffen,   2965

Und Brot im allerweitsten Sinn,

Und konnte nicht einmal mein Teil in Frieden essen.

MARTHE

Hat er so aller Treu', so aller Lieb' vergessen,

Der Plackerei bei Tag und Nacht!

MEPHISTOPHELES

Nicht doch, er hat Euch herzlich dran gedacht.   2970

Er sprach: Als ich nun weg von Malta ging,

Da betet' ich für Frau und Kinder brünstig;

Uns war denn auch der Himmel günstig,

Daß unser Schiff ein türkisch Fahrzeug fing,

Das einen Schatz des großen Sultans führte.   2975

Da ward der Tapferkeit ihr Lohn,

Und ich empfing denn auch, wie sich's gebührte,

마르테 *울면서.*

착한 사람! 난 벌써 오래전에 용서했는데.

메피스토펠레스

하지만, 하느님은 아시지! 그녀가 나보다 더 죄가 많아.   2960

마르테

그런 거짓말을! 뭐라고요! 무덤 문턱에서 거짓말을 하다니!

메피스토펠레스

분명, 숨이 넘어가는 탓에 허튼소릴 한 걸 겁니다,

제가 사정을 다야 모르지만요.

"나는" 하고 말하더군요, "한가해 본 적이라곤 없어.

우선은 아이들을, 그다음에는 그 애들 먹일 빵을 마련해야 했지,   2965

지극히 넓은 의미에서의 빵을,

그런데 내 몫은 한번도 편히 먹을 수 없었어."

마르테

그이가 내 모든 정성, 내 모든 사랑을 잊었단 말이군요,

밤낮으로 손발이 닳도록 애썼건만!

메피스토펠레스

잊었을 리야 있나요, 부인을 충심으로 생각했습니다,   2970

그분은 말했지요. 내가 몰타를 떠나올 때

그때 아내와 아이들을 위해 열심히 기도했지,

하늘도 우리를 도와

우리 배는 터키 화물선 한 척을 사로잡았는데

대(大) 술탄의 보물을 실은 배였어.   2975

그때 용감한 사람들은 그 보상을 받았지,

나도 받았지, 마땅한 대로,

Mein wohlgemess'nes Teil davon.

MARTHE

Ei wie? Ei wo? Hat er's vielleicht vergraben?

MEPHISTOPHELES

Wer weiß, wo nun es die vier Winde haben.   2980

Ein schönes Fräulein nahm sich seiner an,

Als er in Napel fremd umher spazierte;

Sie hat an ihm viel Lieb's und Treu's getan,

Daß er's bis an sein selig Ende spürte.

MARTHE

Der Schelm! der Dieb an seinen Kindern!   2985

Auch alles Elend, alle Not

Konnt' nicht sein schändlich Leben hindern!

MEPHISTOPHELES

Ja seht! dafür ist er nun tot.

Wär' ich nun jetzt an eurem Platze,

Betraurt' ich ihn ein züchtig Jahr,   2990

Visierte dann unterweil nach einem neuen Schatze.

MARTHE

Ach Gott! wie doch mein erster war,

Find' ich nicht leicht auf dieser Welt den andern!

Es konnte kaum ein herziger Närrchen sein.

Er liebte nur das allzuviele Wandern;   2995

Und fremde Weiber, und fremden Wein,

Und das verfluchte Würfelspiel.

내 몫을 후하게.

마르테

아이고, 뭐라고요? 아이고, 어디라고요? 혹시 그걸 파묻어 두었나요?

메피스토펠레스

동서남북 바람에 그게 어디로 날려갔는지야 뉘 알겠어요.   2980
예쁜 아가씨 하나가 그를 받아주었죠,
그가 낯선 나폴리에서 헤매고 있었을 때.
그녀, 사랑과 정성을 많이 바쳤지요,
그가 숨을 거둘 때까지 느끼도록요.

마르테

악당! 애들 몫까지 도둑질했군!   2985
어떤 비참, 어떤 곤궁도
그 사람의 파렴치한 생활을 막진 못했군!

메피스토펠레스

그래요, 보시다시피! 그 대가로 이젠 죽었지요.
제가 지금 당신 처지라면
정숙하게 한 해 동안 상을 치르고   2990
그다음에는 조금씩 새 애인을 물색해 볼 텐데요.

마르테

어머나 무슨 말씀을! 제 첫 남자, 그이도 그랬지만
이 세상에서 어디 쉽게 다른 남자를 찾겠어요!
그보다 더 착해빠진 바보는 잘 없다니까요.
다만 떠돌아다니는 걸 너무 좋아했죠.   2995
또 낯선 여자들, 낯선 술을요,
그리고 그 망할 놈의 노름도.

MEPHISTOPHELES

Nun, nun, so konnt' es gehn und stehen,

Wenn er euch ungefähr so viel

Von seiner Seite nachgesehen.   3000

Ich schwör' euch zu, mit dem Beding

Wechselt' ich selbst mit Euch den Ring!

MARTHE

O es beliebt dem Herrn, zu scherzen!

MEPHISTOPHELES *für sich.*

Nun mach' ich mich beizeiten fort!

Die hielte wohl den Teufel selbst beim Wort.   3005

Zu Gretchen.

Wie steht es denn mit Ihrem Herzen?

MARGARETE

Was meint der Herr damit?

MEPHISTOPHELES *für sich.*

Du gut's, unschuldig's Kind!

Laut.

Lebt wohl, ihr Fraun!

MARGARETE

Lebt wohl!

MARTHE

O sagt mir doch geschwind!

Ich möchte gern ein Zeugnis haben,

Wo, wie und wann mein Schatz gestorben und begraben.   3010

메피스토펠레스

저런 저런, 일은 이렇기도 하고 저렇기도 하지요

그 사람 쪽에서도 부인을 참 많이

눈감아 주었다면요.

맹세커니와, 그런 조건이면   3000

저라도 당신과 반지를 나눌 겁니다!

마르테

오 신사분이 농담도 잘하셔!

메피스토펠레스 *혼잣말로.*

이젠 더 늦기 전에 떠나야겠군!

이 여자, 아마 악마의 말꼬리조차 잡고 늘어지겠는걸.   3005

그레트헨에게.

아가씨 마음은 어떠신가요?

마가레테

무슨 말씀이신지요?

메피스토펠레스 *혼잣말로.*

착하고 순진한 아이로군!

큰 소리로.

안녕히 계십시오, 숙녀분들!

마가레테

안녕히 가세요!

마르테

아 그래도 잠깐 한 말씀 해주세요!

저는 증명서가 한 장 있으면 좋겠어요,

언제, 어디서, 어떻게 제 남편이 죽고 묻혔는지.   3010

Ich bin von je der Ordnung Freund gewesen,

Möcht' ihn auch tot im Wochenblättchen lesen.

MEPHISTOPHELES

Ja, gute Frau, durch zweier Zeugen Mund

Wird allerwegs die Wahrheit kund;

Habe noch gar einen feinen Gesellen,   3015

Den will ich Euch vor den Richter stellen.

Ich bring' ihn her.

MARTHE

        O tut das ja!

MEPHISTOPHELES

Und hier die Jungfrau ist auch da? —

Ein braver Knab'! ist viel gereis't,

Fräuleins alle Höflichkeit erweis't.   3020

MARGARETE

Müßte vor dem Herren schamrot werden.

MEPHISTOPHELES

Vor keinem Könige der Erden.

MARTHE

Da hinterm Haus in meinem Garten

Wollen wir der Herrn heut' abend warten.

제가 워낙 무슨 일이든 정리해 두는 걸 좋아해서

교회주보에도 사망 소식을 싣고 싶어요.

메피스토펠레스

네, 부인, 두 증인의 입이면

진실은 밝혀지니까요.

제겐 귀한 동행도 있죠,   3015

그분을 부인을 위해 증인석에 세우겠습니다.

그분을 모시고 올게요.

마르테

오 그러셔요!

메피스토펠레스

그런데 저 규수께서도 여기 계실 건가요? —

그분은 멋진 총각이랍니다! 여행도 많이 했죠.

아가씨들께도 갖은 예의를 다 갖추고요.   3020

마가레테

그런 신사분 앞에선 부끄러워 제가 분명 빨개질 거예요.

메피스토펠레스

지상의 어느 임금님 앞에서도 그러실 필요 없는데요.

마르테

저기 제 집 뒤뜰에서

오늘 저녁 신사분들을 기다리겠습니다.

Straße

Faust. Mephistopheles.

FAUST

Wie ist's? Will's fördern? Will's bald gehn?   3025

MEPHISTOPHELES

Ah bravo! Find' ich Euch in Feuer?

In kurzer Zeit ist Gretchen Euer.

Heut' abend sollt Ihr sie bei Nachbar' Marthen sehn:

Das ist ein Weib wie auserlesen

Zum Kuppler- und Zigeunerwesen!   3030

FAUST

So recht!

MEPHISTOPHELES

      Doch wird auch was von uns begehrt.

FAUST

Ein Dienst ist wohl des andern wert.

MEPHISTOPHELES

Wir legen nur ein gültig Zeugnis nieder,

길거리

파우스트. 메피스토펠레스.

파우스트

어때? 될 것 같으냐? 금방 될까?   3025

메피스토펠레스

아하 브라보! 또 불붙으셨네요?

이제 곧 그레트헨은 당신 겁니다.

오늘 저녁 이웃집 마르테 네에서 보게 될 겁니다.

마르테는 가려 뽑은 듯한 여자예요,

뚜쟁이짓, 집시짓을 위해서 말이에요!   3030

파우스트

제대로 되었군!

메피스토펠레스

　　　　　하지만 우리가 해줘야 할 일도 있습니다.

파우스트

하나의 봉사야 다른 봉사를 받을 만하지.

메피스토펠레스

우린 유효한 증언 하나만 척 내놔주면 돼요,

Daß ihres Ehherrn ausgereckte Glieder

In Padua an heil'ger Stätte ruhn. 3035

FAUST

Sehr klug! Wir werden erst die Reise machen müssen!

MEPHISTOPHELES

Sancta Simplicitas! darum ist's nicht zu tun;

Bezeugt nur, ohne viel zu wissen.

FAUST

Wenn Er nichts Bessers hat, so ist der Plan zerrissen.

MEPHISTOPHELES

O heil'ger Mann! Da wär't Ihr's nun! 3040

Ist es das erstemal in Eurem Leben,

Daß Ihr falsch Zeugnis abgelegt?

Habt Ihr von Gott, der Welt und was sich d'rin bewegt,

Vom Menschen, was sich ihm in Kopf und Herzen regt,

Definitionen nicht mit großer Kraft gegeben? 3045

Mit frecher Stirne, kühner Brust?

Und wollt Ihr recht ins Innre gehen,

Habt Ihr davon, Ihr müßt es grad' gestehen,

So viel als von Herrn Schwerdtleins Tod gewußt!

FAUST

Du bist und bleibst ein Lügner, ein Sophiste. 3050

그녀 남편의 뻗은 사지가

파도바의 성스러운 곳에서 쉬고 있다고 말입니다.   3035

파우스트

아주 잘했네. 우리 우선 여행을 해야겠구나!

메피스토펠레스

이런 고지식한 양반![134] 그럴 필요 없어요,

그저 증언만 하면 돼요, 많이 알 필요 없어요.

파우스트

네가 더 나은 방도를 모른다면 이 계획은 실패하겠군.

메피스토펠레스

오 성인(聖人) 났군요! 또 그러시네   3040

선생 인생에서 이게 어디 처음입니까?

위증을 하는 것이 말이에요.

신이며 세계, 그리고 그 안에서 움직이는 것에 대해

인간에 대해, 그 머리와 가슴에서 움직이는 것에 대해

별 힘 안 들이고 정의를 내리지 않았던가요?   3045

뻔뻔한 이마로, 대담한 가슴으로?

내면으로 제대로 파고들려 한다면

바로 인정하셔야 할걸요, 그것에 관해

슈베르틀라인 씨의 죽음에 대해서만큼이나 아셨나요!

파우스트

너는 지금도 앞으로도 거짓말쟁이로구나, 궤변가이고.   3050

---

134 원어 Sancta Simplicitas는 '신성한 단순함'이라는 뜻의 라틴어로 종교개혁가 후스 때문에 유명
해진 말이다. 그가 화형을 앞두고 장작더미에 앉아 있었을 때 장작을 나르던 농부가 했던 말이
라고 한다.

MEPHISTOPHELES

Ja, wenn man's nicht ein bißchen tiefer wüßte.

Denn morgen wirst, in allen Ehren,

Das arme Gretchen nicht betören,

Und alle Seelenlieb' ihr schwören?

FAUST

Und zwar von Herzen.

MEPHISTOPHELES

        Gut und schön!   3055

Dann wird von ewiger Treu' und Liebe,

Von einzig überallmächt'gem Triebe —

Wird das auch so von Herzen gehn?

FAUST

Laß das! Es wird! — Wenn ich empfinde,

Für das Gefühl, für das Gewühl   3060

Nach Namen suche, keinen finde,

Dann durch die Welt mit allen Sinnen schweife,

Nach allen höchsten Worten greife,

Und diese Glut, von der ich brenne,

Unendlich, ewig, ewig nenne,   3065

Ist das ein teuflisch Lügenspiel?

MEPHISTOPHELES

Ich hab' doch recht!

FAUST

        Hör'! merk' dir dies —

메피스토펠레스

그렇죠, 사정을 조금 더 깊이 알지 못한다면요.

당신은 내일이면, 지극히 정중하게

가엾은 그레트헨을 유혹할 거 아닌가요,

온 영혼을 바친 사랑을 그녀에게 맹세하며?

파우스트

하지만 마음으로부터 우러난 것이다.

메피스토펠레스

조옿습니다!   3055

그러면 영원한 성실과 사랑에 관해

너무나도 전능한 유일한 충동에 관해 ─

그것도 마음으로부터 나오는 건가요?

파우스트

그만해! 그럴 거야! ─ 내가 뭔갈 느낄 때,

그 감정을 위한, 그 혼돈을 위한   3060

이름을 찾다가, 아무 이름도 찾아내지 못하면

온갖 감각으로 세계를 헤매지,

모든 최상의 말들을 뒤지지,

그리고 나를 태우고 있는 이 이글거림, 그걸

무한하다고, 영원하다고, 영원하다고 나는 칭하지,   3065

그것이 악마의 거짓말놀음과 같은 거란 말이냐?

메피스토펠레스

그래도 옳은 건 접니다요!

파우스트

잘 들어! 이걸 명심해 둬 ─

Ich bitte dich, und schone meine Lunge —

Wer recht behalten will und hat nur eine Zunge,

Behält's gewiß. 3070

Und komm', ich hab' des Schwätzens Überdruß,

Denn du hast recht, vorzüglich weil ich muß.

부탁하는데, 떠드느라 숨이 다 차니 그만하자. ─
계속 자기가 옳다고 우기고, 똑같은 말만 하는 사람이야
확실히 자기가 옳겠지.   3070
됐네. 난 허튼 수다가 지겹다,
자네가 옳을 테니, 내가 별수 없으니 말이야.

Garten

Margarete an Faustens Arm.

Marthe mit Mephistopheles auf und ab spazierend.

MARGARETE

Ich fühl' es wohl, daß mich der Herr nur schont,

Herab sich läßt, mich zu beschämen.

Ein Reisender ist so gewohnt,   3075

Aus Gütigkeit fürlieb zu nehmen;

Ich weiß zu gut, daß solch erfahrnen Mann

Mein arm Gespräch nicht unterhalten kann.

FAUST

Ein Blick von dir, ein Wort mehr unterhält,

Als alle Weisheit dieser Welt.   3080

Er küßt ihre Hand.

MARGARETE

Inkommodiert Euch nicht! Wie könnt Ihr sie nur küssen?

Sie ist so garstig, ist so rauh!

Was hab' ich nicht schon alles schaffen müssen!

Die Mutter ist gar zu genau.

정원

마가레테, 파우스트와 팔짱을 끼고.
마르테, 메피스토펠레스와 이리저리 거닐며.

마가레테

잘 알겠어요, 선생님께서 저를 아끼시는 것을,

몸을 낮추셔서 저를 부끄럽게 하시는 것을요.

여행하시는 분들은, 호의에서,   3075

너그럽게 생각하는 데 익숙하시지요.

너무도 잘 알고 있어요, 그렇게나 경험 많으신 분이

제 보잘것없는 이야기를 재미있어하실 리 없다는 걸요.

파우스트

당신의 눈길 하나, 말 한 마디가

이 세상 모든 지혜보다 더 재미있소.   3080

                    그가 그녀의 손에 입을 맞춘다.

마가레테

억지로 그러지 마셔요! 어떻게 제 손에 키스를 하실 수 있어요?

이렇게 흉하고, 이렇게 거친데!

얼마나 많은 일을 다 해야만 했는지 모른답니다!

어머니가 참 엄격하셔서요.

Gehn vorüber.

MARTHE

Und Ihr, mein Herr, Ihr reist so immer fort? 3085

MEPHISTOPHELES

Ach, daß Gewerb' und Pflicht uns dazu treiben!

Mit wieviel Schmerz verläßt man manchen Ort,

Und darf doch nun einmal nicht bleiben!

MARTHE

In raschen Jahren geht's wohl an,

So um und um frei durch die Welt zu streifen; 3090

Doch kömmt die böse Zeit heran,

Und sich als Hagestolz allein zum Grab zu schleifen,

Das hat noch keinem wohlgetan.

MEPHISTOPHELES

Mit Grausen seh' ich das von weiten.

MARTHE

Drum, werter Herr, beratet euch in Zeiten. 3095

Gehn vorüber.

MARGARETE

Ja, aus den Augen aus dem Sinn!

Die Höflichkeit ist euch geläufig;

Allein ihr habt der Freunde häufig,

Sie sind verständiger als ich bin.

FAUST

O Beste! glaube, was man so verständig nennt, 3100

지나쳐 간다.

마르테

그런데 선생님, 그렇게 늘 여행을 계속하시나요?　　　　　　　　3085

메피스토펠레스

아, 생업과 의무가 저를 그렇게 만든답니다!

어떤 곳은 얼마나 고통스럽게 떠나는지 몰라요,

그런데 한번도 머물 수가 없네요!

마르테

쏜살같이 지나가는 젊은 시절에는, 한껏 자유롭게

세상을 돌아다니는 것도 좋지요.　　　　　　　　　　　　3090

하지만 나쁜 시절이 다가오죠,

노총각 신세로 혼자 무덤으로 발을 질질 끌며 가야 할 때요,

그건 아무에게도 좋지 않을 텐데요.

메피스토펠레스

소름 끼쳐 하며 그때를 벌써부터 멀리서 보고 있습니다.

마르테

그러니, 귀하신 분, 늦기 전에 잘 생각해 보세요.　　　　　　3095

지나쳐 간다.

마가레테

네, 안 보면 잊히는 거죠!

예의는 몸에 밴 것이고요.

하지만 친구들이 많으시고

다들 저보다 똑똑하겠지요.

파우스트

오 착한 사람! 믿어요, 사람들이 그렇게 똑똑하다고 일컫는 건　　3100

Ist oft mehr Eitelkeit und Kurzsinn.

MARGARETE

                Wie?

FAUST

Ach, daß die Einfalt, daß die Unschuld nie

Sich selbst und ihren heil'gen Wert erkennt!

Daß Demut, Niedrigkeit, die höchsten Gaben

Der liebevoll austeilenden Natur —   3105

MARGARETE

Denkt Ihr an mich ein Augenblickchen nur,

Ich werde Zeit genug an Euch zu denken haben.

FAUST

Ihr seid wohl viel allein?

MARGARETE

Ja, unsre Wirtschaft ist nur klein,

Und doch will sie versehen sein.   3110

Wir haben keine Magd; muß kochen, fegen, stricken

Und nähn, und laufen früh und spat;

Und meine Mutter ist in allen Stücken

So akkurat!

Nicht daß sie just so sehr sich einzuschränken hat;   3115

Wir könnten uns weit eh'r als andre regen:

Mein Vater hinterließ ein hübsch Vermögen,

Ein Häuschen und ein Gärtchen vor der Stadt.

Doch hab' ich jetzt so ziemlich stille Tage;

자주 오히려 허영이고 단견(短見)이라오.

마가레테

어째서요?

파우스트

아, 이 단순함, 순진무구함은 결코
자기 자신과 또 자신의 신성한 가치를 모르지!
이런 겸손, 낮춤은, 충만한 사랑으로 나누는
자연이 준 최상의 선물이라는 것을 ―   3105

마가레테

선생님은 저를 그저 잠깐 생각하시죠,
저는 선생님 생각을 할 시간이 충분히 많을 거예요.

파우스트

당신은 아마 혼자 있을 때가 많지요?

마가레테

네, 저희 집 살림은 규모가 작지만,
그래도 해야 할 일들이 있지요.   3110
우린 하녀가 없어요, 제가 요리하고, 비질하고, 뜨개질하고
바느질해야 하죠, 아침저녁으로 동동거려야지요.
어머니는 매사에
아주 정확하시거든요!
꼭 그렇게나 규모를 줄여 살아야 하는 건 아닌데도요,   3115
다른 사람들보다는 훨씬 풍족하게 살 수도 있거든요.
아버지께서 상당한 재산을 물려주셨고
작은 집과 정원이 교외에 있어요.
하지만 요즘은 저도 상당히 조용한 나날을 보내고 있어요.

Mein Bruder ist Soldat, 3120

Mein Schwesterchen ist tot.

Ich hatte mit dem Kind wohl meine liebe Not;

Doch übernähm' ich gern noch einmal alle Plage,

So lieb war mir das Kind.

FAUST

Ein Engel, wenn dir's glich.

MARGARETE

Ich zog es auf, und herzlich liebt' es mich. 3125

Es war nach meines Vaters Tod geboren,

Die Mutter gaben wir verloren,

So elend wie sie damals lag,

Und sie erholte sich sehr langsam, nach und nach.

Da konnte sie nun nicht d'ran denken 3130

Das arme Würmchen selbst zu tränken,

Und so erzog ich's ganz allein,

Mit Milch und Wasser; so ward's mein.

Auf meinem Arm, in meinem Schoß

War's freundlich, zappelte, ward groß. 3135

FAUST

Du hast gewiß das reinste Glück empfunden.

MARGARETE

Doch auch gewiß gar manche schwere Stunden.

Des Kleinen Wiege stand zu Nacht

An meinem Bett', es durfte kaum sich regen,

오빠는 군대 가고   3120

여동생은 죽었거든요.

그 애 때문에 즐거운 고생도 꽤 했어요.

하지만 그 모든 괴로움을 다시 한 번 느끼고 싶어요.

참 사랑스러운 아이였거든요.

파우스트

                    천사였겠군, 당신을 닮았다면.

마가레테

제가 그 앨 키웠어요, 개도 저를 참 좋아했고요.   3125

그 애는 아버지가 돌아가신 뒤에 태어났어요.

우린 어머니도 돌아가시는 줄 알았죠,

그렇게나 참으로 비참하게 누워 계셨는데

아주 천천히, 조금씩 회복되셨어요.

그때 어머니는 그 가엾은 아이에게   3130

젖을 먹일 생각조차 할 수 없어서

제가 완전히 혼자 그 애를 키웠죠,

우유와 물로. 그렇게 그 애는 제 아이가 되었고요.

제 두 팔 안에서, 제 품 안에서

다정했고, 버둥거리며 컸지요.   3135

파우스트

당신은 분명 가장 순수한 행복을 느꼈겠군.

마가레테

하지만 어려운 시간도 참 많았어요.

그 아이 요람이 밤이면

제 침대 곁에 있었어요. 애가 움찔거리기만 하면

War ich erwacht; 3140

Bald mußt' ich's tränken, bald es zu mir legen,

Bald, wenn's nicht schwieg, vom Bett' aufstehn,

Und tänzelnd in der Kammer auf und nieder gehn,

Und früh am Tage schon am Waschtrog stehn;

Dann auf dem Markt und an dem Herde sorgen, 3145

Und immer fort wie heut so morgen.

Da geht's, mein Herr, nicht immer mutig zu;

Doch schmeckt dafür das Essen, schmeckt die Ruh.

Gehn vorüber.

MARTHE

Die armen Weiber sind doch übel dran:

Ein Hagestolz ist schwerlich zu bekehren. 3150

MEPHISTOPHELES

Es käme nur auf Euresgleichen an,

Mich eines Bessern zu belehren.

MARTHE

Sagt g'rad', mein Herr, habt Ihr noch nichts gefunden?

Hat sich das Herz nicht irgendwo gebunden?

MEPHISTOPHELES

Das Sprichwort sagt: Ein eigner Herd, 3155

Ein braves Weib sind Gold und Perlen wert.

MARTHE

Ich meine, ob ihr niemals Lust bekommen?

제가 잠을 깼지요.   3140

우유를 주었다가, 곁에 눕혔다가,

그 애가 울음을 그치지 않으면, 침대에서 일어나

춤을 추듯 올렸다 내렸다 하며 방 안을 돌아다녔죠.

아침 일찍부터 빨래통에 붙어 있어야 했고

그러곤 장도 봐야 했고 부엌일도 해야 했고요,   3145

계속계속 오늘이나 내일이나.

그렇게 지내요, 선생님, 늘 기운이 나진 않아요.

그 대신 음식은 맛나고, 휴식도 맛나지요.

지나쳐 간다.

마르테

가엾은 여자들은 형편이 말이 아니랍니다.

노총각 하나 생각을 돌려놓긴 참 어렵거든요.   3150

메피스토펠레스

그래도 당신 같은 사람들뿐 아니겠습니까,

나 같은 사람을 좀 나아지게끔 바로잡아 줄 수 있는 건.

마르테

똑바로 말씀하세요, 선생님, 아직 아무것도 못 찾아내셨어요?

마음이 어딘가에 묶인 적이 없단 말예요?

메피스토펠레스

속담도 있질 않나요. 제 집 부엌과   3155

착한 아내는 황금과 진주의 가치가 있다고.

마르테

제 말은, 당신은 한번도 그럴 마음이 없으셨냐고요?

MEPHISTOPHELES

Man hat mich überall recht höflich aufgenommen.

MARTHE

Ich wollte sagen: ward's nie Ernst in eurem Herzen?

MEPHISTOPHELES

Mit Frauen soll man sich nie unterstehn zu scherzen.   3160

MARTHE

Ach, Ihr versteht mich nicht!

MEPHISTOPHELES

                         Das tut mir herzlich leid!

Doch ich versteh' — daß Ihr sehr gütig seid.

Gehn vorüber.

FAUST

Du kanntest mich, o kleiner Engel, wieder,

Gleich als ich in den Garten kam?

MARGARETE

Saht Ihr es nicht? ich schlug die Augen nieder.   3165

FAUST

Und du verzeihst die Freiheit, die ich nahm,

Was sich die Frechheit unterfangen,

Als du jüngst aus dem Dom gegangen?

MARGARETE

Ich war bestürzt, mir war das nie geschehn;

Es konnte niemand von mir Übels sagen.   3170

Ach, dacht' ich, hat er in deinem Betragen

메피스토펠레스

어디서나 정말 정중한 대접을 받았지요.

마르테

제 말은, 마음이 한번도 진지해지지 않으셨냐고요?

메피스토펠레스

여자들과는 감히 농담하는 게 아니지요.   3160

마르테

아, 제 말을 이해하지 못하시는군요!

메피스토펠레스

거 참 정말 유감입니다!

하지만 알죠 ─ 당신이 참 너그러운 분이라는 거야.

지나쳐 간다.

파우스트

나를 다시 알아보았나요, 작은 천사여,

내가 뜰로 들어서자 곧바로?

마가레테

못 보셨어요? 제가 눈을 내리깔았는데요.   3165

파우스트

내가 무례했던 것 용서하는 거죠?

얼마 전 당신이 성당에서 나올 때

내가 대담하게 굴었던 것 말이오.

마가레테

당황했어요, 한번도 없던 일이라서요.

누구도 나에 대해 나쁜 말 했을 리는 없는데.   3170

생각했죠, 아, 그분이 내 처신에서,

Was Freches, Unanständiges gesehn?

Es schien ihn gleich nur anzuwandeln,

Mit dieser Dirne g'radehin zu handeln.

Gesteh' ich's doch! Ich wußte nicht, was sich   3175

Zu eurem Vorteil hier zu regen gleich begonnte;

Allein gewiß, ich war recht bös' auf mich,

Daß ich auf Euch nicht böser werden konnte.

FAUST

Süß Liebchen!

MARGARETE

    Laßt einmal!

Sie pflückt eine Sternblume und zupft die Blätter ab, eins nach dem andern.

FAUST

        Was soll das? Einen Strauß?

MARGARETE

Nein, es soll nur ein Spiel.   3180

FAUST

     Wie?

MARGARETE

      Geht! Ihr lacht mich aus.

Sie rupft und murmelt.

FAUST

Was murmelst du?

MARGARETE *halb laut.*

    Er liebt mich — liebt mich nicht.

뭔가 뻔뻔한, 얌전치 못한 걸 보았나?

이런 여자애한테는 곧바로 접근해도 되겠다

생각이 드신 것 같았거든요.

고백하는데요! 저는 몰랐어요, 뭐가   3175

금방 그렇게 해도 된다고 생각하시게끔 했는지.

그렇지만 확실한 건, 저 자신에 대해선 제대로 화가 났다는 거예요,

선생님을 더 나쁘게 대할 수 없었던 것이요.

파우스트

고운 사람!

마가레테

　　잠깐만요!

　　그녀가 별꽃 한 송이를 꺾어 그 잎을 뜯는다, 하나하나씩.

파우스트

　　　　그게 뭐요? 꽃다발을 만드나?

마가레테

아뇨, 그냥 장난이어요.   3180

파우스트

　　　　어떻게?

마가레테

　　　　가세요! 절 비웃으실 거예요.

　　　　뜯으면서 중얼거린다.

파우스트

무얼 중얼거리나?

마가레테 *반쯤 큰 소리로.*

　　　　그이가 나를 사랑하신다 ── 사랑하지 않는다.

FAUST

Du holdes Himmels-Angesicht!

MARGARETE *fährt fort.*

Liebt mich — Nicht — Liebt mich — Nicht —

> *Das letzte Blatt ausrupfend, mit holder Freude.*

Er liebt mich!

FAUST

> Ja, mein Kind! Laß dieses Blumenwort

Dir Götter-Ausspruch sein. Er liebt dich!   3185

Verstehst du, was das heißt? Er liebt dich!

> *Er faßt ihre beiden Hände.*

MARGARETE

Mich überläuft's!

FAUST

O schaudre nicht! Laß diesen Blick,

Laß diesen Händedruck dir sagen,

Was unaussprechlich ist: 3190

Sich hinzugeben ganz und eine Wonne

Zu fühlen, die ewig sein muß!

Ewig! — Ihr Ende würde Verzweiflung sein.

Nein, kein Ende! Kein Ende!

> *Margarete drückt ihm die Hände, macht sich los und läuft weg.*
>
> *Er steht einen Augenblick in Gedanken, dann folgt er ihr.*

MARTHE *kommend.*

Die Nacht bricht an.

파우스트

이 아름다운 천사의 얼굴!

마가레테 *계속한다.*

사랑하신다 — 아니다 — 사랑하신다 — 아니다 —

        마지막 꽃잎을 뜯어내며, 기쁨에 차서.

그이가 나를 사랑하신다!

파우스트

         그래요, 내 어여쁜 이! 이 꽃점을

신들의 판정으로 삼아요. 그가 당신을 사랑해요!   3185

그게 무슨 뜻인지 알겠어요? 그가 당신을 사랑해요!

        파우스트가 그녀의 두 손을 쥔다.

마가레테

소름이 끼쳐요!

파우스트

오 떨지 말아요! 이 눈길이

이 잡은 손이 당신에게 말하게 해요,

말로 할 수 없는 것을.   3190

나 자신을 완전히 내맡기며 희열을

느낀다고, 분명 영원할 희열을!

영원히! — 그것이 끝난다면 절망일 것이오.

아니, 끝은 없어! 끝은 없어!

      마가레테가 그의 손을 꼭 잡는다, 손을 빼고 달아난다.

      그는 한순간 생각에 잠겨 서 있다가 그녀를 뒤따라간다.

마르테 *오며.*

어둠이 내리네요.

MEPHISTOPHELES

        Ja, und wir wollen fort.   3195

MARTHE

Ich bät' Euch, länger hier zu bleiben,

Allein es ist ein gar zu böser Ort.

Es ist, als hätte niemand nichts zu treiben

Und nichts zu schaffen,

Als auf des Nachbarn Schritt und Tritt zu gaffen,   3200

Und man kommt ins Gered', wie man sich immer stellt.

Und unser Pärchen?

MEPHISTOPHELES

        Ist den Gang dort aufgeflogen.

Mutwill'ge Sommervögel!

MARTHE

        Er scheint ihr gewogen.

MEPHISTOPHELES

Und sie ihm auch. Das ist der Lauf der Welt.

메피스토펠레스

　　　　　네, 우린 떠나야겠습니다.　　　　　　　　　　　3195

마르테

좀 더 오래 여기 계시라고 하고 싶습니다만,

여긴 심히, 너무나도 험악한 곳이랍니다.

아무도 달리 소일거리가 없는 것 같아요,

아무것도 달리 할 일이 없는 것 같다니까요,

이웃집 발소리 하나에도 넋 놓고 구경하는 것 말고는요.　　3200

하여 소문에 휘말리죠, 어찌 해도 그래요.

한데 그 두 사람은?

메피스토펠레스

　　　　　저기 통로로 날아가 버렸소.

제멋대로인 나비들처럼!

마르테

　　　　　그분이 그 애한테 혹한 것 같네요.

메피스토펠레스

그 애 역시 그에게. 세상사 돌아가는 게 그렇지요.

Ein Gartenhäuschen

Margarete springt herein, steckt sich hinter die Tür,

hält die Fingerspitze an die Lippen, und guckt durch die Ritze.

MARGARETE

Er kommt!

FAUST *kommt.*

      Ach Schelm, so neckst du mich!   3205

Treff' ich dich!

                    Er küßt sie.

MARGARETE *ihn fassend und den Kuß zurückgebend.*

      Bester Mann! von Herzen lieb' ich dich!

             Mephistopheles klopft an.

FAUST *stampfend.*

Wer da?

MEPHISTOPHELES

      Gut Freund!

FAUST

      Ein Tier!

정자

마가레테 뛰어들어, 문 뒤에 몸을 숨기고,
손가락 끝을 입술에 댄 채 틈으로 본다.

마가레테
그 사람이 오네!
파우스트 온다.

　　　　아 이 개구쟁이, 날 이렇게 놀리네!　　　　　　　3205
잡았다!

　　　　　　그가 그녀에게 키스한다.

마가레테 그를 붙잡으며 키스를 돌려주며.

　　　좋으신 분! 진심으로 당신을 사랑해요!

　　　　　　메피스토펠레스가 문을 두드린다.

파우스트 발을 구르며.
누구요?
메피스토펠레스

　　　좋은 친구요!
파우스트

　　　　저 짐승!

MEPHISTOPHELES

        Es ist wohl Zeit zu scheiden.

MARTHE *kommt.*

Ja, es ist spät, mein Herr.

FAUST

       Darf ich Euch nicht geleiten?

MARGARETE

Die Mutter würde mich — Lebt wohl!

FAUST

       Muß ich denn gehn?

Lebt wohl!

MARTHE

   Ade!

MARGARETE

     Auf baldig Wiedersehn!   3210

        Faust und Mephistopheles ab.

MARGARETE

Du lieber Gott! was so ein Mann

Nicht alles, alles denken kann!

Beschämt nur steh' ich vor ihm da,

Und sag' zu allen Sachen ja.

Bin doch ein arm unwissend Kind,   3215

Begreife nicht, was er an mir find't.

        ab.

메피스토펠레스

     헤어질 시간이 된 것 같습니다만.

마르테 *온다.*

네, 늦었어요, 선생님.

파우스트

    모셔다 드리면 안 될까요?

마가레테

어머니가 보시면 저를 — 안녕히 가세요!

파우스트

      정녕 가야 한단 말인가?

잘 가요!

마르테

  안녕히!

마가레테

   곧 또 만나요!   3210

    파우스트와 메피스토펠레스 퇴장.

마가레테

오 하느님! 저런 분이

무얼 다, 죄다 생각할 수 없겠어요!

부끄러워져 저는 그저 그 앞에 서 있어요,

무슨 일에든지 '네'라고만 하지요.

나는 아무것도 모르는 보잘것없는 앤데   3215

저분이 내게서 무얼 찾아낸 건지 알 수 없네.

      퇴장.

Wald und Höhle

FAUST *allein.*

Erhabner Geist, du gabst mir, gabst mir Alles,

Warum ich bat. Du hast mir nicht umsonst

Dein Angesicht im Feuer zugewendet.

Gabst mir die herrliche Natur zum Königreich,   3220

Kraft, sie zu fühlen, zu genießen. Nicht

Kalt staunenden Besuch erlaubst du nur,

Vergönnest mir, in ihre tiefe Brust

Wie in den Busen eines Freund's, zu schauen.

Du führst die Reihe der Lebendigen   3225

Vor mir vorbei, und lehrst mich meine Brüder

Im stillen Busch, in Luft und Wasser kennen.

숲과 동굴[135]

파우스트 *혼잣말로.*

숭고한 영이여, 그대가 내게 주었다, 내가 청했던 것,

모두 내게 주었다. 불에 감싸인

얼굴을 내게로 돌린 것도 헛되지 않았다.

그대 내게 찬란한 자연을 왕국으로 주었고   3220

그것을 느끼고 향유할 힘까지도 주었다. 고작 냉담하게

놀라며 찾아오기만을 허락한 게 아니다,

자연의 그 깊은 가슴속을

친구의 것인 양 들여다보게 해주는구나.

그대는 살이 있는 존재늘의 대열을   3225

내 눈앞으로 지나가게 하며, 나에게

고요한 덤불과 공중, 물속의 내 형제들을 알아보게 가르친다.

---

[135] 이 장면의 끝부분(3342~69행)은 『원 파우스트』에 이미 있었으나 대부분은 『단편』(1790년)
의 인쇄를 준비할 때(1787~88), 즉 로마에 머물면서 마흔을 바라보며 두 번째로 『파우스트』
집필에 몰두하던 시기에 추가로 쓰였다. 『단편』에서는 이 장면이 「우물가에서」와 「성벽 안 좁
은 길」 장면 사이에 있었다.

Und wenn der Sturm im Walde braus't und knarrt,

Die Riesenfichte stürzend Nachbaräste

Und Nachbarstämme quetschend niederstreift, 3230

Und ihrem Fall dumpf hohl der Hügel donnert:

Dann führst du mich zur sichern Höhle, zeigst

Mich dann mir selbst, und meiner eignen Brust

Geheime tiefe Wunder öffnen sich.

Und steigt vor meinem Blick der reine Mond 3235

Besänftigend herüber, schweben mir

Von Felsenwänden, aus dem feuchten Busch,

Der Vorwelt silberne Gestalten auf,

Und lindern der Betrachtung strenge Lust.

O daß dem Menschen nichts Vollkomm'nes wird, 3240

Empfind' ich nun. Du gabst zu dieser Wonne,

Die mich den Göttern nah' und näher bringt,

Mir den Gefährten, den ich schon nicht mehr

Entbehren kann, wenn er gleich, kalt und frech,

Mich vor mir selbst erniedrigt, und zu Nichts, 3245

Mit einem Worthauch, deine Gaben wandelt.

Er facht in meiner Brust ein wildes Feuer

Nach jenem schönen Bild geschäftig an.

So tauml' ich von Begierde zu Genuß,

Und im Genuß verschmacht' ich nach Begierde. 3250

폭풍이 숲속에서 쏴쏴 우지끈우지끈 포효하고
거대한 가문비나무가 쓰러지면서 옆나무 가지들을,
옆나무 줄기들을 와지끈와지끈 쓰러뜨릴 때   3230
그 쓰러짐이 둔탁하고 공허한 굉음을 언덕에 울릴 때
그대는 나를 안전한 동굴로 이끌어, 보여준다,
나를 나 자신에게. 하여 내 가슴속에 있던
비밀스러운 깊은 경이들이 열린다.
또 내 눈길 앞에서 맑은 달이   3235
마음을 부드럽게 해주며 떠오르면, 눈앞
암벽으로부터, 축축한 숲으로부터
태고의 은빛 형상들이 둥둥 떠올라
관찰이라는 엄숙한 욕구를 누그러뜨리는구나.

오, 인간에게는 그 어떠한 완벽함도 주어지지 않음을   3240
이제 내가 느낀다. 그대는 이 희열에다가,
신들 가까이로 더욱 가까이로 나를 데려다주는 이 희열에다가
동반자마저 주었는데 이제 벌써 나는
그 없이 지낼 수 없다, 그가 차갑고도 뻔뻔스럽게,
내 앞에서 내게 굴욕을 주어도, 말의 입김 하나로   3245
그대가 준 귀한 것들을 하찮은 것으로 바꿔놓는데도.
그가 내 가슴속에서, 저 아름다운 모습을 향해 타오르는
거친 불길에다 계속 부채질을 해대고 있다.
하여 나는 비틀비틀 욕망으로부터 향락을 향해 가고
향락 가운데서 욕망에 목 탄다.   3250

MEPHISTOPHELES

Habt Ihr nun bald das Leben g'nug geführt?

Wie kann's euch in die Länge freuen?

Es ist wohl gut, daß man's einmal probiert;

Dann aber wieder zu was Neuen!

FAUST

Ich wollt', du hättest mehr zu tun,   3255

Als mich am guten Tag zu plagen.

MEPHISTOPHELES

Nun, nun! ich lass' dich gerne ruhn,

Du darfst mir's nicht im Ernste sagen.

An dir Gesellen, unhold, barsch und toll,

Ist wahrlich wenig zu verlieren.   3260

Den ganzen Tag hat man die Hände voll!

Was ihm gefällt und was man lassen soll,

Kann man dem Herrn nie an der Nase spüren.

FAUST

Das ist so just der rechte Ton!

Er will noch Dank, daß er mich ennuyiert.   3265

MEPHISTOPHELES

Wie hättst du, armer Erdensohn,

Dein Leben ohne mich geführt?

메피스토펠레스

이제 그런 생활은 충분히 해보셨잖아요?

어떻게 그런 것이 당신을 오래도록 기쁘게 할 수 있겠습니까?

한번 해보는 거야 좋죠.

하지만 그다음엔 뭔가 새로운 걸 쫓아야죠!

파우스트

난 네가 할 일이 더 있었으면 좋겠구나,   3255

이 좋은 날에 날 괴롭히는 일 말고.

메피스토펠레스

자, 자! 기꺼이 안식을 드리죠,

그런 말을 저한테 진지하게 해서는 안 되고요.[136]

당신같이, 고약하고 거칠고 미친 동무에게선

잃을 것도 정말이지 별로 없답니다.   3260

난 하루 종일 할 일이 두 손 그득이랍니다!

그가 하고 싶은 것, 그가 그만두려는 것,

그걸 그 사람의 표정에서는 도무지 바로 알아챌 수 없지요.

파우스트

이제야 네 본래 밀투가 나오는구나!

나를 지루하게 만들면서, 그것에 대해 감사까지 바라는구나.   3265

메피스토펠레스

어찌 당신이, 불쌍한 대지의 아들이,

당신 인생을 나 없이 영위했겠어요?

---

136 '안식한다'(ruhen)는 건 '무덤 속에서 안식한다'는 뜻도 포함한다.

Vom Kribskrabs der Imagination

Hab' ich dich doch auf Zeiten lang kuriert;

Und wär' ich nicht, so wärst du schon   3270

Von diesem Erdball abspaziert.

Was hast du da in Höhlen, Felsenritzen

Dich wie ein Schuhu zu versitzen?

Was schlurfst aus dumpfem Moos und triefendem Gestein,

Wie eine Kröte, Nahrung ein?   3275

Ein schöner, süßer Zeitvertreib!

Dir steckt der Doktor noch im Leib.

FAUST

Verstehst du, was für neue Lebenskraft

Mir dieser Wandel in der Öde schafft?

Ja, würdest du es ahnen können,   3280

Du wärest Teufel gnug, mein Glück mir nicht zu gönnen.

MEPHISTOPHELES

Ein überirdisches Vergnügen!

In Nacht und Tau auf den Gebirgen liegen,

Und Erd und Himmel wonniglich umfassen,

Zu einer Gottheit sich aufschwellen lassen,   3285

Der Erde Mark mit Ahnungsdrang durchwühlen,

Alle sechs Tagewerk' im Busen fühlen,

In stolzer Kraft ich weiß nicht was genießen,

Bald liebewonniglich in alles überfließen,

Verschwunden ganz der Erdensohn,   3290

상상의 뒤범벅으로부터

내가 당신을 잠깐이나마 치유해 주었죠.

내가 없었더라면, 당신은 벌써 3270

이 땅덩이에서 아주 걸어 나가버렸을 게요.

거기 동굴들, 바위틈 속에 뭣 하러

부엉이처럼 죽치고 앉아 있는 거요?

축축한 이끼와 물 뚝뚝 떨어지는 돌에서 뭣 하러

두꺼비처럼 먹이를 삼키고 있소? 3275

멋들어지고 감미로운 소일(消日)이구려!

아직 그 박사님이 당신 몸속에 박혀 있구먼.

파우스트

네가 알겠느냐, 이 황야에서 거니는 것이

어떤 새로운 생명력을 내게 주는지?

아, 네가 설령 그걸 예감만이라도 할 수 있다 해도 3280

이 행복을 내게 허락하지 않을 만큼 넌 충분히 악마이리라.

메피스토펠레스

초(超)지상적인 즐거움이군요!

어둠과 이슬 속에서 산맥 위에 누워

대지와 하늘을 환희에 차 껴안고

하나의 신성을 향해 몸 부풀어 올리고 3285

땅의 정수를 예감의 추동으로 헤집으며

모든 여섯 날의 위업을 가슴에 느끼며

오만한 힘으로, 뭔지 모르겠지만, 뭔가를 즐기며

금방 사랑의 희열에 차서 만물 속으로 흘러넘치다가

대지의 아들은 온전히 사라지고 3290

Und dann die hohe Intuition —

        Mit einer Gebärde.

Ich darf nicht sagen, wie — zu schließen.

FAUST

Pfui über dich!

MEPHISTOPHELES

      Das will Euch nicht behagen;

Ihr habt das Recht, gesittet Pfui zu sagen.

Man darf das nicht vor keuschen Ohren nennen,   3295

Was keusche Herzen nicht entbehren können.

Und kurz und gut, ich gönn' Ihm das Vergnügen,

Gelegentlich sich etwas vorzulügen;

Doch lange hält Er das nicht aus.

Du bist schon wieder abgetrieben,   3300

Und, währt es länger, aufgerieben

In Tollheit oder Angst und Graus.

Genug damit! Dein Liebchen sitzt dadrinne,

Und alles wird ihr eng' und trüb'.

Du kommst ihr gar nicht aus dem Sinne,   3305

Sie hat dich übermächtig lieb.

Erst kam deine Liebeswut übergeflossen,

Wie vom geschmolznen Schnee ein Bächlein übersteigt;

그다음에는 드높은 직관만이 —

（외설스러운） 몸짓을 하며. [137]

나는 말 못 하지, — 어떻게 끝내는지야.

파우스트

퉤, 네게 침을 뱉으마!

메피스토펠레스

그런다고 편해지진 않을걸요.

선생이야 품위 있게 퉤 하실 권리가 있죠.

순결한 귀에 대고 해선 안 될 얘기군요,   3295

순결한 마음들도 그런 것 없이는 지낼 수 없는데도요.

간단히 말씀 드리자면, 내가 그런 이에게 가끔씩은,

뭔가로 자신을 속이는 즐거움을 드립니다만

하지만 그는 그걸 오래 견디질 못하지요.

당신 또다시 나가떨어져 있잖아요.   3300

한데, 그런 상태가 조금 더 지속되면, 기진맥진해서

미친 생각 또는 불안과 공포에 부대끼고.

그만하면 됐네요! 저 안에 당신 사랑이 앉아 있네요,

만사가 답답하고 우울해진다네요,

당신이 도무지 잊히시를 않아.   3305

그녀 당신을 너무나도 사랑한다오.

처음엔 질풍과도 같은 당신의 사랑이 퍼부어졌죠,

녹은 눈으로 개울물이 불어나듯이.

---

137 신적인 창조의 기쁨, 자기만족에 귀결되는 파우스트의 범신론적 '직관'을 메피스토펠레스는
      자위행위의 과정으로 묘사해 놓고 외설적인 몸짓까지 곁들인다.

Du hast sie ihr in's Herz gegossen;

Nun ist dein Bächlein wieder seicht. 3310

Mich dünkt, anstatt in Wäldern zu thronen,

Ließ' es dem großen Herren gut,

Das arme affenjunge Blut

Für seine Liebe zu belohnen.

Die Zeit wird ihr erbärmlich lang; 3315

Sie steht am Fenster, sieht die Wolken ziehn

Über die alte Stadtmauer hin.

Wenn ich ein Vöglein wär'! so geht ihr Gesang

Tage lang, halbe Nächte lang.

Einmal ist sie munter, meist betrübt, 3320

Einmal recht ausgeweint,

Dann wieder ruhig, wie's scheint,

Und immer verliebt.

FAUST

Schlange! Schlange!

MEPHISTOPHELES *für sich.*

Gelt! daß ich dich fange! 3325

FAUST

Verruchter! hebe dich von hinnen,

Und nenne nicht das schöne Weib!

Bring die Begier zu ihrem süßen Leib

Nicht wieder vor die halb verrückten Sinnen!

당신이 그녀의 가슴속에다 그걸 부어 넣었죠,

그러더니 이젠 당신의 작은 개울이 다시 마르네.   3310

내 생각엔, 이렇게 숲속 왕좌에 앉아 계시는 대신

대인(大人)께서 하실 일은

그 가엾은 풋내기에게

자신의 사랑으로 보답하시는 것이지.

그녀에겐 가련하게도 시간이 가질 않네요   3315

그녀 창가에 서서, 구름 흘러가는 것만,

낡은 성벽 너머로 흘러가는 것만 바라보고 있죠.

이 몸이 새라면! 그 노래만 부르고 있다니까요,

온종일, 밤이 반은 가도록.

잠깐 명랑하다가, 대개 침울하고   3320

잠깐 펑펑 울었다가

그다음에는 다시 조용해지고, 보아하니

노상 사랑에 빠져 있네요.

파우스트

이 뱀! 뱀 같은 녀석!

메피스토펠레스 *혼잣말로.*

됐다! 이젠 널 사로잡았다!   3325

파우스트

이 사악한 놈! 썩 물러가거라,

그 예쁜 아가씨 얘기는 입에 담지도 말아라!

그 감미로운 육신에 대한 욕망을

다시는, 반쯤 미친 내 감각에다 일깨우지 말아라!

MEPHISTOPHELES

Was soll es denn? Sie meint, du seist entfloh'n,   3330

Und halb und halb bist du es schon.

FAUST

Ich bin ihr nah', und wär' ich noch so fern,

Ich kann sie nie vergessen, nie verlieren;

Ja, ich beneide schon den Leib des Herrn,

Wenn ihre Lippen ihn indes berühren.   3335

MEPHISTOPHELES

Gar wohl, mein Freund! Ich hab' euch oft beneidet

Um's Zwillingspaar, das unter Rosen weidet.

FAUST

Entfliehe, Kuppler!

MEPHISTOPHELES

      Schön! Ihr schimpft, und ich muß lachen.

Der Gott, der Bub und Mädchen schuf,

Erkannte gleich den edelsten Beruf,   3340

Auch selbst Gelegenheit zu machen.

Nur fort, es ist ein großer Jammer!

Ihr sollt in eures Liebchens Kammer,

Nicht etwa in den Tod.

메피스토펠레스

이건 대체 뭐지? 그녀는, 당신이 내뺀 걸로 아는데,   3330

오십보백보 정말 그렇기도 한데.

파우스트

난 그녀 곁에 있어, 제아무리 멀리 떨어져 있어도,

난 그녀를 결코 잊을 수 없어, 결코 잃을 수 없어.

그래, 난 주님의 몸조차 질투한다,

그녀의 입술이 거기에 닿으면.   3335

메피스토펠레스

좋소이다, 친구! 나야 선생을 자주 질투할 뿐,

장미꽃 아래서 풀을 뜯는 쌍둥이[138]를 두고 말이오.

파우스트

꺼져, 이 뚜쟁이야!

메피스토펠레스

　　　　　　좋소이다! 선생은 욕을 하시고, 나는 웃어야 하죠.

사내아이 계집아이를 창조해 놓으신 신께서도

곧바로 그것이 가장 고귀한 직업[139]임을 알게 되었죠   3340

몸소 기회를 만드는 것이 말입니다.[140]

그저 계속하시오, 잠으로 비탄스럽군!

당신 애인의 방으로 가라는 거요,

죽으러 가는 게 아니고.

---

138 젖가슴.

139 뚜쟁이짓을 뜻한다.

140 아담과 이브를 짝지어 준 일.

FAUST

Was ist die Himmelsfreud' in ihren Armen?   3345

Laß mich an ihrer Brust erwarmen!

Fühl' ich nicht immer ihre Not?

Bin ich der Flüchtling nicht? der Unbehaus'te?

Der Unmensch ohne Zweck und Ruh?

Der wie ein Wassersturz von Fels zu Felsen braus'te   3350

Begierig wütend nach dem Abgrund zu.

Und seitwärts sie, mit kindlich dumpfen Sinnen,

Im Hüttchen auf dem kleinen Alpenfeld,

Und all ihr häusliches Beginnen

Umfangen in der kleinen Welt.   3355

Und ich, der Gottverhaßte,

Hatte nicht genug,

Daß ich die Felsen faßte

Und sie zu Trümmern schlug!

Sie, ihren Frieden mußt' ich untergraben!   3360

Du, Hölle, mußtest dieses Opfer haben!

Hilf, Teufel, mir die Zeit der Angst verkürzen!

Was muß geschehn, mag's gleich geschehn!

Mag ihr Geschick auf mich zusammenstürzen

Und sie mit mir zugrunde gehn.   3365

파우스트

그녀의 품 안에서 느끼는 천상의 기쁨은 무얼까?　　　　　3345

나를 그녀의 가슴에서 몸 데워지게 하라!

나 그녀의 고난을 언제나 느끼지 않는가?

나는 도망자 아닌가? 깃들 곳 없는 자 아닌가?

목적도 휴식도 없는 비(非)인간[141] 아닌가?

폭포수처럼 바위에서 바위로 철철 쏟아지며　　　　　3350

탐욕스럽게 포효하며 심연으로 추락 중인.

그런데 곁에 그녀, 어린애처럼 무감각하게,

알프스 작은 들판 오두막 속에

그녀 가정의 모든 시작이 있는

그 작은 세계의 울타리 안에 있구나　　　　　3355

그런데 나, 신의 미움을 받는 자는

만족하지 못하고,

바위를 붙드는 것으로 부족해서

그것을 쳐서 산산조각 내었구나!

그녀, 그녀의 평화를, 내가 굳이 부수었다!　　　　　3360

너, 지옥아, 이 희생물을 꼭 가져가거라!

도와다오, 악마여, 이 불안의 시간을 줄여다오!

꼭 일어나야 할 일이거든, 당장 일어나기를!

그녀의 운명이 부서져 내 위에 쏟아지고

그녀가 나와 함께 멸망하기를.　　　　　3365

141　메피스토펠레스에게 묶임으로써 이제 파우스트가 이른 상태를 잘 요약하는 구절이다.

MEPHISTOPHELES

Wie's wieder siedet, wieder glüht!

Geh ein und tröste sie, du Tor!

Wo so ein Köpfchen keinen Ausgang sieht,

Stellt er sich gleich das Ende vor.

Es lebe, wer sich tapfer hält!   3370

Du bist doch sonst so ziemlich eingeteufelt.

Nichts Abgeschmackters find' ich auf der Welt,

Als einen Teufel der verzweifelt.

메피스토펠레스

또 부글부글 끓고, 또 이글이글 타는군!

들어가서 그녀를 위로하세요, 이 바보 양반!

저런 작은 머리통은 나갈 곳을 못 찾으면

금방 끝을 상상하거든.

용감히 버티는 자, 만세!   3370

자네 여느 때는 제법 악마다워졌지 않았나.

더 입맛 떨어지는 건 세상에 없어,

절망하는 악마보다.

Gretchens Stube

GRETCHEN *am Spinnrade allein.*

Meine Ruh' ist hin,

Mein Herz ist schwer;   3375

Ich finde sie nimmer

Und nimmermehr.

Wo ich ihn nicht hab',

Ist mir das Grab,

Die ganze Welt   3380

Ist mir vergällt.

Mein armer Kopf

Ist mir verrückt,

Mein armer Sinn

Ist mir zerstückt.   3385

그레트헨의 방

그레트헨 *물레 옆에서 혼자.*

나의 평화 사라졌네,
내 가슴 무겁네.   3375
평화를 못 찾겠네
다시, 다시는.

그이 없는 곳은
내게는 무덤
온 세상이   3380
내게는 쓰디쓰네.

내 가엾은 머리
돌아버렸네,
내 가엾은 생각
갈갈이 끊겼네.   3385

Meine Ruh' ist hin,

Mein Herz ist schwer;

Ich finde sie nimmer

Und nimmermehr.

Nach ihm nur schau' ich   3390

Zum Fenster hinaus,

Nach ihm nur geh' ich

Aus dem Haus.

Sein hoher Gang,

Sein' edle Gestalt,   3395

Seines Mundes Lächeln,

Seiner Augen Gewalt,

Und seiner Rede

Zauberfluß,

Sein Händedruck,   3400

Und ach sein Kuß!

Meine Ruh' ist hin,

Mein Herz ist schwer,

Ich finde sie nimmer

Und nimmermehr.   3405

나의 평화 사라졌네,
내 가슴 무겁네.
평화를 못 찾겠네
다시, 다시는.

오직 그이 오시나 보네   3390
창밖을 내다보네,
오직 그이 오시나 가보네
집 밖으로 나가보네.

그이의 드높은 걸음
그이의 고귀한 자태   3395
그이 입가의 미소
그이 두 눈의 힘

또 그이 말의
마술 같은 강물
그이가 잡아주시는 손   3400
아, 그이의 입맞춤!

나의 평화 사라졌네,
내 가슴 무겁네.
평화를 못 찾겠네
다시, 다시는.   3405

Mein Busen drängt
Sich nach ihm hin.
Ach dürft' ich fassen
Und halten ihn!

Und küssen ihn,   3410
So wie ich wollt',
An seinen Küssen
Vergehen sollt'!

내 가슴 솟구치네
그이를 향해.
아 그이를 잡아
붙잡고 있을 수 있다면!

입 맞출 수 있다면   3410
내 마음껏,
그이와 입 맞추다
죽었으면!¹⁴²

---

142 물레를 돌리며 부르는 이 단순한 노래는 (파우스트와의 차이가 드러나는) '일하는 사람' 그레
트헨의 소박한 모습을 보여줄 뿐만 아니라 시작되는 사랑의 증세, 불안을 잘 드러내고 있다.
일깨워진 관능이 단순한 어휘로 절실하게 표현되었다. 슈베르트의 곡(「물레가의 그레트헨」)
으로 더욱 널리 알려졌다.

Marthens Garten

Margarete. Faust.

MARGARETE

Versprich mir, Heinrich!

FAUST

                Was ich kann!

MARGARETE

Nun sag', wie hast du's mit der Religion?   3415

Du bist ein herzlich guter Mann,

Allein ich glaub', du hältst nicht viel davon.

FAUST

Laß das, mein Kind! Du fühlst, ich bin dir gut;

마르테의 정원

마가레테. 파우스트.

마가레테

약속해 주세요, 하인리히![143]

파우스트

            내가 할 수 있는 건 뭐든!

마가레테

그럼 말해주세요, 종교를 어떻게 생각하세요?[144]   3415

당신은 참 좋은 사람이지만, 제 보기에,

종교를 별로 중시하지 않는 것 같아요.

파우스트

그만둬요, 이봐요! 당신도 느끼잖소, 내가 당신한테 잘한다는 걸

---

143 그레트헨이 파우스트를 처음으로 이름으로 부른다. (전설상의 파우스트는 대체로 이름이 게 오르크(Georg)로 농부나 땅을 연상시키는 소박한 것이며, 하인리히는 왕의 이름으로 많이 쓰 인다.)

144 여기에서 시작되는 그레트헨과 파우스트 간의 대화, 즉 직관에서 비롯된 정곡을 찌르는 단 순한 질문과 말만 화려한 현학적인 회피의 대답으로 된 문답은 "그레트헨 질문"(Gretchen-Frage)이라는 관용어를 낳았다. (단순해 보이지만 진땀 나게 하는) 난문(難問)이라는 뜻으로 쓰인다.

Für meine Lieben ließ ich Leib und Blut,

Will niemand sein Gefühl und seine Kirche rauben. 3420

MARGARETE

Das ist nicht recht, man muß dran glauben!

FAUST

Muß man?

MARGARETE

      Ach! wenn ich etwas auf dich könnte!

Du ehrst auch nicht die heil'gen Sakramente.

FAUST

Ich ehre sie.

MARGARETE

       Doch ohne Verlangen.

Zur Messe, zur Beichte bist du lange nicht gegangen. 3425

Glaubst du an Gott?

FAUST

          Mein Liebchen, wer darf sagen,

Ich glaub' an Gott?

Magst Priester oder Weise fragen,

Und ihre Antwort scheint nur Spott

Über den Frager zu sein.

MARGARETE

        So glaubst du nicht? 3430

FAUST

Mißhör' mich nicht, du holdes Angesicht!

내 사랑을 위해 나는 온몸과 피라도 바쳐요,

그 누구한테서도 그의 감정이나 교회를 빼앗진 않아요.   3420

마가레테

그건 옳지 않아요, 종교는 믿어야 하는 거예요!

파우스트

꼭 그래야 해?

마가레테

　　　　아, 당신을 위해 내가 뭔가 할 수 있다면!

당신은 성사(聖事)도 존중하지 않지요.

파우스트

존중해요.

마가레테

　　　　하지만 진정 그럴 마음이 없잖아요

미사 드리러도, 고해하러도 오랫동안 가지 않았지요.   3425

하느님을 믿으시는 건가요?

파우스트

　　　　　　사랑하는 이여, 누가 감히 말하겠소,

나는 신을 믿는다고?

사제나 현인에게 물어봐도

그들의 대답은 그저

질문자에 대한 조롱처럼 들릴걸.

마가레테

　　　　　　그러니까 안 믿으시는 거죠?   3430

파우스트

내 말을 오해하지 말아요, 아름다운 얼굴이여!

Wer darf ihn nennen?

Und wer bekennen:

Ich glaub' ihn.

Wer empfinden   3435

Und sich unterwinden

Zu sagen: ich glaub' ihn nicht?

Der Allumfasser,

Der Allerhalter,

Faßt und erhält er nicht   3440

Dich, mich, sich selbst?

Wölbt sich der Himmel nicht dadroben?

Liegt die Erde nicht hierunten fest?

Und steigen freundlich blickend

Ewige Sterne nicht herauf?   3445

Schau' ich nicht Aug' in Auge dir,

Und drängt nicht alles

Nach Haupt und Herzen dir,

Und webt in ewigem Geheimnis

Unsichtbar sichtbar neben dir?   3450

Erfüll' davon dein Herz, so groß es ist,

Und wenn du ganz in dem Gefühle selig bist,

Nenn' es dann, wie du willst,

Nenn's Glück! Herz! Liebe! Gott!

Ich habe keinen Namen   3455

Dafür! Gefühl ist alles;

누가 감히 그 이름을 입에 올리겠나?

누가 고백하겠나,

내가 그를 믿는다고.

느끼면서도   3435

감히 말하겠나,

내가 신을 믿지 않는다고?

만물을 붙드시는 이

만물을 유지하시는 이

그분이 붙들고 유지하시지 않겠나   3440

당신을, 나를, 그분 자신을?

저 높은 곳, 하늘은 둥글게 덮여 있지 않소?

이 낮은 곳, 땅이 굳건하게 놓여 있지 않소?

또 다정하게 바라보며

영원한 별들이 떠오르지 않소?   3445

내가 당신과 눈에 눈을 마주 보고 있으면

우주가 밀려오지 않는가,

당신의 머리와 가슴으로

그리고 영원한 비밀에 싸여 감돌고 있지 않은가,

보이지 않게 또 보이게 당신 곁에서?   3450

그 모든 것으로 당신의 가슴을 채워요, 아무리 크더라도,

그리고 감정 가운데서 당신이 희열로 차오르거든

그때는 그걸 당신 마음대로 불러요,

그걸 불러요, 행복이라! 마음이라! 사랑이라! 신이라!

그걸 부를 이름이   3455

내겐 없다오! 감정이 전부요.

Name ist Schall und Rauch,

Umnebelnd Himmelsglut.

MARGARETE

Das ist alles recht schön und gut;

Ungefähr sagt das der Pfarrer auch, 3460

Nur mit ein bißchen andern Worten.

FAUST

Es sagen's aller Orten

Alle Herzen unter dem himmlischen Tage,

Jedes in seiner Sprache;

Warum nicht ich in der meinen? 3465

MARGARETE

Wenn man's so hört, möcht's leidlich scheinen,

Steht aber doch immer schief darum;

Denn du hast kein Christentum.

FAUST

Lieb's Kind!

MARGARETE

      Es tut mir lang schon weh,

Daß ich dich in der Gesellschaft seh'. 3470

이름이란 음향과 연기일 뿐이라오.[145]
하늘의 열화를 안개로 가리는 것이지.

마가레테

모두 다 참 아름답고 좋은 말이어요.

신부님도 그 비슷하게 말씀하시죠,   3460

그저 조금 다른 말로요.

파우스트

어디서든 말하지,

하늘 아래 모든 마음들이,

제각기 자기 말로 말하지.

난들 왜 내 말로 못 하겠나?   3465

마가레테

그런 말을 들으면 그런대로 괜찮게 보이죠,

하지만 늘 어딘가 아귀가 맞지 않아요.

당신에게 기독교 믿음이 없기 때문이죠.[146]

파우스트

사랑스러운 아가씨!

마가레테

　　　　　벌써 오래전부터 괴로웠어요,

당신이 친구분과 어울리는 것을 보면요.   3470

---

145 "감정이 전부요, 이름이란 음향과 연기일 뿐"이라는 이 구절은, 헛된 명성을 가리킬 때 자주 인
　　　용된다.

146 소박한 그레트헨은 직관적으로 파우스트와 메피스토펠레스의 본질을 느끼고 있다. 믿음이 있
　　　으면 사랑에도 변함없으리라는 소박한 기대도 깔려 있다.

FAUST

Wie so?

MARGARETE

      Der Mensch, den du da bei dir hast,

Ist mir in tiefer inn'rer Seele verhaßt;

Es hat mir in meinem Leben

So nichts einen Stich in's Herz gegeben,

Als des Menschen widrig Gesicht.   3475

FAUST

Liebe Puppe, fürcht ihn nicht!

MARGARETE

Seine Gegenwart bewegt mir das Blut.

Ich bin sonst allen Menschen gut;

Aber wie ich mich sehne, dich zu schauen,

Hab' ich vor dem Menschen ein heimlich Grauen,   3480

Und halt' ihn für einen Schelm dazu!

Gott verzeih' mir's, wenn ich ihm unrecht tu'!

FAUST

Es muß auch solche Käuze geben.

MARGARETE

Wollte nicht mit seinesgleichen leben!

Kommt er einmal zur Tür herein,   3485

Sieht er immer so spöttisch drein

Und halb ergrimmt;

Man sieht, daß er an nichts keinen Anteil nimmt;

파우스트

어째서?

마가레테

　　　　같이 다니시는 사람이,

저는, 마음속 저 깊은 곳에서부터, 몹시 싫어요.

지금까지 살아오면서

뭔가가 이렇게 제 가슴을 찌른 적은 없었어요,

그 사람의 꺼림칙한 얼굴처럼요.　　　　　　　　　　　3475

파우스트

예쁜 사람, 그를 무서워 말아요!

마가레테

그 사람이 있으면 가슴이 쿵닥거려요.

저는 보통 때는 사람들 누구에게나 호감을 갖는데

한데 당신을 보고 싶어 그리워하면서도

그 사람을 떠올리면 남모르게 두려워요,　　　　　　　3480

게다가 그는 악당인 것 같아요!

하느님이 용서하시기를, 제가 그 사람한테 부당하게 구는 것이라면!

파우스트

그런 이상한 녀석도 세상엔 있어야 하는 거요.

마가레테

그런 사람과 함께 지내고 싶지는 않아요!

그가 문으로 들어설 때면　　　　　　　　　　　　　3485

언제나 정말이지 비웃는 것 같은 모습이고

반쯤은 성난 것 같아 보여요.

세상 그 무엇에도 관심이 없다는 게 그 사람한테서는 보여요.

Es steht ihm an der Stirn' geschrieben,

Daß er nicht mag eine Seele lieben.   3490

Mir wird's so wohl in deinem Arm,

So frei, so hingegeben warm,

Und seine Gegenwart schnürt mir das Inn're zu.

FAUST

Du ahnungsvoller Engel du!

MARGARETE

Das übermannt mich so sehr,   3495

Daß, wo er nur mag zu uns treten,

Mein' ich sogar, ich liebte dich nicht mehr.

Auch, wenn er da ist, könnt' ich nimmer beten,

Und das frißt mir ins Herz hinein;

Dir, Heinrich, muß es auch so sein.   3500

FAUST

Du hast nun die Antipathie!

MARGARETE

Ich muß nun fort.

FAUST

                Ach kann ich nie

Ein Stündchen ruhig dir am Busen hängen,

Und Brust an Brust und Seel' in Seele drängen?

MARGARETE

Ach, wenn ich nur alleine schlief'!   3505

Ich ließ' dir gern heut nacht den Riegel offen;

이마에 쓰여 있는걸요,

그 어떤 영혼도 사랑하고 싶지 않다고.   3490

당신 팔에 안겨 있으면 이렇게 편안하고

이렇게 자유롭고, 이렇게 다 맡겨 온몸 따뜻한데

그 사람만 있으면 마음이 옥죄어 와요.

파우스트

예감에 가득 찬 천사일세, 당신!

마가레테

그 생각에 제가 얼마나 압도당하는지   3495

그 사람이 우리한테로 오기만 하면

저는 심지어, 당신을 더 이상 사랑하지 않는다는 생각마저 들어요.

또, 그 사람이 같이 있으면, 전 기도도 전혀 안 되고

그 생각에 제 가슴이 파먹혀요.

당신도, 하인리히, 분명 그럴 거예요.   3500

파우스트

당신이 혐오감을 가진 거요!

마가레테

이젠 가야겠어요.

파우스트

　　　　　　아, 내가 한번도

한 시간도 조용히 당신과 가슴을 맞대고 있을 수 없단 말이오,

가슴과 가슴을, 영혼과 영혼을 밀착시키며?

마가레테

아, 저 혼자 자면 얼마나 좋을까요!   3505

오늘 밤에 빗장을 열어두고 싶지만

Doch meine Mutter schläft nicht tief,

Und würden wir von ihr betroffen,

Ich wär' gleich auf der Stelle tot!

FAUST

Du Engel, das hat keine Not.   3510

Hier ist ein Fläschchen! Drei Tropfen nur

In ihren Trank umhüllen

Mit tiefem Schlaf gefällig die Natur.

MARGARETE

Was tu' ich nicht um deinetwillen?

Es wird ihr hoffentlich nicht schaden!   3515

FAUST

Würd' ich sonst, Liebchen, dir es raten?

MARGARETE

Seh' ich dich, bester Mann, nur an,

Weiß nicht, was mich nach deinem Willen treibt;

Ich habe schon so viel für dich getan,

Daß mir zu tun fast nichts mehr übrig bleibt.   3520

ab.

Mephistopheles tritt auf.

MEPHISTOPHELES

Der Grasaff'! ist er weg?

FAUST

　　　　　　　Hast wieder spioniert?

어머니가 깊이 주무시질 않아요,

어머니를 맞닥뜨리기라도 하면

전 그 자리에서 죽음이어요!

파우스트

천사 같은 당신, 그건 어려운 일이 아니오.   3510

여기 작은 약병이 있어요! 세 방울만

어머니 물잔에 타면

깊은 잠이 드시도록 다정하게 자연이 감싸줄 거요.

마가레테

당신을 위해 내가 무얼 못 하겠어요?

어머니한테 해로운 건 아니겠지요!   3515

파우스트

해로우면, 사랑이여, 그걸 당신한테 권하겠나?

마가레테

당신을 보면, 좋으신 분, 그저 보고만 있으면

난 몰라요, 뭐가 나를 당신의 뜻대로 몰아가는지.

벌써 참 많은 것을 당신을 위해 했으니

이제 더 할 일도 거의 안 남았어요.   3520

퇴장.

메피스토펠레스 등장한다.

메피스토펠레스

저 풋내기 계집! 갔나?

파우스트

　　　　　　　또 엿들었느냐?

MEPHISTOPHELES

Ich hab's ausführlich wohl vernommen,

Herr Doktor wurden da katechisiert;

Hoff', es soll Ihnen wohl bekommen.

Die Mädels sind doch sehr interessiert,   3525

Ob einer fromm und schlicht nach altem Brauch.

Sie denken: duckt er da, folgt er uns eben auch.

FAUST

Du Ungeheuer siehst nicht ein,

Wie diese treue liebe Seele

Von ihrem Glauben voll,   3530

Der ganz allein

Ihr selig machend ist, sich heilig quäle,

Daß sie den liebsten Mann verloren halten soll.

MEPHISTOPHELES

Du übersinnlicher sinnlicher Freier,

Ein Mägdelein nasführet dich.   3535

FAUST

Du Spottgeburt von Dreck und Feuer!

MEPHISTOPHELES

Und die Physiognomie versteht sie meisterlich.

In meiner Gegenwart wird's ihr, sie weiß nicht wie,

Mein Mäskchen da weissagt verborgnen Sinn;

Sie fühlt, daß ich ganz sicher ein Genie,   3540

Vielleicht wohl gar der Teufel bin.

메피스토펠레스

상세히 들어두었습죠,

박사님께서 교리문답을 당하시던데

바라건대, 소화를 잘 시키시기를.

여자애들은 아주 관심이 많아요,   3525

어떤 남자가 경건하고 소박하게 옛 풍습을 따르는지.

걔들은 생각하거든요, 저기서 머리를 숙이면 자기들 말도 잘 따르겠거니.

파우스트

너 같은 괴물은 통찰할 수 없지,

이 성실하고 사랑스러운 영혼이

믿음에 충만한 탓에,   3530

오직 유일무이한

그녀의 기쁨인 믿음에 충만한 탓에, 얼마나 거룩하게 괴로워하는지,

혹시 더없이 사랑하는 남자를 잃지 않을까 하고.

메피스토펠레스

당신, 관능을 초월하신 관능적 구혼자여,

여자애 하나가 당신을 가지고 노는군.   3535

파우스트

너, 오물과 불에서 태어난 괴물 놈아!

메피스토펠레스

그리고 그녀, 관상학에도 통달했나 보던데요.

내가 있으면, 왠진 몰라도, 뭐가 어떻다면서요,

여기 내 관상이 내가 감춘 뜻을 드러내나 보죠.

그녀는 느끼데요, 내가 틀림없이 천재라고,   3540

아니 어쩌면 심지어 악마라고.

Nun, heute nacht — ?

FAUST

                    Was geht dich's an?

MEPHISTOPHELES

Hab' ich doch meine Freude d'ran!

자 그럼, 오늘 밤인가요 ─ ?

파우스트

네놈이 대체 무슨 상관이냐?

메피스토펠레스

나도 거기서 내 재밀 보거든요!

Am Brunnen

Gretchen und Lieschen mit Krügen.

LIESCHEN

Hast nichts von Bärbelchen gehört?

GRETCHEN

Kein Wort. Ich komm' gar wenig unter Leute.   3545

LIESCHEN

Gewiß, Sibylle sagt' mir's heute!

Die hat sich endlich auch betört.

Das ist das Vornehmtun!

GRETCHEN

                Wie so?

우물가에서[147]

그레트헨과 리스헨, 물동이를 이고.

리스헨

베르벨헨[148] 소식 못 들었니?

그레트헨

못 들었는데. 사람들 있는 데 별로 안 가서.   3545

리스헨

확실해, 지빌레가 오늘 나한테 그러더라!

걔 결국 농락당했다고.

그렇게 고상한 척 굴더니!

그레트헨

　　　　어째서?

147　『원 파우스트』에서는 처음부터 명백히 「어머니 장례식」이라고 기재되어 있던 장면. 원래 순서
　　는 「성벽 안 좁은 길」→「성당」→「밤」이었다. 3659행까지는 『원 파우스트』에, 3660행부터는
　　1800～06년 판에 들어 있었다.

148　원어는 Bärbelchen. Barbara라는 이름에 축소어미 '헨'(chen)을 더하여 친근하게 부르고 있다.
　　그레트헨, 리스헨, 카타린헨도 마찬가지이다. 동네 우물가에 모인 아가씨들 사이의 친밀한 관
　　계를 보여준다.

LIESCHEN

Es stinkt!

Sie füttert zwei, wenn sie nun ißt und trinkt.

GRETCHEN

Ach! 3550

LIESCHEN

So ist's ihr endlich recht ergangen.

Wie lange hat sie an dem Kerl gehangen!

Das war ein Spazieren,

Auf Dorf und Tanzplatz Führen,

Mußt' überall die Erste sein, 3555

Kurtesiert' ihr immer mit Pastetchen und Wein;

Bild't sich was auf ihre Schönheit ein,

War doch so ehrlos sich nicht zu schämen

Geschenke von ihm anzunehmen.

War ein Gekos' und ein Geschleck'; 3560

Da ist denn auch das Blümchen weg!

GRETCHEN

Das arme Ding!

LIESCHEN

Bedauerst sie noch gar!

Wenn unsereins am Spinnen war,

Uns nachts die Mutter nicht hinunterließ:

Stand sie bei ihrem Buhlen süß, 3565

Auf der Türbank und im dunkeln Gang

리스헨

                  냄새가 나!

2인분이래, 이제 먹고 마시는 게.

그레트헨

저런!   3550

리스헨

그렇게 드디어 제대로 됐지 뭐야.

얼마나 오랫동안 걔가 그 녀석에게 매달려 있었니!

산보를 갑네

마을이며 무도장에 안내합네 하며

어디서든 첫째가는 여자여야 했잖아,   3555

노상 파스타며 와인으로 떠받들었지.

제가 제일 예쁜 줄 알고

그렇게나 염치도 없이 부끄러워하지도 않고

선물들을 그 남자한테서 받았잖아.

부비고 빨았지.   3560

그러더니 꽃 떨어진 거지 뭐!

그레트헨

가엾어라!

리스헨

                 가엾기는 무슨!

우리 같은 애들은 물레질이나 하고

밤에는 엄마가 집 밖도 못 나가게 하는데

걔는 그 녀석 곁에서 달콤했지,   3565

문턱에서건 어두운 통로에서건

Ward ihnen keine Stunde zu lang.

Da mag sie denn sich ducken nun,

Im Sünderhemdchen Kirchbuß' tun!

GRETCHEN

Er nimmt sie gewiß zu seiner Frau.　　　　　　　　　3570

LIESCHEN

Er wär' ein Narr! Ein flinker Jung'

Hat anderwärts noch Luft genung.

Er ist auch fort.

GRETCHEN

　　　　　　Das ist nicht schön!

LIESCHEN

Kriegt sie ihn, soll's ihr übel gehn.

Das Kränzel reißen die Buben ihr,　　　　　　　　3575

Und Häckerling streuen wir vor die Tür!

　　　　　　　　　　　ab.

GRETCHEN *nach Hause gehend.*

Wie konnt' ich sonst so tapfer schmälen,

Wenn tät ein armes Mägdlein fehlen!

Wie konnt' ich über andrer Sünden

Nicht Worte g'nug der Zunge finden!　　　　　　3580

Wie schien mir's schwarz, und schwärzt's noch gar,

Mir's immer doch nicht schwarz g'nug war,

개들한테는 지루해할 시간이 없었어.

이제 개는 고개를 못 들고 다닐걸,

참회복을 입고 교회에서 고해나 해야 할걸!

그레트헨

그 사람이 분명 그 애를 아내로 맞을 거야.   3570

리스헨

그 남자가 바보냐! 날렵한 청년이

다른 데서도 충분히 놀 수 있는데.

그 녀석 벌써 내빼기도 했고.

그레트헨

그건 좋지 않네!

리스헨

개가 설령 그 녀석을 붙든다 해도, 좋을 것 없어.

남자들은 그 애 신부화관을 짓찢을 거고   3575

우린 문앞에다 여물을 뿌릴 테니!¹⁴⁹

퇴장.

그레트헨 *집으로 가며.*

어떻게 내가 전에는 쟤처럼 용감하게 헐뜯었을까,

어떤 가엾은 소녀가 잘못을 저지르면!

어떻게 내가 남들의 죄에 대해

말이 모자라는 듯 떠들었을까!   3580

그런 게 검게 보이면, 그걸 더욱 검게 칠했고

암만 검정칠을 해도 충분히 검은 것 같지 않았지,

---

149 혼전에 순결을 잃은 처녀가 당하던 사회적 수모들이 열거되고 있다.

Und segnet' mich und tat so groß,
Und bin nun selbst der Sünde bloß!
Doch — alles, was dazu mich trieb,   3585
Gott! war so gut! ach war so lieb!

하여 자신을 축복하며 그렇게나 잘난 척했고,

한데 이제 나 자신이 죄에 빠졌구나!

하지만 — 나를 거기로 몰아간 모든 것,   3585

하느님! 참 좋았습니다! 아, 참으로 사랑스러웠습니다!

Zwinger

In der Mauerhöhle ein Andachtsbild der

Mater dolorosa, Blumenkrüge davor.

GRETCHEN *steckt frische Blumen in die Krüge.*

Ach neige,

Du Schmerzenreiche,

Dein Antlitz gnädig meiner Not!

Das Schwert im Herzen,   3590

Mit tausend Schmerzen

Blickst auf zu deines Sohnes Tod.

Zum Vater blickst du,

Und Seufzer schickst du

Hinauf um sein' und deine Not.   3595

성벽 안 좁은 길

성벽의 벽감(壁龕) 속에 슬픔으로 심장이 꿰뚫린
성모상[150]이 있고 그 앞에 꽃병이 있다.

그레트헨 *갓 꺾은 꽃을 꽃병에 꽂는다.*

아, 굽어살피소서
당신 고통 많으신 이
당신의 얼굴을 자비롭게 제 괴로움에로!

심장에 꽂힌 칼   3590
헤아릴 수 없는 고통으로
당신은 아드님의 죽음을 바라보십니다.

아버지를 우러러보시며
한숨을 올려 보내십니다,
아드님의, 당신의, 괴로움으로.   3595

---

150 Mater Dolorosa: 슬픔의 성모. 십자가에서 참혹한 죽음을 당한 아들 예수 그리스도와 함께 십
     자가의 구세적 수난을 아픔으로 동참함으로써 공동 구원자로 숭배된다.

Wer fühlet,

Wie wühlet

Der Schmerz mir im Gebein?

Was mein armes Herz hier banget,

Was es zittert, was verlanget,   3600

Weißt nur du, nur du allein!

Wohin ich immer gehe,

Wie weh, wie weh, wie wehe

Wird mir im Busen hier!

Ich bin ach kaum alleine,   3605

Ich wein', ich wein', ich weine,

Das Herz zerbricht in mir.

Die Scherben vor meinem Fenster

Betaut' ich mit Tränen, ach!

Als ich am frühen Morgen   3610

Dir diese Blumen brach.

Schien hell in meine Kammer

Die Sonne früh herauf,

Saß ich in allem Jammer

In meinem Bett' schon auf.   3615

Hilf! rette mich von Schmach und Tod!

누가 느낄까요,

얼마나 고통이

제 골수에 사무치는지?

여기 제 가엾은 마음이 얼마나 두려워하는지

얼마나 떨고 있는지, 무얼 바라는지   3600

오직 당신, 오직 당신만이 아십니다!

제가 어디로 가든 늘

얼마나, 얼마나, 아 얼마나

여기 제 가슴이 아픈지요!

저는, 아, 혼자 있기만 하면   3605

울고, 울고, 울어요

속에서 심장이 부서져요.

제 창가 화분을

눈물로 적셨어요, 아!

이른 아침 당신께 드리려   3610

이 꽃을 꺾을 때도요.

햇살이 제 방으로

아침 일찍, 환하게 비쳐 들 때

저는 온갖 비탄에 싸여

벌써 침대에 앉아 있었지요.   3615

도우소서! 치욕과 죽음에서 저를 구해주소서!

Ach neige,

Du Schmerzenreiche,

Dein Antlitz gnädig meiner Not!

아, 굽어살피소서,

당신 고통 많으신 이,

당신의 얼굴을 자비롭게 제 괴로움에로!¹⁵¹

---

151 아, 굽어살피소서/당신 고통 많으신 이/당신의 얼굴을 자비롭게 제 괴로움에로! 십자가를 메
고 골고다를 오르는 아들을 바라보는 성모상을 바라보며 그레트헨이 자신의 고통을 호소
하는 이 노래는 나중에 제2부 끝 「심산유곡」 장면에서 메아리처럼 다시 울리는데, "고통 많
으신 이"(Schmerzenreiche)를 "그대 비할 데 없으신 이"(Ohnegleiche), "그대 은혜 많으신
이"(Gnadenreiche), "빛 가득하신 이"(Strahlenreich)로, "괴로움"(Not)을 "행복"(Glück)으로
바꾸어 구원의 찬양으로 변모된다. 12035~36행, 12069~72행 참조.

Nacht

Straße vor Gretchens Türe.

VALENTIN *Soldat, Gretchens Bruder.*

Wenn ich so saß bei einem Gelag,   3620

Wo mancher sich berühmen mag,

Und die Gesellen mir den Flor

Der Mägdlein laut gepriesen vor,

Mit vollem Glas das Lob verschwemmt,

Den Ellenbogen aufgestemmt   3625

Saß ich in meiner sichern Ruh,

Hört' all' dem Schwadronieren zu,

Und streiche lächelnd meinen Bart,

Und kriege das volle Glas zur Hand

Und sage: Alles nach seiner Art!   3630

Aber ist eine im ganzen Land,

Die meiner trauten Gretel gleicht,

Die meiner Schwester das Wasser reicht?

Topp! Topp! Kling! Klang! das ging herum!

밤

그레트헨의 집 문 앞의 거리.

발렌틴 *군인, 그레트헨의 오빠.*

전에 내가 이렇게 술자리에 앉아 있는데   3620

이런저런 자가 제 자랑 하길 좋아하고,

또 동료들이 어떤 꽃다운 처녀를

큰 소리로 추어올리고

가득 찬 잔 들어 그녀를 찬양하면

팔꿈치를 괴고 앉아   3625

나는 느긋하게

그 모든 떠벌림을 들어주다가

미소 지으며 수염을 쓰다듬으며

가득 찬 잔을 손에 들고

말했지, 다들 나름으로야 그럴 테지!   3630

하지만 온 나라 안에

우리 착실한 그레트헨 비슷하기라도 한 애,

우리 누이 발꿈치라도 미칠 만한 애가 있겠어?

찬! 찬! 쨍! 쨍! 잔이 돌아갔지!

Die einen schrieen: er hat Recht, 3635

Sie ist die Zier vom ganzen Geschlecht!

Da saßen alle die Lober stumm.

Und nun! — um's Haar sich auszuraufen

Und an den Wänden hinaufzulaufen! —

Mit Stichelreden, Naserümpfen 3640

Soll jeder Schurke mich beschimpfen!

Soll wie ein böser Schuldner sitzen,

Bei jedem Zufallswörtchen schwitzen!

Und möcht' ich sie zusammenschmeißen:

Könnt' ich sie doch nicht Lügner heißen. 3645

Was kommt heran? Was schleicht herbei?

Irr' ich nicht, es sind ihrer zwei.

Ist er's, gleich pack' ich ihn beim Felle,

Soll nicht lebendig von der Stelle!

Faust. Mephistopheles.

FAUST

Wie von dem Fenster dort der Sakristei 3650

Aufwärts der Schein des ew'gen Lämpchens flämmert

Und schwach und schwächer seitwärts dämmert,

Und Finsternis drängt ringsum bei!

So sieht's in meinem Busen nächtig.

한 패가 소리쳤지, 쟤 말이 옳아,　　　　　　　　　　　　3635

그녀야 온 여성의 꽃이지!

그러면 누군가를 찬양하던 자들이 죄다 입을 다물었지.

그런데 이젠! — 머리카락을 쥐어뜯고

사방 담벼락으로라도 뛰어올라 도망칠 판일세! —

콧등 찡그리며 빈정대는 말로　　　　　　　　　　　　3640

온갖 잡놈들이 나를 욕하고 있으니!

난 악성 채무자 꼴로 앉아 있어야 하고

툭 던지는 말마디에도 진땀 흘려야지!

하여 몽땅 때려눕히고 싶지만

저들을 거짓말쟁이라 할 수도 없네.　　　　　　　　　　3645

뭐가 다가오지? 뭐가 이리 기어드나?

잘못 본 게 아니라면, 그놈들 둘이다.

그놈이면, 즉시 멱살을 움켜잡겠다,

살아서 떠나진 못하게 하겠다!

　　　　　　　　　파우스트. 메피스토펠레스

파우스트

저기 성구실(聖具室)의 창에서 비쳐 나오는 듯　　　　　3650

위쪽으로는, 꺼지지 않는 작은 등불이 깜박이고,

약하게 더욱 약하게, 옆쪽으로는 어슴푸레해지고,

그리고는 사방에서 암흑이 밀려오는구나!

그렇게 내 가슴속도 캄캄하구나.

MEPHISTOPHELES

Und mir ist's wie dem Kätzlein schmächtig,   3655

Das an den Feuerleitern schleicht,

Sich leis' dann um die Mauern streicht;

Mir ist's ganz tugendlich dabei,

Ein bißchen Diebsgelüst, ein bißchen Rammelei.

So spukt mir schon durch alle Glieder   3660

Die herrliche Walpurgisnacht.

Die kommt uns übermorgen wieder,

Da weiß man doch warum man wacht.

FAUST

Rückt wohl der Schatz indessen in die Höh',

Den ich dort hinten flimmern seh'?   3665

MEPHISTOPHELES

Du kannst die Freude bald erleben,

Das Kesselchen herauszuheben.

Ich schielte neulich so hinein,

Sind herrliche Löwentaler drein.

FAUST

Nicht ein Geschmeide? nicht ein Ring?   3670

Meine liebe Buhle damit zu zieren.

MEPHISTOPHELES

Ich sah dabei wohl so ein Ding,

Als wie eine Art von Perlenschnüren.

메피스토펠레스

소방용 사다리 옆으로 살금살금 기어   3655

가만가만 담벼락을 돌아 몰래 지나는

가냘픈 새끼고양이가 된 듯한 기분일세.

완전 도덕적인 기분이면서도

도둑 흥도 좀 나고, 사타구니도 좀 근질거리고.

이렇게 벌써 온몸을, 근사한   3660

발푸르기스의 밤의 유령이 들쑤신다.

그 밤은 모레면 돌아오고

그땐 알게 되지, 왜 사람들이 잠을 자지 않는지.

파우스트

그사이 보물이 올라오나,

저기 저 뒤 깜박이는 게 보이는데?   3665

메피스토펠레스

곧 당신은 만끽할 거요,

보물 단지를 끄집어내는 기쁨을.

얼마 전에 슬쩍 들여다보았더니

훌륭한 은화들이 들어 있던데.

파우스트

패물은 없더냐, 반지는 없더냐?   3670

내 애인을 꾸며줄 만한 것.

메피스토펠레스

그런 걸 하나 본 것 같긴 하네요,

진주를 꿴 줄 같은 것.

FAUST

So ist es recht! Mir tut es weh,

Wenn ich ohne Geschenke zu ihr geh'. 3675

MEPHISTOPHELES

Es sollt' euch eben nicht verdrießen,

Umsonst auch etwas zu genießen.

Jetzt, da der Himmel voller Sterne glüht,

Sollt Ihr ein wahres Kunststück hören:

Ich sing' ihr ein moralisch Lied, 3680

Um sie gewisser zu betören.

Singt zur Zither.

    Was machst du mir

    Vor Liebchens Tür

    Kathrinchen hier

    Bei frühem Tagesblicke? 3685

    Laß, laß es sein!

    Er läßt dich ein,

    Als Mädchen ein,

    Als Mädchen nicht zurücke.

    Nehmt euch in Acht! 3690

    Ist es vollbracht,

    Dann gute Nacht

    Ihr armen, armen Dinger!

    Habt ihr euch lieb,

파우스트

그럼 됐네! 내 마음이 아프지,

선물도 없이 그녀에게 가게 되면.   3675

메피스토펠레스

응당 싫으실 테지요,

공짜로 즐기는 건.

지금, 가득한 별로 하늘이 이글거리는 지금,

선생께서는 진정한 예술작품 한 곡 들어보쇼.

그녀를 위해 제가 도덕적인 노래 한 곡 부르겠습니다,   3680

그녀를 좀 더 확실하게 유혹하시도록요.

치터를 퉁기며 노래한다.

무얼 하느냐

애인의 집 문 앞에서

카트린헨, 여기서

이 꼭두새벽에?   3685

아서라, 말아라

네 애인이야 널 들이지,

처녀로 들이지,

처녀로 돌려보내진 않지.

너희 조심해라!   3690

끝나고 나면

그다음은 안녕이란다,

너희 가엾은, 가엾은 것들!

제 몸 귀하거든

Tut keinem Dieb 3695

Nur nichts zu Lieb',

Als mit dem Ring am Finger.

VALENTIN *tritt vor.*

Wen lockst du hier? bei'm Element!

Vermaledeiter Rattenfänger!

Zum Teufel erst das Instrument! 3700

Zum Teufel hinterdrein den Sänger!

MEPHISTOPHELES

Die Zither ist entzwei! an der ist nichts zu halten.

VALENTIN

Nun soll es an ein Schädelspalten!

MEPHISTOPHELES *zu Faust.*

Herr Doktor, nicht gewichen! Frisch!

Hart an mich an, wie ich euch führe. 3705

Heraus mit eurem Flederwisch!

Nur zugestoßen! ich pariere.

VALENTIN

Pariere den!

MEPHISTOPHELES

Warum denn nicht?

> 　　　　도둑놈 좋은 일　　　　　　　　　　　　　　3695
>
> 　　절대로 말아라,
>
> 　　　손가락에 반지 끼기 전엔.

발렌틴 *앞으로 나선다.*

여기서 누굴 꼬여내고 있느냐? 이놈들!

망할 놈의 쥐잡이¹⁵² 녀석들!

그 악기부터 악마에게 보내주겠다!　　　　　　　　3700

노래하는 놈들도 뒤따라 보내주겠다!

메피스토펠레스

치터가 두 동강 났네! 건질 게 없네.

발렌틴

이번에는 대갈통을 빠개버리겠다!

메피스토펠레스 *파우스트에게.*

박사님, 물러나지 말아요! 기운 내쇼!

나한테 바짝 붙어요, 내가 이끄는 대로.　　　　　　3705

그 차고만 다니는 칼¹⁵³ 빼요!

찌르기만 해요! 내가 막아줄 테니.

발렌틴

막아봐라!

메피스토펠레스

　　못할 것 같으냐?

152　피리를 불어 마을 아이들을 꾀어 데리고 사라졌다는 하멜른의 쥐잡이.

153　원어 Flederwisch는 '깃털로 된 빗자루'라는 뜻인데, 거의 장식으로 차고 다니는 칼을 조롱하
　　는 단어이다. 이렇듯 파우스트는 흉내 내는 데 불과하고, 메피스토펠레스가 발렌틴의 가격을
　　자기 무기로 막는다.

VALENTIN

Auch den!

MEPHISTOPHELES

    Gewiß!

VALENTIN

    Ich glaub', der Teufel ficht!

Was ist denn das? Schon wird die Hand mir lahm.   3710

MEPHISTOPHELES *zu Faust.*

Stoß zu!

VALENTIN *fällt.*

    O weh!

MEPHISTOPHELES

    Nun ist der Lümmel zahm!

Nun aber fort! Wir müssen gleich verschwinden:

Denn schon entsteht ein mörderlich Geschrei.

Ich weiß mich trefflich mit der Polizei,

Doch mit dem Blutbann schlecht mich abzufinden.   3715

MARTHE *am Fenster.*

Heraus! Heraus!

GRETCHEN *am Fenster.*

    Herbei ein Licht!

MARTHE *wie oben.*

Man schilt und rauft, man schreit und ficht.

발렌틴

이것도!

메피스토펠레스

　　아무렴!

발렌틴

　　　악마가 칼을 쓰는 것 같잖아!

이게 대체 뭐지? 벌써 손이 마비되네.　　　　　　　　　　　3710

메피스토펠레스 *파우스트에게.*

찔러요!

발렌틴 *쓰러진다.*

　　으아!

메피스토펠레스

　　　이제야 놈이 온순해졌군!

지금 떠납시다! 우린 당장 사라져야만 해요.

살인이 났다는 고함소리가 벌써 들리니까요.

경찰하고야 내가 문제 없이 해결하겠지만

생사여탈권[154] 문젠 여의치 않단 말이오.　　　　　　　　　　3715

마르테 *창가에서.*

나오세요! 나와보세요!

그레트헨 *창가에서.*

　　　　등불 가지고 가요!

마르테 *앞에서처럼.*

욕하고 싸움박질하고, 소리치고 결투하더니.

154　생사여탈권(Blutbann), 즉 사형 선고는 '신의 이름으로' 행해진다. 그래서 악마는 무력하다.

VOLK

Da liegt schon einer tot!

MARTHE *heraustretend.*

Die Mörder, sind sie denn entflohn?

GRETCHEN *heraustretend.*

Wer liegt hier?

VOLK

              Deiner Mutter Sohn.   3720

GRETCHEN

Allmächtiger! welche Not!

VALENTIN

Ich sterbe! das ist bald gesagt

Und bälder noch getan.

Was steht ihr Weiber, heult und klagt?

Kommt her und hört mich an!   3725

Alle treten um ihn.

Mein Gretchen, sieh! du bist noch jung,

Bist gar noch nicht gescheit genung,

Machst deine Sachen schlecht.

Ich sag' dir's im Vertrauen nur:

Du bist doch nun einmal eine Hur';   3730

So sei's auch eben recht.

사람들

저기 벌써 하나가 죽어 누워 있네!

마르테 *집을 나오며.*

살인자들은 도망갔단 말이야?

그레트헨 *집을 나오며.*

누가 여기 누워 있죠?

사람들

네 어머니의 아들이다.   3720

그레트헨

오 하느님! 이 무슨 괴로움인지!

발렌틴

난 이제 죽는다! 말이 나오는가 했더니

금방 이렇게 되어버렸구나.

당신들 여자들은 왜 서서 울고불고하시오?

와서 내 말을 들으시오!   3725

모두들 그의 주위에 둘러선다.

그레트헨, 봐라! 넌 아직 어리고

정말이지 똑똑치 못해

일을 그르치고 말았구나.

우리끼리만 하는 말이다만

넌 이제 창녀가 되고 말았구나.   3730

그래 마땅도 하고.

GRETCHEN

Mein Bruder! Gott! Was soll mir das?

VALENTIN

Laß unsern Herrgott aus dem Spaß.

Geschehn ist leider nun geschehn,

Und wie es gehn kann, so wird's gehn. 3735

Du fingst mit einem heimlich an,

Bald kommen ihrer mehre dran,

Und wenn dich erst ein Dutzend hat,

So hat dich auch die ganze Stadt.

Wenn erst die Schande wird geboren, 3740

Wird sie heimlich zur Welt gebracht,

Und man zieht den Schleier der Nacht

Ihr über Kopf und Ohren;

Ja, man möchte sie gern ermorden.

Wächst sie aber und macht sich groß, 3745

Dann geht sie auch bei Tage bloß,

Und ist doch nicht schöner geworden.

Je häßlicher wird ihr Gesicht,

Je mehr sucht sie des Tages Licht.

Ich seh' wahrhaftig schon die Zeit, 3750

Daß alle brave Bürgersleut',

Wie von einer angesteckten Leichen,

그레트헨

오라버니! 오 하느님! 이게 무슨 일인가요?

발렌틴

장난으로라도 하느님을 찾지 마라.

슬프지만, 이제 엎질러진 물이다.

이제 일은 되는 대로, 되어갈 거다.   3735

넌 남몰래 한 놈과 시작했지만

머잖아 여러 놈이 올 거다,

첨엔 한 다스는 되는 놈들이,

다음엔 온 도시가 다 널 가질 게다.

치욕의 씨라도 태어나면,   3740

남몰래 낳아놓으면,

검정 너울로

그 아이의 머리와 귀를 싸매놓겠지,

실로, 그 치욕의 씨를 죽이고만 싶겠지.

그래도 그게 자라고 커지면   3745

그건 백주에도 드러내 놓고 다니겠지만

더 아름다워질 리는 없지.

그 얼굴이 흉하면 흉할수록

그만큼 더 밝은 빛을 찾겠지.

나는 정말이지 벌써 그때가 눈앞에 보인다,   3750

도시의 점잖은 이들이 모두,

염병으로 죽은 시체 피하듯,

Von dir, du Metze! seitab weichen.

Dir soll das Herz im Leib verzagen,

Wenn sie dir in die Augen sehn! 3755

Sollst keine goldne Kette mehr tragen!

In der Kirche nicht mehr am Altar stehn!

In einem schönen Spitzenkragen

Dich nicht bei'm Tanze wohlbehagen!

In eine finstre Jammerecken 3760

Unter Bettler und Krüppel dich verstecken

Und, wenn dir dann auch Gott verzeiht,

Auf Erden sein vermaledeit!

MARTHE

Befehlt Eure Seele Gott zu Gnaden!

Wollt Ihr noch Lästrung auf euch laden? 3765

VALENTIN

Könnt' ich dir nur an den dürren Leib,

Du schändlich kupplerisches Weib!

Da hofft' ich aller meiner Sünden

Vergebung reiche Maß zu finden.

GRETCHEN

Mein Bruder! Welche Höllenpein! 3770

이 창녀! 하며 너를 피해 가는 모습이.

넌 심장이 오그라들 거야!

사람들이 네 눈을 들여다보기만 해도. 3755

넌 금목걸이도 걸지 못하고![155]

교회에서는 제단 앞에도 서지 못하고!

설령 고운 레이스 깃을 단들

무도장에서 편히 춤추러 나서지 못할걸!

어두컴컴한 비참한 구석에서 3760

거지들과 병신들 가운데 몸을 숨기고

설령 나중에 하느님께서 널 용서하신다 해도,

지상에서는 저주를 받으리!

마르테

네 영혼이나 하느님의 은총을 빌어라!

불경죄를 얼마나 더 쌓으려고 그래? 3765

발렌틴

당신의 비쩍 마른 몸뚱이를 내 손으로 처치할 수만 있다면.

이 파렴치한 뚜쟁이 여편네야!

그걸로 내 모든 죄에 대해

사함을 넉넉히 받았으면 좋겠다.

그레트헨

오라버니! 이 무슨 지옥 같은 고통인지! 3770

---

155 변하지 않는 금(金)은 정절의 상징이기도 해서, 창녀들은 금붙이를 못 달았다. 15세기경에는 경찰령으로까지 금지되었다.

VALENTIN

Ich sage, laß die Tränen sein!

Da du dich sprachst der Ehre los,

Gabst mir den schwersten Herzensstoß.

Ich gehe durch den Todesschlaf

Zu Gott ein als Soldat und brav. 3775

(stirbt.)

발렌틴

말하거니와, 눈물 짜지 말아라!
넌 명예를 저버렸기에
내게 극심한 타격을 주었다.
나는 죽음이라는 잠을 거쳐
하느님께로 간다, 군인답게 용감하게.   3775

(죽는다.)

Dom

Amt, Orgel und Gesang.

Gretchen unter vielem Volke.

Böser Geist hinter

Gretchen.

BÖSER GEIST

Wie anders, Gretchen, war dir's,

Als du noch voll Unschuld

Hier zum Altar trat'st,

Aus dem vergriffnen Büchelchen

Gebete lalltest,   3780

Halb Kinderspiele,

Halb Gott im Herzen!

Gretchen!

Wo steht dein Kopf?

In deinem Herzen,   3785

Welche Missetat?

Betst du für deiner Mutter Seele, die

Durch dich zur langen, langen Pein hinüberschlief?

Auf deiner Schwelle wessen Blut?

— Und unter deinem Herzen   3790

성당

장례 미사, 오르간 소리와 노랫소리.

그레트헨이 많은 사람들 가운데.

그레트헨 뒤에는

악령.

악령

얼마나 달랐느냐, 그레트헨, 예전에는.

네가 아직 순진무구함으로 가득 차

여기 제단 앞으로 다가왔을 때,

낡아빠진 기도서를 보며

웅얼거리며 기도했을 때,   3780

절반은 아이들의 장난기로

절반은 진정으로 신을 가슴에 품고!

그레트헨!

네 머리는 어디에 있느냐?

네 가슴속에는   3785

무슨 비행(非行)이 있느냐?

네가 네 어머니의 영혼을 위하여 기도하느냐,

너로 해서 기나긴 고통으로 잠들어 버리신 분을?

네 집 문턱에 흐르는 건 누구의 피냐?

— 네 가슴 아래선   3790

Regt sich's nicht quillend schon,

Und ängstet dich und sich

Mit ahnungsvoller Gegenwart?

GRETCHEN

Weh! Weh!

Wär' ich der Gedanken los,   3795

Die mir herüber und hinüber gehen

Wider mich!

CHOR

Dies irae, dies illa

Solvet saeclum in favilla.

Orgelton.

BÖSER GEIST

Grimm faßt dich!   3800

Die Posaune tönt!

Die Gräber beben!

Und dein Herz,

Aus Aschenruh'

Zu Flammenqualen   3805

Wieder aufgeschaffen,

벌써 솟으며 꿈틀거려

너를, 또 저 자신을, 불안하게 하지 않느냐,

불길한 예감에 사로잡힌 생명이?

그레트헨

괴롭구나! 괴로워!

이 생각을 떨칠 수만 있다면,   3795

다가왔다가 멀어졌다가 하며

내게로 대드는 이 생각들!

성가대

　진노의 날, 그날이 오면

　세상은 재(灰) 되어 무너져 내리리.[156]

오르간 소리.

악령

진노가 너를 붙든다!   3800

나팔 소리[157] 울린다!

무덤들이 진동한다!

하여 네 가슴은

재의 안식마저 벗이나

화염의 고통으로   3805

다시 빚어져

156　요즘도 장례 미사에서 불리는 라틴어 노래이다. 이 성당 장면에서 성가대의 노래는 모두 라틴
　　어로 된 노래이다. 교회 전통이기도 하지만 낯선 언어로 된 노래인 만큼 무거운 내용이 더욱
　　장중하게 들린다. 이어지는 성가대의 노래들이 다 그렇다. 그레트헨의 격심한 고통이 악령의
　　모습으로 그려지는데, 명시되어 있지는 않지만 그 어머니의 장례식으로 추정된다.

157　심판의 나팔소리.

Bebt auf!

GRETCHEN

Wär' ich hier weg!

Mir ist, als ob die Orgel mir

Den Atem versetzte, 3810

Gesang mein Herz

Im Tiefsten lös'te.

CHOR

Judex ergo cum sedebit,

Quidquid latet adparebit,

Nil inultum remanebit. 3815

GRETCHEN

Mir wird so eng!

Die Mauern-Pfeiler

Befangen mich!

Das Gewölbe

Drängt mich! — Luft! 3820

BÖSER GEIST

Verbirg dich! Sünd' und Schande

Bleibt nicht verborgen.

Luft? Licht?

Weh dir!

CHOR

Quid sum miser tunc dicturus? 3825

Quem patronum rogaturus?

전율한다!

그레트헨

여기를 떠났으면!

오르간 소리가 내

숨을 멎게 하는 것 같네,   3810

저 노래가 내 가슴

가장 깊은 곳을 찢는 것 같네.

성가대

　그리하여 심판관이 자리에 앉으면

　감춘 일 모조리 밝혀지리니

　벌 받지 않는 일 하나도 없으리.   3815

그레트헨

아 답답하구나!

성벽의 기둥들이

날 가두네!

둥근 천장이

날 덮치네! ― 공기를 다오!   3820

악령

몸을 숨겨보거라! 그래도 죄와 치욕은

감추어지지 않으리.

공기를 달라고? 빛을 달라고?

네게 화 있을진저!

성가대

　가엾은 나, 그때 무어라 말하랴?   3825

　누구에게 보호를 청해보랴?

Cum vix justus sit securus.

BÖSER GEIST

Ihr Antlitz wenden

Verklärte von dir ab.

Die Hände dir zu reichen,   3830

Schauert's den Reinen.

Weh!

CHOR

Quid sum miser tunc dicturus?

GRETCHEN

Nachbarin! Euer Fläschchen! —

Sie fällt in Ohnmacht.

옳은 이들조차 불안해할진대.

악령

너를 외면하며 그 얼굴을 돌린다,

거룩해진 이들은.

네게 손을 내미는 건,   3830

맑아진 이들에겐 소름 끼치는 일.

가엾구나!

성가대

　가엾은 나, 그때 무어라 말하랴.

그레트헨

옆에 계신 분! 당신의 약병[158]을 좀! ─

　　　　　그녀 기절하여 쓰러진다.

158　예전에는 여성들이 쓰러질 때를 대비해 비상용으로 작은 각성제 병을 흔히들 휴대하였다. 특히 19세기에는 허리와 가슴이 많이 조이는 옷 탓에 여성들이 산소 부족으로 기절하는 일이 잦아 각성제는 주요 휴대품이었다.

Walpurgisnacht

Harzgebirg. Gegend von Schirke und Elend.

Faust. Mephistopheles.

MEPHISTOPHELES

Verlangst du nicht nach einem Besenstiele? 3835

Ich wünschte mir den allerderbsten Bock.

Auf diesem Weg sind wir noch weit vom Ziele.

FAUST

So lang' ich mich noch frisch auf meinen Beinen fühle,

Genügt mir dieser Knotenstock.

Was hilft's, daß man den Weg verkürzt! — 3840

Im Labyrinth der Täler hinzuschleichen,

Dann diesen Felsen zu ersteigen,

발푸르기스의 밤[159]

하르츠 산맥. 쉬르케와 엘렌트[160] 부근.

파우스트. 메피스토펠레스.

메피스토펠레스

빗자루 하나 필요하지 않나요?   3835

나는 최고로 힘센 숫염소가 있었으면 좋겠는데.

이 길로 가도 갈 길이 아직 멀어요.

파우스트

내 두 다리에 아직 힘이 느껴지는 한

이 울퉁불퉁한 지팡이 하나면 충분하다네.

길을 질러간다고 무슨 소용이겠나! —   3840

미로 같은 이 골짝 저 골짝을 슬렁슬렁 나아가고,

다음에는 바위를 오르고

---

159 이 장면은 브로켄 산으로 다투어 몰려드는 온갖 마녀들의 혼잡한 무리를 그리는 것으로 시작
되며, 간간이 시대비평도 섞인다. 그레트헨이 극한의 고통을 겪는 동안 파우스트는 메피스토
펠레스에 이끌려 혼란스러운 환락의 장소를 헤매고 있다. 이 장면은 1808년에 쓰였다. 앞의
「성당」 장면은 『원 파우스트』에서는 「성벽 안 좁은 길」과 「밤」 사이에 있다가 『단편』(1790)
에서는 「성벽 안 좁은 길」 다음에서 마지막 장면이 되었다가 『파우스트 1』(1808)에서부터는
「밤」 다음 「발푸르기스의 밤」 앞으로 왔다.

160 쉬르케, 엘렌트: 하르츠 산맥의 동남쪽 진입 지점의 지명들. 하르츠 산맥 안에 브로켄 산이 있다.

Von dem der Quell sich ewig sprudelnd stürzt,

Das ist die Lust, die solche Pfade würzt!

Der Frühling webt schon in den Birken,   3845

Und selbst die Fichte fühlt ihn schon

Sollt' er nicht auch auf unsre Glieder wirken?

MEPHISTOPHELES

Fürwahr, ich spüre nichts davon!

Mir ist es winterlich im Leibe,

Ich wünschte Schnee und Frost auf meiner Bahn.   3850

Wie traurig steigt die unvollkommne Scheibe

Des roten Monds mit später Glut heran,

Und leuchtet schlecht, daß man bei jedem Schritte

Vor einen Baum, vor einen Felsen rennt!

Erlaub' daß ich ein Irrlicht bitte!   3855

Dort seh' ich eins, das eben lustig brennt.

He da! mein Freund! darf ich dich zu uns fodern?

Was willst du so vergebens lodern?

Sei doch so gut und leucht' uns da hinauf!

IRRLICHT

Aus Ehrfurcht, hoff' ich, soll es mir gelingen,   3860

Mein leichtes Naturell zu zwingen;

Nur Zickzack geht gewöhnlich unser Lauf.

MEPHISTOPHELES

Ei! Ei! Er denkt's den Menschen nachzuahmen.

Geh' Er nur g'rad', ins Teufels Namen!

바위에서는 샘이 끝없이 콸콸 쏟아져 내리고,

이게 이런 길 가는 재미이지!

벌써, 봄이 자작나무 속에 완연하고   3845

가문비나무까지도 봄기운을 느끼고 있네.

우리의 몸이라고 못 느끼겠나?

메피스토펠레스

그런 건 난 전혀 느끼지 못하겠는데요!

내 몸은 아직 겨울,

가는 길에 눈이나 서리가 있길 바라죠.   3850

일그러진 붉은 달이 뒤늦게 불그스름

처량하게 솟아오르고 있네요.

그 빛이 시원치 않아, 걸음걸음

나무며 바위를 피해서 디뎌야 합니다!

미안하지만, 도깨비불을 불러야겠소!   3855

저기 하나 보이는군, 마침 신나게 타오르고 있네.

어이 거기! 친구! 자네를 청해도 되겠나?

자넨 뭣 하러 그리 공연히 활활 타고 있나?

여기 우리 올라가는 길이나 비춰주지!

도깨비불

뜻을 받들어, 바라건대, 저도   3860

제 가벼운 천성을 잘 다스려야겠습니다.

우린 보통 갈지자로만 달려서요.

메피스토펠레스

에이! 에이! 인간 흉내를 내려고 하네.

악마의 이름으로 명하노니, 똑바로 걷거라!

Sonst blas' ich ihm Sein Flacker-Leben aus. 3865

IRRLICHT

Ich merke wohl, Ihr seid der Herr vom Haus,

Und will mich gern nach Euch bequemen.

Allein bedenkt! der Berg ist heute zaubertoll,

Und wenn ein Irrlicht euch die Wege weisen soll,

So müßt ihr's so genau nicht nehmen. 3870

FAUST, MEPHISTOPHELES, IRRLICHT *im Wechselgesang.*

In die Traum- und Zaubersphäre

Sind wir, scheint es, eingegangen.

Führ' uns gut und mach' dir Ehre,

Daß wir vorwärts bald gelangen

In den weiten, öden Räumen! 3875

Seh' die Bäume hinter Bäumen,

Wie sie schnell vorüberrücken,

Und die Klippen, die sich bücken,

Und die langen Felsennasen,

Wie sie schnarchen, wie sie blasen! 3880

그러지 않으면 네 깜박이는 목숨을 불어서 꺼버릴 테다.   3865

도깨비불

명심하겠습니다, 어르신이 여기 주인이시니까요,

저도 기꺼이 어르신 뜻을 따르고 싶습니다요.

하지만 생각해 주십쇼! 산은 오늘 마법으로 미쳐 있죠,

일개 도깨비불한테 어르신 길을 밝혀달라시면서

너무 엄격하시면 안 됩니다요.   3870

파우스트, 메피스토펠레스, 도깨비불 번갈아 노래 부른다.

　　꿈의 나라, 마법의 나라로

　　이제 우리는 들어온 것 같네.

　　우리를 잘 안내하며 영광으로 삼거라,

　　앞으로 나아가 곧 도달하겠네,

　　넓고 황량한 공간에!   3875

　　나무들 뒤로 또 나무들,

　　획획 지나가는 것이 보이네,

　　또 가파른 절벽들

　　또 길다란 바위코들,[161]

　　드르렁 코 골고, 푸우푸 내쉬고!   3880

161　브로켄 산으로 오르는 길에 있는 화강암 무더기의 이름 "코골이 절벽"(Schnarcherklippe)을 두
　　고 하는 이야기이다. 25미터 정도의 돌출한 직육면체 모양으로 층층이 쌓인 이 기이한 바위는,
　　바람이 동남쪽에서 불어올 때면 특이한 소리를 내서 이런 이름이 붙여졌다. 가까이에도 비슷
　　한 모양의 바위가 또 있다. 이 돌들에는 자석 성분이 있어 나침반이 작동하지 않는다.

Durch die Steine, durch den Rasen

Eilet Bach und Bächlein nieder.

Hör' ich Rauschen? hör' ich Lieder?

Hör' ich holde Liebesklage,

Stimmen jener Himmelstage?   3885

Was wir hoffen, was wir lieben!

Und das Echo, wie die Sage

Alter Zeiten, hallet wider.

Uhu! Schuhu! tönt es näher,

Kauz und Kiebitz und der Häher,   3890

Sind sie alle wach geblieben?

Sind das Molche durchs Gesträuche?

Lange Beine, dicke Bäuche!

Und die Wurzeln, wie die Schlangen,

Winden sich aus Fels und Sande,   3895

Strecken wunderliche Bande,

Uns zu schrecken, uns zu fangen;

Aus belebten derben Masern

Strecken sie Polypenfasern

Nach dem Wandrer. Und die Mäuse   3900

Tausendfärbig, scharenweise,

Durch das Moos und durch die Heide!

Und die Funkenwürmer fliegen

Mit gedrängten Schwärme-Zügen

바위를 지나, 풀밭을 지나
큰 개울 작은 개울이 쏟아져 내리네.
저 소리, 물소리인가? 노랫소리인가?
저 소리, 아리따운 사랑의 탄식인가,
저 천국 같던 나날의 목소리인가?   3885
우리가 소망하는 것, 우리가 사랑하는 것!
또 메아리가, 옛 시대의
전설처럼 되울려 퍼지네.

부엉! 부어엉! 더 가까이서 울리네
부엉이며 푸른도요며 어치,   3890
모두 깨어 있는가?
덤불 속을 가는 건 도롱뇽인가?
긴 다리, 튀어나온 배!
나무뿌리들은 뱀처럼
바위와 모래에서 나와 서로 꼬이고   3895
기이한 끈을 내뻗어
우릴 놀라게 하고, 우릴 사로잡으려 하네.
살아난 울퉁불퉁한 옹이들에서는
울툭불툭 솟은 가닥들이
나그네에게로 뻗치네. 쥐들은,   3900
갖가지 색깔로, 떼를 지어
이끼를 지나, 황야를 지나고!
반딧불들은 빽빽이
떼 지어 날아다니며

Zum verwirrenden Geleite. 3905

Aber sag' mir, ob wir stehen,

Oder ob wir weitergehen?

Alles, alles scheint zu drehen,

Fels und Bäume, die Gesichter

Schneiden, und die irren Lichter, 3910

Die sich mehren, die sich blähen.

MEPHISTOPHELES

Fasse wacker meinen Zipfel!

Hier ist so ein Mittelgipfel,

Wo man mit Erstaunen sieht,

Wie im Berg der Mammon glüht. 3915

FAUST

Wie seltsam glimmert durch die Gründe

Ein morgenrötlich trüber Schein!

Und selbst bis in die tiefen Schlünde

Des Abgrunds wittert er hinein.

Da steigt ein Dampf, dort ziehen Schwaden, 3920

Hier leuchtet Glut aus Dunst und Flor,

Dann schleicht sie wie ein zarter Faden,

Dann bricht sie wie ein Quell hervor.

어지러운 길잡이가 되고.   3905

그런데 말 좀 해다오, 우리가 서 있는 것인지
아니면 계속 가고 있는 것인지?
모두, 모두 빙빙 도는 것 같네,
바위며 나무들, 얼굴을
찌푸리고, 도깨비불들   3910
늘어난다, 부풀어 오른다.

메피스토펠레스

내 옷자락[162]을 꼭 잡으시오!
여기는 가운뎃봉우리,
여기선 놀라서 보게 되지요,
산속에서 마몬[163]이 이글거리는 것을.   3915

파우스트

아침노을 같은 붉은 빛이 땅바닥을 뚫고
흐릿하게 비쳐 나오는 모습, 얼마나 기이한가!
하여 깊고 깊은 협곡까지
속속들이 퍼져 느는구나.
여기선 김이 치솟고 저기에선 안개가 피어오르고   3920
여긴 자욱한 훈김 서린 이글거림이 빛을 뿜고
그러곤 가느다란 실 한 가닥처럼 기어가다가
그러곤 샘처럼 터져 오른다.

---

162 Zipfel: 모서리나 뾰족한 끝을 뜻하지만, 청소년의 비속어로 성기를 가리키기도 한다.

163 황금의 신, 황금. 황금은 성기와 마찬가지로 악마의 영역으로 자주 나타난다.

Hier schlingt sie eine ganze Strecke,

Mit hundert Adern sich durch's Tal, 3925

Und hier in der gedrängten Ecke

Vereinzelt sie sich auf einmal.

Da sprühen Funken in der Nähe,

Wie ausgestreuter goldner Sand.

Doch schau! in ihrer ganzen Höhe 3930

Entzündet sich die Felsenwand.

MEPHISTOPHELES

Erleuchtet nicht zu diesem Feste

Herr Mammon prächtig den Palast?

Ein Glück, daß du's gesehen hast;

Ich spüre schon die ungestümen Gäste. 3935

FAUST

Wie rast die Windsbraut durch die Luft!

Mit welchen Schlägen trifft sie meinen Nacken!

MEPHISTOPHELES

Du mußt des Felsens alte Rippen packen;

Sonst stürzt sie dich hinab in dieser Schlünde Gruft.

Ein Nebel verdichtet die Nacht. 3940

Höre, wie's durch die Wälder kracht!

Aufgescheucht fliegen die Eulen.

여기 온 구간을 휘감는다,

골짜기를 지나는 수백 개의 광맥으로   3925

또 여기 비좁은 구석에 다다르면

갑자기 하나씩 흩어져버린다.

여기 불꽃이 가까이에서 튀네,

황금모래가 뿌려진 듯.

하지만 보아라! 저 언덕 전체,   3930

암벽이 불붙는구나.

메피스토펠레스

이 축제를 위해 마몬 님께서

궁전을 호화롭게 밝히시지 않았겠소?

당신이 그걸 보다니, 행운이네.

어마어마하게 몰려오는 손님들이 벌써 느껴지는군.   3935

파우스트

회오리바람¹⁶⁴이 공중을 가르며 내닫는구나!

엄청난 타격으로 내 목덜미를 후려치면서!

메피스토펠레스

바위의 오래된 갈비뼈들을 붙들어야 돼요,

안 그러면 바람이 당신을 계곡 무덤 속으로 내동댕이칠 테니.

한 가닥 안개가 어둠을 짙게 하네.   3940

들어보시오, 숲이 얼마나 와지끈거리는지!

놀라서 올빼미들 푸드득 날아오르고.

---

164 전설에 의하면 사냥광인 귀족 여인이 회오리바람의 모습으로 나타나 사냥꾼들을 괴롭힌다고
한다. 악마의 신부라는 설도 있다.

Hör', es splittern die Säulen

Ewig grüner Paläste.

Girren und Brechen der Äste   3945

Der Stämme mächtiges Dröhnen!

Der Wurzeln Knarren und Gähnen!

Im fürchterlich verworrenen Falle

Übereinander krachen sie alle,

Und durch die übertrümmerten Klüfte   3950

Zischen und heulen die Lüfte.

Hörst du Stimmen in der Höhe?

In der Ferne, in der Nähe?

Ja, den ganzen Berg entlang

Strömt ein wütender Zaubergesang!   3955

HEXEN IM CHOR

    Die Hexen zu dem Brocken ziehn,

    Die Stoppel ist gelb, die Saat ist grün.

    Dort sammelt sich der große Hauf,

    Herr Urian sitzt oben auf.

    So geht es über Stein und Stock   3960

    Es f _ _ t die Hexe, es sti _ _ t der Bock.

STIMME

Die alte Baubo kommt allein,

들어보시오, 산산조각 나네,

영원히 푸르른 궁전의 기둥들이.

큰 가지들 웅웅거리며 부러지고   3945

줄기들은 엄청난 꽹음을 내네!

뿌리들은 삐걱이고 벌어지네!

무섭도록 혼란스럽게 쓰러지며

와지끈와지끈 한 층 한 층 모두 서로를 덮고

허물어진 절벽들 사이로는   3950

바람이 씽씽 포효하네.

저 높은 곳의 목소리가 들리시나?

멀리에서, 가까이에서?

실로, 온 산 가득

마법의 노래가 광포하게 흐르네!   3955

마녀들의 합창

> 마녀들, 브로켄 산으로 나아가네,
>
> 그루터기는 누렇고, 새싹은 초록빛.
>
> 저기 커다란 무리가 모여들고
>
> 우리안[165] 님께선 높이 앉아 계시네.
>
> 그러니 돌과 그루터기는 넘어서 가지,   3960
>
> 마녀는 방 __ 고, 숫염소는 냄 __ 네.[166]

목소리

바우보[167] 할멈이 혼자 오네.

---

165 악마를 가리키는 말.

166 '방귀 뀌고'(furzt), '냄새 풍기네'(stinkt).

167 마녀의 하나. 원래는 그리스 신화에서 딸이 하데스로 납치되어 슬퍼하는 데메테르 여신을 음

Sie reitet auf einem Mutterschwein.

CHOR

> So Ehre dem, wem Ehre gebührt!
>
> Frau Baubo vor! und angeführt!   3965
>
> Ein tüchtig Schwein und Mutter drauf;
>
> Da folgt der ganze Hexenhauf.

STIMME

Welchen Weg kommst du her?

STIMME

>   Über'n Ilsenstein!

Da guckt' ich der Eule in's Nest hinein.

Die macht' ein Paar Augen!

STIMME

>   O fahre zur Hölle!   3970

Was reitst du so schnelle!

STIMME

Mich hat sie geschunden,

Da sieh nur die Wunden!

HEXEN *Chor.*

> Der Weg ist breit, der Weg ist lang,
>
> Was ist das für ein toller Drang?   3975

어미 돼지 타고 오네.

합창대

> 존경받아 마땅한 자에게 존경을![168]

> 바우보 여사가 앞장서시오! 이끄시오!

> 실한 어미 돼지 위에 올라탔네   3965

> 저기, 마녀 무리 전체가 따라오네.

목소리

넌 어느 길로 온 참이야?

목소리

> 일젠슈타인[169]을 넘어왔지!

거기서 난 올빼미 둥지를 들여다보았지.

올빼미가 두 눈을 똥그랗게 뜨고 있더라!

목소리

> 오 젠장할!   3970

넌 왜 이렇게 빨리 달리는 게야!

목소리

저 여자 때문에 내 살갗이 벗겨졌어,

여기 상처 좀 봐라!

마녀들 *합창.*

> 길은 넓은데, 길은 먼데

> 왜 이리 미친 듯 밀치는 게냐?   3975

탕한 이야기로 즐겁게 해주었다는 하녀.

168 이 구절은 성서의 로마서 13장 7절에서 온 것인데, 여기서는 마녀들의 무리 한가운데서 나오
　　고 있다.

169 브로켄 산의 북동쪽 입구.

Die Gabel sticht, der Besen kratzt,

Das Kind erstickt, die Mutter platzt.

HEXENMEISTER *Halbes Chor.*

Wir schleichen wie die Schneck' im Haus,

Die Weiber alle sind voraus.

Denn, geht es zu des Bösen Haus,   3980

Das Weib hat tausend Schritt voraus.

ANDRE HÄLFTE

Wir nehmen das nicht so genau,

Mit tausend Schritten macht's die Frau;

Doch, wie sie auch sich eilen kann,

Mit einem Sprunge macht's der Mann.   3985

STIMME *oben.*

Kommt mit, kommt mit, vom Felsensee!

STIMMEN *von unten.*

Wir möchten gerne mit in die Höh'.

Wir waschen, und blank sind wir ganz und gar;

Aber auch ewig unfruchtbar.

BEIDE CHÖRE

Es schweigt der Wind, es flieht der Stern,   3990

Der trübe Mond verbirgt sich gern.

Im Sausen sprüht das Zauber-Chor

Viel tausend Feuerfunken hervor.

STIMME *von unten.*

Halte! Halte!

쇠스랑은 찌르고, 빗자루는 박박 긁고

애는 숨 막히고 어미는 배 터지고.

마법사 *합창대 절반.*

우린 집 짊어진 달팽이처럼 살금살금,

여자들은 죄다 앞서갔지.

악마 집에 가는 거라면   3980

여자들이 천 걸음은 앞서가거든.

나머지 절반

우린 그렇게 깐깐하게 안 따져,

여자들이 천 걸음을 디딘다 해도.

하지만, 여자들이 암만 서둘러 가도

남자는 풀쩍 뛰어 한 걸음에 따라잡지.   3985

목소리 *위에서.*

같이 가자, 같이 가, 암벽호수에서 나오거라!

목소리들 *밑에서부터.*

우리도 높은 곳으로 함께 가고 싶어요.

우리는 씻고 있어요, 속속들이 말쑥죠.

하지만 영원히 아이는 낳을 수 없어요.

두 합창대

바람은 잦아들고, 별이 달아나네,   3990

희미한 달은 숨길 좋아하네.

씽씽 소리 속에서 흩날리는 마법의 합창,

수천의 불꽃이 튀네.

목소리 *밑에서부터.*

멈춰! 멈춰!

STIMME *von oben.*

Wer ruft da aus der Felsenspalte? 3995

STIMME *unten.*

Nehmt mich mit! Nehmt mich mit!

Ich steige schon dreihundert Jahr,

Und kann den Gipfel nicht erreichen.

Ich wäre gern bei Meinesgleichen.

BEIDE CHÖRE

    Es trägt der Besen, trägt der Stock, 4000

    Die Gabel trägt, es trägt der Bock;

    Wer heute sich nicht heben kann,

    Ist ewig ein verlorner Mann.

HALBHEXE *unten.*

Ich tripple nach, so lange Zeit;

Wie sind die andern schon so weit! 4005

Ich hab' zu Hause keine Ruh,

Und komme hier doch nicht dazu.

CHOR DER HEXEN

    Die Salbe gibt den Hexen Mut,

    Ein Lumpen ist zum Segel gut,

    Ein gutes Schiff ist jeder Trog; 4010

    Der flieget nie, der heut nicht flog.

목소리 *위에서부터.*

거기 바위틈에서 누가 부르지?   3995

목소리 *아래에서.*

나 좀 데려가! 나 좀 데려가!

난 벌써 삼백 년째 오르고 있어,

그런데도 꼭대기에 닿지 못했어.

나도 내 동료들 곁에 있고 싶어.

두 합창대

　　빗자루를 타네, 막대기를 타네,   4000

　　쇠스랑을 타네, 숫염소를 타네.

　　오늘 오르지 못하는 자는

　　영원히 패배자.

반쪽 마녀 *아래에서.*

난 종종걸음으로 뒤따라가요, 참으로 긴 시간을.

딴 애들은 벌써 멀리멀리 갔어요!   4005

나는 집에서도 편할 날이 없는데

여기서도 끼지 못해요.

마녀들이 합창

　　마녀들에게 향유는 용기를 주지,[170]

　　넝마는 돛으로 쓰기 좋고

　　함지박은 좋은 배이고.   4010

　　결코 날지 못하지, 오늘 날지 못한 자는.

170　괴테가 참조한 보고서들에 의하면, 마녀들은 잔치로 날아가기 위해 뺨과 겨드랑이, 성기에 약
　　초 연고를 바르는데, 어떤 민속학자가 그 처방을 따라 해보았더니 환청이 들리고 날아오르는
　　것 같았으며 성적 방종으로 귀결되었다고 한다.

BEIDE CHÖRE

> Und wenn wir um den Gipfel ziehn,
>
> So streichet an dem Boden hin,
>
> Und deckt die Heide weit und breit
>
> Mit eurem Schwarm der Hexenheit. 4015

> *Sie lassen sich nieder.*

MEPHISTOPHELES

Das drängt und stößt, das ruscht und klappert!

Das zischt und quirlt, das zieht und plappert!

Das leuchtet, sprüht und stinkt und brennt!

Ein wahres Hexenelement!

Nur fest an mir! sonst sind wir gleich getrennt. 4020

Wo bist du?

FAUST *in der Ferne.*

> Hier!

MEPHISTOPHELES

> Was! dort schon hingerissen?

Da werd' ich Hausrecht brauchen müssen.

Platz! Junker Voland kommt. Platz! süßer Pöbel, Platz!

Hier, Doktor, fasse mich! und nun, in einem Satz,

Laß uns aus dem Gedräng' entweichen; 4025

Es ist zu toll, sogar für Meinesgleichen.

Dort neben leuchtet was mit ganz besondrem Schein,

두 합창대

우리는 산봉우리를 에워쌀 테니

너희는 땅바닥을 기어가거라,

황야를 널리 널리 뒤덮거라,

너희 마녀들의 무리로.   4015

마녀들 무리가 내려앉는다.

메피스토펠레스

밀고 밀치고, 허둥대고 덜그덕거리고!

싯싯거리고 빙빙 돌고, 잡아당기고 종알거리고!

빛을 내고, 불똥을 튀기고, 냄새를 풍기고, 불타네!

진정 마녀의 본성이로구나!

날 단단히 붙잡고 계슈! 안 그러면 금방 놓칠 테니.   4020

어디 있소?

파우스트 *멀리서.*

　　　　여기!

메피스토펠레스

　　　　　저런! 벌써 저기로 휩쓸려 갔네?

이젠 주인의 권한을 발동해야겠네.

비켜라! 볼란트 공작[171]이 나가신다, 비켜라! 어여쁜 백성들아, 비켜!

여기요, 박사, 날 잡으시오! 그리고 이제는, 단번에 풀쩍 뛰어,

이 무리에서 빠져나갑시다.   4025

미쳐도 너무 미쳤네, 나 같은 놈이 봐도.

저기 옆에 뭔가가 아주 특별한 빛을 내고 있는데

171　악마의 다른 이름.

Es zieht mich was nach jenen Sträuchen.

Komm, komm! wir schlupfen da hinein.

FAUST

Du Geist des Widerspruchs! Nur zu! du magst mich führen.   4030

Ich denke doch, das war recht klug gemacht:

Zum Brocken wandeln wir in der Walpurgisnacht,

Um uns beliebig nun hieselbst zu isolieren.

MEPHISTOPHELES

Da sieh nur, welche bunten Flammen!

Es ist ein muntrer Klub beisammen.   4035

Im Kleinen ist man nicht allein.

FAUST

Doch droben möcht' ich lieber sein!

Schon seh' ich Glut und Wirbelrauch.

Dort strömt die Menge zu dem Bösen;

Da muß sich manches Rätsel lösen.   4040

MEPHISTOPHELES

Doch manches Rätsel knüpft sich auch.

Laß du die große Welt nur sausen,

Wir wollen hier im Stillen hausen.

Es ist doch lange hergebracht,

Daß in der großen Welt man kleine Welten macht.   4045

Da seh' ich junge Hexchen nackt und bloß,

Und alte, die sich klug verhüllen.

Seid freundlich, nur um meinetwillen;

그게 나를 저 덤불 쪽으로 끌어가는군.

자, 자! 여기로 슬쩍 들어가 보세.

파우스트

이 모순의 영(靈)아! 어서 해봐라! 날 인도해라!　　　　　　　4030

하지만 생각해 보니, 그건 제법 똑똑한 척을 한 거였구먼.

발푸르기스의 밤에 브로켄 산으로 간다더니

여기 이렇게 우리 둘만 따로 떨어져 있다니.

메피스토펠레스

저기 좀 보시오, 색색깔 불들을!

신나는 패들이 모여 있단 말이오.　　　　　　　　　　　　4035

몇 사람만 모여도 혼자는 아니죠.

파우스트

하지만 나는 저 위로 더 가고 싶다!

이글거리는 화염과 소용돌이치는 연기가 벌써 보이고

저기 커다란 무리가 악마에게 몰려가고 있네.

거기선 이런저런 수수께끼가 풀리겠군.　　　　　　　　　4040

메피스토펠레스

도리어 이린저린 수수께끼가 얽히기도 하죠.

저 커다란 무리는 씽씽 지나가게 놔둡시다,

우리는 여기서 조용히 좀 있죠.

오래전부터 있어온 일입죠,

큰 세계 가운데서 작은 세계들을 만드는 건.　　　　　　　4045

저기 젊은 마녀들이 발가벗고 있고

늙은 것들은 영리하게 몸을 가리고 있네.

친절하게 대하시오, 나를 봐서라도.

Die Müh' ist klein, der Spaß ist groß.

Ich höre was von Instrumenten tönen!   4050

Verflucht Geschnarr! Man muß sich dran gewöhnen.

Komm mit! Komm mit! Es kann nicht anders sein,

Ich tret' heran und führe dich herein,

Und ich verbinde dich auf's neue.

Was sagst du, Freund? das ist kein kleiner Raum.   4055

Da sieh nur hin! du siehst das Ende kaum.

Ein Hundert Feuer brennen in der Reihe;

Man tanzt, man schwatzt, man kocht, man trinkt, man liebt;

Nun sage mir, wo es was Bessers gibt?

FAUST

Willst du dich nun, um uns hier einzuführen,   4060

Als Zaub'rer oder Teufel produzieren?

MEPHISTOPHELES

Zwar bin ich sehr gewohnt, inkognito zu gehn,

Doch läßt am Galatag man seinen Orden sehn.

Ein Knieband zeichnet mich nicht aus,

Doch ist der Pferdefuß hier ehrenvoll zu Haus.   4065

Siehst du die Schnecke da? Sie kommt herangekrochen;

Mit ihrem tastenden Gesicht

Hat sie mir schon was abgerochen.

Wenn ich auch will, verleugn' ich hier mich nicht.

작은 수고로, 큰 재미를 보지요.

무슨 악기 소리가 들리는데요! 4050

망할 놈의 딸랑이 소리! 저런 것에 익숙해져야 하다니.

이리 오시오! 이리 오셔! 다른 방법이 없소,

내가 들어간 다음에 당신을 끌어들여

당신에게 새로운 교분(交分)을 맺게 해주겠어.

어떤가요, 친구? 여긴 좁은 곳이 아니오. 4055

저쪽 좀 보시오! 끝이 안 보일 거요.

백 개의 불이 줄지어 타고 있고

춤추고, 잡담하고, 요리하고, 마시고, 사랑하고

어디 말해보시오, 더 나은 게 어디에 있겠는지?

파우스트

그런데 자네는, 여기에 끼기 위해 4060

마법사 행세를 하려나 아니면 악마 행세를 하려나?

메피스토펠레스

나는, 정체를 숨기고 다니는 게 아주 익숙하지만

이런 잔칫날에는 내 훈장을 보여준다오.

가터 훈장[172]이 나를 빛내주지는 못하지만

말발굽은 여기 이곳에서 엄청나게 존경받지. 4065

저기 달팽이 보이시오? 쟤는 기어서 왔다오,

얼굴로 더듬으며

내게서 벌써 낌새를 맡았군.

여기선, 그러고 싶더라도, 날 부인하지 않겠소.

---

172 영국 왕실에서 주는 훈장. 양말 대님과 비슷하게 생겼으며 왼쪽 무릎 아랫부분에 매어 단다.

Komm nur! von Feuer gehen wir zu Feuer, 4070

Ich bin der Werber und du bist der Freier.

Zu einigen, die um verglimmende Kohlen sitzen.

Ihr alten Herrn, was macht ihr hier am Ende?

Ich lobt' euch, wenn ich euch hübsch in der Mitte fände,

Von Saus umzirkt und Jugendbraus;

Genug allein ist jeder ja zu Haus. 4075

GENERAL

Wer mag auf Nationen trauen!

Man habe noch so viel für sie getan;

Denn bei dem Volk, wie bei den Frauen,

Steht immerfort die Jugend oben an.

MINISTER

Jetzt ist man von dem Rechten allzuweit, 4080

Ich lobe mir die guten Alten;

Denn freilich, da wir alles galten,

Da war die rechte goldne Zeit.

PARVENU

Wir waren wahrlich auch nicht dumm,

Und taten oft, was wir nicht sollten; 4085

Doch jetzo kehrt sich alles um und um,

Und eben da wir's fest erhalten wollten.

자! 이 모닥불 저 모닥불로 다 가봅시다   4070

나는 중매쟁이이고, 당신은 구혼자요.

    불길이 사그라진 숯불을 둘러싸고 앉아 있는 몇몇에게.

어르신네들,[173] 이 끄트머리에서 뭐 하시는 거요?

저 한가운데서 멋지게 암퇘지들,[174] 애송이들한테

둘러싸여 계셨더라면 좋았으련만

집에서야 누구든 실컷 혼자 있는데.   4075

장군

누가 백성들을 믿고 싶겠소!

그들을 위해서 그 많은 일을 했건만.

백성이란 여자들과 마찬가지로

노상 젊은 것들만 추앙한다오.

장관

지금은 정도에서 벗어나도 너무 벗어났어,   4080

난 선한 노장들을 칭송해요.

물론, 우리가 득세했던

그때가 진정한 황금기였으니까.

벼락부자

우린 정말이지 바보도 아니었지만

해선 안 되는 일까지 하곤 했는데   4085

그런데 이제는 모든 게 송두리째 뒤집히고 있어,

마침 우리가 그것을 단단히 잡고 있으려던 참이었는데.

---

173 이어서 퇴역장군, 퇴임장관, 벼락부자, 작가 등이 이 혼란 속에 등장하여 제각기 입장을 늘어놓
     는다. 시대비평적인 측면이 드러나는 대목이다.

174 '암퇘지'(Sau)는 여자들에 대한 심한 욕.

AUTOR

Wer mag wohl überhaupt jetzt eine Schrift

Von mäßig klugem Inhalt lesen!

Und was das liebe junge Volk betrifft,   4090

Das ist noch nie so naseweis gewesen.

MEPHISTOPHELES *der auf einmal sehr alt erscheint.*

Zum jüngsten Tag fühl' ich das Volk gereift,

Da ich zum letzten Mal den Hexenberg ersteige,

Und weil mein Fäßchen trübe läuft,

So ist die Welt auch auf der Neige.   4095

TRÖDELHEXE

Ihr Herren, geht nicht so vorbei!

Laßt die Gelegenheit nicht fahren!

Aufmerksam blickt nach meinen Waren;

Es steht dahier gar mancherlei.

Und doch ist nichts in meinem Laden,   4100

Dem keiner auf der Erde gleicht,

Das nicht einmal zum tücht'gen Schaden

Der Menschen und der Welt gereicht.

Kein Dolch ist hier, von dem nicht Blut geflossen,

Kein Kelch, aus dem sich nicht, in ganz gesunden Leib,   4105

Verzehrend heißes Gift ergossen,

Kein Schmuck, der nicht ein liebenswürdig Weib

Verführt, kein Schwert, das nicht den Bund gebrochen,

Nicht etwa hinterrücks den Gegenmann durchstochen.

작가

이제 도대체 누가 글을,

반듯하고 명철한 글을 읽으려 하겠나!

젊은이들로 말하자면   4090

요즘처럼 시건방진 적은 일찍이 없었어.

메피스토펠레스 *갑자기 매우 늙은 모습으로 나타난다.*

저 백성들은 최후의 심판을 받을 때가 된 것 같군요.

내가 이제 마지막으로 마녀의 산에 올라와 보니 말이오,

내 술통에서 흐르는 게 뿌연 걸 보니

세상도 기운 거요.   4095

고물상을 벌이고 있는 마녀

신사분들, 그렇게 지나가지 마세요!

기회를 놓치지 마세요!

주의 깊게 제 물건들을 보세요,

별별 것이 다 있답니다.

내 점포에는, 세상에 있는 것과   4100

비슷하지 않은 건 하나도 없어요,

인간과 세상에 상당한 해를 입히지

않은 건 아무것도 없습죠.

피를 묻히지 않은 비수도 여긴 없고

멀쩡한 몸에다 온몸을 녹여버리는   4105

맹독을 흘려 넣지 않은 잔(盞)도 없고

사랑스러운 여인을 유혹해 보지 않은

장신구도 없고, 맹세를 깨트리지 않은 칼,

상대를 등 뒤에서 찌르지 않은 칼도 없고요.

MEPHISTOPHELES

Frau Muhme! Sie versteht mir schlecht die Zeiten.　　　　4110

Getan geschehn! Geschehn getan!

Verleg' Sie sich auf Neuigkeiten!

Nur Neuigkeiten ziehn uns an.

FAUST

Daß ich mich nur nicht selbst vergesse!

Heiß' ich mir das doch eine Messe!　　　　　　　　　4115

MEPHISTOPHELES

Der ganze Strudel strebt nach oben;

Du glaubst zu schieben und du wirst geschoben.

FAUST

Wer ist denn das?

MEPHISTOPHELES

　　　　　Betrachte sie genau!

Lilith ist das.

FAUST

　　　Wer?

MEPHISTOPHELES

　　　　　Adams erste Frau.

Nimm dich in acht vor ihren schönen Haaren,　　　　4120

Vor diesem Schmuck, mit dem sie einzig prangt.

Wenn sie damit den jungen Mann erlangt,

So läßt sie ihn so bald nicht wieder fahren.

메피스토펠레스

뱀 아줌마시로군! 시대를 착각한 것 같네.   4110

벌어진 일은 벌어진 일이고 지난 일은 지난 일!

새것들로 옮아가시오!

새것만이 우리 마음을 끈다오.

파우스트

내 정신이나 놓치지 말아야지!

이런 걸 잔치장터라고 해야 하다니!   4115

메피스토펠레스

무리 전체가 위로 올라가고 있어요.

당신은 민다고 생각하지만 실은 밀리고 있는 거요.

파우스트

도대체 저건 누구지?

메피스토펠레스

　　　　　자세히 보시오!

릴리트잖아요.

파우스트

　　　누구?

메피스토펠레스

　　　　　아담의 첫째 마누라요.

저 아름다운 머리카락을,   4120

그녀가 유일하게 자랑하는 저 장신구를 주의해야 하죠.

저 여자가 그걸로 젊은 남자를 한번 사로잡으면

그 남자를 금세 다시 놓아주진 않죠.

FAUST

Da sitzen zwei, die Alte mit der Jungen;

Die haben schon was Rechts gesprungen!   4125

MEPHISTOPHELES

Das hat nun heute keine Ruh.

Es geht zum neuen Tanz; nun komm! wir greifen zu.

FAUST *mit der Jungen tanzend.*

> Einst hatt' ich einen schönen Traum;

> Da sah ich einen Apfelbaum,

> Zwei schöne Äpfel glänzten dran,   4130

> Sie reizten mich, ich stieg hinan.

DIE SCHÖNE

> Der Äpfelchen begehrt ihr sehr,

> Und schon vom Paradiese her.

> Von Freuden fühl' ich mich bewegt,

> Daß auch mein Garten solche trägt.   4135

MEPHISTOPHELES *mit der Alten.*

> Einst hatt' ich einen wüsten Traum;

> Da sah' ich einen gespaltnen Baum,

> Der hatt' ein __;

> So __ es war, gefiel mir's doch.

DIE ALTE

> Ich biete meinen besten Gruß   4140

> Dem Ritter mit dem Pferdefuß!

> Halt' Er einen __bereit,

파우스트

저기 둘이 앉아 있네, 늙은 여자와 젊은 여자가,

벌써 엔간히들 춤췄나 보군!   4125

메피스토펠레스

오늘은 쉬면 안 되지.

새로운 춤이 시작되네요. 자아! 우리도 낍시다.

파우스트 *젊은 여자와 춤추며.*

　　　언젠가 나 아름다운 꿈을 꾸었지

　　　거기 사과나무 한 그루 보았지

　　　예쁜 사과 두 알 매달려 반짝였네   4130

　　　사과들 내 맘 끌어, 내가 타고 올라갔네.

예쁜 마녀

　　　사과 두 알 몹시 갈망하시는데,

　　　낙원에서부터 벌써 그랬죠.

　　　기쁨으로 내 마음 흔들리네요,

　　　내 뜰에도 그런 사과 달려 있거든요.   4135

메피스토펠레스 *늙은 마녀와.*

　　　언젠가 나 거친 꿈을 꾸었지

　　　거기 두 쪽으로 갈라진 나무 한 그루 보았지

　　　그 나무엔 __ 있었네.

　　　하도 __ , 내 맘에 들었다네.

늙은 여자

　　　최고의 인사를 올립니다요,   4140

　　　말발굽 다신 기사님께!

　　　__ 를 준비하세요,

Wenn Er __ nicht scheut.

PROKTOPHANTASMIST

Verfluchtes Volk! was untersteht ihr euch?

Hat man euch lange nicht bewiesen,   4145

Ein Geist steht nie auf ordentlichen Füßen?

Nun tanzt ihr gar, uns andern Menschen gleich!

DIE SCHÖNE *tanzend*.

Was will denn der auf unser Ball?

FAUST *tanzend*.

Ei! der ist eben überall.

Was andre tanzen, muß er schätzen.   4150

Kann er nicht jeden Schritt beschwätzen,

So ist der Schritt so gut als nicht geschehn.

Am meisten ärgert ihn, sobald wir vorwärts gehn.

Wenn ihr euch so im Kreise drehen wolltet,

Wie er's in seiner alten Mühle tut,   4155

Das hieß' er allenfalls noch gut;

Besonders wenn ihr ihn darum begrüßen solltet.

__ 이 두렵지 않으시거든.[175]

엉덩이심령술사[176]

저주받을 놈들! 감히 이따위 짓들을 해?

오래전에 증명되지 않았더냐.   4145

영(靈)은 제대로 된 두 발로 절대로 서지 못한다고?

이제는 너희가 아주 춤까지 추는구나, 다른 우리 인간들처럼!

예쁜 마녀 *춤추며.*

저이는 우리 춤추는 데 와서 무얼 하겠다는 거죠?

파우스트 *춤추며.*

에이! 저놈은 어디에나 끼어드는 사람이지.

다른 사람들이 어떻게 춤추는지 논평을 해야 되거든.   4150

춤추는 걸음걸음마다 수다스레 평하지 않으면

그 걸음은 안 디뎌진 거나 다름없어.

저놈을 제일 화나게 만드는 건, 우리가 앞으로 나아가는 것이지.

오래된 연자방아[177]에서 맴돌고 있는 자기처럼

너희도 그저 제자리에서 돌겠다면   4155

어떤 경우든 저놈은 좋아라하지.

그에게 환영 인사라도 해주면 더더욱 좋아하고.

---

175 밑줄 처리된 부분은 순서대로, '엄청나게 큰 구멍'(ungeheures Loch), '커서'(groß),' 제대로 된 마개'(rechten Propf), '큰 구멍'(das große Loch).

176 당대의 계몽주의 비평가 니콜라이(Friedrich Nicolai, 1733~1811)에 대한 조롱을 담아 만든 괴테의 조어. 괴테의 『젊은 베르테르의 슬픔』을 조롱하여 『젊은 베르테르의 기쁨』이라는 공격적이고 풍자적인 작품까지 쓴 니콜라이는 우울증 치료로 거머리를 엉덩이에 붙여 피를 빨게 해야 한다는 주장을 한 바 있어 여기에서 이런 이상한 명칭으로 등장하게 되었다.

177 연자방아는 진전 없는 생각, 제자리를 맴도는 생각의 은유이다.

PROKTOPHANTASMIST

Ihr seid noch immer da! Nein, das ist unerhört.

Verschwindet doch! Wir haben ja aufgeklärt!

Das Teufelspack, es fragt nach keiner Regel. 4160

Wir sind so klug, und dennoch spukt's in Tegel.

Wie lange hab' ich nicht am Wahn hinausgekehrt,

Und nie wird's rein; das ist doch unerhört!

DIE SCHÖNE

So hört doch auf, uns hier zu ennuyieren!

PROKTOPHANTASMIST

Ich sag's euch Geistern ins Gesicht, 4165

Den Geistesdespotismus leid' ich nicht;

Mein Geist kann ihn nicht exerzieren.

Es wird fortgetanzt.

Heut', seh' ich, will mir nichts gelingen;

Doch eine Reise nehm' ich immer mit

Und hoffe noch, vor meinem letzten Schritt, 4170

Die Teufel und die Dichter zu bezwingen.

MEPHISTOPHELES

Er wird sich gleich in eine Pfütze setzen,

Das ist die Art, wie er sich soulagiert,

Und wenn Blutegel sich an seinem Steiß ergetzen,

엉덩이심령술사

너희 여태 거기 있구나! 아니, 이건 전대미문의 일일세.

썩 사라지거라! 이젠 계몽된 대명천지이니!

악마 패거리들은 규칙을 개의치 않는 법   4160

우린 참 똑똑한데도 테겔 호수[178]에선 유령이 나오네.

얼마나 오랫동안 내가 망상을 싹싹 쓸어내었던가,

그런데도 도무지 깨끗해지질 않네, 이건 전대미문의 일일세!

예쁜 마녀

그럼 여기서 우리를 그만 귀찮게 하세요!

엉덩이심령술사

너희 유령들 얼굴을 똑바로 보며 말하노라,   4165

영(靈)들의 폭정을 참지 않겠다.

내 정신으로는 훈련을 못 시키겠군.

계속 춤들 춘다.

오늘은, 보아하니, 되는 일이 아무것도 없네.

하지만 여행이라면 늘 같이 가지[179]

그리고 아직 바라고 있지, 나 세상 뜨기 전에   4170

익마들과 시인들을 제입하기를.

메피스토펠레스

저놈 금방 물웅덩이 속에 주저앉을 거야.

그게, 저자가 자기를 진정시키는 방식이지.

피 빨아먹는 거머리가 그의 엉덩이에서 즐거움을 누리면

---

178 베를린의 한 구역. 유령이 출몰한다는 소문이 돌던 곳으로, 니콜라이가 이 유령으로 인해 우울증(신경증)에 걸렸다.

179 니콜라이는 여행기의 저자이기도 했다.

Ist er von Geistern und von Geist kuriert. 4175

Zu Faust, der aus dem Tanz getreten ist.

Was lässest du das schöne Mädchen fahren,

Das dir zum Tanz so lieblich sang?

FAUST

Ach! mitten im Gesange sprang

Ein rotes Mäuschen ihr aus dem Munde.

MEPHISTOPHELES

Das ist was Rechts! das nimmt man nicht genau; 4180

Genug, die Maus war doch nicht grau.

Wer fragt darnach in einer Schäferstunde?

FAUST

Dann sah ich —

MEPHISTOPHELES

      Was?

FAUST

      Mephisto, siehst du dort

Ein blasses, schönes Kind allein und ferne stehen?

Sie schiebt sich langsam nur vom Ort, 4185

Sie scheint mit geschloßnen Füßen zu gehen.

Ich muß bekennen, daß mir deucht,

Daß sie dem guten Gretchen gleicht.

MEPHISTOPHELES

Laß das nur stehn! Dabei wird's niemand wohl.

Es ist ein Zauberbild, ist leblos, ein Idol. 4190

그 또한 유령들에게서도 정신에서도 치유되겠지.   4175

춤추기를 그친 파우스트에게.

저 예쁜 아가씨를 왜 가게 두나,

춤추며 노래까지 참 사랑스럽게 불러주더만?

파우스트

아! 한참 노래 부르고 있는데 튀어나왔거든,

그녀의 입에서 빨간 쥐새끼 한 마리가.

메피스토펠레스.

그건 당연한 일이지! 그런 건 그렇게 깐깐하게 따지는 게 아니오.   4180

됐네요, 그 쥐새끼가 쥐색인 것도 아니었잖아요.

누가 달콤한 밀회 중에 그런 걸 따집니까요?

파우스트

그다음에 본 것은 ─

메피스토펠레스

        뭔데요?

파우스트

        메피스토, 저기 보이나,

창백하고 예쁜 소녀가 멀리 혼자 서 있는 게?

그녀, 천천히 저곳을 떠나 느릿느릿 걸어가는데   4185

그녀, 두 발목이 묶인 채로 걷는 것 같네,

고백하지 않을 수 없군, 내 생각으로

그녀, 착한 그레트헨을 닮았어.

메피스토펠레스

그건 그냥 서 있게 내버려 두시오! 어느 누구도 좋을 게 없지요.

저건 마법의 영상이거든요, 생명 없는 환영(幻影)일 뿐.   4190

Ihm zu begegnen, ist nicht gut;

Vom starren Blick erstarrt des Menschen Blut,

Und er wird fast in Stein verkehrt,

Von der Meduse hast du ja gehört.

FAUST

Fürwahr, es sind die Augen einer Toten, 4195

Die eine liebende Hand nicht schloß.

Das ist die Brust, die Gretchen mir geboten,

Das ist der süße Leib, den ich genoß.

MEPHISTOPHELES

Das ist die Zauberei, du leicht verführter Tor!

Denn jedem kommt sie wie sein Liebchen vor. 4200

FAUST

Welch eine Wonne! welch ein Leiden!

Ich kann von diesem Blick nicht scheiden.

Wie sonderbar muß diesen schönen Hals

Ein einzig rotes Schnürchen schmücken,

Nicht breiter als ein Messerrücken! 4205

MEPHISTOPHELES

Ganz recht! ich seh' es ebenfalls.

Sie kann das Haupt auch unterm Arme tragen;

Denn Perseus hat's ihr abgeschlagen. —

저것과 마주치는 건 좋지 않아요

그 경직된 눈길에 사람의 피는 굳어버리죠,

자칫하다간 돌이 되고요,

메두사 이야기는 들어보셨겠지.

파우스트

정말이지, 저건 죽은 사람의 눈이로구나,   4195

사랑하는 손이 감겨주지 못한 눈.

저건 그레트헨이 내게 주었던 젖가슴,

저건 내가 즐겼던 감미로운 몸이야.

메피스토펠레스

저건 마법이오, 유혹에 잘도 빠지는 이 바보 양반아!

저 여자는 누구에게나 자기 애인처럼 보이거든요.   4200

파우스트

이 무슨 희열인가! 이 무슨 고통인가!

나는 이 눈길을 떠날 수가 없어.

아름다운 목을, 한 가닥 붉은 끈[180]이

얼마나 이상하게, 감고 있는지.

칼등보다도 넓지 않은 끈이!   4205

메피스토펠레스

정말 그렇네! 나도 보이는군.

그녀는 머리통을 팔 밑에 끼고 다닐 수도 있겠는데.

페르세우스가 베어버렸으니까. ─[181]

---

180 교수형을 당한 사람에게 죽어서도 남아 있다는 자국.

181 그 환영이 그레트헨이 아니라 메두사라고 하고 있다.

Nur immer diese Lust zum Wahn!

Komm doch das Hügelchen heran, 4210

Hier ist's so lustig wie im Prater;

Und hat man mir's nicht angetan,

So seh' ich wahrlich ein Theater.

Was gibt's denn da?

SERVIBILIS

        Gleich fängt man wieder an.

Ein neues Stück, das letzte Stück von sieben; 4215

So viel zu geben, ist althier der Brauch.

Ein Dilettant hat es geschrieben,

Und Dilettanten spielen's auch.

Verzeiht, ihr Herrn, wenn ich verschwinde;

Mich dilettiert's, den Vorhang aufzuziehn. 4220

MEPHISTOPHELES

Wenn ich euch auf dem Blocksberg finde,

Das find' ich gut; denn da gehört ihr hin.

그저 이렇게 계속 미쳐봅시다!

저 작은 언덕으로 다가가봅시다, 4210

여기는 프라터 공원[182]만큼 신나는 곳이오.

누가 훼방 놓지 않으면

정말 연극까지 보겠네.

어떤 게 있지?

제르비빌리스[183]

　　　　　금방 또 시작해요.

새 작품이죠, 일곱 작품 중 마지막 것이고요, 4215

많이 보여드리는 것이 여기 관례입니다.

아마추어가 극본을 쓰고

아마추어들이 공연도 하지요.

용서하십시오, 신사분들, 제가 사라지더라도.

막을 여는 게 아마추어인 제 소임이랍니다. 4220

메피스토펠레스

너희를 브로켄 산에서 만나다니

좋구나, 너희는 거기에 어울리니까.

182　오스트리아 빈에 있는 놀이공원.

183　괴테와 다툰 바 있는 연극 분야의 딜레탕트(아마추어)인 단장 뵈팅거(Karl August Böttinger)
　　　를 의미하는 것으로 추정된다.

Walpurgisnachtstraum
oder
Oberons und Titanias goldne Hochzeit

Intermezzo

THEATERMEISTER

> Heute ruhen wir einmal,
>
> Miedings wackre Söhne.
>
> Alter Berg und feuchtes Tal,   4225
>
> Das ist die ganze Szene!

HEROLD

> Daß die Hochzeit golden sei

발푸르기스 밤의 꿈
혹은
오베론과 티타니아의 금혼식

막간극[184]

극단장

>오늘은 우리도 한 번 쉬세,
>미딩의 늠름한 아들들이여.[185]
>해묵은 산과 축축한 골짜기,
>그것이 전체 무대일세!

4225

해설자

>결혼이 금(金)이 되자면

---

184 이 부분은 '막간극'라는 부세가 나타내듯 중간에 삽입되어, 동화적이고 풍자적인 합창곡풍으로 쓰였다. 『파우스트』의 전체 사건 진행과는 무관한 당대 문화계에 대한 비평이므로 건너뛰어도 괜찮은 부분이다. 이 글의 원래 제목은 '오베론의 금혼식'으로 요정들의 왕 오베론과 왕비 티타니아가 오래 헤어져 있다가 이제 화해하고 금혼식을 올리는데, 각 분야의 인물들이 하객으로 와서 각자 자신의 특성을 4행시로 말하고 여기에 오케스트라 반주가 따른다. 『파우스트』와는 상관없이, 쉴러와 함께 펴낸 《뮤즈연감》(*Musenalmanach*)에 수록할 생각으로 1797년에 쓴 것인데, 나중에 『파우스트』에 적합한 것으로 보고 수록하게 되었다. 오베론, 티타니아, 픽은 셰익스피어의 『한여름밤의 꿈』에 나오는 인물들이며 에어리얼은 『템페스트』에 나오는 인물. 오베론은 요정들의 왕이며 티타니아는 여왕, 픽은 왕의 수석요정, 에어리얼은 공기의 요정이다.

185 미딩은 바이마르 극장의 무대를 만든 명장 목수였다. 괴테는 그를 위한 조시 「미딩의 죽음」을 쓴 바 있다. 미딩의 아들들이란 무대 종사자들을 가리킨다.

Soll'n funfzig Jahr sein vorüber;

Aber ist der Streit vorbei,

Das G o l d e n ist mir lieber.   4230

OBERON

Seid ihr Geister, wo ich bin,

So zeigt's in diesen Stunden;

König und die Königin,

Sie sind aufs neu verbunden.

PUCK

Kommt der Puck und dreht sich quer   4235

Und schleift den Fuß im Reihen,

Hundert kommen hinterher

Sich auch mit ihm zu freuen.

ARIEL

Ariel bewegt den Sang

In himmlisch reinen Tönen;   4240

Viele Fratzen lockt sein Klang,

Doch lockt er auch die Schönen.

OBERON

Gatten, die sich vertragen wollen,

Lernen's von uns beiden!

Wenn sich zweie lieben sollen,   4245

Braucht man sie nur zu scheiden.

TITANIA

Schmollt der Mann und grillt die Frau,

50년이나 지나야 한다지.

하지만 싸움도 지나니,

그 금이 난 더욱 좋다네. 4230

오베론

영들아, 여기 있거든

이 시간에 모습을 보여라.

왕과 왕비가,

새롭게 맺어졌노라.

퍽

퍽이 와서 몸을 가로로 빙글 돌리고 4235

열 맞춘 발걸음으로 활주하면

수많은 자들이 따르며

더불어 기뻐하지요.

에어리얼

에어리얼이 노래를 뿌려요,

하늘처럼 맑은 소리로. 4240

그 울림, 많은 추한 사람들 마음을 끌고

아름다운 사람들의 마음도 끌시요.

오베론

정답게 지내려는 부부는

우리 둘에게서 배우라!

두 사람이 사랑해야겠다면 4245

갈라놓을 필요가 있지.

티타니아

남편이 토라지고 아내가 변덕을 부리면,

So faßt sie nur behende,

Führt mir nach dem Mittag Sie

Und Ihn an Nordens Ende.   4250

ORCHESTER TUTTI *Fortissimo*.

Fliegenschnauz' und Mückennas'

Mit ihren Anverwandten,

Frosch im Laub' und Grill' im Gras',

Das sind die Musikanten!

SOLO

Seht, da kommt der Dudelsack!   4255

Es ist die Seifenblase.

Hört den Schneckeschnickeschnack

Durch seine stumpfe Nase.

GEIST, DER SICH ERST BILDET

Spinnenfuß und Krötenbauch

Und Flügelchen dem Wichtchen!   4260

Zwar ein Tierchen gibt es nicht,

Doch gibt es ein Gedichtchen.

EIN PÄRCHEN

Kleiner Schritt und hoher Sprung

Durch Honigtau und Düfte;

Zwar du trippelst mir genung,   4265

Doch geht's nicht in die Lüfte.

얼른 그들을 붙잡아

아내는 내게로, 남쪽으로 데려오고

남편은 북쪽 끝으로 데려가세요.   4250

오케스트라 투티 포르티시모.

파리 주둥이와 모기 코

그들의 권속들,

큰 잎의 개구리, 풀섶의 여치,

이들이 바로 악사(樂士)들!

독창자

보아라, 저기 백파이프가 오네!   4255

저건 비눗방울이네.

들어보거라, 식식삭삭슥슥

그 뭉툭한 코에서 나오는 소리.

막 생겨나고 있는 영(靈)[186]

거미 발과 두꺼비 배,

작은 날개를 이 쬐끄만 아이에게!   4260

작은 짐승은 아직 하나 없어도

작은 시(詩)는 한 편 있죠.

젊은 한 쌍

잔걸음과 높은 도약

꿀 이슬과 향기를 뚫고.

넌 종종걸음 충분히 치지만   4265

공중으로는 못 올라가네.

---

186 이것저것 조합한, 아직 미숙한 문학작품으로 해석된다.

NEUGIERIGER REISENDER

Ist das nicht Maskeraden-Spott?
Soll ich den Augen trauen?
Oberon den schönen Gott
Auch heute hier zu schauen! 4270

ORTHODOX

Keine Klauen, keinen Schwanz!
Doch bleibt es außer Zweifel:
So wie die Götter Griechenlands,
So ist auch er ein Teufel.

NORDISCHER KÜNSTLER

Was ich ergreife, das ist heut 4275
Fürwahr nur skizzenweise;
Doch ich bereite mich bei Zeit
Zur italien'schen Reise.

PURIST

Ach! mein Unglück führt mich her:
Wie wird nicht hier geludert! 4280
Und von dem ganzen Hexenheer
Sind zweie nur gepudert.

호기심 많은 여행객[187]

> 이건 가장행렬 풍자 아닌가,
>
> 날더러 내 눈을 믿으란 말인가?
>
> 아름다운 신 오베론을
>
> 오늘 여기서도 보다니!   4270

정교주의자[188]

> 발굽도 없고, 꼬리도 없구나!
>
> 그래도 의심의 여지 조금도 없느니.
>
> 그리스의 신들과 마찬가지로
>
> 이자도 악마로구나.

북방의 예술가

> 내가 포착해 놓은 것, 그건 오늘   4275
>
> 정말이지 그저 스케치에 불과하네.
>
> 하지만 더 늦기 전에 준비하겠노라,
>
> 이탈리아 여행을.

언어정화주의자[189]

> 아! 나의 불행이 나를 이리로 데려오네.
>
> 여긴 어째 이리도 방탕하단 말인가!   4280
>
> 마녀 무리 전체에서
>
> 분가루 바른 건 둘뿐이네.

---

187 여행기를 쓴 니콜라이로 해석된다.

188 쉴러의 「그리스의 신들」을 정교(정통파)의 입장에서 비판한 레오폴트 폰 슈톨베르크(Leopold von Stolberg, 1750~1819)로 해석된다.

189 여기서는 자연스러움을 보려 하지 않는 점잔 빼는 비평가들을 가리킨다. 나아가 괴테의 「로마의 비가」에 흥분했던 도덕론자들을 가리킨다고 해석된다.

JUNGE HEXE

> Der Puder ist so wie der Rock
>
> Für alt' und graue Weibchen;
>
> Drum sitz' ich nackt auf meinem Bock   4285
>
> Und zeig' ein derbes Leibchen.

MATRONE

> Wir haben zu viel Lebensart,
>
> Um hier mit euch zu maulen;
>
> Doch, hoff' ich, sollt ihr jung und zart,
>
> So wie ihr seid, verfaulen.   4290

KAPELLMEISTER

> Fliegenschnauz und Mückennas',
>
> Umschwärmt mir nicht die Nackte!
>
> Frosch im Laub und Grill' im Gras',
>
> So bleibt doch auch im Takte!

WINDFAHNE *nach der einen Seite.*

> Gesellschaft wie man wünschen kann.   4295
>
> Wahrhaftig lauter Bräute!
>
> Und Junggesellen, Mann für Mann,
>
> Die hoffnungsvollsten Leute.

젊은 마녀[190]

분가루란 우중충한 늙은 아낙들이

두르는 치마 같은 것,

나야 발가벗고 숫염소를 타고 앉아   4285

풍만한 몸매를 내보이죠.

기혼녀[191]

우린 몸가짐이 아주 방정하지,

여기서 너희들과 주둥이 놀리기엔.

하지만, 바라건대, 너희 젊고 야리야리한 것들아,

너흰 이미 썩었으니, 아주 썩어버려라.   4290

합창대장

파리 주둥이와 모기 코,

벌거벗은 여자를 에워싸지 말아라!

큰 잎의 개구리, 풀섶의 여치,

그대로 조신하게 있거라!

풍향계 깃발[192] *한쪽을 향해.*

사귀는 건 마음대로 실컷.   4295

진정코 온통 신붓감들뿐!

그리고 총각들, 한 사람 한 사람

앞날이 창창한 이들이로구나.

---

190 젊음과 야성을 추구하는 자연주의 작가로도 해석된다.

191 Matrone: ('나이 들고', '살집 있고', '권위 있는' 같은 형용사가 어울리는) 기혼녀. 체면과 형식을 지키는 수구파로 해석된다.

192 바람 부는 대로 의견을 달리하는 사람들로 해석된다.

WINDFAHNE *nach der andern Seite.*

Und tut sich nicht der Boden auf
Sie alle zu verschlingen,   4300
So will ich mit behendem Lauf
Gleich in die Hölle springen.

XENIEN

Als Insekten sind wir da,
Mit kleinen scharfen Scheren,
Satan, unsern Herrn Papa,   4305
Nach Würden zu verehren.

HENNINGS

Seht, wie sie in gedrängter Schar
Naiv zusammen scherzen.
Am Ende sagen sie noch gar,
Sie hätten gute Herzen.   4310

MUSAGET

Ich mag in diesem Hexenheer
Mich gar zu gern verlieren;
Denn freilich diese wüßt' ich eh'r
Als Musen anzuführen.

풍향계 깃발 *다른 쪽을 향해.*

> 땅바닥이 열려
>
> 저것들을 죄다 삼켜버리지 않는다면   4300
>
> 그땐 내가 잽싸게 내달려
>
> 곧장 지옥으로 뛰어내릴 거야.

크세니엔[193]

> 곤충 모습을 하고 우린 여기 있답니다,
>
> 작지만 날카로운 집게발을 들고.
>
> 우리 아버지 사탄을   4305
>
> 직위에 합당하게 존경하려고.

헤닝스[194]

> 보아라! 사람들이 구름같이 몰려들어
>
> 경박하게 농지거리하는 것을.
>
> 끝내는 이런 말까지 나오네,
>
> 자기들이 선한 심성을 지녔다고.   4310

무사게트

> 이 마녀의 무리 속에서 나는
>
> 기꺼이 정신을 놓아버리고 싶다
>
> 나야 물론 먼저 이들을
>
> 뮤즈로 제시할 줄 아니까.

---

193 괴테와 쉴러가 함께 쓴, 주로 2행시 형식인 시대비평문들의 제목. "손님들에게 들려 보내는 간단한 부엌 선물"이라는 뜻이다. 「크세니엔」 자체에서도 그 풍자문들을 의인화하였다.

194 작가 헤닝스(August v. Hennings)는 그가 펴낸 잡지 《시대의 천재》(*Genius der Zeit*)의 문예판 「무사게트」(Musaget)에서 괴테와 쉴러의 "부도덕성"을 비난했다.

CI-DEVANT GENIUS DER ZEIT

Mit rechten Leuten wird man was. 4315

Komm, fasse meinen Zipfel!

Der Blocksberg, wie der deutsche Parnaß,

Hat gar einen breiten Gipfel.

NEUGIERIGER REISENDER

Sagt, wie heißt der steife Mann?

Er geht mit stolzen Schritten. 4320

Er schnopert, was er schnopern kann.

»Er spürt nach Jesuiten.«

KRANICH

In dem Klaren mag ich gern

Und auch im Trüben fischen;

Darum seht ihr den frommen Herrn 4325

Sich auch mit Teufeln mischen.

WELTKIND

Ja für die Frommen, glaubet mir,

Ist alles ein Vehikel;

Sie bilden auf dem Blocksberg hier

Gar manches Konventikel. 4330

이전 시대의 천재[195]

제대로 된 사람들하고는 뭐든 할 수 있지.   4315

자아, 내 옷자락을 잡거라!

브로켄 산엔, 마치 독일의 파르나소스 산[196]인 양,

실로 드넓은 산정이 있구나.

호기심 많은 여행자

저 거만한 사람[197]은 이름이 어떻게 되오?

걸음걸이가 자신에 차 있구려.   4320

쿵쿵거려 볼 수 있는 건 다 쿵쿵거려 보네.

"예수파를 색출 중"이라는군요.

두루미[198]

나는 즐거이 맑은 물에서도,

또 탁한 물에서도 고기를 잡네.

그래서 그대들은 근엄한 신사가   4325

악마들과도 섞이는 걸 보시는구려.

세속아[199]

그렇소, 내 말을 믿으시오, 경건한 이들에게는

모든 게 도구라는 걸.

그런 이들은 여기 브로켄 산에서도

구역예배 모임을 조직한다오.   4330

---

195 헤닝스의 잡지《시대의 천재》의 제목이 1800년부터 "19세기의 천재"(Genius des 19. Jahrhunderts)
로 바뀌었다.

196 그리스에 있는 산으로, 아폴론과 뮤즈가 살았다고 전해진다.

197 비평가 니콜라이를 가리키는 것으로 추정된다. 니콜라이는 예수파의 냄새를 맡는 데 탁월했다.

198 걸음걸이가 두루미 같았다는 신학자 라바터(Johann Lavater, 1741~1801)로 해석된다.

199 "세속아"(Weltkind)는 라바터와는 가는 길이 다른 자신을 가리켰던 괴테의 표현.

TÄNZER

> Da kommt ja wohl ein neues Chor?
>
> Ich höre ferne Trommeln.
>
> Nur ungestört! es sind im Rohr
>
> Die unisonen Dommeln.

TANZMEISTER

> Wie jeder doch die Beine lupft!   4335
>
> Sich, wie er kann, herauszieht!
>
> Der Krumme springt, der Plumpe hupft
>
> Und fragt nicht, wie es aussieht.

FIDELER

> Das haßt sich schwer, das Lumpenpack,
>
> Und gäb' sich gern das Restchen;   4340
>
> Es eint sie hier der Dudelsack,
>
> Wie Orpheus Leier die Bestjen.

DOGMATIKER

> Ich lasse mich nicht irre schrein,
>
> Nicht durch Kritik noch Zweifel.
>
> Der Teufel muß doch etwas sein;   4345
>
> Wie gäb's denn sonst auch Teufel?

IDEALIST

> Die Phantasie in meinem Sinn

무용수

저기 새 합창대가 오나 보네?

멀리 북소리가 들리네.

아랑곳 말거라! 갈대 속엔

늘 한 목소리로 노래하는 알락해오라기들.

수석 무용수

누구나 다리 번쩍 쳐들고!   4335

몸을 앞으로 한껏 펴고!

구부정한 이도 팔짝, 둔한 사람도 풀쩍

그 모습 어떤지는 개의치 않는구나.

바이올린 연주자

야비한 이들 서로 심히 미워해서

죽어라 서로 치고받는 것 같더니   4340

여기 백파이프가 끌어모았네,

오르페우스의 칠현금이 짐승들을 모았듯이.[200]

독단론자[201]

소리친다고 내가 헤매진 않아

비판을 통해서도 회의를 통해서도.

그래도 악마는 상당한 존재임에 틀림없어   4345

그렇지 않다면 어떻게 악마까지 있겠나?

이상주의자

내 마음속 환상(幻想)이

---

200 오르페우스가 칠현금을 퉁기면 온갖 짐승들이 모이고 산천초목도 귀 기울였다고 한다.

201 이어지는 다섯 명의 철학자들도 앞서의 등장인물들처럼 브로켄 산에 있는 유령과 악마를 두고
각기 의견을 낸다. 이상주의자는 피히테로 해석된다.

Ist diesmal gar zu herrisch.

Fürwahr, wenn ich das alles bin,

So bin ich heute närrisch. 4350

REALIST

Das Wesen ist mir recht zur Qual

Und muß mich baß verdrießen;

Ich stehe hier zum ersten mal

Nicht fest auf meinen Füßen.

SUPERNATURALIST

Mit viel Vergnügen bin ich da 4355

Und freue mich mit diesen;

Denn von den Teufeln kann ich ja

Auf gute Geister schließen.

SKEPTIKER

Sie gehn den Flämmchen auf der Spur,

Und glaub'n sich nah dem Schatze. 4360

Auf Teufel reimt der Zweifel nur;

Da bin ich recht am Platze.

KAPELLMEISTER

Frosch im Laub und Grill' im Gras',

Verfluchte Dilettanten!

Fliegenschnauz' und Mückennas', 4365

Ihr seid doch Musikanten!

DIE GEWANDTEN

Sanssouci, so heißt das Heer

이번에는 너무나도 근사하네.

이 모든 것이 나라면, 분명,

오늘 난 어릿광대가 된 거야.   4350

현실주의자

존재가 고통이 되어버렸어,

정말이지 지긋지긋해.

여기선 내가 처음이라

두 발로 단단히 서 있질 못하겠네.

초자연주의자

참 많이 즐기며 난 여기 있고   4355

이들과 더불어 기쁘네.

악마들에 관해서라면 나는 실로

좋은 영들이라고 추론하니까.

회의론자

저들은 날려간 불티를 쫓아왔다가

이젠 보물 가까이 왔다고 믿네.   4360

악마(*Teufel*)란 회의(*Zweifel*)하고만 운이 맞고

그래서 나는 제대로 된 자리에 있는 거야.

합창대장

큰 잎의 개구리, 풀섶의 여치

빌어먹을 아마추어들 같으니라고!

파리 주둥이와 모기 코   4365

너희는 어쨌든 악사라고!

날렵한 자[202]

상 수시[203]라 불리지,

Von lustigen Geschöpfen;

Auf den Füßen geht's nicht mehr,

Drum gehn wir auf den Köpfen.   4370

DIE UNBEHÜLFLICHEN

Sonst haben wir manchen Bissen erschranzt,

Nun aber Gott befohlen!

Unsere Schuhe sind durchgetanzt,

Wir laufen auf nackten Sohlen.

IRRLICHTER

Von dem Sumpfe kommen wir,   4375

Woraus wir erst entstanden;

Doch sind wir gleich im Reihen hier

Die glänzenden Galanten.

STERNSCHNUPPE

Aus der Höhe schoß ich her

Im Stern- und Feuerscheine,   4380

Liege nun im Grase quer,

Wer hilft mir auf die Beine?

DIE MASSIVEN

Platz und Platz! und ringsherum!

즐거운 인간들의 무리,

두 발로는 더 이상 못 걷겠네,

이제 우린 물구나무서서 간다네.   4370

가망 없는 자들[204]

지금까진 알랑거리며 어떻게든 얻어먹었는데

이제는 안녕히!

춤추느라 신발이 다 닳아

우린 이제 맨발로 달린다오.

도깨비불[205]

늪에서 우린 왔지요,   4375

거기서 태어나기도 했고요.

하지만 여기선 줄지어 서

여자들에게 예의 바른 멋진 신사들이죠.

별똥별[206]

높은 곳으로부터 난 날아왔지요,

별빛 속, 불빛 속에서.   4380

한데 이젠 풀섶에 가로누워 있다오

누가 나를 도와 일으켜 세워줄까?

덩치들[207]

비켜라, 비켜! 전후좌우 모두 비켜!

---

202 처세에 능한 정치가로 해석된다.

203 San Souci: "근심 없는 〔사람들〕"이라는 뜻. 독일 포츠담에 있는 궁전 이름(무우궁(無憂宮))이
기도 하다.

204 혁명 이전에 왕을 섬기던 궁중관리로 해석된다.

205 프랑스 혁명을 기회로 갑자기 부상한 인물들로 해석된다.

206 사회 혼란 속에서 추락한 귀족의 후예로 해석된다.

So gehn die Gräschen nieder,

Geister kommen, Geister auch   4385

Sie haben plumpe Glieder.

PUCK

Tretet nicht so mastig auf

Wie Elefantenkälber,

Und der Plumpst' an diesem Tag

Sei Puck, der Derbe, selber.   4390

ARIEL

Gab die liebende Natur

Gab der Geist euch Flügel,

Folget meiner leichten Spur,

Auf zum Rosenhügel!

ORCHESTER *Pianissimo.*

Wolkenzug und Nebelflor   4395

Erhellen sich von oben.

Luft im Laub und Wind im Rohr,

Und alles ist zerstoben.

작은 풀이야 이렇게 짓뭉개지는 법.

영들이 오네, 영들 또한　　　　　　　　　　　　　4385

몸이 둔하다네.

퍽

그렇게 뒤뚱뒤뚱 등장하진 말아요,

코끼리 새끼처럼.

오늘의 최고 덩치는

바로 퍽, 우악스러운 저입니다.　　　　　　　　　4390

에어리엘

사랑 넘치는 자연이 주었어요,

정신이 주었어요, 그대들에게 날개를.

가벼운 나의 자취를 따라

장미 언덕으로 와요!

오케스트라 *피아니시모.*

구름 흘러가고 안개도 흘러　　　　　　　　　　　4395

위쪽서부터 밝아오네.

큰 잎 속에는 공기, 갈대 속에는 바람,

하여 모든 것이 먼지 되어 흩날렸다오.[208]

207　폭력적인 인간들로 해석된다.

208　모든 유령들이 먼지가 되어버리고 오케스트라만 등장하는 이 마지막 4행연이 부드러운 피아
　　니시모로 모든 것을 마무리하고 있다. 「발푸르기스의 밤」의 "시적 소득"으로 평가된다.

Trüber Tag. Feld

Faust. Mephistopheles.

FAUST

Im Elend! Verzweifelnd! Erbärmlich auf der Erde lange verirrt und nun gefangen! Als Missetäterin im Kerker zu entsetzlichen Qualen eingesperrt das holde unselige Geschöpf! Bis dahin! dahin! — Verräterischer, nichtswürdiger Geist, und das hast du mir verheimlicht! — Steh nur, steh! Wälze die teuflischen Augen ingrimmend im Kopf herum! Steh und trutze mir durch deine unerträgliche Gegenwart! Gefangen! Im unwiederbringlichen Elend! Bösen Geistern übergeben und der richtenden gefühllosen Menschheit! Und mich wiegst du indes in abgeschmackten Zerstreuungen, verbirgst mir ihren wachsenden Jammer und lässest sie hülflos verderben!

흐린 날. 벌판[209]

파우스트. 메피스토펠레스.

파우스트

비참에 빠져 있구나! 절망하고 있구나! 그토록 가련하게 오래 길 잃고 지상을 헤매다가 이젠 갇히기까지 했구나! 죄인이 되어 감옥에 갇힌 채 끔찍한 고통을 겪고 있다니, 복도 없는 그 아름다운 사람이! 그때까지! 그 지경이 될 때까지! ─ 이 배신자, 아무짝에 쓸모없는 영아, 너는 그걸 내게 숨겼구나! ─ 서라, 서거라! 그 악마의 눈깔을 대갈통 속에서 분한 듯 이리저리 굴리지 마라! 똑바로 서서, 참을 수 없는 존재인 채로 나에게 맞서거라! 그녀 사로잡혀 있구나! 되돌릴 길 없는 비참 속에! 악령들 손아귀에 내던져지고, 감정이라곤 없는, 심판하는 인간들에게 내맡겨져 버렸구나! 그사이 너는, 요람 흔들어 아기를 잠재우듯 나를 입맛 떨어지는 오락 속으로 이리저리 끌고 다녔구나, 그녀의 고난은 더해가는데 그걸 내게 감추고, 그녀가 아무런 도움도 받지 못한 채 멸망하게 내버려 두었구나!

---

209 1722년에 쓰인 이 부분은 파우스트 전체에서 유일하게 산문으로 쓰인 부분이다. 파우스트의 폭발하는 분노는 운문으로 다듬어질 여유가 없다. 쉴러는 이 부분도 마저 운문으로 수정하라고 권했으나, 괴테는 그냥 두었다. 산문이어서 보통 행표시를 안 하거나 이 장면만 별도로 한다.

MEPHISTOPHELES

Sie ist die Erste nicht.

FAUST

Hund! abscheuliches Untier! — Wandle ihn, du unendlicher Geist! wandle
den Wurm wieder in seine Hundsgestalt, wie er sich oft nächtlicher Weile
gefiel, vor mir herzutrotten, dem harmlosen Wandrer vor die Füße zu kollern
und sich dem niederstürzenden auf die Schultern zu hängen. Wandl' ihn
wieder in seine Lieblingsbildung, daß er vor mir im Sand auf dem Bauch
krieche, ich ihn mit Füßen trete, den Verworfnen! — Die Erste nicht! —
Jammer! Jammer! von keiner Menschenseele zu fassen, daß mehr als ein
Geschöpf in die Tiefe dieses Elendes versank, daß nicht das erste genug tat
für die Schuld aller übrigen in seiner windenden Todesnot vor den Augen des
ewig Verzeihenden! Mir wühlt es Mark und Leben durch, das Elend dieser
Einzigen; du grinsest gelassen über das Schicksal von Tausenden hin!

MEPHISTOPHELES

Nun sind wir schon wieder an der Grenze unsres Witzes, da wo euch
Menschen der Sinn überschnappt. Warum machst du Gemeinschaft mit
uns, wenn du sie nicht durchführen kannst? Willst fliegen und bist vorm
Schwindel nicht sicher? Drangen wir uns dir auf, oder du dich uns?

FAUST

Fletsche deine gefräßigen Zähne mir nicht so entgegen! Mir ekelt's! —
Großer herrlicher Geist, der du mir zu erscheinen würdigtest, der du

메피스토펠레스

그녀가 〔그런 일 겪는〕 첫 번째 여자는 아니지요.

파우스트

이 개자식! 역겨운 짐승놈아! ― 그의 모습을 바꾸어주소서, 무한한 영이여! 저 버러지를 원래의 그 개의 모습으로 되돌려 주소서, 밤이면 내 앞에서 오락 가락하기를 좋아하고, 악의 없는 산보객의 발치에서 구르며, 넘어지려는 사람의 어깨 위에 매달려 있기를 좋아하던 그 모습대로. 이놈을 자기가 제일 좋아하던 모습으로 되돌려 주소서, 내 앞 모래에 엎드려 기게 하고, 내가 이놈, 이 저주받은 놈을 발로 짓밟아 버리게 하소서! ― 그녀가 첫 번째가 아니라니! ― 비통하구나! 비통하구나! 그 어떤 인간 영혼도 알 수 없어. 이놈은 한 사람 이상이 이 비참의 늪에 가라앉았다고 하네. 최초의 인간이 나머지 모든 사람들의 죄를, 그 쥐어짜는 죽음의 고통 속에서, 영원히 용서하시는 이의 눈 앞에서 대속해 준 것으로는 충분치 않았다고 하네.[210] 이 한 여자의 비참만으로도 나의 골수와 생명이 다 파헤쳐지는데, 수천 명의 운명을 두고도 너는 태연히 히죽거리고만 있구나!

메피스토펠레스

이제 우리는 또다시, 우리 지혜의 한계에 벌써 도달하였소이다. 당신네 인간들의 생각이 뒤집히는 지점 말이오. 감당할 수도 없으면서, 왜 우리하고 힌패가 되었나? 날겠다면서 현기증에는 무방비인가? 우리가 자네한테 졸랐나, 아니면 자네가 우리한테 졸랐나?

파우스트

게걸들린 네놈 이빨을 그렇게 드러내지 말거라! 구역질 난다! ― 내게 몸소 나타났던 찬란하고 위대한 영이여, 내 가슴을 훤히 알고 내 영혼도 훤히 아시

---

210 예수 그리스도를 염두에 둔 말이다.

mein Herz kennest und meine Seele, warum an den Schandgesellen mich schmieden, der sich am Schaden weidet und am Verderben sich letzt?

MEPHISTOPHELES

Endigst du?

FAUST

Rette sie! oder weh dir! Den gräßlichsten Fluch über dich auf Jahrtausende!

MEPHISTOPHELES

Ich kann die Bande des Rächers nicht lösen, seine Riegel nicht öffnen. — Rette sie! — Wer war's, der sie in's Verderben stürzte? Ich oder du?

Faust blickt wild umher.

MEPHISTOPHELES

Greifst du nach dem Donner? Wohl, daß er euch elenden Sterblichen nicht gegeben ward! Den unschuldig Entgegnenden zu zerschmettern, das ist so Tyrannen-Art, sich in Verlegenheiten Luft zu machen.

FAUST

Bringe mich hin! Sie soll frei sein!

MEPHISTOPHELES

Und die Gefahr, der du dich aussetzest? Wisse, noch liegt auf der Stadt Blutschuld von deiner Hand. Über des Erschlagenen Stätte schweben rächende Geister und lauern auf den wiederkehrenden Mörder.

FAUST

Noch das von dir? Mord und Tod einer Welt über dich Ungeheuer! Führe mich hin, sag' ich, und befrei sie!

는 그대여, 이 치욕적인 자를, 해악 속에서 즐거움을 찾고 멸망 속에서 기운을 찾는 자를 왜 저에게 붙여놓으셨습니까?

메피스토펠레스

이제 다 했나?

파우스트

그녀를 구해! 아니면 네게 화가 있으리! 가장 끔찍스러운 저주를 수천 년간 네게 퍼붓노라!

메피스토펠레스

응징자가 묶어놓은 끈은 내가 풀 수 없네, 내가 그 빗장을 열진 못해 — 그녀를 구하라니! — 누구였던가, 그녀를 멸망으로 던져 넣은 게? 난가 자넨가?

파우스트, 사납게 두리번거린다.

메피스토펠레스

벼락이라도 찾나? 그런 게 당신네 비참한 인간들한테는 주어지지 않아 천만 다행이로군! 순진무구하게 응수하는 상대방을 내리쳐 박살내는 것, 그런 건 폭군의 방식일세, 당황해서 그저 어떻게든 울분을 풀려는 것 말이야.

파우스트

나를 데려다다오! 그녀를 풀어주어야 해!

메피스토펠레스

그럼 당신이 처하게 되는 위험은? 알기나 하셔, 시내에는 아직 자네 손으로 지은 살인죄가 걸려 있어. 살인이 있었던 곳에는 복수의 영들이 떠돌면서, 돌아올 살인자를 노리고 있지.

파우스트

그런 말까지 네 입에서 나오느냐? 한 세계의 죽임과 죽음이 너, 괴물의 머리 위로 쏟아져라! 나를 데려가거라, 다시 말한다, 그녀를 풀어줘!

MEPHISTOPHELES

Ich führe dich, und was ich tun kann, höre! Habe ich alle Macht im Himmel und auf Erden? Des Türners Sinne will ich umnebeln, bemächtige dich der Schlüssel und führe sie heraus mit Menschenhand! Ich wache! die Zauberpferde sind bereit, ich entführe euch. Das vermag ich.

FAUST

Auf und davon!

메피스토펠레스

안내는 할 수 있지, 하지만 내가 할 수 있는 건, 잘 들으쇼! 내게 하늘과 지상의 모든 힘이 있단 말이오? 내가 간수의 정신을 혼미하게 만들어놓을 테니, 열쇠를 빼내 그녀를 구해내시오, 인간의 손으로![211] 나는 망이나 보겠소! 마법의 말이 준비되어 있다오, 당신네들을 빼내 가리다. 그건 내가 할 수 있지.

파우스트

얼른 가자!

---

211 사형 같은 인간의 목숨이 달린 문제는 신의 소관이므로 악마가 개입할 수 없다.

Nacht. Offen Feld

Faust, Mephistopheles, auf schwarzen Pferden daherbrausend.

FAUST

Was weben die dort um den Rabenstein?

MEPHISTOPHELES

Weiß nicht, was sie kochen und schaffen.   4400

FAUST

Schweben auf, schweben ab, neigen sich, beugen sich.

MEPHISTOPHELES

Eine Hexenzunft.

FAUST

Sie streuen und weihen.

MEPHISTOPHELES

Vorbei! Vorbei!

밤. 트인 들판

파우스트, 메피스토펠레스, 검은 말을 타고 질주해 오며.

파우스트

뭐가 왔다 갔다 하는 거지, 저기 저 까마귀바위[212]를 에워싸고?

메피스토펠레스

모르겠소, 뭘 지지고 볶는지.   4400

파우스트

떠올랐다가, 떠내려가다가, 고개를 숙였다가, 몸을 굽히네.

메피스토펠레스

마녀 떼로구먼.

파우스트

뭔가 뿌려가며[213] 빌기도 하고.

메피스토펠레스

지나갑시다! 지나갑시다!

---

212 '까마귀바위'는 처형장을 의미한다. 유령들이 처형을 앞두고 정화 의식을 하고 있다. 그레트
    헨의 사형 집행이 다가왔음을 암시하는 장면이다. 총 6행으로 『파우스트』에서 가장 짧은 장면.
    그만큼 무게가 실리고 음향적으로 매우 힘이 있다.

213 피를 빨아들이라고 모래를 뿌리는 것이다.

Kerker

FAUST *mit einem Bund Schlüssel und einer Lampe, vor einem eisernen Türchen.*

Mich faßt ein längst entwohnter Schauer,   4405

Der Menschheit ganzer Jammer faßt mich an.

Hier wohnt sie, hinter dieser feuchten Mauer,

Und ihr Verbrechen war ein guter Wahn!

Du zauderst, zu ihr zu gehen!

Du fürchtest, sie wiederzusehen!   4410

Fort! Dein Zagen zögert den Tod heran.

                  Er ergreift das Schloß. Es singt inwendig.

    Meine Mutter, die Hur,

    Die mich umgebracht hat!

    Mein Vater, der Schelm,

    Der mich gessen hat!   4415

    Mein Schwesterlein klein

감옥[214]

파우스트 *열쇠 꾸러미와 등불을 들고, 작은 철문 앞에서.*

오래전에 잊어버렸던 전율이 나를 엄습한다,   4405

인류의 모든 비참이 나를 사로잡는다.

여기에 그녀가 있다, 이 축축한 담벼락 뒤에,

한데 그녀가 지은 죄는, 선한 망상 하나뿐!

너 그녀에게 가기를 망설이는구나!

그녀를 다시 보기를 두려워하는구나!   4410

얼른 가자! 너의 소심함은 죽음을 부를 뿐.

        파우스트가 자물쇠를 잡는다. 안에서 노랫소리 들린다.

    울 엄마, 갈보,

    날 죽였어!

    울 아빠, 악당,

    날 먹었어!   4415

    내 어린 누이

---

214 『원 파우스트』에 이미 들어 있던 장면이다. 1775년 이전에 쓰인 것으로 추정된다.

Hub auf die Bein,

An einem kühlen Ort;

Da ward ich ein schönes Waldvögelein;

Fliege fort, fliege fort!   4420

FAUST *aufschließend.*

Sie ahnet nicht, daß der Geliebte lauscht,

Die Ketten klirren hört, das Stroh, das rauscht.

Er tritt ein.

MARGARETE *sich auf dem Lager verbergend.*

Weh! Weh! Sie kommen. Bittrer Tod!

FAUST *leise.*

Still! Still! ich komme, dich zu befreien.

MARGARETE *sich vor ihn hinwälzend.*

Bist du ein Mensch, so fühle meine Not.   4425

FAUST

Du wirst die Wächter aus dem Schlafe schreien!

Er faßt die Ketten, sie aufzuschließen.

MARGARETE *auf den Knieen.*

Wer hat dir, Henker, diese Macht

내 뼈를 거두어

서늘한 곳에 묻어주었어

나, 고운 산새가 되어

날아가네, 날아가네[215]   4420

파우스트 *자물쇠를 열며.*

그녀는 예감도 못하는구나, 애인이 듣고 있다는 걸,

쇠사슬 철거덕거리는 소리, 지푸라기 부스럭거리는 소리를.

그가 들어선다.

마가레테 *자리에서 몸을 숨기며.*

아! 아! 그들이 온다. 혹독한 죽음이!

파우스트 *낮은 소리로.*

쉿! 조용히 해요! 내가 왔어요, 당신을 풀어내려고.

마가레테 *그의 앞으로 몸을 굴려가며.*

사람이시라면, 제 괴로움을 헤아려주세요.   4425

파우스트

당신 이러다가 간수를 깨우겠어!

그가 그녀를 풀어주려고 쇠사슬을 잡는다.

마가레테 *무릎을 꿇고.*

누가 당신에게, 사형 집행관님, 이 권능을,

---

215 그림 형제의 동화 중 한 편인 마한델 나무(Machandelbaum) 이야기를 노래로 바꾸었다. 짧은
노래 안에, 아이를 죽인 것으로 암시되는 그레트헨의 광기에 이른 가책이 압축되어 담겨 있다.
이어지는 감옥 장면 전체는, 감옥에 간힌 그레트헨을 구하려는 파우스트의 헛된 노력과, 혼미
한 정신이 가끔씩 잠깐 맑아지기도 하는 광녀(狂女) 그레트헨이 광기의 한가운데서도 순명(順
命)에 이르는 과정을 애절하게 보여주면서 생략되어 있는 그간의 사건들도 암시해 준다. 당시
에 아이를 낳아 죽인 여성은 사형을 당했고 젊은 변호사 괴테가 프랑크푸르트에서 처형을 목
격하기도 했다.

Über mich gegeben!

Du holst mich schon um Mitternacht.

Erbarme dich und laß mich leben!   4430

Ist's morgen früh nicht zeitig genung?

Sie steht auf.

Bin ich doch noch so jung, so jung!

Und soll schon sterben!

Schön war ich auch, und das war mein Verderben.

Nah war der Freund, nun ist er weit;   4435

Zerrissen liegt der Kranz, die Blumen zerstreut.

Fasse mich nicht so gewaltsam an!

Schone mich! Was hab' ich dir getan?

Laß mich nicht vergebens flehen,

Hab' ich dich doch mein Tage nicht gesehen!   4440

FAUST

Werd' ich den Jammer überstehen!

MARGARETE

Ich bin nun ganz in deiner Macht.

Laß mich nur erst das Kind noch tränken.

Ich herzt' es diese ganze Nacht;

Sie nahmen mir's, um mich zu kränken,   4445

Und sagen nun, ich hätt' es umgebracht.

Und niemals werd' ich wieder froh.

Sie singen Lieder auf mich! Es ist bös von den Leuten!

Ein altes Märchen endigt so,

저를 이렇게 할 힘을 주었나요!

한밤중인데 벌써 날 데려가다니.

가엾게 여기시어 날 살려두어 주세요!　　　　　　　　　　　　　4430

내일 아침이어도 충분히 이르지 않겠어요?

그녀 일어선다.

난 아직 이렇게 젊은데, 이렇게 젊은데!

그런데 벌써 죽어야 하다니!

예쁘기도 했어요 난, 그게 내 불행의 근원이었어요.

애인이 곁에 있었는데, 이젠 멀리 있어요.　　　　　　　　　　4435

화관은 짓찢기고, 꽃들은 흩어졌어요.

날 그렇게 세게 붙잡지 말아요!

날 살살 다뤄요! 제가 당신께 무슨 짓을 했다고요?

제 간청이 헛되지 않게 해주세요,

당신을 평생 본 적도 없잖아요!　　　　　　　　　　　　　　4440

파우스트

이 비참함을 내가 견딜 수 있기를!

마가레테

난 이제 완전히 당신 손에 달렸어요.

우선 아기 젖 좀 먹이게 해주세요.

간밤에 내내 품에 안고 있었는데

사람들이 내게서 아기를 빼앗아 갔어요, 내게 굴욕을 주려고요,　　4445

그러더니 이젠, 내가 애를 죽였다네요.

그러니 즐거울 일은 결코 없을 거예요.

사람들이 날 조롱하는 노래를 부르네요![216] 사람들 나빠요!

옛날이야기 하나가 그렇게 끝나지요,

Wer heißt sie's deuten?   4450

FAUST *wirft sich nieder.*

Ein Liebender liegt dir zu Füßen,

Die Jammerknechtschaft aufzuschließen.

MARGARETE *wirft sich zu ihm.*

O laß uns knien, die Heil'gen anzurufen!

Sieh! unter diesen Stufen,

Unter der Schwelle   4455

Siedet die Hölle!

Der Böse,

Mit furchtbarem Grimme,

Macht ein Getöse!

FAUST *laut.*

Gretchen! Gretchen!   4460

MARGARETE *aufmerksam.*

Das war des Freundes Stimme!

> *Sie springt auf. Die Ketten fallen ab.*

Wo ist er? Ich hab' ihn rufen hören.

Ich bin frei! Mir soll niemand wehren.

An seinen Hals will ich fliegen,

An seinem Busen liegen!   4465

Er rief: Gretchen! Er stand auf der Schwelle.

Mitten durch's Heulen und Klappen der Hölle,

누가 사람들더러 그 노래를 해석하라 했나요?   4450

파우스트 *무릎 꿇는다.*

사랑하는 사람이 당신 발밑에 있어요,

비참한 노예 상태에서 당신을 풀어내려고.

마가레테 *그를 향해 무릎 꿇는다.*

오 우리 무릎 꿇고, 성인들께 간청해요!

봐요! 이 계단 아래,

문턱 아래   4455

지옥이 끓고 있네요!

악마가,

무섭게 진노하며,

천둥소리를 내고 있어요!

파우스트 *큰 소리로.*

그레트헨! 그레트헨!   4460

마가레테 *주의 깊게.*

이건 그이의 목소리인데!

        그녀 튀어 일어난다. 사슬이 떨어진다.

그이가 어디 있지? 그이가 부르는 소리를 들었는데.

내가 풀려났네! 아무도 나를 막지 못해.

날듯이 달려가 그이 목을 껴안을 거야

그의 품 안에 누울 거야!   4465

그이가 불렀어, 그레트헨!이라고. 그이가 문턱에 서 있었어.

지옥의 포효와 굉음²¹⁷ 한가운데서

---

216 자신이 노래를 불러놓고는 남들이 자신을 조롱하여 노래를 불렀다고 생각하고 있다.

Durch den grimmigen, teuflischen Hohn,

Erkannt' ich den süßen, den liebenden Ton.

FAUST

Ich bin's! 4470

MARGARETE

Du bist's! O sag' es noch einmal!

Ihn fassend.

Er ist's! Er ist's! Wohin ist alle Qual?

Wohin die Angst des Kerkers? der Ketten?

Du bist's! Kommst, mich zu retten!

Ich bin gerettet! —

Schon ist die Straße wieder da, 4475

Auf der ich dich zum ersten Male sah.

Und der heitere Garten,

Wo ich und Marthe deiner warten.

FAUST *fortstrebend.*

Komm mit! Komm mit!

MARGARETE

O weile!

Weil' ich doch so gern, wo du weilest 4480

Liebkosend.

FAUST

Eile!

악마의 끔찍한 비웃음을 뚫고서

들렸어, 그 달콤한 사랑의 목소리가.

파우스트

나요!   4470

마가레테

　　당신이네요! 오 다시 한 번 말해줘요!

　　　　　　　　　　　그를 얼싸안으며.

그이야! 그이! 고통은 다 어딜 가버렸지?

감옥의 불안은 어딜 갔지? 사슬의 불안은?

당신이야! 당신이 왔어, 날 구하려고!

내가 구원받았구나! ─

벌써 그 길이 다시 눈앞에 보여요   4475

당신을 처음 만났던 길거리요.

그리고 환한 뜰,

마르테 아줌마와 함께 당신을 기다렸던 뜰.

파우스트 *가려 애쓰며.*

같이 갑시다! 같이 가!

마가레테

　　　　　　　오 잠깐만!

당신 계신 데 있는 게 너무나 좋아요.   4480

　　　　　　　　　그를 애무한다.

파우스트

서두릅시다!

217　마태복음 8장 12절의 독일어 어휘를 취한 표현이다.

Wenn du nicht eilest,

Werden wir's teuer büßen müssen.

MARGARETE

Wie? du kannst nicht mehr küssen?

Mein Freund, so kurz von mir entfernt,   4485

Und hast's Küssen verlernt?

Warum wird mir an deinem Halse so bang?

Wenn sonst von deinen Worten, deinen Blicken

Ein ganzer Himmel mich überdrang,

Und du mich küßtest, als wolltest du mich ersticken.   4490

Küsse mich!

Sonst küss' ich dich!

Sie umfaßt ihn.

O weh! deine Lippen sind kalt,

Sind stumm.

Wo ist dein Lieben   4495

Geblieben?

Wer brachte mich drum?

Sie wendet sich von ihm.

FAUST

Komm! Folge mir! Liebchen, fasse Mut!

Ich herze dich mit tausendfacher Glut;

Nur folge mir! Ich bitte dich nur dies!   4500

MARGARETE *zu ihm gewendet.*

Und bist du's denn? Und bist du's auch gewiß?

서둘지 않으면

우린 값을 톡톡히 치러야만 한다오.

마가레테

뭐라고요? 당신 이젠 키스도 못해요?

내 사랑, 그렇게 잠깐 나한테서 멀리 있었다고   4485

키스하는 걸 잊어버렸어요?

당신 목에 매달려 있는데 왜 이렇게 두렵죠?

여느 땐 당신의 말, 당신의 눈길에서

온 하늘이 내게 쏟아져 내렸는데

당신이 키스해 줄 때면 난 숨이 막혀 죽을 것 같았는데.   4490

키스해 주세요!

안 그러면 내가 키스할 거예요.

그녀가 그를 껴안는다.

아 아! 당신의 입술이 왜 이리 찰까.

당신은 말도 없고.

당신의 사랑이   4495

어디로 가버렸지?

누가 나한테서 사랑을 빼앗아 간 거지?

그녀가 그로부터 몸을 돌린다.

파우스트

자! 나 좀 따라와요! 사랑이여, 용기를 내요!

나중에 수천 배로 뜨겁게 애무해 줄 테니

그저 따라와요! 그것만 해줘요!   4500

마가레테 *그에게로 몸을 돌려.*

그런데 정말 당신이에요? 확실히 당신이기는 해요?

FAUST

Ich bin's! Komm mit!

MARGARETE

    Du machst die Fesseln los,

Nimmst wieder mich in deinen Schoß.

Wie kommt es, daß du dich vor mir nicht scheust? —

Und weißt du denn, mein Freund, wen du befreist?   4505

FAUST

Komm! komm! schon weicht die tiefe Nacht.

MARGARETE

Meine Mutter hab' ich umgebracht,

Mein Kind hab' ich ertränkt.

War es nicht dir und mir geschenkt?

Dir auch. — Du bist's! ich glaub' es kaum.   4510

Gib deine Hand! Es ist kein Traum!

Deine liebe Hand! — Ach aber sie ist feucht!

Wische sie ab! Wie mich deucht

Ist Blut dran.

Ach Gott! was hast du getan!   4515

Stecke den Degen ein;

Ich bitte dich drum!

FAUST

Laß das Vergang'ne vergangen sein,

파우스트

나요! 같이 갑시다!

마가레테

        당신이 사슬을 풀고

나를 다시 당신 품에 안네요.

어찌된 거죠, 당신은 나를 꺼리지 않으니?

그런데 알기는 하나요, 내 사랑, 당신이 누굴 풀어주고 있는지?   4505

파우스트

자! 자! 벌써 깊은 밤이 지나가고 있어요.

마가레테

우리 엄마를 내가 죽였어요,

내 아기를 물에 빠뜨려 죽였고요.[218]

그 앤 당신과 내게 선물로 내려진 거 아니었나요?

당신에게도요. — 당신이로군요! 믿기질 않아요.   4510

당신의 손을 주세요! 꿈이 아니네요.

당신의 사랑스러운 손! — 아, 하지만 손이 축축하네요!

닦아내세요! 내 생각으로는,

피가 묻은 것 같아요.

아 세상에! 당신 무슨 짓을 한 거예요!   4515

칼을 집어넣으세요,

부탁이에요!

파우스트

지난 일은 지난 일로 해둡시다,

---

218 광녀의 그레트헨의 말로 그간에 있었던 사건들이 전해진다.

Du bringst mich um.

MARGARETE

Nein, du mußt übrig bleiben!   4520

Ich will dir die Gräber beschreiben,

Für die mußt du sorgen

Gleich morgen;

Der Mutter den besten Platz geben,

Meinen Bruder sogleich darneben,   4525

Mich ein wenig bei Seit',

Nur nicht gar zu weit!

Und das Kleine mir an die rechte Brust.

Niemand wird sonst bei mir liegen! —

Mich an deine Seite zu schmiegen,   4530

Das war ein süßes, ein holdes Glück!

Aber es will mir nicht mehr gelingen;

Mir ist's, als müßt' ich mich zu dir zwingen,

Als stießest du mich von dir zurück;

Und doch bist du's und blickst so gut, so komm!   4535

FAUST

Fühlst du, daß ich es bin, so komm!

MARGARETE

Dahinaus?

FAUST

In's Freie.

당신 나를 죽이는군.

마가레테

아니에요, 당신은 살아남아야 해요!   4520

당신한테 무덤들 위치를 알려줄게요.

당신이 돌보아야 하는 무덤들이에요

당장 내일요.

어머니께 가장 좋은 자리를 드리고요,

우리 오빠는 바로 그 곁에,   4525

나는 조금 떨어져서,

그러나 너무 멀리는 말고요!

그리고 아가는 내 오른쪽 가슴 곁에요.

그 밖에는 아무도 내 곁에 누우면 안 돼요! ─

당신 곁에 몸을 맞대는 것,   4530

그건 감미로운 행복, 아리따운 행복이었는데!

하지만 그게 이제는 이루어지지 않을 거예요.

당신에게로 내가 억지로 다가가야 할 것만 같네요,

마지 당신이 나를 밀쳐내고 있는 것 같아서요

하지만 당신인데, 이렇게 선하게, 이렇게 경건하게 날 바라보는데.   4535

파우스트

나라는 걸 느끼거든, 갑시다!

마가레테

저 바깥으로?

파우스트

자유로운 곳으로.

MARGARETE

Ist das Grab drauß',

Lauert der Tod, so komm!

Von hier in's ewige Ruhebett   4540

Und weiter keinen Schritt —

Du gehst nun fort? O Heinrich, könnt' ich mit!

FAUST

Du kannst! So wolle nur! Die Tür steht offen.

MARGARETE

Ich darf nicht fort; für mich ist nichts zu hoffen.

Was hilft es fliehn? Sie lauern doch mir auf.   4545

Es ist so elend, betteln zu müssen,

Und noch dazu mit bösem Gewissen!

Es ist so elend, in der Fremde schweifen,

Und sie werden mich doch ergreifen!

FAUST

Ich bleibe bei dir.   4550

MARGARETE

Geschwind! Geschwind!

Rette dein armes Kind.

Fort! Immer den Weg

Am Bach hinauf,

Über den Steg,   4555

In den Wald hinein,

Links wo die Planke steht,

마가레테

　　　　　밖에는 무덤이 있는데요,

죽음이 노리고 있는데요, 그러니 당신이 오세요!

여기서부터 영원한 안식의 침상으로 가겠어요,　　　　　　　4540

더는 한 걸음도 가지 않겠어요. ―

당신 이제 떠나시나요? 오 하인리히, 나도 같이 갈 수 있다면.

파우스트

그럴 수 있어요! 그러니 마음먹기만 해요! 문은 열려 있어요.

마가레테

나는 떠날 수 없어요, 내겐 아무런 희망도 남아 있지 않아요.

도망치는 게 무슨 소용이 있나요. 사람들이 나를 노리고 있는데.　　4545

구걸을 해야 하는 건 너무 비참해요

게다가 양심의 가책에 시달리면서요!

낯선 곳을 헤매는 것은 너무나 비참해요,

게다가 난 붙잡힐 거고요!

파우스트

내가 당신 곁에 있어요.　　　　　　　　　　　　　　　　　4550

마가레테

빨리! 빨리!

당신의 가엾은 아이를 구하세요!

가세요! 개울가

길을 계속 따라 올라가세요,

오솔길을 건너,　　　　　　　　　　　　　　　　　　　4555

숲으로 들어가요,

왼쪽에, 널판다리가 있는 곳,

Im Teich.

Faß es nur gleich!

Es will sich heben, 4560

Es zappelt noch!

Rette! rette!

FAUST

Besinne dich doch!

Nur einen Schritt, so bist du frei!

MARGARETE

Wären wir nur den Berg vorbei! 4565

Da sitzt meine Mutter auf einem Stein,

Es faßt mich kalt bei'm Schopfe!

Da sitzt meine Mutter auf einem Stein

Und wackelt mit dem Kopfe;

Sie winkt nicht, sie nickt nicht, der Kopf ist ihr schwer, 4570

Sie schlief so lange, sie wacht nicht mehr.

Sie schlief, damit wir uns freuten.

Es waren glückliche Zeiten!

FAUST

Hilft hier kein Flehen, hilft kein Sagen,

So wag' ich's, dich hinweg zu tragen. 4575

MARGARETE

Laß mich! Nein, ich leide keine Gewalt!

연못 속이어요.

얼른 그 애를 붙들어요!

애가 떠오르려 해요   4560

애가 아직 버둥거려요!

구해요! 구해!

파우스트

정신 좀 차려요!

한 걸음만 내디디면, 당신은 자유요!

마가레테

산모롱이만 돌면!   4565

거기 바위 위에 우리 엄마가 앉아 있어요.

그 모습이 내 머리채를 오싹하게 틀어쥐네요!

거기 바위 위에 우리 엄마가 앉아 있어요

머리는 건들건들 하는데

눈짓도 없어, 고개도 끄덕이지 않아, 머리가 너무 무거운 거야   4570

엄마는 너무 오래 자서, 이젠 깨어나지 않아요.[219]

엄마는 잠을 잤어요, 우리가 즐기라고요,

행복한 시간들이었지요!

파우스트

여기선 애원도 소용없고, 말도 소용없으니

당신을 들어 안아 내가야겠네.   4575

마가레테

놔요! 안 돼요, 폭력은 참을 수 없어요!

---

219 어머니의 죽음의 원인이 드러난다. 그레트헨이 넣은 수면제를 먹고 깨어나지 못한 것이다.

Fasse mich nicht so mörderisch an!

Sonst hab' ich dir ja alles zu lieb getan.

FAUST

Der Tag graut! Liebchen! Liebchen!

MARGARETE

Tag! Ja es wird Tag! der letzte Tag dringt herein;   4580

Mein Hochzeittag sollt' es sein!

Sag niemand, daß du schon bei Gretchen warst.

Weh meinem Kranze!

Es ist eben geschehn!

Wir werden uns wiedersehn;   4585

Aber nicht beim Tanze.

Die Menge drängt sich, man hört sie nicht.

Der Platz, die Gassen

Können sie nicht fassen.

Die Glocke ruft, das Stäbchen bricht.   4590

Wie sie mich binden und packen!

Zum Blutstuhl bin ich schon entrückt.

Schon zuckt nach jedem Nacken

Die Schärfe, die nach meinem zückt.

날 그렇게 죽일 듯 붙잡지 마세요!

여느 때는 내가 당신을 위해 뭐든 했잖아요.

파우스트

날이 밝아와요! 어서! 어서요!

마가레테

날이! 네, 날이 밝아와요! 마지막 날이 닥쳐오고 있어요.   4580

내 결혼식 날이어야 하는데!

아무한테도 말하지 마세요, 당신이 그레트헨한테 벌써 갔었다고는.

가여운 내 신부화관!

일이 그렇게 되어버렸어요!

우리는 다시 만날 거예요,   4585

춤추는 곳[220]에서는 아니겠지만.

커다란 무리가 몰려와요, 소리는 안 들리고.

광장도, 골목도

저 많은 사람들로 넘쳐나네.

종이 울리네, 막대기가 꺾이네.[221]   4590

날 붙잡아 결박하네!

내가 벌써 피의 의자[222]로 밀쳐졌네.

벌써 사람들의 목덜미를 향해 움찔거리네,

내 목을 겨냥한 날선 칼날이.[223]

---

220 남녀가 지상에서 흔히 만나는 곳. 춤추는 곳에서 만나는 것은 아니라는 말에서 죽음 이후의 세
     상에서 재회하리라는 의미를 읽어낼 수 있다.
221 사형이 집행된다는 뜻이다. 사형 언도의 최종 확인으로 막대기를 부러뜨린 풍습에서 비롯된 표
     현이다.
222 참수대를 가리킨다.

Stumm liegt die Welt wie das Grab! 4595

FAUST

O wär' ich nie geboren!

MEPHISTOPHELES *erscheint draußen.*

Auf! oder ihr seid verloren.

Unnützes Zagen! Zaudern und Plaudern!

Meine Pferde schaudern,

Der Morgen dämmert auf. 4600

MARGARETE

Was steigt aus dem Boden herauf?

Der! der! Schick' ihn fort!

Was will der an dem heiligen Ort?

Er will mich!

FAUST

      Du sollst leben!

MARGARETE

Gericht Gottes! dir hab' ich mich übergeben! 4605

MEPHISTOPHELES *zu Faust.*

Komm! komm! Ich lasse dich mit ihr im Stich.

MARGARETE

Dein bin ich, Vater! Rette mich!

세상은 무덤처럼 고요하고!   4595

파우스트

오 내가 태어나지 않았더라면!

메피스토펠레스 *바깥에서 나타난다.*

자 서두릅시다! 아니면 당신네들 끝장이오.

쓸데없는 망설임! 우물쭈물하며 잡담이나 하다니!

내 말들이 떨고 있소

아침이 밝아와요.   4600

마가레테

땅바닥에서 뭐가 솟아 나오지?

저놈이다! 저놈이야! 저자를 쫓아버려요!

저자가 이 신성한 곳에서 뭘 하자는 거죠?

저자가 날 원하는군요!

파우스트

　　　　　　　당신은 살아야 해!

마가레테

하느님의 심판! 당신께 저를 맡기나이다!   4605

메피스토펠레스 *파우스트에게.*

오시오! 와! 아니면 당신을 그녀와 함께 곤경 속에 버려두겠소.

마가레테

저는 당신의 것입니다, 아버지! 저를 구원하소서!

---

223 자신이 처형당하는 장면을 보는 그레트헨의 환상이 그려지고 있다. 영아살해녀는 사형대 의자
　　에 묶어놓고 참수를 하였는데, 그것은 괴테 시대의 "진보적인 인도주의적" 처형 방법이었다.
　　그 전에 영아살해녀는 산 채로 파묻거나 자루에 담아 묶어 물에 던졌다고 한다. 프랑크푸르트
　　판 괴테전집에 실린 쇠네(A. Schöne)의 해설 참조.

Ihr Engel! Ihr heiligen Scharen,

Lagert euch umher, mich zu bewahren!

Heinrich! Mir graut's vor dir.   4610

MEPHISTOPHELES

Sie ist gerichtet!

STIMME *von oben.*

> Ist gerettet!

MEPHISTOPHELES *zu Faust.*

> Her zu mir!

> *Verschwindet mit Faust.*

STIMME *von innen, verhallend.*

Heinrich! Heinrich!

천사들이여! 그대들 성스러운 무리여,

진을 쳐서, 날 지켜주세요!

하인리히! 전 당신이 무서워요!   4610

메피스토펠레스

그녀, 심판받았노라!

목소리 *높은 곳에서.*

　　　　　구원받았노라!

메피스토펠레스 *파우스트에게.*

　　　　　내게로 오시오![224]

　　　파우스트와 함께 사라진다.

목소리 *안에서부터, 잦아들며.*

하인리히! 하인리히!

224　높은 곳에서 들려오는 장엄한 구원의 목소리에 이어지는 메피스토펠레스의 이 부름은 많은 사
　　건이 계속되는 제2부로 이어지는 고리이다.